文公直卷

民国武侠小说典藏文库

民国武侠小说典藏文库

文公直卷

赤胆忠心

文公直 著

中国文史出版社

文公直的历史武侠小说（代序）

张赣生

历史武侠小说是民国武侠小说中的一个特殊品种，它以某个真实的历史事件为题，借题发挥，去渲染或虚构处于这一事件中的侠客们的活动。换句话说，它不以描写真实的历史事件本身为目的，由此形成了它与历史小说不同的特色。民国的历史武侠小说作家为数颇多，文公直便是其中较突出的一位。

文公直（1898—?），号萍水若翁，江西萍乡人。文氏生于世家，其母博通经史，曾注《道德经》，并著《明史正误》，对他有深刻的影响。文氏五岁读经，随又读史，在幼年便打下了中国传统文化知识的坚实基础，认识到作为世界文明古国的中国"必有其特异之点"。文公直十三岁时离开家乡，北上燕冀，因身长体壮，得以虚报年龄考入军校，在学习军事知识的同时，纵览欧洲及日本名著，尤其注重于世界史的知识。军校毕业后，文氏在军中任职。1916 至 1917 年间，他参加讨袁、护法诸役，追随孙中山，投身革命，转战沙场，领军杀敌，虽然南北奔驰，席不暇暖，仍利用旅途的一点空闲时间读书。1921 年，直系军阀吴佩孚属下的湖北督军王占元与湖南军阀赵恒惕开战，湘军由岳阳进攻湖北，王占元派孙传芳迎击，史称"湘鄂之役"。文氏当时在湘军中任职，奉令兴师，至长沙省亲，自觉"五六年来，若有所得，而细思之，则又杳无所得"，遂向其母请示，其母正著《明史正误》，便将案头参

1

考书给他，并说："儿习史，当于廿四史以外求之。"文氏听了，"乃如闻暮鼓晨钟，憬然知前此之但知读而不知考核参证之为大误也"。那个时候，政治风云多变，各地军阀们朝秦暮楚，一时表示拥护孙中山，支持革命，转瞬又投靠北洋军阀政府，反对孙中山，并且军阀之间分合不定，方始握手言欢，倏忽又刀兵相见。文氏作为职业军人，被上级所左右，本意为投身革命，但在军中身不由己，自难免感到困惑和苦恼，其母所谓"当于廿四史以外求之"，就是要他放宽眼界，不偏信官家一面之辞，多看看民间的各种意见，以明辨是非。他的母亲确是见识超群，这种高屋建瓴的历史观自然会使文公直拨开迷雾，憬然有所悟了。

1922年，文公直被诬入军狱，因为他受母亲教导，已然憬悟是非，故对此能泰然处之，以"铁窗风味，固革命军人所宜尝试。因借此狴犴生活，为劳生之休息，且畅读我书"的态度对待。一年后，孙中山令谭延闿为湖南省长兼湘军总司令，自广东发兵入湘讨赵，文氏旧部得以击退军阀，迎文氏出狱。即督师追击，转战长江。不久，广东军阀陈炯明进攻广州，孙中山令谭延闿回师解救，当时文公直部远在湘鄂交界最前线，被军阀截断退路，孤立无援。文氏知敌意在捕获自己，不愿因己而使部下全军覆没，遂将部卒托军中同事统率，孤身一人赴上海。在沪闲居经年，为势所迫，弃武为文，后受聘为《太平洋午报》编辑。1928年，文氏再度赋闲，遂执笔作《碧血丹心大侠传》，于1930年出版，此后至1933年，又陆续出版了第二部《碧血丹心于公传》和第三部《碧血丹心平藩传》，计划中尚有《碧血丹心卫国传》，未能完成。

《碧血丹心》系列作以明朝名臣于谦的事迹为主线贯穿全书，前三部写在明成祖朱棣、仁宗朱高炽和汉王朱高煦父子、兄弟间争夺政权的事件中侠客们的活动，由朱棣夺取政权写起，至朱高煦谋反，终于在侠客们的参与下，于谦擒获朱高煦。第四部拟以"土木之变"至于谦冤死为主线，这一部《碧血丹心卫国传》虽未完成，但作者在第一、二部末尾均曾预告，第三部末尾又为过渡到征番做了铺垫，可见作者早已成竹在胸。

《碧血丹心》系列作，动于1928年，而文氏立志作此，却是在1922至1923年身系军狱时。《碧血丹心大侠传》文氏自《序》云："榴花照眼时，枯寂之狱中，沉闷欲死。母慈兄友，为之向戚旧假得敝书一篓，以金饴狱吏，乃得入。直深感母兄之挚爱，一一检而读之。夜无灯火，则就如萤之看守灯光下，扪捴而翻叶。无意中，检得一残本，署曰《千古奇冤》。时以桁杨余生，睹斯四字，手颤心摇。急就窗棂曙色，急目速读，则所记为明代钱唐于忠肃公（廷益）之惨史也。书中人名、事迹，颇多为正史所无，而又民间传说所不及。如其确也，则此一卷之存，其为碧血丹心之灵，使之得传于世，而为五千年来唯一忠侠吐一口冤气乎？爰浏览三四，深蕴诸脑海中；复从狱卒假得楮墨，誊录一过。默念此身而不膏斧钺者，会当白此奇冤。"这是1923年5月间的事。文氏所见《千古奇冤》原本为文言列传体，一卷总三万言，在他出狱时，仓促未及携带抄本，原本又留在军阀割据的湖南，所以他写《碧血丹心》系列作时，只能根据记忆加以敷演，实际是一部借题发挥的创作。

　　了解上述这一段过程，有助于把握《碧血丹心》系列作的特点。首先，文氏此作既不是为了赚取稿酬，也不是为了消闲娱乐，而是意在言志，抒写自己对历史、对政治的看法。他在自《序》中说："直读史所得以为民族竞生存、争人格之英雄，当以岳忠武、文忠烈、于忠肃、史阁部为最。而岳忠武之声名，独能深入平民，国人无不知者，推其所以，则因说部与戏剧宣传之力也。然而国人以崇钦岳忠武之故，于民族之忠侠性激发不少。倘使文忠烈、于忠肃、史阁部之光明磊落、碧血丹心，尽入于人心，则我民族之光大为何如者？……唯独关于于忠肃，则除《千古奇冤》外，更无为之一言者。且有荒唐传奇，竟指于公为权奸者，则贼臣之裔颠倒混淆，欲以一手掩尽天下后世之耳目，尤使人愤懑无既。以于公之忠侠天成，保全华夏，卫我民族，于众议和让、行且为奴之际，以大无畏之精神，于无兵、无财之时，湔民族之奇耻大辱，破瓦剌而迎归英宗，求之五千年历史中，能雪耻复仇如是之痛快者，厥唯于公一人耳。乃五百年来，竟无人为之宣传，一般人亦淡焉若忘，……耻亦甚矣！直不敏，虽文不足以副志，辞不足以达意，而窃有愿焉，以为我所认为当为者则为之，毋以诿人，毋以望于人，是责任心也，亦人所当具也。为之而当，固无论矣；为之而不当，亦当有人纠之正之，则我首创之责，允当由我内心之驱使而定之行之也，……虽未能充分考据证实，而稗官家言，自不妨衍之成篇，但求无背志旨可耳。"文氏自少年时代投身革命，饱经坎坷，受政治权势斗争牵连，数度蒙冤，他的这一番话自不同于一般书生的泛泛高调。

文氏作《碧血丹心》，还有其现实针对性，自 1925 至 1929 的几年间，数度发生日本、英、美等帝国主义列强武装干涉中国内政、屠杀中国人民的事变或惨案。1925 年 5 月，上海日本商纱厂日籍职员枪杀中国工人，引起群众示威，英国巡捕开枪镇压，屠杀中国民众十余人，伤数十人，史称"五卅惨案"；同年 6 月，汉口码头工人游行示威，抗议英商太古公司英籍船员殴打中国工人，英国军警开枪镇压，屠杀中国工人八名，伤数十人，史称"汉口惨案"；十天后，广州工人、学生游行示威，抗议日、英的暴行，又遭英、法军队开枪镇压，屠杀中国民众五十余人，伤一百七十余人，史称"沙基惨案"；1926 年 3 月，日本军舰炮击天津大沽口，史称"大沽口事件"；同年 9 月，英国军舰炮击万县，死伤中国军民数千人，焚毁民房商店数百家，史称"万县惨案"；1927 年 3 月，英、美军舰炮击南京，死伤中国军民二千余人，史称"南京事件"；1928 年 5 月，日本侵略军攻占济南，奸淫掳掠，屠杀中国军民万余人，史称"济南惨案"；同年 6 月，日军预埋炸药，在皇姑屯炸死张作霖，史称"皇姑屯事件"。这一系列事件和惨案，使曾为革命军人的文公直深感蒙受了奇耻大辱，由此又引起他对当时流行小说的不满，故作《碧血丹心》以鼓舞中国人的斗志。

文氏著《碧血丹心》虽声言发扬武侠精神，但其胸中原激荡着一股冤抑不平之气。军人出身之文氏，不能征战沙场报效国家，被迫以笔代刀，纸上谈兵，其心情不言自明。这就使他笔下的武侠与一般武侠小说中之武侠有所不同，一般武侠小说着重的是惩恶扬善，除暴安良，路见不平，拔刀相助，着重的是正义感，而文氏笔下的武侠却着重在一个"忠"字。表面上看来，他写的是忠君，是一种落后于时代的封建意识，其实文氏所提倡的是忠于国家、民族，并非忠于君主个人。他笔下的君恰恰是不顾国家、民族利益，只顾个人权力的历史罪人。文氏在自《序》中把这一点说得很清楚，他说："朱元璋以匹夫而得天下于马上，驱异族出塞，其所本者民族之忠侠性耳，其功业之成固无文事也。乃既得称帝南都，苟安畏难，不为彻底之谋，而唯求永世之术，以八股愚民，以戮功之事；遂令国内无可用之兵，盈廷皆坐谈之士，于是而有瓦剌之祸，终成土木之辱，蹈宋之覆辙，而重演元首为俘囚之耻剧。幸以于忠肃公之忠侠奋发，力排迁都及乞和之议，得保全民族之安全，而不致为南宋之续。乃英宗朱祁镇图一己之私，忘救己之恩，毒害于公，而复宠宦竖，斥武侠，积弱所致，遂有清之祸。此就历来中夏之君论之，其证已显然昭示吾人矣。"这一主题预计在第四部《碧血丹心卫国传》中通过于谦冤死来完成，可惜计划未能实现，留下了一部不完整之作。文公直报国壮志未酬，冤抑不平，他写于谦就是写他自己，他写逆藩就是写当时的军阀，他写朱棣、朱祁镇就是写现实的当权误国者。司马迁《史记·太史公自序》云："夫《诗》《书》隐约者，欲遂其志之思也。昔西伯拘羑里，演《周易》；孔子厄陈、蔡，作《春秋》；屈原放逐，著《离骚》；左丘失明，厥有《国语》；孙子膑脚，而论兵法；不韦迁蜀，世传《吕览》；韩非囚秦，《说难》《孤愤》；《诗》三百篇，大抵贤圣发愤之所为作也。此人皆意有所郁结，不得通其道也，故述往事，思来者。"文氏《碧血丹心》也正是一部述往思来之作。作为历史武侠小说，不仅要以某个历史事件为背景去描述武侠故事，更要作者有一种针对现实的历史使命感。这正是文公直不同一般之处，我之看重《碧血丹心》，原因也在于此。

当然，作为小说，艺术表现技巧的优劣直接关系着它能否吸引读者。在这方面，文公直的文笔虽不能说十分高超，但也不失其生动流畅。一般说来，文氏的小说艺术重事实不重铺张，以行文明快、有条不

5

紊见长，特别是他写战争场面时，这种优点显示得更为突出，行军布阵，混战厮杀，都能面面顾到，条理分明。这自然是由于文氏曾受过系统的军校教育，又曾亲自领兵连年征战沙场，以军功获少将军衔，故而写起战争场面来游刃有余，但同时也表明他的文笔颇有功力，仅仅熟知战场实况而无相应的表达能力，心有余而力不足，也不能取得他这样的成绩。

文公直定居上海多年，也曾广泛浏览上海新出的各种小说，或即因此而使他的文笔具有了南派小说的风格，尤其是他笔下的女侠，颇有些类似包天笑笔下女性的味道。

在民国的历史武侠小说作家中，文公直可算最引人注目的一位，和当时上海的其他武侠小说名家相比，他的常识和文字功力并不弱于平江不肖生，较顾明道、姚民哀则尚胜一筹，可是他的作品却不如平江不肖生和顾明道的作品那样风行，这主要是由于文氏著文言志，重教育轻娱乐，重事实轻铺张，因而趣味性不足。文氏企图以《碧血丹心》挽颓唐之文艺，救民族之危亡，正当世对武侠之谬解，结果矫枉过正，反而削弱了作品吸引读者的力量，这不能不说是文氏的失策。

目　　录

1

自　序

　　我始祖黄帝轩辕公孙有熊氏，率我民族，辟土中原。即以民族精神战胜四方之蛮夷戎狄苗羌瑶番，乃抚有中夏长江黄河两大流域之大平原，从此以"智""仁""勇"教民，以"民族力"结众，因而保有光明丰美之东亚，永为斯土之主人翁。

　　夏商之世，即有戎狄之巨患，周之时，犬戎为虐，竟灭西周，而形成东周颓弱之局。汉代之匈奴、月氏，晋代之契丹，唐代之突厥，宋代之辽、夏、金、元，乃至清之祸，列强之毒，咸为异族之觊觎兹土者。侵略压迫，攫掠敲吸，无所不用其极，且无代无之。唯古代异族之来侵，无论其力量如何雄伟，据地如何广阔，而一究其结果，则莫不为我汉族所恢复，甚且并彼之民族，亦由我族同化之。历代异族如羌，如胡，乃至回释之有宗教者，辽清之有本土者，亦莫不如草遇风，言文衣食尽同化于华。

　　此种民族性之发扬，每在民族受极度侵略压迫之后，当民族一时间失败被压，暂时忍辱屈服之际，则必起壮烈之牺牲、勇毅之抗战。一以表现我民族不屈之精神，一以励后世复仇者之奋起。此种蓬勃壮伟之流血惨剧，每为后世民族奋起必得故土之先河。征诸往史，随在皆有迹象可寻，无待预防为列证而可确知者。

　　中国抗御异族至死不变者，五千年历史中，有彪炳千古之"民族四忠"。"四忠"者，即岳忠武（飞）、文忠烈（天祥）、于忠肃（谦）、史忠靖（可法）是也。亦有增诸葛忠武（亮）为"五忠"者。唯以

1

"四忠"死事之烈且惨，益以其死亡咸为千古奇冤，则比武乡侯所未尝遭遇者。乃迤世溯民族之雄，一般人每仅知岳忠武，而忘其他诸忠，夷考其由，则以有说部《说岳传》流布民间，为之宣传，故妇孺亦知岳王。于以见民众层中，舍说部外，无能普遍永传者。又，千古勇将岂仅赵云？而今则无不知子龙者，则《三国演义》写子龙特别出力之故也。

余束发受母教，母方从事于《元史正误》，且为先君完成《明史注》。检点图书之役，皆三家兄勃（公毅）及余任之。当即检选辑录四忠之历史事迹，及稗官笔记之逸闻遗事，以为之备。年来行役军伍，转战千里，随军进止，靡有暇晷。迄卸甲息影于海上，始拟走笔草《四忠演义》。初成《于忠肃传》，题曰《碧血丹心》。姜君侠魂见而欣然，攫未修之初稿以付印，且增书名为《大侠传》，非余之本意也（其中有未及修正之点甚伙，殊为歉憾）。今《史忠靖本传》草成，乃付校经山房王淡如先生为之刊行，并请诸纯武先生详加校勘。庶不再蹈前辙，贻误读者。本书初编时，余方任职于立法院编译处。为国事羁身，挈家居金陵。昕昼有暇晷，即往清凉山龙蟠里国学图书馆，搜罗采集，计得笔记八百九十余则。除关于岳、文、于三公者外，属于史公者达三之一。因先着手草成本书。王淡如先生为本书之刊行，心力交瘁。而尊重作者意见，于原题书名《赤胆忠心》外不再增一字，尤属难能。

本书今已与读者相见矣。而此次刊行者仅全书二分之一，尚有二分之一方在手民工作中。此书出齐后，即当续刊《正气孤忠》之文忠烈传，《精忠报国》之岳忠武传。即《碧血丹心》之于忠肃传亦当修正，节缩篇幅，重刊行世，以全初志，且免分歧。

方今国难綦深，东北沦陷，虾夷盗种之倭族鹰瞵虎眈，以我民族为其鱼肉。且世界二次大战之角声，已呜呜纷起于东亚西欧及南美，爆发既为必然。我民族之供人刀俎，已在目前。衡顾当今需要，我五千年文化、四万万同胞之中华民族，舍发扬民族四忠之精神，以激励民志，保卫国家外，实无法自救其国，更无以保障世界之和平。我全民族在今日八方风雨、匝地狼烟之中，为救死而决策，既舍此无他途。爱国健儿，卫族青年，瞻念前途，当知所取径矣。责令当局方以师前人，倡道德，行新生活，礼义廉耻为救死之道。吾人试考往史，卫族之忠，保国之烈，当无有能逾民族四忠者。爰特摘叙民族四忠之汗血史，撰为演义，以普遍灌输入全民心脑中，斯实当前唯一刻不容缓之举。余之为此，即希望我苦海血潭弹雨毒雾中之同胞，迅速扬我先人之忠烈，则中华民国庶几有豸乎！

　　本书承校经山房以服务文化、挽救国难之热忱，尽力助成，便得与国人相见，特此志谢！后此诸作，尤有赖于校经同人之共同努力。读者诸君拭目以待可也。

中华民国纪元第二十三年四月五日
萍水文公直（砥）序于剑胆琴心馆之南窗

第一章

赠利器勇将得良师
怀旧情慈父诲孝子

初冬天气，昼短夜长，做买卖的也比他时闲散。河南卫辉城里有一所赵云庆布店，掌柜的是个精明强干的小伙子。店里雇了三个伙计：两个是才出徒不多久的学徒，那一个却是个老成持重的经纪惯家。这人姓张名重明，原是江苏嘉定人氏，贩布来到河南。先时业立名成，便把家小接来，同在卫辉占籍。后来时运不济，生意折蚀了，便改着帮人营贸。好在他为人乐天安命，成败倒也不挂心怀。整日价孜孜吱吱，不用掌柜的调排，他就把店里拾掇得周全无缺，百不失一。因此宾主相安，三年如一日。

张重明的家眷就住在离店不远的一条小胡同里，店里完了事，便回家去照应妻子。他是个异乡人，又正值走下风，自然没个知心体己的相交。扔下个中年娘儿们，领着个十来岁的孩子，孤零寂处，要不是当家的能回来照应，就不让闲人欺负成个糯米粽子，也就难以立足。掌柜的因此十分原谅，竟让张重明每晚回家住宿。

这天，张重明回到家里，他家娘子俞氏听得叩门的声响，知道是丈夫回来了，照例问了一声，听得答声不错，便叫："涵儿，快去开门，你爸爸回来了。"涵儿听得，一面放开嗓子大叫"爸爸"，一面直蹦直跳地蹦到大门前，霍地拔下门插管儿，果然瞅见他爸爸面带微笑，呵着白气，跨进门来。涵儿迎上前，一把箍着他爸爸的两条腿，扬着小脸蛋儿，嘟着小嘴儿，哼哼唧唧直叫："爸爸！枣儿糕……枣儿糕……"张重明猛然记起早上出门时曾许下孩子晚上带枣儿糕回来给他吃，不料方才在路上凉风一吹，缩着脖子疾走，没瞥见枣儿糕担儿，便把这件事全忘得没影了。这时涵儿堵门一叫，顿时想起，却因素来不曾对孩子说过一句不诚实的话，不肯拿假话哄骗他，便直说道："好孩子，明儿准买给你。今儿爸爸闹忘了。"俞氏听得涵儿缠着他老子吵，便高声喝住。

张重明一手牵着涵儿小胳膊，直进院里来。俞氏沏了一壶茶送来，道："你躺会儿，我正做饭呢。"张重明笑道："谁要你陪着吗？你去做你的得啦。"涵儿待他妈回身出房去了，便掣身向炕头一钻，掬出一个二尺多长的卷儿，抱到他爸爸跟前，嘻着小嘴儿低声说道："爸爸你瞧，可不要让妈知道。"张重明意想不到这孩子上哪里去鼓捣了这大一包，也不知里面是什么东西，便接过来一瞅，却是个蜀锦包裹，裹扎得十分严密，顺手把外面的扣带扎绳松解了，展开来瞅时，却是一口镂金点翠、嵌玉叠丝的佩剑。忙握着剑把拔出剑来，陡觉得眼前如闪电欻过，耀眼生明。吓得朝后一仰，连忙定了定神，仔细瞅那剑，刃儿恰好二尺四五寸长，通体晶莹，射目如焰。

张重明猛然瞧见这般一件稀宝兵器，不觉发了呆，目不转睛地凝望着，一时倒说不出话来。涵儿见他爸爸老不作声，便轻轻地倚近前去，摇着他爸爸的胳膊，低问道："爸爸，你瞅好不好？能使不能使？"张重明猛然想起，这家伙怎么会在这孩子手里，不是偷来的吧？便喝问道："你哪儿去弄来的？这不是玩儿的家伙，你不要胡闹。"涵儿忙拉住他爸爸道："不要嚷，快不要让妈听见，我告诉你。"

张重明见涵儿这般形状，益发疑心是偷来的，正待正色教训他一番，勒令他送回原处。涵儿早仰着个苹果般脸儿，两腮颊凹着俩酒窝儿，双手齐摇道："不要急，不要骂。不是拿人家的，是人家送给我的。"张重明知道这孩子素来不会说谎，听了这话，更加诧异道："谁把这宝贝似的家伙随便送给你小孩儿呀？哦，邻舍小孩儿悄地偷来送你的，可是？这家伙是人家宝贝，小孩儿不知轻重，回头还要弄出大祸来。快送回去。"

涵儿一面哭着，一面发急道："我的爸爸呀！你不要絮絮叨叨，我还没说出来，就给送回去了？明白了你准不怪我的。"张重明诧异道："吓，有这道理吗？你且从头说给我听。"涵儿嬉皮笑脸地说道："可不是，我一说你就明白了。为什么老说人家偷呢？难道小孩儿全是贼吗？"张重明笑道："我不和你抬杠，快说这家伙从哪儿来的？"

涵儿站在地下，指手画脚说道："我今儿早上起来，妈出门买菜去了。我自个儿在屋里拾掇屋子。正洗着碗，忽然听得院子里有人吆喝。我出去一瞅，却是个要饭的花子。想着我妈学时见花子来就给一文钱，便转身取了一文钱给他。哪知那花子不要钱，却冲着我招手道：'哥儿，你过来，我不是来要饭。有人托我捎件东西给你，你拿去吧。'我记得妈常说要饭的没好人，不敢过去。那花子冲着我一笑，不知怎么一来，他就站在我跟前来了。我刚要逃进屋里，他就把这家伙捧出来递给我道：'哥儿，这是人家托我带来送给你的。知道你爱这个，所以赶快给你送来。另外还有个帖儿，你回头给你爸爸一瞅就明白了。回头我还每天来教你练武艺，练成个无敌好汉，你瞧可好？你可不要让你妈先晓得，必须你爸爸先知道，才能不收去这家伙。你爸爸知道了，自然会关照你妈，许你玩儿的。要不妈先知道了，家伙收了去，爸爸也不能知道，你也玩儿不成了。切记切记，不要闹忘啦。'说完了话，他又递了个纸团儿给我。我正按摊那纸团儿，一低头，那要饭的便不见了。再瞅那大门，依旧没开，也不知他打哪儿进来，打哪儿出去的。我一想一定是遇着神仙伯伯了，神仙伯伯说的话敢不听吗？我一直藏着，待你回来才拿来。这不是有张字帖儿吗？怎说我偷来的呢？"说着，小手儿一伸，向那剑鞘下一掬，便抓出一张字帖儿来，扬着向他爸爸脸上一捧道："你瞅，这不是吗？"

张重明先时不曾留心剑鞘下压着这么一张字帖儿，这里满心里正又喜又疑，见了这张字帖儿，无暇答涵儿的话，忙接过来，摊铺舒展了，定睛细瞧。上面写着：

虞山萧寺一别，十数年矣。人事沧桑，霜添两鬓，故人其无恙也耶？迩来萍踪漂泊，偶羁河畔，见于街头令郎君骨奇神俊，气宇轩昂，他年救世之雄也。访之久矣，幸而一遇，岂能交臂失之乎？既而知为故人子，益喜仁者有后。用先将于少保传留之虬龙剑付之，愿每日至街头庙中，尽我所能以授之，俾为吾道之砥柱，做国家之长城，挽斯末世，拯彼苍生。用上芜笺，敬恳俞允，命令郎逐日按时而至，毋荒毋辍，三年必能有成。惟艺未成时，祈勿语人，尊闻前亦希暂秘。我辈相见，亦期于令郎君龙蛇飞舞之会，可乎？叨在旧知，冒昧以请。诸维

爱照不宣

颟甄子

张重明瞅罢这字帖儿，心中陡起触起旧事，不觉连连点头。涵儿不知就里，呆了一会儿，见他爸爸老是瞅定那字帖儿，不开口说话，不知是甚意思，也就双眼瞪定，不作一声。

好一会儿，张重明忽然微喟一声，涵儿赶忙问道："爸爸，你怎么啦？"张重明微叹道："我想起一桩旧时事，心中有点儿感触，这是你不得明白的。这颟甄子要你每日去街头庙里，他教你武艺。你乐意时只管按时前去，我暂时不会和你妈说的。"涵儿听了，喜得心花怒放，却是同时心里又起了个疙瘩，不知爸爸为什么直叹气。正待要问，忽听得弓鞋木底声响，知道妈掇饭进来了，便住嘴不言语，并扯他爸爸一把。张重明会意，连忙把剑包好，顺手塞向炕角里，父子二人相对坐着。

俞氏掇着一条盘饭菜进屋子来，瞅见他爷儿俩端然对坐，扑哧一笑道："好吗！让我独个儿忙杀，也不见涵儿来帮我掇掇弄弄，原来你们爷儿俩正在相对参禅，真够劲儿啊。"张重明也笑答道："不要瞎编排人，谁参什么禅来？我正教他举止行为，回头还得送他到前街塾里去照旧念书去。"俞氏一面挪碗摆向炕几上，一面说道："可不是吗？孩子

4

又耽搁一节了。瞅他这么小，眨眨眼就该成大人了，还能让他老待在屋里鼓捣吗？我早就要对你说了，瞅你这几天店里忙得慌，你又不是快活时候，没的还拿孩子念书的事来和你尽着嘀咕。你瞅有时间上塾里去说一声，还是让他去念去。多少总念熟几个字儿，不比待在家里白玩儿强吗？"张重明道："不是那么说，孩子读书是第一桩要紧的事，怎能为我心绪不好便耽搁呢？我也不是不撂在心上，只因为想着上节那塾里学究才教了一本上孟，倒教了四个别字。再让他教下去，孩子将来大了，可成了个'别字精'了。所以他病好了，便不让他再上那塾里去。我四下里访了许久了，也没访着好学究。可巧今儿听说前街庙里有个新设帐的还不错，想要明天叫他去上学，方才正和他说着呢。"俞氏道："真的吗？这野马也该上槽了。有个地方让他去关着，我也少淘许多气。真是'养儿是晦气，朝夜不得息'。这个多月我就够受的了。就差神龛子没被他拔下来，旁的什么不弄个周到？扫帚当大刀，又衣杆儿算大枪，整天找野孩子开仗去。打着那院里孩子，还得给人家道不是去。你没大时候待在家里，你真不曾知道这位小爷的弄劲儿够多凶呢。"

说着话，饭菜都已摆好。涵儿半声不响，低着脑袋，盘膝端坐。心中正在想着他爸爸的话，快乐不已，他妈的话却只一半碰进耳朵的。他也不说什么，只一心琢磨着怎样去练武耍刀。直待他爸爸叫他吃饭，才抬头掇碗，跟着他爸爸胡乱嚼吞了两碗饭。俞氏陪着丈夫吃毕，便拾掇碗筷，舀水沏茶，忙了好一会儿。

饭后拾掇已毕，略坐着歇息一会儿，已是由黄昏天黑转到初更天气了。涵儿心中有事，也不出外屋去玩耍，只陪着坐了一会儿，便吵着要睡。俞氏当他听得明日要进塾去，心里着慌害怕，娘儿们到底疼爱儿子，便铺好被褥让他去睡觉。这时俞氏正怀着胎，独个儿睡在里面小屋子，张重明带着涵儿，父子俩在外炕上睡。张重明也因店里开门早，早睡早起惯了的，喝了几口茶，便脱衣上炕。俞氏待他爷儿俩都睡了，才掌着灯里外瞅了个周到，零星家伙全拾掇了，又给丈夫儿子沏了一壶过夜茶，包上暖络儿，撂在炕上，自己才进里屋里去睡。

涵儿哪里睡得着呢，死命将俩眼皮抿合紧闭，直紧到眼睫生痛，更加满心烦躁。侧耳细听，他爸爸也在不住地翻来覆去，不曾睡熟。再昂头离枕细听，里面屋里却没一点儿声音，只有他妈妈的鼻息长长地一呼一吸，知道妈已经睡着了。她整日价累着，一上炕睡着了，这一时断不会醒来。想到这里，再也耐不住了，小肘一撑，欻地坐起来。

张重明这时正大撑着两只眼，瞅着纸窗棂里透进来的朦胧寒月淡影，心中却在盘算涵儿学艺的事。这事没人可与商量，只好独个儿自问自解。才想到深处，忽见涵儿翻身坐起来，疑他梦魇，惊问道："孩子，怎么了？快躺着，天冷了，小心受寒。"涵儿恐怕他爸爸大嗓子惊醒他妈，忙俯身近他爸爸，使小手向他爸爸脸乱摇，低声道："爸爸，不要嚷唤，我想着有句话要问你，老睡不着。你不是也醒着吗？趁这时妈睡熟了，咱爷儿俩来说说话儿。要不明儿你老早上柜上去了，我又得多憋上一整天，怪难受的。"张重明听他这般说，心中已料到八九成他想问什么话。竖耳一听，俞氏仍旧微微呼着，不曾被惊醒，便向涵儿道："你有什么不安心的，尽管问吧。免得撂在心里悬着，明儿分了学艺的心，反倒不好。"

涵儿见爸爸答应告诉他，心中先就一喜，低问道："爸爸，那字帖儿下角里写着的三个字，底下是个'子'字的，可是那要饭花子的姓名？"张重明答道："是他的别号，叫'甀甄子'。那俩字儿你还未读过，难怪你不识。甀甄子的真姓名从来没有人知道。问他时也不肯说。他并不是个要饭的花子，不过时常那般打扮，遮遮俗人的眼睛罢了。你当他真要饭吗？傻孩子。"涵儿笑答道："我就疑心他不是个真花子。瞅他拿这般好家伙送人，要真是个花子，他不会卖了来制衣度日吗？哪能白给旁人呢？爸爸，你怎知道他这般打扮，是为要遮俗人眼睛呢？你认识他吗？"张重明道："你问这事吗？根源远着啦。你能熬着不睡，我便详细说给你听。"

第二章

作虎伥卖国贼覆巢
护雏雄独行侠仗义

涵儿听得他爸爸肯告诉他甄甄子的缘由，直喜得小心眼乱蹦，瞌睡顿时歘地散得无影无踪。立刻爬起来，披着衣，眉开眼笑聚精会神地候在他爸爸枕头旁，凝眸倾耳地静待他爸爸发话。张重明轻轻地咳嗽一声，吐了口中痰。涵儿连忙向暖络儿里取出茶壶茶杯来，斟上一杯茶，捧着递张重明。张重明就枕上昂颈，转头喝了两口，摇摇头，涵儿才把剩茶喝了，又拾掇了壶杯和暖络儿，嘻着小嘴儿悄声问道："爸爸，你怎认识那甄甄子的？"张重明笑道："你真是急猴子，我告诉你吧——

"我小时节也和你一般，是个苦人家孩子。那时你公公在一家姓盛的乡绅人家教书。那坐馆训童的生活，可不比我现在天天能回家来瞧顾，一年只得年头年尾才能回家歇息几天。你奶奶不放心，要叫我跟到馆去。一来侍候老子；二来免得抛荒书本儿；三来也免得父子两头牵记。盛家为人很厚道，提这话就满口答应，说：'学究亲子亲侄有多少全带到馆里去吧。咱小舍人正愁着寂寞，没多人伴他念书，这里有人肯屈到敝庄时，真是求之不得。'并且决意不肯收饭食钱。从此我就侍父做客，到年时同回同去，似这般一直过了三年。

"在那时，咱们家还有些田地山园，家中不用着急吃用。你公公原可以不必出去教学坐馆，只因他老人家念了一辈子书，连个秀才都不曾考得。后来由监生下大场，也是每科落空，憋得满肚皮牢骚，深恨自己命不如人。时常自己发恨道：'照文章说，点个把翰林也不难，何至于每回榜上无名？这一定是命不如人。'所以一定要教几个学生出来，争这口气。再就因为坐在家里闷得慌，开蒙童馆又嫌烦，出去坐馆，并不是十分劳苦事，很可以借此消遣。这一次在盛家连坐三年馆，教得那位小舍人盛春涛和他的表兄孟琼士一同进学，得了秀才。这是你公公生平第一桩开心事，真比他两家父母还要欢欣十倍。

"盛春涛既已身入黉门，他家便不请坐馆的学究了。合送了二百两银子、四色水礼、八段彩缎，恭送先生回家。这谢礼着实是最丰富的了。却是你公公意不在此，深憾为两家不再请他老人家去，接着教下去，教出俩举人来。因他自己心肠一热，便不待他家来请，时常自走去指点那两位秀才攻读。有时也和盛家老庄主盛致和商量代春涛等寻订一两个研友，评改几篇文章。

"有一年，正当开科取士之年，你公公老早就带着我到盛家去帮着忙场事。指点他家预备场里应用的东西，并教俩舍人赶紧瞧各科闱墨，多读文章，温记经题，忙了好几十天。到场期将近，盛家因你公公是熟手，便托他老人家送场。动身上省时，还高兴得了不得，大笑大乐。哪知送场之后，待得俩舍人出闱时，你公公已经病倒床上，人事不知了。这病起初时是伤寒，后来又加痢疾。一天比一天沉重。想要送他老人家回家，又怕病人受不了路途辛苦，路上闹出岔子来，更不好办。我那时随侍在旁，急得没法，只得候人静后，独个焚香告天，割股煎药。不想你公公喝了那帖药，病就松了许多。便星夜赶回家来调理。

"我家和盛家的交谊由此日深，孟琼士、盛春涛哥儿俩更是事师如父，异常恭敬，格外周到。那一科发榜，只中了孟琼士，那盛春涛仅仅得中一名副榜。你公公便留盛春涛在我家读书解闷。不料才住了十八天，忽然来一封急信，说是盛家被倭寇烧抢，一家子男女老幼全被杀尽，只逃出一个孟琼士。当时伤心痛哭，那些事且不去说它。

"那孟琼士是盛春涛的表哥，他妈就是盛家的女儿。自幼年时老子死了，寒士人家，一无所有。他妈便带了他寄养母家。一直到他中举，还是住在盛家，不曾另立门户。那孟家娘子——就是盛春涛的姑母——早几年就染疫身亡。可巧这年出了这倭寇烧杀的惨事，盛家一家子尽死于一日，孟琼士却居然脱身保得性命。盛家的人就只剩得个在我家做客的盛春涛。你公公为这事悲愤交集，老病复发，我百般设法救治，全来不及，只两夜急病就归西去了。这一来，盛春涛更是连个诉说解劝的人都没了。痛全家之外，更加上一层痛恩师的苦恼悲惨，真是走入了非人生忍闻忍见之境了。

"孟琼士逃得性命之后，不知怎样一直没来瞅探过这个苦表弟。并且听说没多几时，便娶了一房家小。虽然也曾下帖来请师父一家子，却没提他那表弟。这几下一凑合起来，盛春涛悲思苦想，忽然想起，说是倭寇一定是孟琼士勾来的，马上就要去扭孟琼士打官司。我一家子都苦苦拦劝，不让他去。怎奈他执意一口咬定，千言万语说他不转。过了一天，早上起来时，忽然不见了盛春涛。大伙儿都猜他一定去扭孟琼士打官司去了。我因为和他俩都是幼年窗友，我不去劝解还有谁去？便连饭也没吃，急忙披了件衣服就奔。

"那孟家的新居，在他喜事下帖时就写上地名的。盛春涛自然依着那地名去找，我便也直奔那里。赶到孟家门口，也来不及细瞅，更没暇通报，就径闯进去。不料跨到堂上，劈面撞着孟琼士。一瞅他竟似个没事人儿一般，也不见盛春涛的踪影。当下我十分诧异，呆瞅着不能作声。孟琼士不知我因甚事这般慌慌张张，闯冲砸碰直入内堂，还估量着是我自身有什么紧急事情去找他呢。马上拉我到里面，叙了几句亲密交情话，便问我：'兄弟，你有什么事这么着急呀？你只管说，我总尽我的力量帮你到底。'我一听这话，知道他错会了意思了，当时心中又怕他和盛春涛大起纠缠，闹出大岔子来。便绝不隐瞒，径说道：'盛家兄弟怪了你，说倭寇是你勾来的。他说："要不怎么我一家子人全死，独有他留得性命？而且他一逃出来就能成家立业娶媳妇，一时哪来许多钱使呢？我和他无冤无仇，又为什么陡然和我断绝往来呢？"他如今来找你去打官司，你快躲一躲风头。待他这股气消歇下去时，我再设法劝他醒悟。'孟琼士听得这话，马上攮着个拳头向几上一搥，皱紧眉头，恨声说道：'唉，我早知道他必有这一天。'我诧异极了，忙问他：'你既是早知道他必有这一天，为什么不早谋消泯呢？再说，你为什么要和他断绝来往呢？'

"他先叹了一口气，恨声说：'如今一时也说不了许多，简直告诉你，就算倭寇是我招来的吧，就让春涛拉我到县相公堂上，我也是这句话，死就死，绝没二言。'我听他这般说，更加奇怪。便一定要根问个缘由。他被我问急了，才说：'对你说原没紧要，不过这事关联极大，你知道了，千万不能漏半个字给旁人知道。老实告诉你，倭寇实在是招来的。就说是我招来的也可以。'我听这话，更加糊涂。便死死地要追问个明白。孟琼士被我逼得没法，才尽情吐出实话来。

"原来盛家的老庄主盛致和本不是个正经出身。幼年时不知犯了件什么案子，不能在家乡立脚，便入了海贼伙，跟着一班大盗打家劫舍，骚扰沿海各地。后来渐渐地交通倭寇，学得倭话，便专一导引倭人和我国奸商往来贸易，很得些利益。及至海寇被官军剿散，盛致和便到嘉定乡下来落业，只说是生意人，发了点儿财，归农养老，更接了他的姊妹人等同住。他却仍然暗中通倭。倭寇因他曾做海盗，沿海地方何处富庶，可供饱掠，哪里有兵防守，不可进攻，他全明白，再加上他能说倭话，更是便当。便暗地托他做个坐探，而且是坐地分赃的大窝家。盛致和外面上却仍然装作古朴，还做些浮面博名的善事掩人耳目。人家只知他家代洋人买卖珠宝，是个诚实好义的商人，却不道他竟是个私通外国为害海疆的巨憝。

"那年，盛致和暗地通知倭人，说是苏州、松江两城素多富户，现在因辽东事急，调兵北上，苏松海岸疏防，可火速前来，以一支径取苏州，一支径赴松江。既可以饱掠，且不愁退路。可是没约定日子。那倭酋得信，不知因甚耽搁了，迟了十多天才扬帆来到，便贸然登岸。海边自有盛致和派在那里常待着的引路向导，引着倭寇漏夜就走。路上杀了些巡哨兵卒，便分取苏松。海塘上大队官兵得讯，连忙出队，一面追杀，一面截断倭寇归海的路径。倭寇一心相信了盛致和的话，当是沿海没多兵，一直窜进。不料苏松守将早已得讯，加上刚调到的石砫女元帅秦良玉部下的白杆兵由秦女帅的胞弟秦邦翰统带，四面截杀，倭寇大败亏输。不但不曾劫得财物，反而十停折了九停。

"官兵苏松守将怎么得讯的呢？这就和孟琼士有关了。盛致和干这些事谨密极了，连自己家里人也不使知道半点儿踪影。就是孟琼士的妈没死时，也不曾知道些微风讯。这一趟倭寇上岸时，海边奸细便加紧送信给盛致和。恰巧那天夜里孟琼士口渴，见童仆都睡了，自己寄食人家，不肯任意叫唤他们起来，免得惹人讨厌。便自己独自悄悄地到灶下去取热水泡茶。走到他母舅窗下路过时，见窗下两个壮丁正在瞌睡，窗纸上人影幢幢，声音细杂。年轻人的心事觉得这事儿奇怪，便向窗纸缝里偷着去觑一觑。哪知正是倭寇派来的先锋探子，正在和盛致和商量挽救计策。旁边还有两个鬼头鬼脑的中国人也在那里夹说。因此有时都说中国话。孟琼士才听出是商量要转攻嘉定，大掠通州，再入海回国。

"孟琼士不知这事是他母舅主办的，只当是母舅做洋人生意，因此认识的洋人他们不得转弯时，便来讨个计较罢了，还不知道就是母舅主谋的。当时心中义愤一激，想着这事我要不出首，揭破倭奴诡谋，这嘉定通州一带地方百姓岂不要被倭奴蹂躏个尽绝？那惨祸还堪设想吗？如今盗贼正在恣意横行，民间困苦万状，哪能再经番鬼来加劲掠杀？越想越急，便慨然决计消弭这大祸。便暗地详详细细写了一封匿名书，把那听得的秘计和盘托出，只没提盛致和的名儿。写好之后，径自送到石砫兵营里去。这一来官府自然照书截杀。不用说，倭寇这趟全军覆没，完全是断送在孟琼士一封书上，却是嘉定等地方的小百姓可真是受惠匪浅了。

"那倭寇是兽性天成、以杀为乐的野种，只知道'利'，不知道'义'。这一趟既然损兵折将，几乎片甲不回，大失其利，便把以前盛致和代他们做走狗的功劳全忘了个干净。竟一口咬定是盛致和受了中国官府的嘱命，特地设下这个圈套，叫他们来钻的。一口横暴凶气就此移向盛家。那些残余倭寇便掉转头来，把盛家一家焚劫淫杀，闹了个干净。孟琼士却因为暗地得着秘信之后，便脱身离了盛家，所以没受这一难。到后来事情闹糟了，悔也悔不过来，并且没可后悔的。这本是一桩不能兼顾周全的事，到这时也无可调派了。

"孟琼士把这话前前后后告诉了我，并说：'"我虽不杀伯仁，伯仁由我而死。"我因为这一点心里不安，便打定主意，赶紧娶妻，传得个儿子，使祖宗不为敖氏之鬼，便自刎于母舅坟前，以明我心。到那时再留书详告表弟春涛，使他明白。如今他既是要寻我打官司，我便到官自承，求得一死，也是一般。只是我死后，求你把话告诉盛家兄弟，我就瞑目甘心、含笑九泉了。却是这时千万不能漏半个字。你要不听我，把这话说出去，可不要怪我到堂上时，把你咬在里头。'我听了他这话，更加着急。连忙劝他千万不要那么闹，待我来慢慢地劝解盛春涛。

"哪知盛春涛先到县里喊冤告状，我正在劝孟琼士时，他恰带领衙役奔到，不由分说，一链锁上，拉着就走。连我也要带去，还亏盛春涛说：'他不是孟家人，不要错拿了。'我才得脱身。却是心中放心不下，仍旧到衙门来看审。盛春涛正在堂上对质，一眼瞥见我，似乎还怪我多事，使眼瞪我。我只做没瞅见，一心想乘机上堂去，把实情剖白出来。那时孟家一家子全捉到了。孟琼士一上堂就说：'这事不用问全是我干的。连以前若干次倭寇闹海扰疆，全是我干的。请老父台不必再累旁人，更请以后无论是谁来翻案再拖到他家时，一律驳斥，免得有借此陷人的冤案。这事我干，自然由我领罪。'说话时气概轩昂，慷慨鸿声，绝无忧惧。瞅的人全赞说：'这才是敢作敢当的好汉子。'可怜我那时心里不知要怎样才好。正打定主意，拼命上堂去，说出实情来。不道孟琼士话才说完，踊身一蹦，倒头朝下，猛然向堂前石板上一触，顿时脑浆迸溅，甩身躺地，做了个含冤报恩的烈鬼。我如今想起，心头还生痛……"

张重明说到这里，忍不住热泪盈眶，咳呛不止。涵儿忙攥着小拳头，给他爸爸捶背。待他爸喘匀了，又斟了一杯茶，捧给他爸爸喝了，才缓缓地细声问道："爸爸说的这桩事，那姓孟的真算是个大英雄、好汉子。做人就得做这等人，才不枉生世上一场。那甗甄子可就是这姓孟的什么人吗？"

张重明答道："那甗甄子虽和孟琼士有些关联，却不是孟琼士的什么人。甗甄子是一位大剑侠，所传的弟子全是当今身担国家重担的大忠义英雄。据说他也是个不得志的孤臣，练成一身惊人武艺，行侠四方。所做的仁行义举，不知有几千百件。却是人只晓得他的别号'甗甄子'，人称他为'独行侠'，从来没人知道他的真名实姓。

"那孟琼士当堂自尽之后，官府自然是糊涂了案，加上几句'畏罪自杀'的按语详报上去，就此完案。那些学里秀才和孟琼士的一班同年举子，全都因为他当堂自承，还怕惹祸上身，谁肯给他出头洗刷？这般一位侠烈好汉，竟蒙个不濯的骂名，含恨归泉。死后亏得一班人可怜他那种勇壮精神，也有些疑心这事一定有冤枉在内的，便保全了孟家那个未亡人——孟琼士的媳妇。我听得信，忙去接来我家居住。那孟奶奶竟不哭不笑，不用人劝慰，竟和平常人一般。哪知她早已坚心定志，只待过了六个月，平安产了一个肥胖黑孩儿。满月之后，她一定要雇个奶妈。她选了好几个才选中了。当面嘱咐好，一定要做满三年。又过了几天，瞅瞅孩子很好，便说要上她丈夫的坟去。我家不好拦阻她不去，且见她原不伤心，便由她自去。你妈还陪着一同到坟上，想待她伤心时好劝解。她到了坟上，安安详详祭拜过了，仍是不哭不叹，却向你妈磕下头去，一面大声说道：'我孟家一块肉，不得求哥哥嫂嫂念生死交情看顾些儿，累了哥哥嫂嫂，来生再报。我叩谢哥哥嫂嫂，使我能够放心遂愿。'你妈一时不知她为什么，刚要拉她起来安慰一番，她竟就此踊身蹦起，和她丈夫一般倒身向下，头触墓前大石，魂随夫子去了。"

涵儿听了，竖起身来道："啊呀！这才是人哪！"张重明笑道："你不要岔呀，这就说到甗甄子了。"涵儿也笑道："那甗甄子既是和这样的奇人有关联的，不用说一定是个顶天立地少有少见的好汉。"说着喜滋滋，精神陡涨，毫不觉倦，潜心聚神，倾听他爸爸朝下接说下去。

张重明这时也提起一股精神，浑忘寒夜，接续说道："后来我因为孟夫人这般节烈，便揣她的遗意，给她合葬在孟琼士坟墓里，重竖碑碣，加筑坟圈儿。诸事完毕，才带着孟家孩子和奶妈回来。这孩子在他妈怀孕时，他父亲就说过：'不论生下来是男是女，都取名叫孟容，让他将来长大时，常常记着"有容德乃大"的一句古训。'所以小名就叫容儿。这容儿在我家养到三岁时，长得黑森森的，很像他老子。却是从来不哭不笑，铁孩子似的。能走路吃饭了，还是那样，也不顽皮，更不和旁的孩子结伴。大家全说他：'这个烈种将来一定又是个烈汉。'

"有一天午饭后，奶妈领着容儿在外面院子里玩儿，奶妈一转头，忽然间容儿不见了。不用说，我一家子自然比死了人还急得厉害。当下四处寻访，敲铜锣，贴招纸，什么都闹到了，也不曾寻着半点儿影儿。我急得一夜没睡，连奔了两天。到第二天夜里，独自坐在外厢灯下细想，想要把奶妈送官拷问。因为她说的丢孩子时情形太荒唐了，疑心她在里捣鬼。

"心中方才计想停妥，忽然窗槅一动，从那罅隙里欻地掷进一团白东西来。我连忙起身过去，拾起来一瞅，却是一张字帖儿。细瞅上面写的字时，却是约我在次早辰巳之交，到关王庙相会，可以见着孟容。并说，若是带一个人去，或是向旁人说知，便见不着还有祸上身。纸角下面也是写的甑甄子三字名儿。我这时早已因盛孟两姓的事弄得心寒意淡，步步小心。见了这字帖儿想了大半夜，决定独自去瞧一趟，一来为孟氏这一点儿血脉，二来瞅那字帖儿掷进来的情景，这人很像个世人传说的剑侠，倒要去瞧瞧是怎样个人，冒这番险难，总算值得。

"这一夜也没讨得好睡，挨到天亮，擦一把脸，胡乱拾掇了巾衫，带了些银两，便向关王庙来。十来里路，一霎时就走到了。到时天色还早，在庙里溜达了一会儿，忽见一个书生模样的人，也不知他打哪儿出来的，向我扫地一揖道：'足下就是张舍人吗?'我连忙答礼回问，果然他就是甑甄子。当下我和他坐在那庙后石磴上，彼此细谈，才知他真是个打抱不平的豪杰。他带了孟容去，只是为他身世可怜，资质极好，要传授本领给他。我初时不相信，后来他说：'我就为这一桩事，耽搁在此地也不妨。你要不放心时，每隔几天来瞧瞧孩子，看我带得好不好。如果不好，任你怎样。这办法可好？'我因孩子到了他手里，没法只得答应了。他又和我约定，不能使他人知道，就是夫妻间也不能漏风。如果违约，便带了孩子他去。我也答应了，当下对神盟誓，他才去了。一会儿领着孩子来见我，容儿果然很好，似乎面容比先还要光彩些，我放了一半心。

　　"这般一过几年，我因为家计不好，决计搬家到这儿来。甄甄子真是信实人，他竟带了孟容也搬到这里。直到前年孟容已十六岁了，人大艺成，下武场连考得秀才举人，进京去会试。甄甄子才忽然不见了。我正想念着他，难得他还来教训你。这真我家祖德宗功。孩子，你福分真不浅。"

第三章

坚心志小杰拜大师
寄深情名驹归壮士

涵儿听他爸爸说完这桩奇事，心中喜愤交迸。喜的是自己所遇的甑甑子，竟是当代义侠，更难得的是爸爸知道他为人，允许自己拜师学艺；愤的是孟家这件冤案，荡起满心不平。便向他爸爸说道："爸爸，我明儿准定去拜那位甑甑子为师，学成了本领时，先代那孟容的父母申冤。"

张重明道："孟家的冤是无从申报的。一来孟琼士一片苦心，是为了报盛家养葬他的老母和教养他自身的恩德，后人绝不能为他再去给盛家吃亏，使他九泉侠魄不安；二来盛春涛因这事深自怨悔，从此弃家远行，直到如今不知下落，你又找谁代孟家报仇去呢？孟琼士的儿子孟容比你大好几岁，武艺也练成了。他和他师父却都满不提这桩事，大概也就为的这个缘故。你学艺成时，只要能为天地存正气，打尽人间不平，也就不负父师一番教养深心，也不枉你这一副天生筋骨。如今邪僻事儿要人管的多着哪，哪止孟盛两家这一件事？你只要好好先把武艺练成功，还怕没事做吗？要真的学成了武艺，反没事可干时，那倒是唐虞盛世了。"

涵儿听了这番话，心中似乎明白了许多，顿时把全个心全扑在学武习艺上，旁的事都丢开暂且不萦在心里。默默地想了一会儿，又想起一桩事来，问他爸爸道："爸爸，你明儿去不去会会那位甑甑子？"张重明道："我和他相交许久，已是老朋友了，哪有得着他的信儿不去会他的道理？"

说话时，天已黎明，纸窗棂里透进微微的白光，刺人倦眼。张重明翻身坐起道："贪说话，竟说到天明了。甄瓽子那字帖儿上不是说要你没人时到庙里去吗？这儿只有早上大家都忙着各人的生活，没人到那庙里去，一过中午，可就有烧香的来去了。料想甄瓽子是当代大侠，量来他总明白那庙里什么时候最清静，才这般写上的。咱爷儿俩就趁这时走一趟，准不会错。"涵儿听得大喜道："我只愁爸爸一夜没睡觉，这时不好去得。既是爸爸说去，那是再好没有了。"张重明叹道："孩子，你哪里知道，你爸爸自幼到如今，这整夜不合眼白天照旧忙的生活，几十年来早弄惯了，哪只今儿这一遭啊！"

涵儿听了这话，心中陡然起了无限心事，不知怎么，总觉着要哭又哭不出，只强忍着，呆呆地瞧着他爸爸着袜披衣。张重明见他发愣，便道："怎么不快穿衣呢？呆什么？"一句话提醒了涵儿，才记起拜师的事，连忙将衣服穿好。俞氏在后房惊问道："早着呢，你不多躺会儿歇歇？涵儿，你这么早忙些什么？"张重明答道："我领涵儿去走家人家就回来的，你躺着吧，不用起来了。"

俞氏听得他爷儿俩一同出去，哪肯不起身。连忙拾掇下炕，到厨下提起灰堆里的水罐，先沏了一壶，又倾了一盆水，再注了两杯温水，摺在盆中，掇着送进屋里。候丈夫洗盥漱了，再给儿子擦脸，叫他漱嘴。忙了一会儿，天上才只微亮。张重明见俞氏忙着，很不过意，便道："你去歇着吧，这些事我都会拾掇的。"俞氏道："不打紧，我精神很好。还得给你关门啦。"张重明听得，便领着涵儿出房道："咱们快去，让你妈好关上门回来歇会儿。"俞氏笑道："不忙啊，我反正醒了就不能再躺下的。"说着，张重明父子已到门前，拔下门插管儿，开门出去了。俞氏仍插好门，才回身去拾掇屋里琐事。

张重明父子俩出了家门，便顺着大路到那街口外面一所古庙中来。那所庙原是精忠祠，内中供的是宋朝鄂忠武王岳飞。父子二人进到庙里，从廊下直到殿上，朝着神像参拜过了，转向龛后，穿过屏门到后殿，不曾见有人影，那通后园的门上了锁。平日庙里香火老儿是从后园通街的后门出入，不走这边的，所以那门常年锁着。张重明便领着就蒲团上坐下，和涵儿讲些岳王的故事解闷。

不多时，张重明忽觉得有个人在他肩头轻轻地拍了一掌，陡然间不觉吃了一惊，连忙回头瞅时，正是那多年不见的独行侠甄甄子，喜道："你老什么时候来的？我竟一点儿不知道。"甄甄子笑道："我刚打这门里进来，见你正说故事说得有味得很，所以没惊动你，站在你身后听了一会儿了，你不曾觉着吗？"张重明素来知道他行动不比常人，便不深说，相对一笑而罢。

涵儿在他爸爸骤断话语，突然回头时，已经触起：莫不是师父到了吗？跟着偏颈一瞅，只见他爸爸身后立着个头戴青方巾、身穿蓝直裰、腰束黄鸾带、足踏双梁方鞋，生得头方身长、眉华目朗、面圆耳大、鼻直髯浓，神貌约莫才四十来岁年纪的一位长者。正含笑点头，似乎在招呼着。瞧那形态飘然，丰神潇洒，哪里是昨日所见的龌龊样儿？竟是全换过了一个人，涵儿是全不认识了。

张重明叫了声："涵儿过来见过师父。"涵儿便端端正正恭恭敬敬拜了八拜，甄甄子拱手还礼。张重明待他儿子拜毕，才对甄甄子躬身施礼道："犬子得蒙成全，张氏祖宗也感念大德。我素知先生是不受俗仪的，不敢奉上贽敬，冒渎清高。感激下忱，好借此一拜，聊表万一。"甄甄子笑着还礼道："你怎么这么客气？老实说，我初见他生得一身奇骨，知道将来必是一位顶天立地的奇男子，便有心要成全他。后来闻得是老兄的令郎，那我更义不容辞了。我只是为天下磋磨英才，你又何必谢得？"张重明道："我是个蠢俗市侩，不明大道。先生至理名言，我只有拜服的份儿，再不敢枉赞一词。如今只求先生成全这孩子。孩子不率教时，求尽量责罚，虽死无怨。千万不要驱逐，使他半途而废。"甄甄子答道："他是个有来处有去处的英雄，这些用不着你我烦心的。我也不过是做个引途老马罢了。大勇奇忠，他生时早已带来，不是我所能教成的。你放心，三四年间，还你一个英雄少年就是了。"张重明听得这些话，心花怒放，喜出望外，忙又逊谢了一番，才转身叮咛涵儿道："必须遵教，不许稍有违失。"涵儿躬身答应了，张重明方告别回去。

甄甄子拉着涵儿的手，送张重明出了庙门，回身到后面来。甄甄子叫涵儿坐下，涵儿告过罪，才面对师父，一同斜身跌坐在蒲团上面。甄甄子先问他："叫什么名字？"涵儿答道："没有名字，家中父母叫我'涵儿'。"甄甄子道："这'涵'字诠义甚好，正合做你的名儿。你就叫'张涵'吧。我再给你题个别字叫'凝之'，合上你这名的字义。"涵儿起身谢了师父，后来就叫"张涵"了。

自从这一日起，张涵每天和他爸爸一同起身，擦一把脸就到精忠祠来。他妈有时问起，他父子都说是在近处附学识字，俞氏也就不追问了。却是张涵自此身力日壮，食量也渐大起来。不上三个月，就吃得比他爸爸还多。甄甄子知他家寒，有时暗地里送些银两，撂在张重明枕边衾角，并留字说明。张重明知他是个扶弱济贫的侠客，施恩不望报，而且你去谢他时，他竟绷着脸，不认是他送的。只得心里感激无限，时常暗地切嘱张涵，不要辜负师父的恩德。

时光易过，转瞬一年。张涵已练得拳脚利落，等闲二三百斤的东西，只当抛纸球儿似的，扔来摔去。甄甄子便带着教他念书。张涵虽不是绝顶聪明，却也能过目成诵。似这般又过了一年，甄甄子既倾心教授，张涵也尽心学习，竟然学得刀剑俱精，文章清朗。一连四年，张涵武艺已成，文章通顺，且学得许多经世实学。身躯也长大如成人，长得彩眉星目，方面阔口，紫黑脸皮，挺壮身腰，俨然一条好汉。

这天正当夏季，黄昏后，张重明正在园里乘凉，想着自己已略有积蓄，辛苦贮积得五十两银子了。孩子的师父是个任吗都没有的寒士，来这两三年了，有的东西也敝破了。瞧着天气转凉，待我置备些行囊送给他吧。正独自估量着，眼前一闪，忽见甄甄子牵着一匹紫黑色的枣骝马，笑嘻嘻地走来，将马系在豆棚柱上，便过来和张重明点头招呼，共坐在豆棚纳凉。

张重明问道："先生买了一头代步吗？口头可嫩呀？"甑甄子笑道："这不是我的，我整年仗着两腿还健，用不着这畜生。可是这头牲口我访了一整年才访得，口头才一岁多点儿，还是一只驹儿呢。"张重明听得，便起身走近去瞧，见那紫骝足有六尺多高，比寻常大马高了许多，竟还是匹雏驹，若待齿长蹄坚时，怕不要过八尺吗？再瞧那马背负着全副雕花金丝的鞍垫，枣花缎绣花衬褥，两头辔头后鞦全是叠金丝万字织成。鞍鞯旁斜挂着一条缠花明筋龙须鞭，马项下一大串镂金灿金鸾铃，马脸上映带着两只串龙飞金嚼环。月光下，映得人眼花。衬着那马通身没一茎杂毛，阔额大眼，长鬣宽背，螳螂脖子盏儿蹄，直插腰身琵琶腿，真果是神驹天骏，自来不曾见过，不觉脱口赞道："好一头龙驹！不是先生也骑不了它。"甑甄子笑道："我说过不是我的了。你过来我告诉你。"张重明瞅着那马委实龙骏，满心恋恋不舍，一面走过来，一面还回头瞅着道："不是先生的吗？也得个大福分人才消受得啊！"

甑甄子微笑道："大福分人吗？我正待送给你家呢。"张重明听了一惊道："啊哟，先生不要打哈哈吧！我们这人家怎够得上养牲口呢？就算要只牲口使唤时，得个蠢驴儿已经算是大福分了。似这般一辈子梦也难梦见尖儿尖的头等蹄口，它比我自己就高多了，我怎配使唤它呀！要说是先生您的坐骑，让我来服侍服侍它，那我倒还够个料儿。"甑甄子正色道："重明哥，我不说谎话的。这牲口真是代你家找的。"张重明双手直摇道："我的先生，您不要折我，我受不了，我没这福分。"甑甄子拍着身旁凳子，向张重明道："你过来坐下，我细细告诉你。"张重明满心不懂，只得糊里糊涂坐下来，两眼愣愣地瞅定甑甄子。

甑甄子坦然说道："你不用疑惑。你是知道我为人的。一桩事总得有始有终，才是汉子干的事呀。要是光闹一阵子，扔下就跑，来个大未完，那还能算是干事吗？承你信得过我，把儿子交给我教导。这几年，他的本领是成功了，虽不能说天下无敌，却也够得上称个一代武师。不过这孩子照他的品貌、性情、心地、志向以及举止行为，无论怎么瞧，都能断定他将来必是一员大将，而且是个忠烈英雄。如今世事一天一天地朝坏里走，中朝客魏两妖当权，干儿狗党满天下，忠良成批地驱杀。加上川蜀土司、辽东鞑虏时时扰边，闹到民不聊生、国无宁土。似这般哪有不乱之理？天下一乱，卫民救世，诛逆安良，就全仗有作有为的大将了。我看到了这里，十几年来，南北奔波，只为寻觅将才，凭我所知道的这点儿武功，传授给他们，留备他日疆场之用。唉！将才的确难得！我找了许多年，用尽心机，也不过才得几个人。虽是都已学成，却还不知他们将来变志不变。只有令郎，平日谈吐心胸，处处都能确显大将忠臣的风度。这骑牲口是我在塞北时，费了许多心机得着的一头牝马，那马也不过脚力健，头口稳，种性极好，却并不是什么出奇的战马。不料得来半年，便产下这匹龙驹来。这真使我喜出望外。当下我就打定主意，由我自己亲自调教，待将来给我所寻到最能放心的门人。前几年我在黔中时，曾见个姓黄的贫孩子。跟定他瞅了好几天，见那孩子虽是天生神力，气伟神雄，却是心胸不广，恐他将来没主张，只传了他几手刀鞭，几次想把这牲口给他，总拿不定他的心志，便带到这儿来了。如今我意已决，这坐骑该是你儿子的。我是体天行事，你不必谢我。孩子也快要闯世了，你也不必拦他，让他好出头。我还有事，不能在这儿多耽搁了。”

张重明惊问道：“先生要走了吗？”甑甄子道：“还有一时呢，这时且不走，不过先和你说一声。”张重明才放下心来，道：“先生，承您把我的村孩子教成一员将，您得着我什么了？可怜，我想着我自己不争气，没个报答处，只恨得要自己揍自己一顿，才消得心中这个疙瘩。如今又蒙先生赏这天龙般的坐骑给孩子，虽说承您瞧得起，疼爱门生，可是我这不长进的村夫……到底是我的儿子受了生死大恩啊！怎能不感激？唉，我钝嘴笨舌的，说也说不上来了。总而言之，先生您就这么走，我没尽得我半分穷心，我是死也不甘心的！您又不许谢，本来，这也不是一谢罢了的事。先生，您好歹耽搁些时，让我尽点儿穷心。还有我那老伴儿，她受了您这般海样深的大恩，至今还蒙在鼓里。我一径遵您嘱咐，孩子学艺时，不敢说漏半句。如今您说孩子算是学成了，不是可以告诉她了吗？也让她知道，让她给您磕个不值钱的头。要不她知道时也要恨死悔死的。先生，您能稍耽搁几时吗？"甗甄子点头答道："我说过，这原不是为你爷儿的家事，用不着你夫妻感激的。"张重明急得拍掌蹬脚拦说道："我的爷！话虽这般说，我又不是一块石头，怎能……"甗甄子不待他说完，便摇手止住他，抢着答道："好了好了，你不用急，我准耽搁一时就是了。"张重明惊喜道："真的吗？你可不要忽地飞不见了！"甗甄子笑道："我说了一时不走自然不走，我几时说话不算的？"张重明大喜，也来不及再答谢，霍地伸腰站起，拔腿朝里奔去。

甗甄子仍坐在豆棚下，仰首望着天上新月，照得大地映蓝，如浸在清泉潭里。触想起一生奔波，不觉连思前后，心中如有所感。便站起身来，负手低头，踏着地下月影，在豆棚近处踱来踱去。一会儿昂首长吁，陡然瞥见那面瓜地里藤影间有一团小黑影欷地蹿过来，定睛一瞅时，却是心爱的弟子张涵，浑身黑衣，脱兔般直到跟前来。

张涵扑到甗甄子身旁，霍地倒身跪下，哭道："师父，您为什么要走呀？我不好，求您揍，要不，我自己揍给您瞧。你可千万不要走！"甗甄子一面拉他起来，一面说道："你不要想左了。我不是为你不好我要走，却反是为你好，我才能在三年内教好了你，抽身再去干旁的事。我和你是不能常常厮守在一处的。只要你心肠不变，我们就能时常见面，也不是从此就不见面了。你只一心记着我和你所说的话，便如我在你身旁一样。到你行志创绩时，我自然会来瞅你的。这时你有你的前程，我有我的事业，还须各奔一头，怎能学乡下儿女一心厮守着，永不分离就算心满意足了吗？我常时和你说什么来？如今正是那奋力挽狂澜、各人尽各志的时候到了，你难道还不想离开亲人吗？"张涵站起来，一面擦泪一面说道："我不是为离不开亲人，我也知道学艺的总得有一天要独个儿闯的，只不过本领还没学成，师父您还得可怜我，教教我才行。"甗甄子道："你既是为这个，我告诉你，你这是不曾入过世，自己不曾知道自己，所以不能自信。你要是闯了一程子，自然就知道自己

22

很能对付了。不过，外头虽然不如你的太多，能赛过你的却也不少，凡事终须小心，虽不可自贬，也不可太自恃，自然前途荡荡平平，没些阻害。若是太骄，或者太馁，都能闹成步步荆棘，身败名裂。我俩师徒共处一场，临别赠言，除却切望你不变心志，也只有这几句话儿送你。你牢牢记着，自有无穷益处，无限妙用。"张涵一字字入耳钻心，听完又谢了师父。

甄甑子指着那边系着的牲口，向张涵道："那是我给你的坐骑。将来你和它名将名驹，相倚显耀。切不可令它有良骥失主之叹，便是不曾辜负我今日这番情意。"张涵毅然答道："蒙师父厚赐，我终必对得这牲口起，才敢说是师父门下。如果对不起它，就是违叛了师父教训，不用师父见责，徒儿自刎陈头上。"甄甑子拍着张涵肩头大笑道："好！我算得着弟子了，算没辜负我这番苦心，没枉费我这番热望！不枉我立志一场。"

师徒二人正在满心热血奔涌之时，全神贯注，不曾顾到旁处。猛然间突见甄甑子跟前地下欻地伏下两大团黑影，接着听得叫道："师父呀，我受大恩不曾知道，我真……"底下便是歔歔哭声。张涵这才听出是自己的母亲俞氏，由此更知那旁边一个便是父亲，自己也不觉伤心起来，眼泪雨一般洒下。还是张重明擦了两眼急泪，叫他媳妇不要哭。张涵也拭泪俯身来搀他妈。父子俩一动弹，再回头时大吃一惊，甄甑子不知如何忽地踪影全无，只剩得满地里豆苗瓜藤，迎风般巍巍颤动。

第四章

骋骅骝无端惊俗子
芰蕉荷有意助同人

张涵自从得了这头紫骝，每日里早晨起来，便纵辔驰马。张重明原来是出惯门、走惯长途的行商，调护牲口和骑驭驰骋都十分明白，每日清晨教导张涵调养牲口的法则。张涵原已习得一身武艺，养得千百斤膂力，等闲坐骑哪够得他跨驰？喜得这头牲口是一头数一数二的骏驹，才受得住他这强夹硬揉。不到三个月，这紫骝已调教得服服帖帖，又驯又骏。

这村庄人家是不开眼的，忽地瞅见张涵陡然有了这般一副金碧辉煌的鞍辔，便疑神疑鬼地瞎猜起来。有的说："张家孩子得着绝产了。"有的说："张家挖着金窖了。"还有些地方的混混竟说："张家做着了一票买卖，发了一注横财。"传来传去，传得离奇怪诞，谣言蜂起。

赵云庆自然耳朵里听了不少，便暗中去瞅探真假。不料暗地一窥，果然见张涵骑着一匹金辔丝缰的高头骏马，不免也狐疑起来，想着："张重明虽是个老实忠厚人，这孩子却委实机灵。他家穷人家，怎么会有这么一匹好马？难保不是这孩子胡鼓捣弄来的。"越想越疑越加不放心。

回到店里，便邀了张重明到后面自己卧房里，将房门插上，才悄悄地拉着张重明并肩坐在炕上。张重明怔怔地不知因甚事故，圆着两只白眼瞅定赵云庆发愕。赵云庆也一般地圆着两只白眼对瞅着，低着嗓子说道："张伙计，你在我这小店里，我一直拿你当自己哥们儿一样看待，从来不曾当你是外人，这大概你是知道的。我现在有一桩事问你，你得照实告诉我才得。"张重明陡然一惊，想了一想，才说道："掌柜的，我承您瞧得起，拿我当个人，这店里大事小事，没一桩敢瞒着您掌柜的，我不是全告诉你了吗？"赵云庆道："不是这个，是为你的事啊。"张重明更加一惊，急道："我没私做什么事呀？"赵云庆也急道："我不是为店里你我的事，我是要问你，你家孩子哪儿弄来那么一匹阔牲口呀？"张重明这才放下一颗悬着的心，一矬腰吐了一口气道："啊，原来为这个。那是他师父给他的。"便把甂甄子授艺赠驹的事，约略告诉赵云庆，却没说甂甄子是个怎样人，更没提名号，免得赵云庆骇怪。

赵云庆听了深不以为然，说道："从来没听得说你孩子从师，这地方也从来没个有钱有名的武师，怎么忽然间会有这么一回事呢？张伙计，我叫你一声兄弟！兄弟，你不要瞒我可好？你实告诉我，我准给你设法弥缝。难道咱们相处这些时候，你还信我不过吗？"张重明正色道："老掌柜，您这般说我可不敢当。可是我在您的店里这些时了，从来不曾说过半句谎话，不曾干过半点儿荒唐事，许您也能相信。这事委实就是这么一回事，一点儿不假。"赵云庆听了，兀自不敢实信。

这时，忽然外面有人要买布，小学徒大声吆喝"张伙计"，张重明知道是有了生意上门了，连忙向赵云庆道："有主顾了，我得赶紧去招待才行，回头再陪您细谈吧。"赵云庆虽心中着急，还想问究个详尽，却是商人的性命就在主顾，无论如何不能得罪、不肯放松的，只得任张重明开门出去了。

张重明忙忙出房答应着，急急随着小学徒奔到柜房里，只见柜外有两个学童打扮的人，一般生得高大身材，肥壮面貌，正倚柜外待着。张重明便连忙赔笑问道："敢问二位上客，要点儿什么货色？小店里什么都有点儿，不敢说好，勉强能对付罢了。"说着，又请教那二人姓氏。那眉目浓大些的一个答道："我姓古，名达可，他姓戴，名国柱。咱俩不为买布，是要向您打听一个人的。"张重明一愕道："您二位打听谁呀?"古达可问道:"尊驾可是姓张?"张重明怔怔地答道:"是的,小人姓张。"戴国柱接声道:"既是没错,我请问您有一位姓彭的,传授过令郎武艺的,可还在此地? 如果不在这里,可知他到哪里去了?"张重明正要答说不认识姓彭的,古达可早使肘碰了戴国柱一下道:"你闹岔了。"又回头向张重明道:"我是向您打听有位甗甄子师父,可是打住在府上,或是到哪里去了?"张重明这才恍然大悟道:"您二位是打听那位甗甄子大师父吗? 唉,我也正惦念着他呢。您两位可惜来迟了一步,前两月头里,他老人家就离了此地了。临走时也没留下一句话,就那么一晃就走了。我如今想起来,还满心懊恼,在先没问得个去处。您二位从哪儿来的? 不嫌弃就请到寒舍待茶。"古戴二人齐道:"不消了,还要赶路呢。"说着,便拱手作辞,扬长而去。

张重明送过古戴二人,回身到店堂里坐下,心中七上八下,一来愁着掌柜的担心那牲口不是好来处,任说破嘴,他总不相信;二来方才这两个客人突如其来,神情古怪,言语奇特,不知是个什么来头。委决不下,只是傻想。不觉起身围着那一片店堂地下,抄着手踱来踱去,绕着圈子走着想着。

想了好一会儿,终究拿不定那俩客人是好是歹。恰好这时天色将晚,便胡乱吃了一口饭,一径回家来。俞氏照例将茶水等项一一掇来,伺候齐整了,才去吃饭。张重明独自坐在屋里,盼了好一会儿,才见张涵手中颠播着一对滴溜滚圆的铜锤,大踏步走进屋来。一见他爸爸回了家,忙走过来,笔直站着叫声"爸爸"。张重明叫他坐下,张涵便坐在下首一条白木长凳上。

张重明道:"我盼你半晌了,你上哪儿去了? 干吗闹到这时候才来家?"张涵答道:"就为这一对锤儿。师父给我时就说:'这家伙顶不容易使。就是练熟了,只要十来天不理会它,就会生疏的。'我想着差不离有二十天没练过了,今儿特地到打麦场上要了几趟,没觉着天就黑了。"张重明点头道:"你留心练功夫,总是不错的。我今儿有两桩事很烦心,瞅你很机灵,我说你听,你给我参详参详……"说着,便将赵掌柜说的话和遇着古达可、戴国柱二人的事，原原本本说给张涵听。

张涵想了一想，答道："爸爸不用担心。那牲口只要咱们不是偷的抢的，任旁人怎说怎疑，全不用理会。只是那俩客却是可惜不曾邀他来家。他俩既知道师父的底细，准不是歹人。师父断不会和不三不四的人打交道的。他俩来寻师父，总是师父的相识，要不就是师兄弟伙儿。爸爸不用多疑心了。"张重明听了这话，觉得颇有道理，心里顿时安定了许多，只瞧着儿子点头微笑。

一会儿，张涵也吃过了饭，就灯下读了半卷《文忠烈公集》，便拾掇睡觉。张重明心安神舒，反而觉得累乏，上炕不久，便沉沉睡去。张涵惦记着那俩客人不曾见着面，满心猜测，不知是哪一路的武师游侠，恨不马上去追寻着会一面才好。直待他妈满屋拾掇完了，依旧白瞪两眼，憋在炕上寻思。

又一会儿，听得爸爸妈妈都睡熟了，微微的鼾声匀匀净净地送入耳鼓。桌上残灯已灭，下弦时候，没有月光，屋里黑洞洞的不见一物。张涵深思了好一会儿，忽地恍然失笑道："这不是呆吗？傻想就能想着个究竟吗？"正在自笑时，陡然听得两起鼾声中，忽然多了一种分外刺耳的声音。忙倾耳细听，那声音细碎杂乱，沙沙的好像大把泥沙撒在硬地上一般，一连响了好几次。连忙悄地翻身坐起，侧耳凝神注听着，更加响得厉害了。暗想：这就奇怪了。难道咱们这般的人家还有偷儿光顾吗？不由得轻轻地溜下炕来，一面着鞋，一面顺手摸着那上炕时没收藏顺手撂在炕头的一对烂银细镂金柄日月锤，轻轻地挪步到窗下，偏着脑袋一听，竟有人走动的脚步声音。暗想：不好，竟是那话儿来了！

想着，便一手提着双锤，纵身一跳，一手抓住屋梁，那只手使锤柄拨开棱柱间的天窗，就着甩了个"毒龙出洞"，翻到屋瓦面上，随即伏定身躯，贴在瓦面上，细细听着，细细瞅着，都不曾听见什么。便想起那牲口来，立即顺着瓦楞轻轻地爬到屋后檐口边，定身低头向下一瞅，只见那养牲口的矮屋木门大开，心知不好了，着了偷儿手了。

便不再思索，绝不迟疑，两脚跟朝天一竖，甩个背翻筋斗，欻地落下地来。两脚才沾着地，便掣身向那马屋扑去。扑近那屋门一瞅时，只叫得一声"苦"，单瞅见屋里满地草豆马料，那牲口和架上鞍辔全是无踪无影，不知哪里去了。张涵这一急非同小可，直气得呼吸迫促，血脉乱涌。连忙定一定神，想着，才没多时，任那厮迅快，也去不了多远，乘早追去，不要让逃远了。

想着便抢起双锤，径奔后门。果见后门已开了，便急忙插上后门，纵身蹿出围墙。朝野地里注神细瞅，见远远地有两三团黑影飞也似的投东急奔。便甩开大步，连跑带蹿，急急追赶。出了村市，赶到那大洼尽头处一片树林子跟前，才瞅得明明白白，前面是两个人共拉着一头牲口飞跃。张涵到这时已是心中火焰直腾，不顾好歹，顿喉大喝一声，忽地起一步，蹿过去想要截住那两个人和牲口，不料那俩人带着牲口转向朝树林中一钻，钻入树丛去了。

张涵急刹脚，略停一停，恐防林内有贼人的埋伏接应。略略深思，猛然触发：任他十面埋伏，怕他怎的？难道就此罢休不成？想着将一对银锤一摆，霍地分开，上下持着，一侧身，扑地闯入树林里面。却是枝叶遮蔽，不大透进天光，不十分瞅得清楚。便要开双锤，拨去树枝，护住身躯，直进丛林深处。

才转过几行树，突见那匹紫骝正拴在一株柏树上，不觉大喜。再一瞧，围着紫骝跟前地下，三方团团坐着十多条大汉，个个手执刀枪剑斧等兵器。一见张涵近前，一齐起身，就待动手。张涵不让那伙人占先，使个"大旋风"，身子一转，双锤耍得两团明月一般，直向那伙人滚去。接着，只听得一片当啷喊嚓乱响，许多兵器全被两锤扫得上下左右乱甩。张涵便如发癫狮子一般，两条胳膊迅如闪电，耍得双锤化成两大球白光，团团直转。许多人围着他没个下手处。霎时间已有两个汉子被锤风扫着，受伤倒地。

张涵哈哈大笑，高叫："脓包们全来领死！"正在高兴时，突地闻得暴雷也似的一声大喝，急闪眼一瞅时，见一条白胖汉子，仗着一口长剑，迎面劈来。那些脓汉齐呐一声喊，便闪开来，四面围定。张涵也不惊慌，左胳膊一扬，斜扫一锤，将剑磕开，大喝一声"着！"右手的锤耍了个"鲤鱼破浪"，向上一冲，直奔胖汉腰胁。胖汉连忙向后一蹦，让过锤锋，接着舞动长剑，着地卷来。张涵双脚一跳，打剑锋上面跃过，那剑卷了个空，闪得胖汉身子向左一歪。张涵大喜，脚还未落地，双锤交叉着先照定胖汉项背盖下来。胖汉吓得就势向前一钻，想要躲过，不料锤势极快，银光过处，屁股上痛不可当，已去了一大片皮肉，痛得心酸筋跳，没力撑持起来，叭的声就地趴下。

张涵欻地落地，一脚站住，伸一脚踏住胖汉，喝问道："胖小子，你姓什么叫什么？怎敢来捋虎须？谁指使你来的？快说，饶你不死！"胖汉痛得呼吸迫促，双泪交流，却又撂不住背上脚踏，只得挣扎着说道："俺姓沈，叫沈息艾，北直人。没人使俺，是俺自己不知死活，来盗小爷的坐骑，想去换几贯钞赌博。"张涵大怒，脚尖着力重点了几点，喝道："你带这许多人来，只为想几贯钞赌博吗？再不实说，我砸死你！"手中锤一扬，便待砸下。沈息艾又吓又痛，急得大叫道："小爷！俺……俺俺实在是……"

张涵正要听沈息艾说实情，忽地横空有人说话道："不用你实说，爷爷早知道了。张家兄弟，俺来了。"张涵忙踏紧着沈息艾，回着瞅时，先见一团火光，却是一个五短身材，白壮汉子，浑身武士打扮，青包巾，青箭衣，越加衬得一张圆面孔雪一般白。左手持一把树枝燃着照路，右手攥着一条水磨十三节宝塔钢鞭，大踏步走近前来。

张涵将两锤向胸前交叉着，问道："尊兄从哪儿来的？怎知贱姓？"那人答道："我姓古，名达可，专诚来瞅你的。"张涵陡忆起爸爸曾说在赵家店里问讯的两人中有一个叫古达可，便问道："还有一位姓戴的呢？"古达可答道："他在那树身后面，看住一个贼头呢。张家兄弟，你且不要问这些，咱们先把这肥贼押过那边去，和他的主人撂在一处，仔细问明白了，咱们再来叙话，可好？"张涵料知古达可不是个寻常人，便坦然答应，双锤并归一手，俯身一把揪住沈息艾后领，提了起来。这时四面围住的汉子见沈息艾倒地时就逃得踪影全无了，便拾起地下长剑，插向腰间，押定沈息艾，和古达可一同转到那山坡下树丛中来。

古达可扬火照着，张涵随后钻进去，只见地下粽子似的缚着个人，自己的紫骝也系在旁边树上。当时大树根下有个蟹面鱼眼、浑身蓝衣巾、手捧一对护手钩的长身汉子，盘腿坐地。张涵已料得这长身汉子一定就是那戴国柱，便近前问道："这位可是戴哥？"那长身汉子立起来答道："小弟正是戴国柱。"这时古达可已抬腿一脚踢倒沈息艾，谅他没能耐逃跑，便邀张涵和戴国柱一同就地坐下。

戴国柱先问张涵道："今夜这事，你可曾事先得些风声？"张涵道："不曾。"戴国柱又问道："你可知道这伙贼是哪里来的？"张涵摇头道："我一点儿影也不知道。"古达可插言道："好叫你得知，这伙贼的来头真不小呢。"张涵听了心中一动，反问道："难道还和本地官府有什么关联吗？"戴国柱点头道："虽不是官府，却比官府还要来头大。"张涵猛然想起："强盗恶贼倒没甚可怕，这官府势力却不是玩儿的。"顿时心中怔忡起来，睁着两眼，滴溜溜的俩眼球瞪着古戴二人，慢声问道："啊！这又关碍着绅士们吗……"

第五章

锄强梁怒斩豪家狗
护良善力救难中人

戴国柱手腕一动，手中钩向着缚在当地的汉子一指道："这厮就是祸根，你只问他得了。"一瞅那人四蹄攒一地捆着，横撂在地面，瞅不清面目。凭他那身花绸衣服，就知不是个安分良民。张涵且不问他姓名，只喝他说出主使的人来。

那人在先已受了戴国柱许多折磨，并且实话已经被戴国柱逼问说过大略了，瞒是不用瞒，也瞒不了，不如爽爽快快说出来，倒免得又挨揍。便照直说道："我是李公子李信门下的家将，自幼儿习得一身拳脚武艺，曾在江湖上闯过十多年，外号人称'白额虎'。这趟来盗这牲口，是因为李公子收租走过这儿，瞅见这牲口委实是一匹千里驹。就是这副鞍辔，也千金难买。据李公子说，这鞍辔是大元朝铁木真大皇帝召巧手匠人制的。当时就只制成四副，只有两副到了中国，如今只有黔国公府还有一副。不知这副是不是黔国公府里盗出来的，却是已是天下难觅之宝。所以派了我率领了二十多个弟兄，和副教头沈息艾同来，专为这头牲口。我们也打听了好几天了。张家得这牲口和件头，也是来历不明的。原想和他家买，后来听得人说，张家因为不是好来的，所以不卖钱，咬紧牙关说是他家孩子自做坐骑。一家当伙计人家的小小子能养这样的脚力，用这样的件头吗？显见得是留待风声平静些，再图发个小财。我家公子怎生耐得？我们便决意动手带去。不料得了手，又碰着你

31

们这伙吃横水的横腰拦截。依我说，咱们都是道儿里的朋友，李公子的名头大概你们也该知道些。不如你帮着我把这家伙送去献给李公子，我管保……"

白额虎说到什么"当伙计人家"，什么"小小子"时，戴国柱已经扬钩待砍，古达可连忙使眼色阻拦，戴国柱才收手。白额虎在地下侧着，不曾瞧见，仍旧混说一阵。说到什么"吃横水""道儿里"一派贼语黑话，戴国柱早怒气冲头，再也耐不住了。白额虎却仍不识趣，竟劝他三个人入伙。古达可还耐着想听下去，许有关键可得，张涵碍着生朋友，勉强忍住，戴国柱可再按捺不住了，不待白额虎说完，便大喝一声，反手一钩刷去。可巧白额虎瞥见钩起处白光一闪，忙舍命挣扎着就地一滚。那钩迅快非常，早在白额虎背脊上刷过，顿时连衣带肉拉开一条长大口子来，疼得白额虎哑着嗓子杀猪也似的喊叫。

戴国柱指着张涵，向白额虎怒喝道："贼子！瞎了你的狗眼！这就是那名驹珍辔的主人张家小爷。我两个是专一剐贼的活祖宗！叫你认得！"说着又一钩刷去。白额虎却不再叫唤了。古达可忙使鞭拨转来一瞅时，脑袋已经离了脖子，身子随鞭翻过，脑袋却仍在原处不动。张涵见了，拍手道："好！这般走狗，只有杀！"

那沈息艾这时早吓得软瘫在树根盘上，半蹲半跪地哀求道："活祖宗爷爷呀，这事满不关俺事呀！全是白额虎这浑蛋要讨好，自告奋勇，带累俺的。求活祖宗爷爷高抬贵手，饶了俺这条狗命吧！"戴国柱朝他望了一眼，又回头向张涵道："兄弟，你说该怎么办？"张涵答道："已经逃走了十多个了，那李信自然能听得实信。我却也不怕他来报仇，就放他回去，叫他寄信给他那什么公子，知道咱们不是他那豪寇所能欺侮的。哥说可好？"戴国柱点头答应，方待说话，古达可先说道："这厮不是个好东西，不能白饶他。"说着，插下火把，将手中鞭向胁下一夹，一抬腿，从靴鞡子里拔出一柄牛耳尖刀，一把抓过沈息艾来，使劲一捺，捺得沈息艾头腰齐平，哎哟乱叫。古达可也不理会，喝一声，手起处刀光左右两闪，沈息艾的两只耳朵已落在地下，满脸满脖子是血。古达可才哈哈一笑，喝道："小子报信去吧！"戴国柱从鼻孔里哼了一声，喝道："快滚！去叫那贼公子快来！"张涵却笑说道："下次你可不要来，再捉住可没命。"沈息艾哪敢还嘴，只一劲儿嚷着："谢爷爷恩典！"飞也似的自奔林外去了。

戴国柱向张涵道："兄弟，你同我到下处去叙谈一会儿，可好？"张涵道："我正有许多话要和哥细谈。只是我出来时，家父家母全睡熟了，我没敢惊动。这时已是耽搁得不少的时候了，诚恐老人家醒转来不见了我，再一寻又不见了这牲口，不知要惊疑到怎样，所以我想奉屈两位哥到茅舍去歇一会儿，一来聊尽地主之谊，二来免得家父家母惊慌。不知两位哥能允许我吗？"戴国柱答道："既这样，咱们就走。什么地主之谊倒没紧要，不要累老人家担心是正经。"古达可也道："还怕有余贼再到你家去闹，快去，不要惊了老人家。"

张涵先起身，整衣告罪，到树下解了马缰，牵在手里，古达可、戴国柱跟着站起来，略略拾掇了身上皱衣，收了兵器，便让张涵上马。张涵道："这去没多远，用不着骑牲口，陪着哥哥们走着说说话吧。"古戴二人也知他不肯独骑牲口，便不勉强。三人一齐出林。这时天上已现出一弯缺月，照见一条窄窄的黄沙路。

张涵领路，迈步直行。路上没事便问古戴二人从哪里来，寻彭师父可有什么要紧事务。古达可答道："我来告诉你详细。我俩都是扬州江都县人氏。自幼读书习武，因为权奸当道，不愿出仕，所以从来没下过大小场。前几年见客魏乱政，忠良丧尽，料知天下必乱，便专心习武，准备将来杀贼报国。拜过许多师父，不过习得些浮面拳棒。后来得识四川贾万策，得他指点，才习得这鞭钩钺戚各种长短兵器，又遇着甄甄子老师父，指拨我俩练体、上高、健步、乘骑等项功夫，才算得着武道门径。去年有个乡亲，原也认识甄甄子师父的，游幕到北地来了，无意中得遇师父，回家时和我们谈起。我们今年恰要上北京去瞧瞧，便绕了许多道，转地来会师父的。据那乡亲说，会着甄甄子师父时，说是在这儿教徒儿，瞅身边正领个姓张的少年，是个做布匹买卖的小官。瞅那体态很雄武，不像个商家小官，许就是他老人家的弟子。所以我俩访到布店里去，先会着你令尊。后来落了一家小店，瞅见白额虎这小子也在那店里。我原认识那厮是个横蛮破落户，在江淮一带曾干过许多不法的事，被当地义士胡临逮住，恶揍了一顿，勒令离境，不许在江淮境内停留。撵走之后，许久不曾听得说起这厮了，不料在这儿撞见。那厮原不认识我，我却认定了他，料想他到此地来，绝干不出好事来。便暗地通知国柱哥，留神瞅他举动。傍晚时，见店里许多不三不四的客人全和那厮打交道，更知道是结伙来打劫了。窥伺到三更时分，那伙家伙居然明目张胆成群结队地开后门出去。我俩便跟着紧撵。不料白额虎那厮已先和沈息艾俩悄地先走了。我俩追到你家时，白额虎那厮已经盗了牲口出来了。我俩这才知道这伙笨贼是来扰你家的，哪还肯放过他吗？马上跟着一撵，撵到那林子里，就被我一镖打倒白额虎，捺住绑了。国柱哥盘问得是有主使的，更恐你吃亏。我又听得林子边有喊杀声，料知是你追来，便冒叫一声，竟然是你。这就是我俩能比你先缚住那白额虎的缘故。"

张涵这才明白古戴二人能够知道有人盗马前来相助的道理，便也将自己追贼的事告诉了古戴二人，并说："我在事前委实没得着半点儿消息。如今承两位哥哥相助，目前虽是解了一结，将来却还要费一番大手脚呢。我却不怕他拿我怎样，只是我这一家怎么是好呢？"古达可毅然说道："这个你不用担心，我自有道理。回头到你家时再细说，这时在路上说也不得仔细。况且还要和老人家相商，才能定夺的。"张涵只点头不语。

三人走着说着，不觉得已到了张家后门口。张涵请古戴二人稍待，先翻墙进去，开了后门，并将紫骝牵入槽头系住。便让古戴二人进内，一路直到前屋来。张涵在前引路，穿过间房，才待踏进堂屋左门，忽地有个人手持一支油纸捻，猛然冲出左门，正和张涵撞个满怀。张涵连忙闪身，伸手一把抱住那人。这时纸捻火已撞灭了，张涵却由那人声息身躯上知是他爸爸张重明。

古戴二人还当张涵逮着贼了，急插身近前时，已听得那人大叫一声，接着张涵大声应道："爸爸！是我！"二人才没动手。张涵就黑暗中搀着他爸爸，并招呼古戴二人同进屋里。掏出取灯儿来，点上灯，才彼此落座。

张重明原见过古戴二人的，无须问询，却是心中疑惑不明：怎么半夜里和我儿子一同从后面进来呢……张涵知他爸爸心中不定，便不待他开口，先将擒杀盗马贼的事，都告诉他爸爸。张重明这才明白原委，答言道："我道怎么的，半夜里醒转来忽然不见了你。吓得我惊叫起来。你妈被我叫醒了，听说你不见了，急得直抖。我前后寻了好几遍，连牲口都不见了。我还当你有什么秘密事不告而行。正急着没法追寻，不道……"

正说着，忽听得俞氏在后面叫道："涵儿掇茶去！"张重明忙答应着，待起身时，张涵已抢先站起，转身进内，提了一大瓦壶茶、四只碗出来，一一斟上。张涵待众人坐定，喝着茶，喘息定了，才向他爸爸道："爸爸，这主使盗马的既是李信那厮，咱们这般干了，不见得那厮肯就此善罢甘休。况且树林子里有个死尸，沿路也有几个被我打死的，到早晨有人瞧见，也是麻烦。我为这事正急得不得了，古哥却说'自有道理'。想来古哥是大义人，一定可以救咱们一家的。我只求爸爸恕罪，须知这事是那厮上门欺人，事出无奈，如果要有什么惊动爸爸和妈妈的地方，只得先求两位老人家格外体贴儿子才好。"张重明听了，绝不迟疑道："你大概是想避一避吧？这倒没紧要。我本不是这儿土著，时常受当地人欺侮。多亏赵掌柜护庇着，才能勉强住下。如今赵掌柜正因这牲口来历不明，疑心我要连累他，任怎说他总不放心。我能离开这里些时，也好让他宽心乐意。加上我平日守分营生，账目日日结清，没什么经手不清，也没挂久预支，说走就走，一无牵挂。只是我没大能耐，就指着这行业养你母两口，一时扔下，又怎么办呢？"张涵才待答言，古达可先抢着说道："我的意思不料被张家兄弟猜说个正着。老伯您一概不用烦心，我家里多不敢说，似赵云庆这样的店也有八九处。老伯如果不嫌远到敝地去打住，什么都由我供应。如果老伯觉着闲着发烦，就请老伯代为查查账目，我就受惠无穷了。"戴国柱也说道："老伯放心。咱俩都是从来不会说假话的。咱两家在江淮虽不算豪富，却都还过得去。我家也有三四处店、两千多亩地。老伯一家几口人，真用不着着急。"张重明听了，答道："只是我和您萍水相逢，怎好举家相累？"古达可急道："老伯千万不要存这心事。就是没李信那厮来啰唣，我也想迎老伯去敝地安居些时。这儿地方又小，人性也弯，老伯在这儿也太辛苦。令郎在这小地方待着，更是埋没了英雄，无个出息处。如今既和那李贼结了仇，这地方已是不能立足了。老伯不必迟疑，只求老伯和伯母辛苦几日，我管保比在这儿少辛苦，多安乐。我俩要是言不顾行，欺骗了您老人家，赛过欺骗了自家爸爸。我师父甄甄子先生也不能饶恕我俩。"

张重明连声答道："岂敢岂敢！言重言重！两位请宽坐些时，我暂时告个便，去和我老伴儿去商量商量，再来奉复。"说着刚要起身，俞氏已在里间答话道："我只应随你行止，不必商量。如今承两位舍人这般仗义、这般抬举，咱一家子只有感激的份儿，连道谢的空话也不敢说，还有什么商量的？听说那李公子外号人称'吞天犰'，只对本地好，专一磋磨外州县，各地官府没个不怕他的。如今得罪了他，灭门大祸就在眼前，哪还有商量的工夫？请两位舍人略坐一刻，你快进来帮着我拾掇些零星家伙。待我换件衣服，再出来拜见两位舍人，就此动身吧。"古戴二人听了，忙肃然起敬。张重明早答应着，向古戴二人告便，起身进去了。古达可向张涵道："兄弟，你也进去帮着些吧。咱们都是患难兄弟，用不着客气陪坐的。"

张涵便起身进内，帮着他爸爸妈妈将些要紧的东西捆作两个大包、两个小包，又装了一柳条篮子。父子俩提了出来，连紫骝也拉到当院。俞氏这时已换了一身青布衣裙，随着出外，向古戴二人施礼相见。戴国柱便问："还有牲口吗？"张重明道："只有一头拉磨的驴，脚口还不十分坏。"说着便向西屋里拉了出来。古达可道："趁这时道上还没行人，这儿又是城外,且急赶一程再做道理。"张重明忽地迟疑道:"赵掌柜那儿似乎得通知一声才好。要不这般扔下走了,不害他着急吗?"戴国柱道:"您老尽管走,自有方法通知他的。老待在这儿,却反没法通知。"

张重明夫妇瞅着这屋,一旦离去,虽非自产,总免不了心里凄然泪下。张涵虽为着父母无端搬迁,满心难过,却不敢形诸颜面,怕惹得父母更加伤心。只得强忍着,搀他妈上了驴子,又让他爸爸上那匹紫骝。张重明一来不肯自骑牲口,让古戴二人步行;二来那匹紫骝也委实不是老年人制伏得驯的,执意不肯上马,只将些包袱、柳篮撂在马背上,挽着辔头,和张涵一同陪着古达可、戴国柱二人步行。

这时残月横空,隐约现出一条黄蛇般的大道。一行人顺着这条路走了约莫四里多,到了三岔路口,古达可指着路朝南转去,仍旧迤逦前行。到前面一座山脚下,见有一座破瓦窑,旁边有两间茅草扎的棚,却是空洞洞的。戴国柱便请俞氏下驴,暂时在这棚里等一等:"我俩回店去取了行李牲口来。"古达可便领着张家三口人和牲口都入棚里,又在身边掏出一段炭笔、一张绵纸,交给张重明道:"请老伯写张字帖儿给赵掌柜,我给老伯送去。"张重明正着急对赵云庆没交代,听得这话,心中一爽,连忙接过炭笔绵纸来,急匆匆写了几句,并附写着两桩赵云庆布店中的要事。写完连笔交还古达可。古达可接过来,和戴国柱一同向张重明夫妇告过暂别,并嘱张涵小心防护,才出了茅棚,顺手带上茅柴门,扬长自去。

第六章

星月长途移家远祸
昏灯旅邸据席谈心

张涵谨守着茅屋，见爸爸妈妈都心安意定，心中也安稳许多。只静静听外面声息。约莫候了一个时辰，茅扉编织缝罅里透进些微淡光来，知道天色已曙了，却还不见古达可、戴国柱到来，心下未免有些焦急。又待了一时，只听得一阵马蹄乱响，夹着銮铃声细碎震耳，忙就茅扉缝里只眼细瞅，却是两骑黑马，驮着两个青衣县吏，如飞而去。张涵陡然触起：这几天听说催租很急，并征发马匹军粮，果然有吏役这早下乡，大概辽东又生事故了。陡地心中平添一段愁惨。

不多时，又有一班客商过去。接着便有几个做公的戴着皂角帽策马飞驰，腰上还插着虎头牌、红头签，隐约见那牌签上还标着朱。张涵闲时也曾听得邻里乡老谈起，衙门里要拿人，就发虎头牌标朱签，令差役提捉，如今陡然瞅见这个，心中又是个老大的不安，想着，难道那伙杀不尽的贼这般快速就报案发差了吗？不对，恁早清晨，县太爷还没起身呢，怎么就标签发差呢？我瞎猜了，这一定是昨日的案子，做公的昨夜领了牌签，今儿趁早下乡的，与我没干，不用理会。

正想着，眼睛却不时觑定茅扉外面黄沙大路。一瞅眼，忽见两骑马径奔近来。原来一时凝想着，不曾听得蹄铃声，古达可、戴国柱二人已到茅屋前收缰驻马。张涵大喜，连忙拨开茅扉，迎着二人拜揖。二人连忙还礼。张涵这才瞅清楚二人换了军汉打扮，鞍鞯旁各悬两个小包裹，

38

各挂一柄长兵器，只有一匹空鞍黑骡随在后面。

张涵便邀二个进茅棚。古达可道："不用进去了。这儿大路旁，不要久耽搁，咱们走吧。紧赶一程，到前面小集镇下再歇息去。这匹黑骡原是驮家伙的，如今行李可以分开来驮着，老伯就暂时拿他当个代步吧。"张涵连忙答应，便招扶他爸爸妈妈一同出了茅棚，并将行李和紫骝及驴都弄到茅棚外来。当下俞氏仍骑那头驴，戴国柱拉过那匹黑骡来，让张重明骑。张重明还待推让时，早被古达可一把托着他胳膊，送上骡背了。戴国柱便帮着张涵将那些行李分带在几匹骡马身上，才各自上马，迎着早风，人冲清气，马呼白云，一路急急趱行。

古达可告诉张重明："那字帖儿已经加封，交给我住宿的店家专人送去。我叮嘱他'必得送到取收条，我几天里回来时必须查考的'。那店家拍胸担当，量来不致荒唐，老伯请放心吧。"张重明在骡上躬身拱手，再三致谢。戴国柱笑道："老伯您老人家从今往后，要把这些客气全扔了才好。尤其是长途路上，您老人家这般多礼，人家就要当咱们不是一起的，说不定疑神疑鬼，就许闹出事来。"张重明听了这话，心里一跳。他是个最怕生事的，从此反而小心在意，处处不敢客气。古戴二人却因此少了许多繁文缛节，痛痛快快地走路。

那古达可、戴国柱二人这趟原是要到北京去瞻仰那皇都景物，顺便就近打听些朝政国典。张家三口子动身时，原没算定投南投北。后来戴国柱一定要邀张涵一同进京，好在他俩带的盘缠很富余，不用张家花费半文。张家一家子又不一定是要到哪里去干紧急事，便由着古戴二人径取路往北京来。

一路上反正不过是些打尖落店晓行晚住的勾当，没什么可叙的。这一行男女老少五口子到了卢沟桥，便换了衣巾，古戴二人本带有长短家伙，张涵也有他师父给他的日月七星金柄银锷三尖两刃四窍八环刀和那一对烂银细镂金柄日月锤，还有一口虬龙剑、一张凤颔弓，都是不经见的东西。因恐关津盘诘，歹人胡缠，便都说是来投考武场的武生，顺便护眷进京。在卢沟桥花了几两银子，便平安无事，一直到京。

39

进了前门，便在东四牌楼一家庆荣升客栈要了四间上房住下。北京的客栈眼眶最势利，一见有钱有势、来头架子不同寻常的客人来到，从掌柜到小伙计没一个不狗颠屁股般趋前伺候，竭力地恭维巴结。古戴张几个人进店来，那三匹马和那几件兵器早已把掌柜的和伙计们全怔了一怔，古达可一进房，又扔下五十两一锭大银，叫柜上存着，一总算账。直把个店家暗地祷谢大仙有灵。

　　古达可等这一天不曾出门，只在屋里歇着。到晚上便把店里掌柜的找了来，叙闲话解闷。先时只说些山水名胜，渐渐说到当地人情风俗。自来到北京的，总免不了要谈些朝章国故，说来说去，总经归结到这上头的。那掌柜的名叫吴福芝，是北京土著。一张嘴十分来得，又巴结得不少的小京官，所以朝廷的事他颇知些来历。这时陪着客人说话，说到朝政，谈到客魏，吴福芝不敢乱说，满口称赞上公九千岁、奉圣老太太的圣德神功。古戴等也不去驳诘他，只问："朝里如今有爱惜士子不怕势力的官没有？"

　　吴福芝听了，先竖起右手大拇指来，那指上套着一只莹碧四射的翡翠扳指，映着灯光，晃得绿辉刺眼，迎灯直晃着，瞪圆大眼睛说道："嗻嗻，要说到又爱惜士人又胆大性刚的大臣，除了这位主儿，恐怕再没第二个了。"戴国柱忙问："谁呀？"吴福芝接着鼓绷着两块肥腮，郑重其辞道："提起这主儿，大大的名声，不要说京城九城没人不知，就是四海九州哪个不晓？就是那位都御史左爷啊！"

　　古达可道："左爷声威我们在南边也常听说起。只是怎样见得他爱惜士子，不畏强御呢？你是本京人，大概总知道他几桩实事的。何妨叙叙，让我们知道知道，回南时和家乡谈起来，也落个高兴，算没白走这一趟。"戴国柱也道："你且说一两桩实事给我们听听，瞧这人可是真有些异人处？"

　　吴福芝道："这位左爷官讳是'光斗'俩字儿，他那气魄真是光比北斗，便什么不怕，人不敢说的他敢说，人不敢做的他敢做。如今朝里不是有些事很惹外面议论吗？最厉害的要算是移宫一案了。这事虽是都

40

御史杨文孺杨爷出力最多，却是左爷实在是倡首的人。当时直入宫门，率领朝臣制服李选侍，那种忠义气概，真是满京城谁人不赞叹！只可惜他因为无端要劾奏魏厂公，说厂公有三十二个斩罪，被家奴福生泄露出来，厂公大怒，传旨削夺官职，放归田里。如今朝里哪找得着这样忠臣！"

古达可道："你可听得左御史放归以后的事吗？"吴福芝道："知道的。我家有个兄弟在前门外也开着一家小书店。曾经有个本京士子，常时到他店里走动。那位士子就是左御史的门生，他时常得着些讯息。我兄弟听得他说起，便也告诉我。因此左御史在乡下教家奴扮演杨椒山故事，借来劝解老太太封夫人忧心，又集合本地学童士人，讲学传经，倒也潇洒闲逸。只是他老人家做官时真不要钱，又爱大把地资助寒士，听说如今家计艰难得时常不举火。这些事，都是那位士子向我兄弟说的。"

戴国柱问道："那士子姓什么，叫什么呢？左御史曾经视学京畿，怎么就只他一个门生呢？"吴福芝答道："那位士子姓史，名可法，字宪之，我兄弟却称他'道邻相公'，许是他的别号吧。他原籍是河南祥符县，如今算是本京大兴县籍。出身是世袭锦衣百户，他却不由世袭得官，只凭文章赶考。说起他和左御史的师生际遇，还有一段故事呢。

"据说他父亲史从质娶妻尹氏。有一夜，尹氏奶奶梦见文信国公走入他家，醒来就生了史可法。幼年在乡下住，全都称他为史孝子。后来他老子死了，他才到京城里来从师。他家原来没钱，他的膏火供应很是有限。先租我兄弟店里余屋读书。后来租钱付不出，他自己不过意，执意搬到西山古寺里去读书。整日价埋头书案，片刻不息。我兄弟见了，十分怜敬他，虽没银钱帮他，却把店里的书尽量借给他读。因此他和我兄弟很说得来。他搬到那古寺里，自然境况更不如前了。再加上生性耿直，不肯开口向人告贷，又不愿意向家里讨钱，惹母亲着急。他有个兄弟，名唤可程，性情和他大两样，不肯理会哥哥的事，只待在家里闲逛。这史可法一天不如一天，甚至大雪天还穿着件袷衫，一两天没饭食进肚，他却仍旧研读不辍，自题自作，处之泰然。这人的性情也就够古怪的了！

　　"也是合该他有际遇，左御史那年视学京畿，冬天没事，时常踏雪出游，探幽寻胜。京城里文人学士，最爱干这个。却是都是大榼大篮地带着酒菜，备着暖车，邀请亲朋，出游赏雪，好不威风势耀。只有这位左御史却是来个恰恰相反。他总是独个儿跨只驴儿，悄悄地出城，一逛多少里。那一天，左公披了件貂裘，清晨便出城赏雪。一高兴冲风飞骋，不知不觉就到了西山了。左公便登山远望雪景，转身到古寺里歇脚。哪知寺里本只有几个穷和尚，这天的雪分外来得厚，全躲到炕上去烘被窝去了。左公转过几间屋子，便登佛楼去眺望。哪知道一跨上佛楼，忽见一个士子两肘伏在案上，埋头瞌睡。左公就转步走近，前去一瞅，却见案上有一张字纸，读书人总喜欢瞧个字儿，顺手拿起来一读，这可把左公愕住了，原来那张纸上竟写的是一篇顶好的文章。左公越读越爱，越爱越读，独个儿闹了半响，还舍不得撂下。一瞧那瞌睡的穷士鼾声正浓，料来是这篇好文章使大了劲，累倒了。又见他身上还只着一件短裕衣，在这大敞风高楼上该多冷？顿时起了一片怜惜之心，便将身上貂裘卸下，给他盖在背上。又待了一会儿，仍不见他醒。不忍惊他，便袖了那篇文章，给他带上楼门，下楼来找着和尚来问，才知那穷士是史可法。便吩咐和尚：'史相公醒来就说我来过了。如今将近试期，他是必定得中，我正任学官，这时且不便相见，待科场过了再会面吧。史相公的膏火，你上我府里领去，不许轻待他，也不许和他说。'那和尚自然是诺诺连声，不敢违拗。左公便丢了些银子，竟拼着冻冷，斗雪回府。后来考期一到，史可法下场，听说场里的卷子全要誊录一遍，才送给主考官看——你老是贵人，准比咱明白——那位左公恰恰主考，凭文章公平取士，把一卷最好的置在第一，点做解元。不料拆弥封，对名填名，这位解元公竟就是史可法。你老瞧瞧，这位左公的眼力真可算是神奇了。

　　"从此以后，他师生俩便比旁的夫子门人大不相同。两人都是誓死要做忠臣，绝不肯含糊半点儿，整日价这般谈着记着，真是二美两难。

42

如今这位史相公虽没发迹，看来将来不会弱似左公呢！你老瞧瞧，由史相公嘴里说出的左御史消息，还能假吗？"

古戴张三人静听着，越听越有味。听到最末，几乎就想奔去见见这俩大英雄。便问："吴掌柜，你可知这位史相公现在住在什么地方？"吴福芝道："他近来多住在虎坊桥头上一所矮门儿大院子里。这时他可不在京了。前不久，听说尹老奶奶生病，史相公回去瞅他妈的病。有了五六天没信来，也没见他回京。"三人听了，一团高兴顿时挫了一半，面面相觑，相对无语。

戴国柱低头沉吟了一会儿，忽又抬头问吴福芝道："史相公家在大兴县乡下什么乡村，你可知道？"吴福芝道："只知道地名叫作大节庄，却没走过。"张涵忙接着问道："离这儿有多远？半天可能赶到？"吴福芝见他几个忽然这样追逼着根问史可法的家乡，心中不免狐疑，又怔忡起来，连忙谎说道："远呢远呢，听说离这儿有七八十里地，还带着全是山路小道，一整天还走不到呢。"张涵昂头瞧瞧时候不早了，便不再言语。吴福芝见没话问了，便也搭讪着退出，回自家柜上去了。

张涵等抬身送过吴福芝，便围在炕上斟茶叙话。古达可道："方才这掌柜的说的这位史可法，我原知道他的。"戴国柱插言道："你怎么知道？我怎没听得你提过？"古达可道："我没得这般详细，也没见过他，不敢断定，便也不敢乱说。这趟进京来我原想兼着访个实在，要是真是一条汉子，咱们就去会他，和他订交。要是纯盗虚声，就当没有这回事。如今听这掌柜的所说，这人竟是个不世大才呢！我们更应该去拜谒他才是道理。"

张涵插嘴问道："你怎么知道有个史可法呢？你得先把这话说明白，咱们才得知道底细，也可以参详他究竟是怎样个人呀。"古达可双手向炕几上一按说道："你急干吗？可是这时就要知道了上那里去是不是？你也得让我喝碗茶，歇歇气再说还不算迟呀。"

第七章

访大侠机缘失交臂
会奇人慷慨证同心

古达可喝了一口茶，说道："我知道这位史相公是因为他习武的师父姓林名恭的曾和我在淮安相见过。说到阉祸，林武师也说过'将来必定弄得天下大乱，甚至要亡国'。由此谈到救世英雄，林武师就说：'曾在北京传授过一个书香世家子弟，名叫史可法。相貌虽不魁梧，却是忠心壮志，文武都十分了得，将来救世必是此人。'我知道林武师素来不瞎说乱道的，当时我就谨记着这名字。这趟北游，原想就便访访这位姓史的，不道他已经得着左御史识拔。那么知己已逢，神龙自有飞腾之日，这也是天下苍生的一桩幸事。"张涵听了大喜道："咱们明儿起个绝早，去大节庄访问去。"戴国柱便催古张两人早点儿歇着，明儿好早起身。

到了次日，果真天才透亮，古张戴三人都已醒了，彼此互唤，一齐离炕。匆匆拾掇盥洗，喝过茶，胡乱嚼了些饼饵。张涵去禀告父亲，回来一同乘马出门，向大节庄去。一路上好不高兴，三人心里都抱着今日必须访着这位无名英雄，彼此结识，为他日保国救民的生力军。心思一爽，不觉得骤马前趋，分外迅速，不多时已出了前门。

古达可当先领路，急急向城外奔去。刚出城门，忽见前面一大伙锦衣缇骑，押着个红衣罪犯，恶狠狠地打着骂着，一路吆喝不绝，径进城来。古达可便连忙约住辔头，和张戴二人一同向道旁闪避。再定睛瞧那犯人时，虽然相貌堂堂，却是那冬瓜般长脸上已经深深地塑着一条条的血痕，一部浓髯更有一绺没一绺的零落不堪。身上衣红痕狼藉地现着许多暗紫血迹。只这就知他在路上不知已受了多少磨折了。那伙缇骑仍不肯饶他，依旧竖眉瞪眼，手起鞭落，逼着那犯人跛跳着一条腿，好像胫骨已折，却毫无痛楚形色，仍拼命朝前跳蹦。古达可心中觉着奇怪：怎么这犯人竟不嚷唤一声呢？让那厮这般狠揍，他仍是气昂昂绝没些愁眉苦脸，这般刚劲儿真够瞧的了。只是不知他姓甚名谁，为什么犯这般大罪。大概又是得罪了阉党吧？张涵这时已是满心火起，却强自捺住。戴国柱更是两眼圆瞪，射出两道精光，几乎就要当场干出来。恰值这时城门两旁的护卫军汉们见有钦犯路过，便耀武扬威，大声呼喝，提起马鞭来四面乱刷，乱揍行人。古达可见戴张二人形色不对，便连忙打马侧身而过，急招呼他两个快走。

一口气奔了五里，戴国柱再也憋不住了，停缰住辔，使鞭子指着前面一间茅亭前柱上的小白帘儿道："那儿有一家小茶棚子，咱们歇会儿，我有话说呢。"古达可点头答应，便和张涵一同下了牲口，戴国柱也跳离鞍鞯，三人一同拉着马匹，径进茶棚来。

喜得这时天色还早，茶棚里阒无一人。三人便择了个僻处座头，围着坐下。茶博士沏了一壶茶，和三只碗一并送来。戴国柱提起来，各斟了一碗，便支开茶博士，低声说道："我瞅方才解进城去那个钦犯，又不知是哪省哪府的官儿绅士，得罪了奸阉党羽，扭解来京问罪的。如今三法司全在阉党手里，再加上东厂那般威风，那个钦犯这一去不是白铁投炉吗？不用说非送命不可了。咱们这趟进京来，原是为窥察逆阉情形的，这事我们绝不能不管。依我说，咱们马上去打听明白，要是一件大冤案，咱们就给他个信儿，给劫了去，也叫那伙浑蛋知道天下不是没有管事的。"古达可道："这案子瞧去不是件轻案，既然是锦衣缇骑拿解的，不用问就知是阉党们干的事。咱们要管这事，却必须先查问明白，瞧是一件什么事情，该怎么个管法。四下里全预备好了，才能干得个万无一失，绝不是莽撞猛干能办好的。"

正说着，忽见茶棚前面路上，一骑马飞驰过去。那马上有个黑瘦汉子，青巾青衫，将缰勒得挺直，两腿直磕，促得那马四蹄翻盏似的，掠地骋过。古达可正朝外面坐着，瞅得分外清楚。瞥见马上那汉子虽是衣衫寒素，还带着满脸愁容，却是神光照人，另有一种不同凡俗的气概。不觉心中一动，急起身赶到棚外，抬手遮住额前阳光，极目一望，那马已去远了，只见一团黑影裹在远处烟沙迷漫中，飞驰绝尘而去。

古达可只得转身进棚，那茶博士立在门旁，瞅着笑道："相公可是认识方才骑牲口过去的这位爷，想要唤住他吗？"古达可听了，顺便探问道："我瞅着很像我一位熟朋友，可是没瞅得清楚，不知是也不是。你认识他吗？可知他姓名？"茶博士又笑道："您老那位贵友可是姓史呀？方才过去的就是大节庄新贵人史爷啊。"古达可心中陡然触发：他就是史可法吗？瞅他那般着急，难道有什么急事吗？便向茶博士道："正是，我正想着这人像大节庄的史可法史爷呀。哪知竟然是他。他有什么急事，这般早匆匆忙忙一个劲儿趱赶，上哪儿去呢？"茶博士道："这可不大明白。就这前两天听说史爷正忙着措钱，要进京去接老师呢。"古达可听了，暗想：接老师要措钱，想来这人也不过是个钻门路趋逢当道的下作士子了，足见耳闻多虚声……不对，瞅他那形容，绝不是只为巴结老师。那一面孔惊慌急迫的形容，量来必有什么万分急难之事，绝不是只为巴结老师。便问茶博士道："我们正是到大节庄去访他，不料他倒奔进城去，当面错过了。你可知道他在城里的歇脚住处在哪儿？咱们好赶回城里会他去，省得又到大节庄去访问城里地名，多麻烦呢。"茶博士答道："咱们这京南的人有事进城，都奔前门里打住。只有这位史爷听说有家亲戚姓尹的，住在椿树胡同。往常他家有人来去，都说是上椿树胡同找他去。我没进过城，却不知道椿树胡同在哪儿。"

这时张涵、戴国柱早已起身到古达可身旁站着，听得茶博士这般说，便要回身进城，到椿树胡同去。古达可便给了茶钱，三人各拉牲口，翻身跨上雕鞍，三条丝鞭起处，十二只马蹄齐动，泼啦啦顺着原来大路，回头直奔京城。一路上因为心中着急，走得比来时还快。没多一会儿，便上了城外大街，那巍峨雄壮的前门已在望中。

三人赶回庆荣升，想略为歇息一下，打听着椿树胡同的方向，便去寻觅史可法。到了栈中，喘息定了，古达可便去柜上问椿树胡同在哪儿。才进柜房，见掌柜的正在房里陪着个肥胖汉子说话。他一眼瞅见古达可进来，连忙止住话头，起身相迎，问道："相公有什么吩咐？"古达可道："我有个朋友，听说住在本京椿树胡同，却不知这椿树胡同在哪儿，特地向您打听打听。"掌柜的答道："这儿出去，进前门，朝南一拐，过一条长街再朝西拐弯，那路北一条小胡同就叫椿树胡同。您上那儿去找谁家呀？"古达可道："我打听一家姓尹的。"掌柜的连连点头道："哦，是的，尹老夫子家里。那是本京有名的读书人家，您相公自然有交情的。他家就住在椿树胡同里路本第四家，粉墙矮门儿，墙里有一株大榆树的就是。"古达可随口谢了，便回屋里来关照张戴二人，一同拾掇出门，步行离栈。

刚出栈门，古达可在前，一眼瞥见那先时瞅见在柜房里和掌柜说话的胖汉也在告辞出门，掌柜的正在哈腰拱手恭送。古达可等挨身而过，掌柜的连忙招呼道："古相公，您上椿树胡同不认识路，我这位好朋友左爷正回椿树胡同去，您结伴同走不好吗？"古达可瞧那胖汉肥肥胖胖，模样很老实，并想着路上有人领着，免得问路迷途耽搁时候也好。便答道："那可是巧极了。"说着便和胖汉相见，才知他姓左，名希贤，家里就住在椿树胡同。

一路上左希贤在前领导，便和古达可等闲磕牙儿，谈着走着，解个闷儿。古达可问他做什么行业，左希贤叹口气道："没法子，在法司里当一名书吏。"古达可心中一动，便闲闲地和他谈起法司里的事务。左希贤道："可怜，我们也是没法，为着吃饭要紧，整日价强自耐着。瞅那些忠直大臣受尽磨折，心痛极了，却是鼻孔里大气也不敢哼一声。今日是遇着您三位远地相公们，我才敢说出两句良心话，略略散点儿闷气。平时还得昧着良心，扭转舌头，硬和人家瞎捣呢。"古达可道："听说法司里办的都是得罪了东厂公的大臣，抓去刑讯，皇爷竟是不知

47

道。不知这话可真?"左希贤先抬头一望,见左右行人没有留意自己的,才急急地微微点头,悄声道:"皇爷怎不知道? 不过不肯拂厂公的意思罢了。"

走了不多时,已转到一处僻静胡同里走着。戴国柱这时已和左希贤谈了很多话了,渐渐谈到左御史的事。戴国柱苦苦打听左公冤案的因由,左希贤总不敢说。戴国柱却不肯歇,老是左探右问。左希贤没法,只得说道:"听您三位说话行为,一定是民间侠义之士。这些事我都可以冒死相告。只是这儿街上不便说话,也说不畅尽,不如奉屈三位大驾光临舍下坐一会儿,容我尽情告诉可好?"戴国柱大喜,坦然道:"好极了,理当造庞拜谒。"古达可道:"只是萍水相逢,不当轻造。"左希贤笑道:"古爷不用疑心,我虽身在粪坑,此心自问没黑。我也极想救左御史,无奈人微力小,邀三位枉顾敝庐,也就是这一点儿心事,请三位放心好了。"张涵虽新出家门,却能分别好歹,瞧左希贤不似个陷人的奸史,便不声响,随着直入椿树胡同。

走到胡同口里第三家,左希贤上前叩门,有个老妈子来开了。左希贤让三人进门。里面是大三合院,左家住在正中屋里。古戴张三人都到左家西厢落座。便有小厮沏茶,分斟献上,自退出去。左希贤先和三人照例客套一番,然后起身探头门外,左右瞅过,才回身关上门,插上门插管儿,还原处坐下。

戴国柱正待动问,左希贤先笑颜说道:"三位可是从南直桐城来的?"古达可忙答说:"不是。"左希贤道:"我听说左御史这趟由原籍桐城起解时,有许多地方义士,集上几千人,结盟神前,要杀缇骑,劫救左御史。左公竭力止住他们说:'这不是救我,反是催我快死。而且如此一来,我不忠不义,身名永死了! 诸位爱我,务请爱我以德,全我策志。'后来桐城父老遮道阻路,拥拜号叫,朝北顶礼,并拜缇骑,要留左公,还有愿代左公死的。缇骑也流涕。今儿早上缇骑才回京销差,昨日已经有几百个桐城父老士民伏阙上书,想是破站赶来的,也足见左公盛德感人了。您三位老是打听这桩案子,又都是南边口音,所以我当

48

三位也是从桐城来的。"

戴国柱答道："我们虽不是桐城人，敬爱左公的心事却比桐城人还厉害。如今左公已到法司了，自然是为了得罪权阉，却是那伙奸党拿什么罪名陷害左公？法司里可有法可使？还请您指教才好。"左希贤摇头叹道："这事说起来，真令人伤心。熊廷弼边防一案，三位大概知道的，不必絮说。如今忽然有个奸党许显纯勘问汪文言，说是汪文言曾为熊廷弼过赃。问列名单共十七人，尽是朝中忠直，如杨涟、魏大中、惠世扬和左公都在其内。无奈汪文言抵死不招。便由奸党杨维垣、徐大化诬奏一本，说是'熊廷弼的缓狱，是诸臣受贿使然，杨涟、左光斗等十七人皆汪文言居间通贿，紊乱朝政'奏上，皇爷立即降旨拿人。那伙奸党便先将汪文言在狱中弄死，给他个死无对证。许显纯再上一本，第二天便缇骑四出，锁拿杨左诸公了。左公在家里就知道奸党必放他不过的。听说他前时为参魏忠贤三十二斩罪，被家奴福生泄露给奸党知道了，先下手为强，假传圣旨，先革左公官爵，然后才奏明皇爷。左公没处申冤，只得回里。他家老太太想着儿子招权奸怨忌，恐怕难逃毒手，昼夜忧煎。左公便命小奴子扮演杨椒山写本赴西山曲子，暗地劝解太夫人。这不是左公早准备做个和权奸拼命的忠臣吗？昨日夜里桐城会馆里住宿的一班上书父老，都接着左公传语劝散，更可见左公抱必死之心，不肯使旁人因为他的事招权奸怒恨。您三位想，这般事势，叫我这个小吏有什么计策可想呢？"

张涵道："似这般黑天冤枉，难道就没一个敢作敢为的英雄好汉，挺身舍死，救出左公吗？"左希贤道："有却是有，譬如我这隔壁尹老学究的外孙史解元不就是一个吗？不过左公自不愿人救他，也叫人没法可想。"三人听得"史解元"三字，顿时勾起心中事，忆起原来是寻史可法的，却不道在这里耽搁了。古达可便要起身，戴国柱却目视古达可止住道："且不要忙，我们还有话要请教呢。"回头向左希贤道："您方才说那史解元可是名唤可法的？他和左御史有甚关联吗？"左希贤道："正是史可法。他是左公特赏的人才，又无意中取中解元，左公便成了

49

他的知己恩师。左公这案才起，他就四处奔波，昼夜不息。今日左公解到了，他一定是忙得不可开交了。您三位要是去访他，不见得这时能见面呢。"张涵道："我们就为这事访他。实告诉您，我们和左史二位都非亲非故，都没见过面。只为素常听得左公主争移宫，烈声震天下，进京来又听得左公赏识史解元于穷困之中，左公如今被陷，想必他要忧煎愁急。我们所以要去访他，觑便帮助他一把，也是我们江湖游侠应行之道。"左希贤道："原来如此，那么您三位不必到尹家去访他了。他早几天就同尹老学究来我家，重托过我的。如今只差个小厮过去，请他过我这儿来，大伙儿一处聚着，不更加好商量吗？只不知您三位另外还有旁的要紧话没有？"戴国柱喜道："那可真是好极了。我们刚才不说过和他还不相识吗？有什么私密话儿呢？"古达可、张涵二人略一沉思，觉得照左希贤为人瞧去，这事没甚不妥，便也点头说好。左希贤便叫小厮："去隔壁尹家请史爷马上过来，立等着，有要紧事商量。"小厮应声去了。

左希贤陪着张涵等三人闲谈坐待。一霎时小厮回来说道："尹家说：'史爷清早才来的，坐也没坐稳，便骑着牲口出去了，也没说几时回来。待他回来时再和他说，要他立时过这边来。'"张涵等听了，一团高兴化作冰消，便告辞说回头再来。左希贤挽住说道："且再坐一会儿，待他不来时，我也要上法司里去了。三位若没事，何妨同去观审？也好知道法司里的刑法究竟是怎样的酷毒厉害。那些忠臣烈士熬刑忍痛，是怎样的铜筋铁骨？使人瞧着又敬又恨！这都是外省人等闲不容易得见的。"三人听了这话，便又回身坐下。左希贤叫小厮再沏茶来，小厮答应着才转身，忽听得院里有人高声问道："左笔师在家吗？"左希贤当是衙里同事来寻，忙向三人摇手噤声。小厮急急奔出答应。

第八章

聚会贤豪共谋救难
慨怀忠义独任巨艰

左希贤连忙起身，抢一步拔开门插管儿，先开了一扇门，探头向院子里一瞅时，却不是衙里同门，正是那盼着不到的史解元史可法。喜得他来不及回身，急扭脖子撇着向着古达可等三人道："那位史爷来了。"古达可等听了，如获异宝，连忙一齐起身，抢步到房门前，张涵伸手去拉房门，这时左希贤已经应声闪身出房到檐下。古达可拉开房门，便见史可法和左希贤一同急步登阶，径进正中明间来。

史可法刚才落座，便问："你差人约我过来，有甚见教？"左希贤答道："有点儿要事，还有几位义友要当面请教。"说着，不待史可法说话，便起身到西厢招呼张涵、古达可、戴国柱等三人出来，和史可法厮见。史可法一时莫明就里，只得照例施礼相见，互通姓名。恰值小厮沏好茶掇上来，左希贤便一一奉茶，各请坐下。

史可法因不知这三人是什么来由，有甚事故，一时不便开口，只愣愣地坐着。左希贤便将三人的来意说明。张涵又接着把今日城乡奔驰两度奉访，只为想要共襄义举、搭救忠良的意思说了。史可法听了，十分钦敬他三个这番热肠义胆，连连称赞致谢。

张涵道："咱三个这一点儿心思，绝无私意，更没希求。大概史爷是明白的了。咱既是为天地保正气，为国家救忠良，全凭良心驱迫着不能不干。绝不敢受您的谢，更不敢承赞。而且如今时候万急，商量正事

51

要紧。稍一因循，要坏了大事。咱们先把那些客气言语略过，好腾出时辰来说正经吧。"史可法道："好，张兄既然如此热肠，我还有什么隐瞒的？我打算先筹措些银两，向司里打点，悄地进监去，见敝老师一面，和敝老师当面说明，才好设法相救。要不然，敝老师秉性万分耿直，就是费尽无穷力量，救搭他老人家出了狱，还许他老人家一个不合意，竟自尽了忠，也是说不定的。所以这事极不容易办，非得先设法使我得进去，见着他老人家，才有事可做。"古达可目视左希贤道："这事左兄可能帮个忙吗？"左希贤沉吟道："不大容易。因为闲常不打紧的案子，有家人亲友要想瞒上不瞒下，进监去相见一趟，里里外外也得花不少的银子，才能偷着瞅一瞅，说几句话。如今左公这一案是钦定的辽东贿案，真是非比寻常的惊天动地的大事儿，自然是分外加严，即使花钱，恐怕也难打得通。谁敢担这血海干系呢？司里人虽说著名的'只要银子，不要良心'，可是这事攸关他的性命，谁肯扔下脑袋来换这银钱呢？就是史爷您也犯不着啊，一个不巧，连功名和性命，外带上一家子，全都不保，这太险得过头了。"

戴国柱道："我有个计较，不用勾通司里人役，更不用花钱。只须史爷放大了胆，今天夜里人静后，我背着史爷，打天牢后面蹿墙进去。却是得请左兄先查明白左御史在哪一号里，什么方向，好一直进去，免得临时寻觅妨事。"张涵、古达可齐声接说道："好极了，咱俩帮着你。"左希贤双手齐摇，正待细说这计较绝办不到的道理，史可法已先接言道："这一招万万行不通。不瞒众位说，我的武艺虽没学得成功，却也曾略窥门径。那天牢里四面墙垣比城头还要高。沿着墙头满布着鹿角蒺藜，两边架着铁网，并且墙头比墙根还阔，两面全是低头岩似的，似这般墙壁墙头全没个着手脚处，下到上足有五六丈高，谁能一蹦就上去呢？再说那里面防守的严密，任什么地方没那么布置得厉害。单说那墙头上，每隔着两丈就有一所望楼，那楼约莫六尺见方，四面装着四支铳，里面昼夜有四个兵卒守着。楼底下和墙垛间满布着毒弩，略略碰着，就得丢命。这只是外墙。还有那内墙，齐地下一丈多深处起，使铁浇灌，到地面一丈多高，才用整块二尺见方的大白硬石砌成。石缝里满装着飞弹、流矢、火药、毒镖等家伙。墙头上一般布满着铁刺，还夹埋着窝弓、刺钩、毒弩、火炮各种利器。墙头上五步一个小棚，每棚一名弓兵、一名铳兵。那内墙是使整块大石夹着堆砌，中间使糯米煮熟和沙捣融灌成的，比铜铁还要坚固。屋上是铁梁盖着一尺多宽厚的砖瓦。墙垛上虽没兵卒守望，却是每一行房屋顶当中，必有一所堡垒，就筑在屋顶上。每座堡垒都有四座炮、二十条鸟铳、十条火铳、五张连珠弓、一架混天激石机，二三十个兵卒轮守着。有事时，画角一鸣，立刻可加一倍两倍。任你好汉不要想打上面进去。底下更是处处是套索络绳，寸寸是暗箭尖刀，触着时不擒便死。还有五步一望哨，十步一巡卫，都是重铠坚甲、全身戎装的武士。四面布着铳炮等各种利器。总而言之，上下左右全是人，全有埋伏，全有暗器，给你个十方没下手处，一碰就得送却性命，还不知是怎么死的。"

左希贤插言说道："这话一点儿不假，里面还有一件极凶狠的东西，还是于少保平瓦剌时得着的番狗。卷毛红眼，大嘴獠牙，五尺来高，七尺来长，竖起来时比人还高。那家伙不分昼夜，一见生人蹿过去锁喉一口，立刻咬死。若是一只斗不过，便一齐都上。力大如狮，纵跳如飞，老虎也怕它。如今生生不息，已有五六十头了。就这一宗，不是穿着司里的官衣和刑犯着的囚服的人，再不要想活着在里面。"

张涵等三人听了，虽觉得严紧异常，却仍不畏怯。戴国柱道："凭他炮海刀林，咱们且去撞一头瞧。"古达可拦道："且不要急，先请问左兄，可能设法让史爷进去和左公见一面？"左希贤正待答言，史可法早立起身来，向裆裢袋中掏出一锭大银来，捧到左希贤跟前，含着泪说道："前天承蒙允许格外向伙伴们关说，只底下人要些开销。我奔驰借贷，闹了两整天两整宿，才得如数措足。如今只求您始终成全这事，我史可法生死不忘大恩。"左希贤一瞧那银子果然是大锭五十两课银，心想：真亏他一介寒儒，两天两宿，竟忙出这大一锭银子。就论这一点至诚，我也当代他在无可设法中设个法，才不辜负他这番坚刚辛苦的赤忧。便道："我前不曾知道左爷这案子有这般重紧，以为我去仗着面子，同事里不必开销，只开发禁子狱卒一班当值的底下人几两银子就成了。哪知道这案子竟是连我都少见的案子。那么，这事我办得到办不到，可真不敢说定了。"张涵道："左兄可能发个慈悲侠义心，格外帮扶这一趟？"古达可道："有险难时，我来承担，绝不累左兄。"戴国柱道："任什么我全答应办到，银子不够时，该花多少全向我取，绝不延半刻少半分。"左希贤道："倒不是为银子。如果只开销内里伙计们，有史爷给的这个数目，由我去花派，也不差什么了。只是这案子太大了，恐怕他们不敢收这钱了。"张涵道："只求左史可怜见忠臣受屈和史爷一片诚心，无可设法中竭力设个法吧。"

左希贤兀自沉吟不语，两眼不住地向史可法等四人溜着，心下不住地怙惙。瞅见史可法那满面愁容中，含着一股侠烈之气，两眼嘬着两泡热泪，盈盈欲坠，两手紧握，指尖儿直将刻入掌心。古达可双睛直视，面皮绷得小鼓儿似的，那番热望情形，真是描画不出。张涵、戴国柱二人咬唇呼气，竖眉攥拳，填膺义愤，露着焦迫万分。四人都似阵前摩拳擦掌的大将，只待着一声令下一般。因触发平日一股郁气，不觉愤然高声道："好！我就拼了这条不值钱的性命干去！左公能为天下人受尽冤苦、丢却性命不顾，难道我这个姓左的就不能为他拼一趟命吗？去，我马上就去。您四位小坐一会儿，待我回信吧。"四人听了，一齐起身，向左希贤长揖。

左希贤不待四人开口，先抢说道："不用谢，我也是和四位一般地各尽其心。咱们谁也不用谢谁，事成时，各人心愿都遂；事不济，自愿当灾，死而无悔。"史可法和张涵等无不肃然起敬。左希贤转身吩咐小厮叫老妈子备饭。刚说了这话，忽然呆了一呆，沉吟着半晌不则声。古达可陡然想起，忙说道："左兄只管请便，咱们正事要紧。彼此血性相交，绝不在乎这些小节。我先不客气，须知咱们是肝胆朋友。"说着一面掏出一块散碎银子来，递给小厮，一面说道："咱们知心合力，脱略形骸，所以我才敢这般放肆。"左希贤低头略想一想，忽地昂头向小厮道："你就拿去吧。既是良友知道我的苦衷，我也不用假充富裕了。"史可法赞道："这才是能做大事的不拘小节，真知朋友的不存虚套。"戴国柱笑道："依我说，连古哥那'放肆'两个字都用不着，左兄那'苦衷'两个字也说不到。大家和一家人一般，才见真交情。"张涵插言道："好了，我们吃饭的事已经停当了，左兄就请吧。不要耽搁大事是正经。"左希贤便揣了那锭大银，噙泪出门去了。

戴国柱催着小厮去叫老妈子做饭，张涵道："慢点儿做饭，待左兄来家一同吃不好吗？"古达可笑道："张兄弟到底年纪轻，不留神细小处。你忘了左兄临动身时踌躇着吗？那就是他想着没时候回来陪我们上酒楼去吃饭，家里却又没菜蔬，不能让我们在这儿吃着饭等他回来，所以才那么尴尬为难呀。要不，他不会出去设法弄些酒菜带回来，再和我们同吃吗？显见得是想留我们，又不能说出来，才会那么踌躇呀。"张涵笑道："我没许多小心眼儿，吃顿饭也会想得这么精微奥妙。"说得戴国柱也笑了。

史可法和古戴张等一同在左家闲谈坐待，彼此说起家乡氏族，才知史可法家里是世袭锦衣百户，归锦衣卫籍，所以河南祥符人，却算顺天大兴籍。祖父讳应元，举人出身，做过黄平府知府。父亲名从质，母尹氏，都有贤声，在乡里做得不少的善事义举。两个兄弟一个名叫可程；一个名叫可模。可程为人机灵，善于辞令；可模人较忠厚，秉性刚强。幼年时，弟兄三个都是文武兼习。可法、可模都习成文武全才，只有可程专心拓帖，不仅武没习成，手无缚鸡之力，且是除了八股文章做得声调铿锵以外，连经史实学、辞赋文章全不曾问鼎。因此高高地中得一名秀才，在京中四处奔走逢迎。可法素来和可程性情不相迎，时常规诫他，为人取功名富贵，应当从正途进取，不可妄求。可程常笑可法迂呆，径自我行我素。弟兄二人因此不大亲洽。倒是可模虽是个小孩子，却行止举动和可法一般无二，也习得一身惊人本领。没事时大哥哥小兄弟说说讲讲，寸步不离。可法因为救师情急，上京来没告诉可模，独自走了。要不然，可模是一刻离不开大哥的，早同着进京来了。

古达可等三人也齐将身世告诉了史可法。古戴二家都是乡绅人家，数世尽力于乡里，所以为一乡人望所归。远近壮丁、武士，只须他两家出头，振臂一呼，立时可集一两千人。因此在本乡自备资粮，兴办团练，用兵法勒子弟，保卫桑梓。平时各自营生，到期瓜代会操。有事时便顷刻聚成劲旅。江淮间贼盗提及古戴两家，无不蹙额皱眉，相约不惹犯他家境地。

张涵说起甑甄子，史可法方知和他是同门兄弟，便询问甑甄子行踪，张涵据实相告。史可法想着：已八年没相见了，如今这事要是有甑甄子在这里，绝没有不挺身相助之理。得他老人家帮衬，不要说一位左老师，就再有几位，也能设法解救出狱。只可惜一时没处去找寻。张涵这时也正和史可法一般心事，默默地想着。

古达可、戴国柱见张涵、史可法相对无语，不知所为何事，也都怔怔地望着。直待小厮掇上酒菜来，四人才起身，围着桌子坐下。左家娘子叫老妈子出来告罪说："相公不在家，没有奉陪，十分简慢。"史可法等起身复谢了，坐下去胡乱吃喝了一顿。

四人擦过脸，喝着茶，仍旧闲话着，等待左希贤回来。却老不见踪影，未免各自心焦。好一会儿，都有些耐不住了，便起身在屋踱来踱去转圈儿。盼望正急时，猛然听得霍的一声，前门开了。四人不约而同一齐回头注望，不觉都大吃一惊。

第九章

肉鼓横吹喷血骂贼
心弦震荡矢志效忠

门开处，史可法和张涵、古达可、戴国柱一齐朝外凝望时，只见左希贤满头汗珠，慌慌张张、踉踉跄跄、连奔带跌地扑进屋里来。古张二人忙抢出屋外，搀扶着左希贤，一同进西厢房里，扶向椅上坐着。戴国柱便关上大门，和史可法一同回到屋里。那小厮早吓得目瞪口呆，愣在一旁。史可法便叫他快去沏热茶来，一面走到左希贤身边，问道："是怎么了？可是遇着什么岔事吗？"左希贤喘得张嘴结舌，直呼大气，一个劲儿摇头摆手，说不出话来。

众人见他摇头，知道没出岔事儿，心肠略舒。直待他气喘匀了，方才问他因甚这般模样。左希贤一面耸肩嘘气，一面答道："气死我了！吓死我了！"戴国柱急道："什么事气死了，吓死了？说点儿给我们知道，不比这叫人闷气好多了吗？"左希贤一手摩胸，挪匀喘息，方才细说出来。众人各自在旁落座，凝神听他诉说。

原来左希贤别过史可法等四人，直奔镇抚司。一进衙门，便听得传话升堂。再瞧那些承值吏役人等，个个面上都有些和平日不同的容颜，暗地觉着奇怪。却是正事要紧，赶忙奔到牢里，悄悄地和提牢禁子商量了半晌。总是说干系太重，不肯答应。左希贤仍推说和左御史是同宗，务求设法。禁子被缠急了，竟说："你上前面去待着去，马上就问这一案了。你瞧过这一堂，便知不是我不肯通融，实在是担不起这海也似的干系。"左希贤听他这般说，不敢再说，只得快快地蹓向前面来寻人。

一面走一面沉思，不觉已走到镇抚司大堂屏后。猛听得一声吆喝，心里突地一跳，惊得神气一爽，忙抬头定神一想，不觉哑然自笑："这不是喊堂威吗？怎么我会忽然不懂得了呢？"便转身绕走侧院里，再转到大堂前面大天井中，挤在许多观审的人里面，凝神静气地待着。

只见司官田尔耕巍然高坐，正使右手三个指头捻拂着嘴上两撇黄鼠须。堂下陈列许多刑具，左阶下烧着一炉焰烘烘的大炭火。两旁锦衣缇骑持刀捧斧，肃然屹立。各科差役刑吏都手持刑具，分列阶下。比常时排场更来得威武吓人。

左希贤正瞅得入神时，猛听得当啷啷一阵急响。只见八个锦衣卒扭着一条三寸来大圈儿的铁链，拉住个红衣钦犯，径到阶下。那红衣犯虽然手铐脚镣，披枷戴锁，项上套链，背后受鞭，却仍雄赳赳气昂昂，透着惊人的正气，绝不丝毫畏怯颜色。左希贤暗自惊佩：从来不曾见过这般宁静镇定的犯人，真是"钢御史"，名不虚传。

正想着，猛听得一声大喝："跪下！"数百人齐喊，声震天地。那钦犯仰天哈哈大笑道："我左光斗两膝只跪过先师至圣、今上陛下，你是什么东西，哪配！"田尔耕大怒，拂袖高喝："打！"那些如狼似虎的吏役应声高举大杖，噗噗地齐向左光斗腿弯打去。左光斗搁不住丛棍攒殴，被打得向前一冲，扑身倒地，却仍不肯跪，横躺倒在地上，大声道："我左光斗是不怕死的，贼！你能冤我，哪能辱我！"

田尔耕气得两眼呆直，面孔发青，双手紧按案角，咬着下唇，直呼大气，半声响不出来。这时忽见有个青衫师爷转出案侧，悄地向田尔耕耳畔说了句不知什么话。田尔耕顿时面容和缓，高叫："恭请上谕！"一声未了，堂上顿时移动公案，田尔耕起身斜立一旁，便有职官恭敬捧出一道锦函，向大案当中供起来。田尔耕上前拜倒，照例行大礼毕，起身坐在案旁，大声喝道："左光斗！本司奉上谕勘问，你敢抗旨不跪吗？"左光斗由丹墀地下抬头瞥见上供谕旨，便毅然挣扎着，翻身竖起，随即朝上跪下，哭拜道："陛下万岁！罪臣左光斗愿陛下万寿无疆，群奸敛迹，海宇澄清！"

只见田尔耕厉声喝问道："左光斗！你如何勾连逆党，擅请移宫，威逼娘娘，劫持圣驾！边疆一案，究竟受了熊廷弼多少贿赂？如何和杨涟勾结？你等十七人如何结党庇奸，贿误封疆？快快对着圣明一一直招出来！"左光斗大声道："我锄奸有心，诛贼无力。以致狐鼠凭城，豺狼当道。有负圣恩，罪该万死！移宫一案，公道自在人心！什么熊廷弼贿案，我怎会知道？你们自己干的什么，怎么问我呢？"

田尔耕恼羞成怒，瞪眼竖眉大叫道："你不实说，本司可要动大刑了！"左光斗须眉戟张，厉声叱道："朝廷有何亏负你们处？你们这伙奸贼，竟想锄尽忠良，荼毒社稷。我左光斗生不能为今上诛贼，死必为厉鬼除奸！你想弄死我，你就快些动手吧！快一刻我好早一刻做毅魂厉鬼，扑杀你们这伙恶贼，上报国恩，下除民害！"说着，目眦尽裂，牙龈嘴角鲜血直迸。

田尔耕气得发抖，拍案怪叫："快打快打！"只见那伙狗狼般没人心的隶役，一拥上前，捺翻左光斗，高举起碗口来粗的白木棍，"啵噗啵噗……"数着打着。左希贤瞅到此际，心寒肉颤，不忍再看，撇过脸去，暗自垂泪。耳中只听得啪啪啪一迭连声地响个不绝，却没听得左光斗半声叫唤。那响声竟似全打在沙堆灰袋上一般，丝毫没有回应。

左希贤心下未免觉着奇怪，又一转念：不要是揍死了吧？急转身瞅时，已经停杖。左光斗委顿在地，昂起半段身子，勉强挣着，想是两腿已折，不能再跪了。再瞅那田尔耕仍是咬牙切齿，两眼如猛虎一般，瞵瞵直视。左光斗大叫一声，突地拄地坐起，嗓子更加高了一调，大声数骂客魏凶迹和那些义子干儿奸党们的罪恶，一桩桩喷血数说。田尔耕越听越气，没法摆布，直急得抖着嗓子，大声急叫："快上夹棍！夹夹……夹这……这厮！"只见那伙隶役竟似没心没肝地号声答应，拾起夹棍奔上前来，将左光斗的两腿一拉，套上去就夹。上面喝一声"收"，底下应声将夹棍一紧。左光斗头上顿时冒出豆大的汗珠来，渐渐两眼翻白，口角流血，却仍不肯住声，断断续续，骂不绝口。虽听不清他骂的是什么话，可是那一声声高叫"熹宗皇帝"，惨凄而又悲壮的唤声，令人震耳伤心，热泪夺眶而出。

没多时，左光斗被夹得昏晕过去，一众观审人都当他已经死了，田尔耕却似没事人儿一般。众隶役忙着喷凉水，提总筋，渐渐松下刑具，将左光斗扶住。好半晌，左光斗长叹一声，荡悠悠苏醒转来。田尔耕见了，又喝问道："你受熊廷弼贿银二万，汪文言已经实供过了，你已无从抵赖，快画招吧，免得皮肉多受苦。"左光斗愤然道："那么，怎不提汪文言来对质呢？"田尔耕道："汪文言已气绝狱中，你赃案已实，敢抗刑不招吗？"左光斗冷笑道："啊！汪文言死了！哼，死无对证，好毒呀！又毒杀一位忠烈了！你们要我死，有'莫须有'故事可师，何必要画什么招呢？"田尔耕愤怒得跳起来，喝叫："快动大刑！"

这一来，左光斗仰天哈哈一笑，复又大叫三声"先帝"，从此闭口不吐一字。任田尔耕用尽非刑——炮烙、针板、脑箍、重拶，乃至倒悬、捽骨——诸般恶毒惨刑都用尽了。左光斗浑身是血，体无完肤，满地斑斑点点，骨肉狼藉。田尔耕仍不罢休，一连又用了三套酷刑。左光斗已沉沉晕死，成了个红人儿，有话也不能说了。田尔耕方才满面欢容，异常高兴。

只见田尔耕回头向案下录供书吏道："好画供了。"说着，便向案头抽出一张已经写好的供单，上面大概总是一切招认的话，递给书吏。书吏吓得战战兢兢地下位去，和隶役一同上前，硬乘左光斗昏沉不省事时，取了个手印，算是亲招。田尔耕收将起来，命将左光斗打入死囚牢里，一面传谕照着那纸造就的供单上所指名的拿人。左光斗的哥哥光霁，兄弟光先、光明以及亲族戚友，凡平日有来往的，统算是党羽，按名拿办。甚至同堂同宗三族十族人等，一体均要缉拿，株连千百人在内。顿时满京都都知道魏忠贤要灭左光斗十族，锄尽忠良，威吓朝臣，使人不敢再抗奸党。

左希贤亲眼见了这般吓杀人的情形，浑身发麻，直淌冷汗，四肢软瘫无力，心中震荡不定，走动不得。便转到自己班房里坐一会儿，镇定心神，才急急奔回家来。喘息定了，把上项情事一一说给史可法、张涵、古达可、戴国柱等听。四人一面倾听，一面脸色渐变。个个怒发冲冠，鼻孔中呼吸越来越大。等到左希贤述完时，戴国柱首先立起身来告辞。左希贤心中一激灵，忽然想着：不好，此时绝不能让他们走。连忙起身拦住戴国柱，并坚请史可法和古达可、张涵等道："略坐一会儿，我还有要紧话说。"

古达可便帮着挽住戴国柱，重再坐下。左希贤道："您各位千万不要莽撞！如今东厂党羽密布，任什么地方都有他们的人。您各位就算能宰他几个，总没法到宫里去锄除两个元凶。您各位本领高，不会着道儿，吃奸贼的亏。可是那厮们借着这一点儿事，又不知要屈杀几多忠良，毒害若干良民。求您各位可怜见老百姓实在再受不了连累，朝中忠良正愁惹着事端之时，投鼠忌器，且高抬贵手！"话未毕，戴国柱抢说道："顾不了许多，宰却一个是一个，揍杀一个少一个！我干的我承当，绝不连累旁人！我要出我胸中这口恶气！无论如何再憋不住了！"

众人正待发话时，陡听得叩门声急，都觉得诧异。小厮要出去开门，左希贤连忙止住，却麻着胆，亲自起身到院中去，拔闩开门。闪眼一瞧时，却是方才在衙里和他商量过事情的那个提牢禁子。喝得满身酒气，直闯进来。左希贤心中一惊，暗想：难道他借着这由头来挟制我吗？又联想着左案牵连之多，不觉栗然生畏。便连忙高叫："小三儿，拾掇东屋子，快沏茶，有客来了。"

他这几句话，明明是递信给史可法等的。史可法等何等机灵，岂有不明白的？便急急缩入后间，免得客人走过厅上时，瞥见西厢里有许多人，不大稳便。一眨眼间，便听得左希贤已陪着那禁子走着谈着，直进东屋里去了。接着便听得让座献茶，小厮奔来趿往，闹了好一会儿客套，那边屋里的声音才渐渐低了。

左希贤本怀着鬼胎，怕禁子拿先时所说的话当凭据，跑来讹诈，硬指作左光斗的族人本家，那可是吃不了兜着走，受累不浅。因此小心翼翼，寸步留神。旋见那禁子进门后，落座喝茶，并没奸险形容，只是红着脸呼大气，料不是特来翻脸诈钱的，顿时心中安逸了许多。便赔笑上前道："大哥有甚事见教，亲劳贵步？"禁子瞪着眼问道："我问你，你和那左御史可是一家子？"

一句话把左希贤惊得遍身冷汗，瞠目结舌，答不出话来。那禁子着急道："我不害你。你须知我也是个人，怎能做出猪狗般的勾当来！你走了我好后悔！"说着气喘不止，只得停住，一手摩胸顺气。这时左希贤瞧科了八九分，料这禁子也是瞅不过这桩黑天冤案，抱不平来诉说心事的。便拿话逗他道："大哥，咱们身在公门中，也是没法。大哥如有法可设时，能不给我设法吗？只怪左御史这事犯得太厉害了！"禁子不待左希贤再说下去，恨得向茶几上猛擂一拳道："嘻，你真是——你拿我当什么人！左御史真犯了法吗？犯他妈的鸟法！京城谁不知道，没有左爷杨爷，就没皇上。如今那两个没鸡巴的歪货，拿忠臣当仇人，咱们在这昏天黑地的鸟衙门里，吃这碗牢饭，也见得不少了！却从来没见像左爷这样的塌天屈事！那伙贼闹什么鸟贿案，不过是因为左光斗魏大中阻止皇爷封荫魏忠贤的子孙，魏贼就设计陷害。先用炮烙弄死杨涟，京城里数万百姓拥道攀号，那司官许显纯硬拉杨爷到司里，坐赃二万，五天一比，全身打碎。还使铁钉贯顶，弄死杨爷。那时我就觉得这碗牢饭不应吃了。如今接连弄死汪文言，又要害死左光斗。咱们一月拿得几钱银子，陪着做恶贼，给天下人咒骂，哪里值得！所以我决定来寻你。你真是左爷的亲本家，我就拼着命，领你进去，和左爷见一面。瞅他老人家有甚计较，我就拾这身子给他干去！也显得我们是条汉子，不是贼党！你要没这个胆量，我就此一走，做贼做强盗，也得和那厮们拼一头！要不，这口气就够憋死我了！"

左希贤这才明白他的来意，瞅他一脸怒容，含着无限的忠忱义慨，便坦然将史可法相求引见左光斗的事说出来。禁子听了，竖起右手大拇指，挺胸昂头高赞道："好男子！有左爷就有这般的好门生！有这样仗义的汉子，就有你这敢出头的男儿！难道我就不是人吗？左哥，烦你就请出这位史爷来，咱们就引他去见左爷去。"

史可法和古戴张三人自禁子进门，便暗地过这边来窥探。左希贤和禁子所说的话，史可法字字听得明白。最后听得那禁子要左希贤去请自己，便挺身掀帘，进屋里去，向那禁子拱手道："义士一腔忠愤，小可钦佩已极！只我就是史可法，不必再劳呼唤。"那禁子听了，且不答话，却反向左希贤问道："这位就是你刚说的左爷的贵门生吗？"左希贤点头道："正是这位史爷。"

那禁子绝不迟疑，立起身来，扑地向着史可法跪下，死心塌地磕下头去，口中说道："小的许谨叩见！"史可法连忙还礼，搀他起来。张涵和古戴二人也进了屋里，彼此相见毕，都赞许谨有见地、有志气。许谨道："我这一名禁子，本是顶名替代。先时不知里面是这么有天没日头的。如今实在瞅不过去，万不能跟着那伙黑心崽子胡混，所以特地要寻个脱清身子的机缘。明早该我内班，你老要见左爷，我可以领你老去。只是外头的几重门，还要请左哥打点。里面一切都有我，不用花费半文钱。就是有个什么，凭我这副铜筋铁骨，也能闯出三五重牢门，保管你老无事。"史可法大喜，诚恳致谢。左希贤也无限欢欣，立时便去打点门上一班人。史可法和张涵等陪着许谨谈了一会儿，许谨虽是个牢头禁子，却是个心直口快、绝无城府的刚直汉子。

不一时，左希贤回来说："门上和内堂一总打点好了，共花了八十五两银子。"史可法忙问："银子不够吧？"古达可抢着摇手道："不用你着急，我全准备了。不够时有我。且干好了事再说。要救左爷，银子还要用得多呢，你不要着急，只管干事好了。"史可法才待致谢，戴国柱已拦说道："你不用谢，连左爷的'赃项'我都在筹划了。大家凭良心为国家救忠良，哪里谢得许多？如今只快商量明早怎样地进去要紧。"许谨道："明早进去，只好有屈史爷这般这般……便万无一失。"众人大喜。

63

第十章

至诚至性生入死牢
全始全终仁极义尽

次日清晨，天色微曙。镇抚司衙门口静荡荡的。照壁上微映着反照晨光，只那只画的贪狼，呆着脑袋，想吞那轮红日。辕门里，几株松树上乌鸦噪晴，"呱呱呱"地叫个不住，冲破这岑寂的静空。好像要叫那贪狼不要再痴了，那画的日头是想不着的。此外，只有那仪门前面左右一对石狮子，各蹲在一个石磴上，龇牙相对，张嘴无言，好似阅尽沧桑，无限感慨尽在这相视不言中。

左首石狮侧旁倚着个少年，头上戴一顶破箬笠，已是有一块没一块凸凹不平，就那么勉强顶在头上，身上穿着一件小袖短衫，却是五色齐备，补缀了不知多少块，已不知原底子是什么颜色了。底下一条牛角裤，俩裤管儿已经成了灯笼流苏似的一条条，吊吊挂挂。再下就是两条锅灰似的干瘦黑腿，干腊鸭似的皮包着骨。脚上拖着一只没跟破棉鞋，还有一只却是崭新的新草鞋。手里挂着一柄三尺来长的小粪铲儿，当前地下撂着两只破脏畚箕，一条短竹扁担。两只眼呆呆地瞅着天空浮云片片荡过，默然不语，好似在等待着什么一般。

一会儿，西辕门外有个五短身材、鱼眼厚唇的汉子，浑身青到底，一见就知是个做公的，大踏步走到西辕门，一眼瞅见那少年，脸上顿时露出笑容来。将到石狮子跟前，忽然面色一沉，高声喝道："你站在这儿干什么？可知道这儿是什么地方？有得你站的吗？"那少年连忙答道：

"惊动上下，小的是王家行承值的，今儿该王家承差上里面打扫，求上下方便，领带小的进去打扫。不敢动问上下贵姓？"那做公的故意厉声说道："我姓许，叫许谨。怎么样？我没查你，你倒先查问起我来！可有腰牌？拿出来。"那少年连忙掏出一块腰牌，双手捧着，奉给许谨。许谨接过腰牌，反复仔细瞧过，仍递还他，又喝道："解开衣来，让我搜一搜可有夹带。"那少年连忙解开身上破衫。

这时门已开了，大门口有几个凸胸叠肚的门子，个个手执皮鞭两边坐着，瞧见许谨吆喝那少年，那当先一个门子便道："许头儿，那些当小差的全给你们吆喝得不敢上门了。你不要吓唬他们吧，谅这般毛头小子敢上这儿耍花花儿来着吗？"许谨一面抄搜，一面答道："那可不成，今日不比往日呢。"那门子鼻孔里哼了一声道："哼，算你懂公事，总该高升了吧。"

许谨也不理会，搜检过了，便领着那少年打侧门进去。左拐右弯，东闯西跨，也不知走过多少门户，却都是杂屋小径。奔了许多时候，才到一片空场里。瞧见近面门上画着一只狴犴头，知是牢狱大门了。果然见许谨向门上兽环叩了几下，里面有人高问了一声，许谨接答一声，好似问答的只是两个字儿，却听不大清楚是什么字，大概只知是喝号罢了。

霎时，狴犴头下的两扇铁门开了一条缝。许谨上前说了两句，便又大开一线。许谨才领那少年进去，狱门登时嘭地关上了。许谨向那狱卒道："今儿该打扫。我奉谕监着这人来承差，你歇着吧。"那个禁子巴不得这一声，便去门旁坐着瞌睡去了。

许谨领着那少年向阶沿上走了个圈子，去到死囚牢第一号木栅门前，暗地使手指了一指，便去天井中木凳上坐着，仰起头来，和墙上望楼内守望的兵卒们斗趣玩儿。那少年先扫清院子当中，都扫着在畚箕里，才向许谨道："求上下开门。"许谨便掏出一大把钥匙来，清得了号头，先开了第一号死囚牢房木栅门，仍旧转身去，高声和墙头上守望兵卒闲磕牙儿，说笑去了。

那少年捺住心神，一脚跨进栅门，只见里面黑洞洞的，一丝光也没有。连忙定了定神，双手将眼睛揉擦一会儿，才见黑魆魆之中有些暗暗的影子。便向那有些微影像的墙角里走去。脚下觉得又湿又滑，四面凌空，又没有抓手，不觉心悸胆战。不知这地下是些什么东西，只得咬紧牙关，硬着胆子摸到墙边，陡见一大堆东西缩在墙角里。

定睛一瞧，却是个人缩着。借那栅缝微光映现，瞧见那人额上通红，皮尽露骨。脸上一片红，已分不出鼻颊。赤着身子，赛是穿着朱衣，一条条的皮垂挂在腐肉上。两膝以下，骨断筋连，但见两条森白骼骨和腿弯里垂挂的两条断筋，丝绦般悬着。只那部浓髯，还可辨认这是左光斗。这时认明白了，心如刀绞，脑若箭穿，那至惨极痛之情，真是写也写不出，说也说不尽。当即扔下铲畚，倒身前向一扑，跪在地下，抱住左光斗那两只仅得完好的膝盖，呜咽哽咽，连个老师也没叫得清楚。

左光斗这时正是心如止水、神思飘忽之际，忽然耳畔听得一阵微声，细细体察，心中一动，便挣扎着问道："你可是史可法吗？"便又听得有人泣着答应："正是门生。"左光斗听了，心中陡然冲起一股热气，直贯脑门，急睁开两眼时，无奈眼皮已在受脑箍毒刑时重伤发泡，肿得弥了缝，睁不开来，便连忙强耐疼痛，奋起右臂，使指头捌开右眼眼皮，顿时目光似闪电一般，直射出来。

瞧见膝前跪着的果然是史可法，更加怒焰高腾，厉声喝道："庸奴！这是什么地方，你竟走到此地来？国家事颠倒到这般，老夫算是完了，所望旋乾转坤，端在继起有人！你竟不向国家百姓身上想，昧大义，重私情，轻身涉险，天下事还有谁来支持？你这般行径，岂是我所企望于你的？我识拔你，是为国家，为百姓。你不珍惜此身，去负天下重任，却反而不惜身命，以私情来视我，那是我待你的初心？还不赶快出去！不待奸人构陷，我先打死你！"说着，气喘不止，双手摸取地下刑械，颤抖抖举起来，便待砸下。

史可法吓得一肚皮要说的话忘了个干净，只急得哭道："老师家中可有甚吩咐的？"左光斗大怒道："你还不快走！快保此身，继我遗志！什么叫作身家，我还有什么话可说！"说着，顺手抓起一块泥，猛然掷过来。史可法又是一惊，哪知道这一惊，却惊得心志顿清，恍然明白了老师的心意，便毅然答道："老师放心，门生有生之日，皆继志之时！锄奸除恶，护国保民，责无旁贷。老师以此付托门生，门生即以此自励！门生去了，老师保重！"左光斗微微一笑，点头说道："此地不可留，快去快去。"

史可法还想说几句话时，左光斗又撑开眼来，怒逼着快走。外面许谨也听得他师生俩说话的声音太高，捏着一把冷汗，暗想：我一个光杆儿身子，闹翻了陪着一位大忠臣同死，总是值得。只是这位姓史的，他是个奇人，贴上他一条命却太可惜了。忙闪身进死囚牢房，拉着史可法道："快走！外面要觉着了！"左光斗双手拍地，喝道："走！快走！快快！"史可法只得含泪匆匆出门。

许谨进牢房里，拾起铲畚，重锁上门，向那墙边瞧不见的僻处铲满了两畚箕脏屑。史可法一肩挑着，竟自出门。许谨仍然装出满面威风，押定史可法，直出大门。向那些门子说道："爷们可要查查？"一个胖门子皱眉摇头道："去去！怪脏的，谁爱受这肮脏味儿？"史可法担着两畚箕脏屑，闪闪地出侧门径走。

许谨回到里面，绕了个圈子——早上本不该班——向同事关照了一声，便回到自己下处，拾起夜里已经缚扎停当的一个小包裹，缠在腰间，取下一口剑，暗藏胁下。罩上一件青直缀，即摇摇摆摆直出大门，转过衙门前坪，出东辕门，回头瞧见没人跟踪，便撒开大步，径奔椿树胡同，低头甩手，足不停步如飞而去。

没多时，已到了椿树胡同左家门口，远远地瞥见史可法闪身进门，忙紧一步赶上。恰好左希贤正在亲自推上大门，一见许谨，连忙闪身一让。许谨瞅得左右无人，急侧身钻进左家。左希贤忙关上门，插上门插管儿，又亲手加了一条木掌，才急忙回身招呼许谨一同径到后院内室里来。

左希贤家的李氏这时已和史可法、张涵等四位客人相见过了。许谨是往常就会熟了的，不用行礼厮见。径自入室升堂，一揖就座。史可法正待将狱中情形说出，许谨先已耐不住了，探身向着史可法问道："我的爷！您师生俩是怎的？一见面就打吵子，大嗓子嚷，要让旁人听得了，这吃饭的家伙还能保着吗？我的妈，可真是把我的苦胆都吓炸了！"

史可法道："我可不敢嚷。您担着这样血海般干系领我进去，我怎肯带累您呢？是敝老师埋怨我，骂我不明白他老人家心事。心里这一急，嗓子就大了。"许谨道："好得是左爷嗓子本大。他老人家在牢里除却昏沉时，任是没事没人，也得大嚷大骂个不休。大伙儿全听惯了，才没人疑心。要不，咱们今天可甭想竖着走出来了。"

张涵急道："这些过去的事，且缓些儿再说。左爷到底怎样？可要咱们救他老人家出来？"史可法先长叹一声道："我这位老师，真是孤忠奇烈！那种抱负，迥非常人所能测度。"说着，便把入狱见左光斗的情形以及所说的话，仔仔细细全说出来。众人越听精神越奋张，听到最后，张涵竟立起身来，嘣地一巴掌，拍得木桌儿山响，大怒道："不除奸贼，就不算是条汉子！"戴国柱蓦然跳起道："我明白了，照这前后说话，左爷是要人继志锄奸，比救他性命还要紧！"古达可拍手道："着呀！这回你可算先弄明白了！左爷如今认定自己这一死，使天下更知奸阉一党的恶毒，更加抱着锄奸芟恶的恨心，好大家齐心协力去邪除佞，保国卫民。那么，左公这一死，也就值得了。他老人家不让旁人救他出来，不是舍身钓名的腐儒，更不是甘为刍狗的懦夫，只是为民木铎，拼命成仁的一位盖世英雄。"

许谨抢着插言道："慢着慢着，您几位说了这半天，敢是那位左御史他竟不肯出来是不是？受那么大的罪，还要赖在里头，硬找死不成？这真够奇怪的了！"左希贤心想，糟了，这一位更弄不明白了。便将左光斗情愿葬身狱中的道理和他那国而忘家的心胸，详细告诉许谨。许谨才明白得一半，却是满心揣摩着，如今世上竟有这等人，我替他死也干。

68

说话间，已是饭时，小厮摆上酒菜来，众人哪里吃得下肚？只借着杯酒，围坐说话。说来说去，没个做理会处。最后还是古达可说："左御史舍生取义，我们只有如他之愿，继他遗志。如今朝政乱成这般，天下断没有乱之理！史兄在京，明哲保身，且自强耐，不必露头角。且待得到位势能够有所作为时，咱们再大伙儿来舍死忘生，干他一番。目下京中紊乱极了，咱们待在这儿，只有歹处没好处。诸位如不嫌弃，就请屈驾同小弟我到淮上去。江淮子弟能信我言语的，大概不止八千。粮械衣甲全不用着争。有咱们这几条汉子去，把他聚集起来，严加训导，不用一年，就能成为一支劲旅。史兄您绝不是个久居人下的，好自为之，自能出人头地。那时，我们这支人马便是一部生力军根基。大丈夫做事，须瞧得远，拿得定。咱们如今既瞧定这般事势，就得拿定这个主意。一往直前，我行我素，径自干去，终有遂愿之一日。大家意下以为如何？"说着，便举起酒杯来，一仰脖子，咕咚喝了一大杯酒，接说道："有同心的，请共干这一杯！"戴国柱、张涵原已缔结同心，自然绝不迟疑，掇起杯来喝了。左希贤正想另寻生路，许谨更因为热血奋腾，闹成个无路可走，两人听了这话，更是高兴异常，决然喝下这杯酒。史可法早料天下必乱，能够结识贤豪，为他日带来砥础，自是正中心怀，快然干了一杯道："敬望众兄弟勿忘今日之盟！"众人齐声道："愿听指挥！"

　　这一日，众人聚在左希贤家中，一面商量立身处世，一面筹划着左光斗的善后。左希贤又趁空出外打探，得知阉党矫旨追赃，将左光斗的哥哥左光霁严刑追比，兄弟左光先、左光明都收入刑狱，左家宗族一律连坐，赤族之说传遍京城。左家宗族亲戚人等，一日数十惊，破数十家，才凑得千余银两。更株连到同姓和门生，真是祸及十族，无人得免。闹得满城冤惨，百姓们无人不切齿呼冤，咬牙痛恨。

　　左希贤回来，告诉史可法等。史可法便要回家去尽力筹措，代老师完纳赃款。古戴二人也要去和在京素有往来的现商淮客通挪银钱，凑数代纳。张重明夫妻俩听了这事，大为感动，也叫儿子张涵去将所有银钱清出，并把那使不着的东西和可以典卖的衣物，拿去变钱拼凑。许谨左希贤想着前后情形和自己身上的事，料定非走不可，衣物都可变钱。身边银钱都是在法司里赚的，都认作不义之财。既是一心南下，不如都助缴赃款，好代左光斗轻些罪过。当下众人都是各倾忱悃，自尽其心。谁也没话劝阻谁，各自干各自的。这虽是众人侠性使然，却也是左史二人忠诚侠义感人至深，才能使人全忘其身家。

当下各自散去，只许谨留在左希贤家中，帮着拾掇。各人忙忙乱乱，竭力尽心，鼓捣了一整下午，直到夜里，才渐渐回聚到左希贤家中来。彼此查点，史可法是寒士人家，虽有薄田数亩，急切里变卖不去，四处拼凑告贷，得三百两银子，已是心力交瘁，受苦无穷，才押借得来了。古达可、戴国柱和在京淮商都是熟识，推说要打点门路谋官做，向盐商运客借贷得三千两银子，却已写好押产字据，把家乡产业作抵，还说了无量好话，方得到手。许谨只将身边所有和衣物典卖，并向人告贷，凑得八十五两银子。张涵倾家所有，连他妈的首饰也并上共得一百九十六两五钱银子。总共算是凑得了三千五百八十一两五钱，都交给左希贤，托他代为完纳，只说是左家缴的，顺便打听消息。当晚各散，各人自去拾掇私事。

左希贤将家里应该拾掇的和他娘子俩拾掇了一夜。次日一早，便带了银子到衙门去，代左光斗缴纳赃银。这时各方被株连的都典产卖儿，凑缴不少。左希贤缴上三千五百多银子，恰凑成二万两，还有些零剩。哪知阉党承逆阉魏忠贤的意思，并不是为敲逼这二万银子，却是要取左光斗的性命。及至赃已足，便下毒手，暗命亲信狱卒乘夜里硬弄杀左光斗。拖尸出牢洞时尸身肢骸折裂，血肉模糊，却是面色如生，两目不闭，双睛炯炯有光。

那天夜里，三更过后，史可法正在外家尹氏独自计算，心中发闷，没法摆布。忽见天空倏地现出一条长虹，淡绿水红，和乌云相间，颜色异样凄凉。史可法心中一惊，转眼间又听得空中远远的连珠爆般声音，细响不绝。急闪眼瞅时，一道红光耀眼斜飞，却见隙下一颗斗大的赤星来。史可法大惊，知道左公一定不利。心中凄然惨痛，眼中急泪夺眶而出。顿时心神紊乱如麻，急得在房中团团乱转，恨不得立时奔到镇抚司去瞧个明白。

挨刻似年，好容易才耐到五更尽，连洗盥也来不及，便叫起舅家看门的老仆，只说有要紧事须走一趟，得过午才回。说毕便开门出外，径奔左家，叩门相唤。左希贤这夜也是心烦意乱，又要帮着拾掇东西，因而一夜没得睡觉。听得叩门声音，忙亲自出来，问明听真，确是史可法声音，才拔闩开门迎进，仍旧谨慎将门插好，和史可法一同入内，到西厢房落座。

左希贤转身去沏茶，史可法唤住道："左哥，不要忙，这不是喝茶的时候……"便将夜来亲见天变，恐怕于左御史不利，特求设法，领进去探个实信的话，诚诚恳恳说出。左希贤听了，先将舌头一伸，脑袋如同拨浪鼓一般，连摇几摇，才说道："我的爷呀！谈何容易！前一趟幸得许家兄弟仗义，硬舍却本身役缺，拼着性命，还叨得天爷庇佑，才免闹出大岔子，怎能再来个二趟呢？"

史可法再三恳求，终至涕泪交流，几乎哭出血来。左希贤万分不忍，却又万分无法。只得答应领史可法到衙前去探个准信。史可法思前想后，回念那狱中情景，委实令人心悸。况且老师那般气性，再进去更逆师意，不如且去个实信也得，便连忙称谢答应。左希贤即进去关照他娘子，并唤起许谨，叮咛谨慎门户，才和史可法径奔司前来。

到了司前，同上一家茶楼。那茶楼原是司里隶役书办人等接赃过贿、商量聚会之所。左希贤上楼，便有多人和他招呼。有人问及史可法，左希贤推说是进纸打官司的。众人都笑贺左希贤运气高，不断地有事干。左希贤懒得理会，寻着个素日心性相投的书办，同桌坐下，沏茶闲谈。左希贤故意先说："听得左光斗完结了，这事儿总算是最快迅的了。"那书办当他真已得信儿，点头道："可不是！昨儿三更时传许谨，偏偏许黑子运道不高，溜出去了。便传了马猴儿去，吩咐过，只几张酒黄纸，就把那位铁铮铮铁面铁骨头的左爷给拾掇了！"史可法听了，陡然心如刀绞，头脑寸寸作痛。一阵酸楚，支持不住。只得强自镇定，硬嚙着两眼痛泪，推说方便，急奔空地里，吞声挥洒了这一腔血泪。强忍硬抑了半晌，才勉强止住了急泪，扯衣襟擦了擦，仍回茶座来。

只见左希贤已起身给了茶钱，史可法便跟了左希贤一径下楼，一口气奔回左家。史可法没待坐下，便问："你可问得敝老师尸体在哪里？"左希贤道："已经发出来了。"史可法便求左希贤稍待一待，连告辞也来不及，便奔回尹家。

没多时，史可法又到左家，叩门入内。左希贤接着，史可法掏出二十两碎银子来，说道："这是我向舅父苦求，把他老人家一家子的钱全搜来了。走走，咱们同去收殓去。"左希贤答应着，便唤许谨，正待动身，忽听得叩门声急，忙问是谁，听外面答应声音却是张涵。开了门，果然是古戴张三人来到。原来也是因为得着左公身死讯息赶来的。当下一同赴镇抚司去，领尸收殓。赶到司里时，左家已有亲族托人前来领收。当下会合一处，备置衣衾棺椁收殓了。也不敢号泣举哀，强抑悲怀，将棺枢扛抬到城外寺庙中，和左光霁的灵榇同停厝在一处，才各个悲痛大哭一场。左氏弟兄二人的丧事和运枢等项，自有左家光先光明兄弟恩释出狱，带同嫂侄人等料理，不必细说。

第十一章

骋长途无端惊宝马
入歧路蓦地会英雄

史可法亲自乘马，送左希贤等一行人出京。这一行人共是轿车两辆，两家内眷乘着，并载着些行李。张重明骑着牲口，和张涵、许谨、左希贤四人随车前后夹持护送。古达可、戴国柱二人乘马，当先领路。

这一天，顺大道骋辔飞驰，径到卢沟桥住宿。史可法也陪着在卢沟桥车店里住宿一宵，彼此倾心叙谈，直到更深才罢。歇得没多时，鸡声四起，便听得喧声嘈杂，店家纷纷开门。接着又有牲口嘶声、搬动行李家伙的响声，夹着人声蹄声，杂声乱起。张重明便也起身捆被套车。众人都醒来，各自拾掇。一霎时都拾掇清楚了，给了店饭钱，一行人依旧启行。史可法仍要送一程，古达可等一齐拦谢，说道："任送千里，终须一别。只要同心相照，哪怕万里相违？况且我们出京以快为是。您是朝廷官身，前途多有不便。就此请转，后会有期。"史可法没法，只得送出街口，道声珍重，立马翘望得车马滚入尘影，全不见了，方才勒马回头，独自回京。

左希贤是个从来不曾出过京城的人。一路上所闻所见，都觉得非常有趣。在马上和张重明问着答着，越说越起劲，竟不曾住嘴。因此虽是南下长行，却如家人游逛，只有无限兴趣，毫不觉得寂寞。照着道上规矩，无非是晓行夜宿，打尖歇脚。这一行车辆人马，自然也是这般在南北大路上趱赶着。

走了多日，已到山东茌平县境。古达可跃马当先，瞅见前面一排枣林，丛密得不透天日，远望去如一团黑雾，涌在地面。陡然感触前事，扬鞭指着那丛枣林，回头向戴国柱道："中砥，你瞧，前面这枣林从前很不干净。那年我进京打从这儿过，恰遇着一伙绿林朋友，拦住一家子官眷在啰哄。行李家伙全给截下来，还要糟蹋人家娘儿们。我正瞧不过意，想要上前去打个抱不平。才一勒牲口，却见一团黑云般的东西打我身旁蹿过去，那伙绿林朋友顿时滚倒两三个在地下，没一盏茶时，只见满荒地里尽是空马盘旋，草地里躺着许多揍翻瘫下的绿林汉。那伙官眷都向着那骑在一头黑卷毛牲口上的大汉尽磕头不止。我当时很佩服那大汉手脚怎么那样快速，急骤马过去，想和他招呼。哪知他抖缰就走。我决计要认识这条好汉，忙打马猛追，幸而我这牲口不弱似他那匹黑卷毛儿，前后紧跑了二十来里，居然赶上了。

　　"那汉子生得好古怪，乍一眼瞅去，竟像个娘儿们。脸蛋子生得那个俊劲儿，真是画也画不得那般好。他见我的牲口和他并辔着，两水眼儿朝我一溜，晕红腮帮儿一展，错过是我，要是个不规矩的人，可得把他的魂魄勾了去。我正待问他话，还没说出口，他反先问：'您贵姓啊？我莽得很，占了您先了，对不起得很。'我告诉他姓名，并说：'我本没打算打这抱不平的。'顺便问他姓名籍贯，他笑答说：'我叫乙邦才，别字奇山，山东青州籍。方才见您骤马握刀，怎说没打算打抱不平呢？'

　　"这一攀谈，才知他是个不露面的英雄。大河南北虽是到处都知道有个乙奇山，却没人认识他真相。他自幼遭荒，没父母家人，流落到茌平县城外，靠着个乡下村馆先生，做小厮混饭吃。后来那先生见他生性聪明，际遇可怜，便教他习武，却不大肯教他读书。他要读书，那先生就说：'读书只是骗富贵，博俸禄罢了。谁是读了书照着书上做人的？你不用钻到那里面去做蠹鱼，安心习武，将来自有你立身做人的处所。'他从此一心练武。那先生尽自身本领全教给他，十多岁时就能三百步外射飞鸟，耍得起九十斤铁槊。到那先生死时，他已经学得全身本领，出世闯道儿了。赚得钱来，奉养那先生两年，送终庐墓，诸事完毕，他才独自单闯江湖，博得个英豪声望。

"我遇着他时，他正在塞外和人赌赛，赢得他那匹黑卷毛儿，进关来给他先生扫墓。那官眷他也知道是杨涟的遗族，逃难回家的。那枣林子里有个疯狗詹二，专一乱劫官眷，杀伤命官。虽是宰得许多贪官污吏，却也害了不少忠良清官。乙邦才久想收拾他。那天恰巧遇着那疯狗詹二又糟蹋杨家，乙邦才就凭他那百发百中的箭和满天飞的功夫，卸下詹二一条左胳膊，连射带刺，揍翻了二十几个喽啰。我真服他那股快劲，真比风还迅速。

"我和他结作朋友，同走三天。彼此十分投机，约定天下有事时，互相问讯邀合。这筹好汉真奇怪，他和我分手时也没说明，半夜里留下个字帖儿，说是免得临歧分手，大家难过，就那么走了。你瞧，这乙邦才可算个奇侠吗？如今我走这枣林边过，还记得他那单人独马，云一般飘、风一般滚的惊人快事！只可惜这时没处去探问他的下落讯息。"

戴国柱静听着这番言语，精神陡振，越听越有味。听到后来，竟深悔上次不曾同古达可一同进京，错过机会，没会得乙邦才这般的奇侠。不觉双足一蹬，嘻了一声。哪知蹬得劲儿太大一点儿，两只铜镫一分，顿时裆子一紧，胯下牲口觉着了，脑袋一低，四蹄飞舞，豁啦啦箭也似的向前猛冲。幸亏戴国柱马上功夫十分了得，见牲口放趟，急忙一伏身，紧夹双腿，任它飞奔。

转眼间奔近枣林，牲口越加发劣，竖起长鬣，猛嘶一声，便钻向林子里去。戴国柱不曾提防牲口忽然奔青，一霎时没来得及带缰，竟被驮入林中，乱撞乱跃。戴国柱大怒，双手揪住救命鬃，拼命捺着马脖子，直朝下按。那牲口被捺得双眼射地，瞅见遍地青草，又被嚼环勒住，啃嚼不得，越加劣性大发，低头乱冲，欻地穿过两行树。戴国柱使劲将缰一带，想勒得马眼朝天，便可停蹄。不料那牲口强自将头一摔，要强过缰劲。就这一摔，只听得啪的一声，接着一声"救命呀"，惊得戴国柱朝上一冲，几乎撞下马来。急忙按捺心神，闪眼一瞅，却是有个白布缠臂的汉子，憩坐在大树根下，猛然间牲口冲来，一蹄踏在那汉左膝上，

75

顿时痛倒在地。

戴国柱想要下马去扶救那汉，怎奈坐下牲口劣性大发，风车般盘旋不定，没法下骑。正为难处，忽听得有人厉声喝道："小子！不配骑马，丢你妈的什么脸？踏伤了人，还死乞白赖猴在马上干吗？滚下来待揍！"声响处，接着欻地蹦出个七尺来长身材、黄螃蟹脸、粗膀凸肚的黄衣大汉，猛扑向马前来。戴国柱急忙将裆夹紧，就鞍上甩了个大旋风，欻地伏背低闪。就这一霎间，只见一道金光从戴国柱背上飘过。幸得戴国柱身手灵利，刚刚躲过，便乘这千钧一发之时，顺手拔剑，指才握着剑把，金光又闪到当顶，却原来是一条灿金狼牙棒，泰山压顶般直盖下来。戴国柱在这一刹那间，身腰还没撑定，万来不及再闪躲，只大叫一声"罢了"。声未了，陡然锵啷一声大响，戴国柱急忙镇定惊魂，闪眼瞅时，那灿金凿齿狼牙棒已被一柄盘云虎头宣花钺正正架个住。

原来古达可见戴国柱的牲口奔青，溜缰入林子去。知这地方不干净，恐怕闹出大岔子来，急忙抬腿搁起鞍旁悬着的大钺，绰在手中，飞马随后赶来。恰值戴国柱没法闪避，更来不及拔出剑来招架，棒已打到头顶，性命只在呼吸之间，便也来不及喝劝，急骤马跃近，横挥一钺，架住了那条狼牙棒。

戴国柱瞧明是古达可赶来救了自己，顿时精神陡振，心爽气强，使劲制住胯下坐骑，欻地掣出佩剑来，便扑向那黄汉跟前，挥剑猛剁。古达可急将手中钺一横，架住长剑，大声道："你两位因甚斗起来？不必蛮干，且说理来大家评评。"

这时许谨、张涵都各挺兵器，急急赶来。那黄汉见来人众多，料来不是易发付的，便说："俺送俺哥往前村瞧病回来，俺哥嘴渴得不得了，一个劲儿要喝水。俺没法，让他坐这林子里，俺去讨水去。才讨得一竹筒水，急赶回来，哪知这厮瞎纵他的瘟牲口，将病人给踹上几蹄子。一个在病中的人，挨得住这畜生的糟蹋吗？俺瞅俺哥受欺负，俺能不着恼吗？"古达可笑道："原来为了这个。我这兄弟的牲口在京城养多日子了，一直嚼大料没见青。上路许久，却都在田垄夹道上奔。今儿瞥见这

76

大片青生儿了，发欢溜缰，劣奔起来。我这兄弟一时不小心，没照顾得，急切里收刹不住，误伤了令兄，理当认错。只不知令兄伤在哪里？我们带着极灵验的伤药，拔伤是一等一，顷刻见功。倒可以效劳，给令兄敷裹伤痕，免得病中多痛。"

那黄汉见古达可言辞委婉，心中气已平了许多，及听说带着极灵验的伤药，能够顷刻见功，顿时心中如有所感，不觉一团愤火即时云散烟消。即时放低嗓子问道："您尊姓大名还没请教啦，伤药不知可带在身旁吗？"古达可通了姓名，并给戴国柱、张涵、许谨引见。一面向百宝囊中掏出一只小白瓷瓶来，拔下红卷塞儿，给那黄汉瞧，并动问黄汉姓名。黄汉一面瞧药，一面答说："姓汪名应龙，别字梓和。那边是我表哥，姓江名云龙，别字守忠。都是本地茌平县人氏。"说着话，近前瞧那瓷瓶里盛的是淡黄色的药面儿，嗅时一股幽香，直透脑门，顿时神智为之一清。料这药力量不小，便绝不迟疑，引古达可等走到大树旁边，近江云龙身旁站定。

江云龙这时刚觉痛得和缓些，见大伙人走来，莫名其妙，只瞪着一对瘦圆眼儿，瞅定汪应龙，好似要问又不便问得的神情。汪应龙便俯身告诉缘由，问他伤在哪里。江云龙就答说："是马脑袋撞伤了后肩膀。"汪应龙全要他解衣，给古达可瞧过好敷药。哪知江云龙抵死不肯卸下衣衫。汪应龙苦苦相劝，他只是闭口不言，摇头不允。众人在旁瞧着，都猜不透是甚缘由。

古达可只得说道："既是江大哥有不便处，我就送些药给江大哥自己擦上吧。只是不知伤处大小怎样，该使多少药。"汪应龙急道："俺这位哥就是这么别扭不圆活，所以世路上走不通，才吃许多亏苦。俺真代他着急。"

这时张重明、左希贤已押着车辆来到，都入林中来问讯。彼此相见了，江云龙、汪应龙哥儿俩一见许谨，都蓦地一惊。许谨见他二人也似曾相识，满腹狐疑。汪应龙瞅了一会儿，蓦然向许谨道："您不是京城里镇抚司里公干的许二哥吗？"许谨应道："正是。您两位似在哪里见过的呀？可是一时老想不起来！"汪应龙便迈步上前拜揖道："既是恩人，便奉屈各位好汉到寒舍一叙，聊申薄敬如何？"许谨还在迟疑，古达可已慨然答应。

当下汪应龙搀起江云龙来，勉强挣扎出了林子，抱着他同乘一头牲口，当先领路。戴国柱等各催车马，跟定汪应龙，随后进发，迤逦成行，上大路趱行。

第十二章

萑苻肆虐败井颓垣
蒹葭同心拔茆辟土

汪应龙引古达可、戴国柱、张涵、许谨、左希贤和张重明等，领着家眷车驮，一齐到枣林坡来。那坡下新筑的一个村庄，包在四面碧绿的树林草地中间，黄矮矮的一丛屋宇。汪应龙领着众人，直向当中一所大瓦屋走来。

众人停了车辆下牲口，各入屋内。过了一大方打麦场，便是正屋。左希贤望见乡居人家，觉着处处有趣，四面乱瞅。汪应龙先将江云龙送进里间，又向古达可讨了药，送给江云龙调伤。才回身出来，陪着众人落座待茶。左希贤瞧那屋里，虽是有丈五来见方，却是满摆着锄耙畚箩并许多不认识的东西，挤满了一屋子。再加上许多人围着一坐，竟挤得毫无罅隙，觉得别有奇趣。汪应龙似乎觉得左希贤神情两样，便唤了个长工来，把屋子里东西归置一下。

长工连忙搬堆拾掇，将些乱七八糟的农具都砌在屋角落里，霎时间搬空了当面一片地，忽露出一只大红木球似的东西，赫然摆在中央。左希贤再也憋不住了，指着那家伙问道："汪哥，这是干吗用的？"汪应龙顺着他手指处一瞧，顿时面上变色，叹了口气道："嗐，说来话长。俺这表兄弟江云龙受伤，就为着这东西啊。"左希贤听了更加诧异，暗想，难道这家伙竟是个有人争夺的宝贝吗？古达可等一干人也觉得这话稀奇，且是正要打听江云龙因甚受伤，便都问汪应龙道："究竟是怎么一回事？"

汪应龙叹道："俺正在告诉众位，既承相问，待俺从头说起，好容易明白些。俺和俺这表弟江云龙原同住在县南马鞍屯，两家子只隔一堵土墙。俺和他是同年同月同日同时生，只他略迟半刻。他的母亲是俺的姑母，俺的母亲也就是他的姑母。因此俺俩起小儿就格外要好，差不离的亲兄弟还赶不上俺俩那般甜蜜呢。

"到俺俩十五岁那一年，在家里略读诗书，稍习拳棒。两家父母便遣俺俩同上县城去应武童试。不料俺俩入场时，马鞍屯陡然来了许多山贼借粮，一夜工夫，烧杀掳掠，闹了个畅快。俺俩家子总共三十余口，全被山贼杀完了，只留下俺一个十岁的小妹子没死，却掳了去。俺俩在城里听得这讯息，哪有心再下场复试呢？连行李都扔在城里，只带着银钱，就连夜飞赶回家。到得马鞍屯下，只见一片枯梁折柱，碎瓦坏墙，满眼荒凉，不见半个人影。

"俺俩说不尽的伤心，对着那荒场痛哭一阵，约莫着地段去耙搜骸骨。耙了半晌，耙到一具烘焦了的炙死尸身，压在一只大瓦缸上。细辨时，却正是江家老丈，便抬挪正直，摊在当地。揭起那缸瞧时，里面正覆着这盘云红珠盒，另外还有两条蒜条金。江家兄弟见了，直哭得死去活来。俺也伤心透了，陪着他哭，更没人劝解。

"哪知道这一阵哭声，又哭出一个祸根儿来。当下有个正躲着的人，听得俺俩哭声，才敢出头。这人便是马鞍屯的地保，名叫汪从龙，和俺是同宗弟兄。他正躲在残垣下，听得哭声，便探头瞅望。见是俺俩来到，就挺身出来相见。俺俩问他究竟是怎么一回事，怎的忽然会闹起强盗来。他说：'是枣林坡的大王，曾经三次来信，要借粮二百石。村里人老不理会，所以他下这毒手。'俺问他：'怎么不报官？'他说：'报官更不得了，一面得罪了山大王，仇怨更深；一面衙门里要花费，并且官儿最怕说他的辖境里有盗匪，妨碍他的前程，总推说是小窃，置之不理。再催急了，他便派些士兵民壮来清查防守，反倒强要村里供养，还要另索规例，讨使费，借着清查匪类，搜抄民家，或竟指良为盗，任意

80

株连，非银子不能了结，比强盗还要厉害几倍。'

　　"俺俩当时还不甚相信这般言语，却不便驳他。只求他邀集村中没死完的人，拾掇烬余，挖装死尸，一连忙了好几天。江家兄弟把他爸爸拼死保住的两条蒜条金全兑换了助用度，勉强收葬了汪江两家的死尸。并将全村死的人归土，活的扎起茅屋，暂时容身。所以买料办粮，都是俺俩的钱。他们有些没抢完的，也不肯拿出来。汪从龙更是心狠，还要于中取利，掏摸几文上腰包。所以他不久就造屋制衣，居然又是一家人家了。

　　"俺俩在拾掇烬余时，就到枣林坡来寻俺的小妹子。走了两趟，也没捞着一茎贼毛。拾掇得了，便和汪从龙到县里去报案。不料县里竟然不理，书办门上全都说：'明明是几个毛贼偷了些东西，因追捉拒捕，以致失火。怎报明火执仗？不得，得换禀帖。'俺说：'现有掳去老少男女十多口，不知下落，务求先行发差兜拿，俺们再补禀帖就是了。'那书办一声奸笑说：'好暇逸！闹强盗闹了三四天，才来城里报案吗？早到哪里去了？'俺听了这话，真是肺都气炸了。待要耐着性子，和他说是人手不足，要救火又要救人，腾不出人来。那厮却早变脸大喝，把禀帖直扔出门外。

　　"江家兄弟见了，捺不住火，扑过去揎袖扬拳便打。汪从龙就急忙拦劝，却没来得及。书办的脑袋上已被搂开一条大口子，鲜血直淌。汪从龙见事闯大了，掉头就溜，脱身逃走。县衙里三班六房人等蜂拥出来拿人。俺俩这时都是初生犊儿，管他什么衙门不衙门，夺过两口刀来，朝着上前围捉俺俩的衙役们，排头照顶给他一阵乱砍乱剁。一会儿就劈翻了十来个，其余的全被打退了。俺俩也心知不能久干，就此上马飞奔。到城边时，城门上已得信闭门，俺俩又杀散城差，夺门斩关冲出。急急回到马鞍屯，取了兵器等件和这盘云红珠盒，漏夜动身，从此漂流在江湖上。

　　"俺有个亲妹子落在贼手里，怎能放心得下？虽然在外面漂流，却不时悄悄地回来探听。过了一年半，才遇着个逃贼，彼此拿江湖交情一谈，他说了实话。才知道枣林坡寨子里最凶猛的是二头领。因为劫一官家女孩儿，给一位过路英雄打抱不平，一箭射死了。那大头领素来懦弱，统不住众喽啰，许多人都散了伙，所剩无几。再一打听，俺那妹子仍在寨里，算是大头领的女孩儿，还教了她许多武艺。

"俺得了这个准信，便和江家兄弟一同奔枣林坡来。那时这坡里只有个草寨。俺俩漏夜扑进寨里，那伙贼竟没觉着。被俺俩连烧带杀，剁了那大头领，擒住几个小头目和众喽啰，还剩下五十来人，一齐磕头求降。俺俩就领着他们，就这四面无主的荒山野岭，拔棘斩荆，开山种地，自寻生活，只不受官府管。有时也找些没主儿钱，贴补贴补。好在小兄弟们全有家了，都不用十分管束，各自收心向上。

"俺就在破这坡时救得胞妹汪飞龙，便教她识字练武。她也还记得幼年事，很巴结做人，和江家兄弟更是分外要好。不料离这儿十多里地方，有个郑家庄，庄主郑四方，是个土霸。平日里坐地分赃，勾结官府。公的私的，没人干得过他。这茌平县提起郑四太爷，就让人头脑子痛。俺那个不成才的宗兄弟汪从龙就投在郑四方手下，当个小伙计。平时也曾到这儿来过几次，苦劝俺俩同投在郑四方手下。说：'郑四太爷有势有利，如今奉了知县相公钧旨，开办乡团。一投了去，便算团勇，可以受札挂牌。就是官军一般，没有敢管，无人不怕。'俺俩先时不理会，后来被他絮叨得厌透了，江家兄弟抢白了他几句，斗起口来。江家兄弟叫人轰了他出去，从此就和这厮结下血海似深的仇了。不知他如何怂恿郑四方那贼，就居然差人来向俺俩说，要娶俺妹子做儿媳妇。那郑四方的小子名叫郑衡，只一只眼，半黑脸，会两下拳脚，便自称'赛郑恩'，他手下人称他'三千岁'。这小子无恶不作，曾经乘河北饥荒，收得二三十个灾区女孩子，全拿来糟蹋得不成个人样儿。俺妹子虎口余生，幸得全身脱祸，真是瞧得比什么宝贝还珍重万分，怎能答应这浑小子呢？当下一口回绝了。

"后来一打听，这事竟还不只是这么一回事，骨子里另有一层诡计。这计策是汪从龙那厮主谋想定的，说是从前的什么楚平王假说娶儿媳妇，娶来时却是老的强收做小老婆。俺听得这话，更加连囟门都要气炸了。依江家兄弟，便要立刻寻上郑家庄去。俺却想着只谨慎提防着罢了，犯不着去惹事。

"却不道那老贼竟不死心，叫了个本地江湖朋友来传话说：'限五天之内，把汪飞龙送到郑家庄。并须先将盘云红珠盒儿送去，作为陪奁。若有半个不字，或是错过半日期限，便调乡团会合官兵来剿灭枣林坡土匪。'俺俩一听，气炸了肺，恼破了囟门。哪能受得这般欺侮！当时把传话的那厮狠狠地揍了一顿，留他一张活嘴，放了那厮回去，叫他带信给郑老贼，叫那老贼小心着。"

张涵插言道："我得拦您一句话，这盘云红珠究竟是怎样个宝贝？"

汪应龙答道："这东西其实不知它究竟叫什么，更不知原来是干什么用的。还是江家祖上开山挖地，挖出这么个东西来。初时也不觉奇怪，后来无意中试出，大热天里，任什么鱼肉等物，只要伴着这家伙搁着，就搁上三五天，也和新鲜的一般，绝不腐坏。由此再试，更知道把这家伙搁在身旁，竟是冬暖夏凉，且能辟虫蚁。这才知是件宝贝。江家誓死保守了三代了，所以江老丈身死时，还护着这家伙。就是这'盘云红珠盒'的名儿，也是大伙瞅着它形象，顺口给唤成的，到底应唤它个什么，俺们直到现在还不曾明白。

"郑四方那厮久已想得这盒，只因俺两家没遭盗劫时，声势很盛，郑四方不敢来招惹。到俺俩寄身这枣林坡，汪从龙那厮把俺俩的根底细情全都告诉了郑四方。那郑贼得知这盒还在，又知道俺俩曾经闹过县城，便拿来胁迫俺俩。俺俩虽没能耐，这口闷气究竟吞不下去，由这就和那郑贼成了生死对头。

"俺俩正想觑机会，给他个先下手为强。这儿全村弟兄们也都愿帮俺俩拼命。正在准备刀杖，扎火把，浇亮子，不道昨日先出了一桩大岔事儿。"

戴国柱惊问道："什么大岔事儿？难道那厮倒先下手，来攻打这儿吗？"

汪应龙摇头道："那厮手脚没这般快。他不调动官兵是不敢来攻打的。官兵走动最慢，且须花费。手脚再快，也得六七天才请得兵动。走到这儿，路上还须四五天才得到。到了还要迎接犒劳，休兵备粮，哪能这般快就来攻打呢？

"这桩岔事儿一半得怨俺俩自不小心。俺那飞龙妹子素常不大安静，不肯守女孩儿分寸。仗着自己那一身武艺，没事时便四处溜达，打个獐儿鹿儿，跑个三五十里只算是家常消遣。昨儿她一声不响，独个悄地跨马背弓，径自出去打猎去了。直到傍晚黄昏，没见她转来。大家惊惶起来，四下里追寻，绝无踪影。直寻到将近三更时，江家兄弟说是一定被郑家庄拦路劫去了，便决计到郑家庄去讨人。当下吩咐村众守护要路，防郑家有人来反袭。俺便和江家兄弟持械跨马，一同奔郑家庄。

"一路尽力打马，奔了两个多更次，才到了郑家庄前。那时气愤填膺，也顾不得许多。一勒牲口，径冲进庄里去。不料进庄时一个不小心，直闯进庄门里。里面还有一重庄门，紧紧闭着。俺俩便待下马，爬墙进去。恰在这一眨眼间，忽听得轰的一声，天崩地塌般震空巨响，俺俩急定神环顾时，方才进来的那头重庄门已落下一重千斤闸来，把庄门圆洞闸住了。俺俩就此夹陷在两门之间，进退不得。

"就这时，庄墙上一声梆子响，前后两堵墙头垛口里，万箭齐发，比雨点还密。两头牲口顿时射成刺猬般倒在当地。俺俩各自照应三方，背对背，挥刀拨箭，狠斗了约莫半个时辰，墙垣上灰瓶石子一齐飞下，俺俩实在支持不住了，江家兄弟头肩两处连受两重伤，俺膀上也给箭锋刮划了两道口子。料着再斗下去，准占不了便宜，便尽力舞刀，护住头顶，硬扑近头道庄门洞里。江家兄弟背上又中一石块，却仍熬着疼，和俺一齐着力，尽生平蛮力，咬牙发狠，托地掀起千斤闸来，俯身同钻出来。

"那门外守护的贼乡勇见俺俩竟能掀起那么重闸到三尺多高，欻地钻出，都大吃一惊。俺俩乘那厮们方愣住的一霎间，奋勇剁开一条路，冲出重围，奔了十来里路，郑家庄的人也没敢来追。却是江家兄弟淌血太多，头脑发昏，撑持不住。两脚踏着'之'字路。俺知他是受伤太重了，便搀扶着他，勉强爬走了一程，才到这坡外十里酸枣林子里头暂歇着。正着急得不得了，他又发渴要喝水，俺只得离开一霎儿，不料就遇着你们几位了。"

第十三章

聚会英豪倾衷吐臆
计攻恶霸斩丑诛顽

　　古达可听了汪应龙一席话，沉吟道："照这事前后情形，瞧郑四方确不是个好东西。就算没仇怨，咱们也不能白瞅着这般恶土霸毒害良民。只是汪兄的令妹是不是郑四方劫去了，这话却不能一口说定。咱们……"

　　汪应龙不待古达可说完，抢着插言道："这却不用猜疑。俺这附近地方，绝没人和俺俩作对。俺妹子也不是个全没能耐的小娘，等闲人断不敢轻惹她。即是郑衡那厮先曾遣人来求过亲，随后又差人来威逼过，如今忽然把个人丢了，不是那厮还有谁呢？"古达可道："我不是说这事一定不是那厮干的。咱们做事似乎先应该查得彻根明白了再动手，须能够万无一失，手到拿来，才不致闹出错事，更免得白费气力。"

　　汪应龙听得这话大有道理，便向古达可求计。古达可道："无论令妹是不是那厮掳了去，那厮刻下一定严防咱们去攻他，这是不用疑的。你俩白天里去冲，自然要吃亏。只不知你习过登高的功夫吗？如果没习过，就请今夜领我们到郑家庄，让我们去那厮庄里探个实在，要是得着实信，令妹确实在那庄里，就给救了出来。你道好不好？"汪应龙喜道："那么敢是再好也没有了。俺也还能够蹦跳个三几丈高。这事原是俺的事，承您诸位仗义，俺哪有不当先伺候的道理？只求您各位帮俺一臂，就感激不浅了。"

这时江云龙敷上药之后，养息了一会儿，神思清爽。众人谈话都听得明明白白，伤处也不甚觉痛，便起身下炕，到外屋子来和众人相见，道谢给药相救之情。彼此寒暄了一会儿，时候已不早了。汪应龙早调排好晚饭，请众人入座。张涵等一行人一来闹了大半天，肚里实在空虚了；二来还得准备夜来厮杀，须得先行饱餐一顿，便都不客气，团团坐下，风卷残云般吃了个饱。连张重明、左希贤都没存客套。内眷们自在里面，由汪应龙唤来的村妇服侍。各自餐毕，帮着拾掇应用的家伙。

众人一面说着闲话，一面留心时光。没多时，已是二更时分。江云龙道："郑家庄离这儿不近，就算咱们腿快，也就该动身了。"众人都说好，当下各人整了整衣裳，勒紧腰带，秘藏暗器，各掖剑刀，起身出门。只留张重明、左希贤二人守护家眷，并帮着汪家小头目照料门户。江云龙伤势已松，一定要同去。汪应龙自己伤处搽上药就住痛，动止如常。知道这药委实灵效，料江云龙伤处不致十分碍事，并且知他性情是个宁死不肯落后的，便也不拦阻他。一行人竟自出门齐向郑家庄奔来。

汪应龙当先领路，江云龙在后面断后，大家乘月色鱼贯而行。一路上各逞腿劲，也没暇说话。约莫走了半个更次，穿过许多田地村庄，渐渐走上一座土岗。岗下荡荡沉沉，一大片洼田，笼罩在清澹月色之中。洼田正中有一所小村庄，静悄悄没些声息。顺眼瞅去，一条伏龙般黄沙大车道夹在浓密树荫之下，蜿蜒着直通对面。汪应龙指着路尽处道："下了那边岗子，就算走了一大半了。"众人听了，精神一振，各自奋起两腿，飞也似下岗进洼。

转眼间已到大车道上，踏着地下树影，急急趱行。将近到对面松树岗下时，忽见那岗上一丛人马，约有三五十人，蹄声杂沓，黑影幪幢，潮一般直冲下洼来，却是不曾听得有銮铃声响。众人都觉奇怪，量来黑夜绝不会有大批人马长行，而且此地不是通衢大道，这般时候，许多人有马无车，也不见行李，在这僻路上狂奔什么？由此料定这伙人绝不是过往客商，尤其不似安分良民。

古达可连忙暗中关照众人准备，速即分列作前后两行，每三人一行，夹道疾走。因为六个人都在道旁树下走动，那伙岗上奔下来的人一时不曾瞅见。及至两下对面，汪应龙由暗处瞧明处，容易瞅清楚，最先认出当先几骑马上正是赛郑恩郑衡和他家教师撼天柱李栖凤、一块石李遇春、白眼狼黄日环、庄丁头儿蓬头魏魁和头目庄丁等数十人。便知来的都是郑家庄一伙地方贼，料他们定是去暗袭枣林坡，却在这洼里正碰上。当下怒焰飞腾，大喝道："好恶贼，竟敢离巢，爷爷叫你半个不留！"急挺手中灿金凿齿狼牙棒，欻地向郑衡扑去。棒光起处，当的一声，磕在郑衡鞭上。江云龙在汪应龙这一扑时，已瞧见这大伙人是郑家庄来的，便一面急向古达可等说了，一面忙挥长柄镂花金瓜锤，抢先跃进。古达可等都急抽兵刃，奋勇上前厮杀。

郑衡等一伙人正走得高兴时，不期而遇，打路旁黑影里钻出许多敌人来，蓦地一惊。汪应龙一棒迎面打来，郑衡就着横鞭骤马的架势，急将鞭一挥，当地一响，架住狼牙棒。顿时觉得虎口酸麻，险些松手扔鞭。急抽回时，鞭已弯成弹弓似的了。心中大吃一惊，量来不是汪应龙的对手，连忙勒马斜奔。恰遇许谨耍动一对镏金龙牙抓，斜蹿过来，劈面碰个正着。郑衡没处闪躲，只得摔了曲鞭，拔出佩剑，睁着一只眼，提心吊胆，拼命抵敌。

这边戴国柱、张涵一齐奔出，钩锤乱舞，直扑入郑家庄人丛中。撼天柱李栖凤、一块石李遇春叔侄二人刀矛并举，堵住厮杀。江云龙、古达可锤鞭起处，同奔郑衡，却被白眼狼黄日环、蓬头魏魁斜刺里并马驰来抵住。汪应龙在追赶郑衡时，却遇郑家庄的乡勇头目三条腿马忠、癞头周莱生从郑衡身后绕出，抵死截住汪应龙，两人夹攻不息。两面共是十三人厮杀，郑衡见来人势猛人多，喝令庄丁乡勇一齐上前，团团围住。

戴国柱杀得性起，将手中护手钩一摆，两条胳膊上下一分耍开来，但见映月生光，浑如白茫茫一团大雾，滚上滚下。李栖凤虽是有名拳师，却从没见过这般解数。当时眼睛被钩光晃得生花，只眯觑着大团白雾在马前，扬着大刀，竟没个下手处。戴国柱哪肯懈怠？就这一眨眼间，大喝一声，右手向前一伸，欻地再向后一带，只听得嗤的一声，李栖凤左腿肚上早连胯拉开一条大口子，连马腰也一齐划破，顿时鲜血四溅。李栖凤怪叫一声，当地扔却偃月刀，仰身和马一同倒地。戴国柱耸身跃起，蹦进一步，待举钩刺杀李栖凤时，后面庄丁早拥上前来，纷纷连拖带抱，抢救了去。幸得戴国柱手快，虽没取得首级，却钩尖到处，给李栖凤肩膀又加了一道大口子，才舞钩赶杀庄丁。

汪应龙独战俩乡勇头目周莱生、马忠，奋起精神，甩开狼牙棒，雨点般左右挡架，觑空时挥棒打进。周马两人提起全副精神，仅仅勉强对付个平手。汪应龙越杀越勇，本可取胜，无奈吃亏是步下，兵刃又短，不能占着便宜。周莱生挺长枪不断地扎刺，马忠却摆动钢叉，专一拦架汪应龙的狼牙棒。战了多时，汪应龙杀得性起，双臂高扬，尽力举棒，猛然盖下。同时身子向前一扑，突进两步，那棒离周莱生头顶只差二尺多了。马忠想从旁截挡，没来得及，周莱生的枪才向下刺出，一时不能掣回迎架，眼看性命不保，心中大急，只得死里求生，双足向踏镫一挺，着力跃起，身体顿时离鞍，向后倒去。那棒就这一刹那间，泰山般压下，訇的一声，正中马背。那牲口禁不住疼，立刻訇然倒地。周莱生仰身贴地，方窃自欣幸躲脱这场大险，不料戴国柱正起逐庄勇，蹿到这里，周莱生恰倒在他足前。戴国柱哈哈一笑道："好小子，竟送到爷爷跟前来了！"说着，手起处，周莱生的脑袋已离开脖子，当前地下平添一摊鲜血。

马忠见周莱生冲下牲口，便急赶来搭救。骤马驰到时，周莱生已掉脑袋。马忠便想转身逃走，不料来势太猛，那牲口一时勒刹不住，不能转弯，竟直从汪应龙身旁欻地冲驰过去。汪应龙见了，大叫一声："好，一齐去吧！"顺手一棒扫去，正中马忠后腰，打得马忠从牲口头顶上扑身倒冲下去。戴国柱见了，就着势抬手挥钩，向上一挑，恰当马忠扑下时，恰巧挑着他前胸，嗑的一声，马忠竟来了个横开膛。那牲口惊得昂头竖鬣，跑入野田中去了。

这时古达可舞动一对十三节纯钢宝塔鞭，将黄日环裹住，杀得难解难分。黄日环骤马挥戈，进退迅速，十分矫健，委实不易力取。幸得古达可心思灵敏，身手矫健，足能对付。两个马上步下斗了多时，古达可身材敏捷，每遇一点间隙便连扑带冲，先打牲口。黄日环仗着长戈利于拨架，古达可几次攻近马身，都被长戈荡隔开去，因此越斗越酣。

黄日环一心防着古达可，怕他蹈隙乘虚，却没留心后面。这时汪应龙正和戴国柱合斩了俩乡勇头目，飞马来寻郑衡报仇。恰从黄日环身后驰过。瞧见古达可一时未能取胜，便照定黄日环后心窝伸臂一指，呼的一声放出一支梅花钢针袖箭，直向黄日环射去。这家伙不似弦上箭，原没声响，黄日环全神贯注前面，哪曾知道后面突然有人暗算？正刺出一戈，想挑古达可左胁，身子向前略倾时，猛觉得脊骨剧痛，如同被人斩断一般，顿时撑持不住，劲力陡松，歪身倒离鞍鞒。古达可乘机蹿进，双鞭齐下。黄日环倒在地下时，腮颔项都被钢鞭打得稀烂，眼见得是不能再活了。汪应龙乘古达可抬头时，招手唤他同去寻郑衡。古达可点头答应，便顺手将黄日环的坐骑系在身旁树干上，拔步过来，会着汪应龙，一同奔向人多处，去寻取郑衡。

郑家庄的庄丁乡勇们原都带着火把、亮子，有的套上竹筒，有的还没点着，准备到了枣林坡时，再一齐亮出来，好攻打进去。在路上时，为要避人眼睛，只乘月色赶路，不肯映出大片火光。及至战了些时，庄丁乡勇带伤的很多，都不知敌人有多少。便一声喊，有的拔去竹筒，迎风甩着，有的接火点着，顿时照得一片洼里光明如昼。却是人多马乱，扰成一片，窜来拥去，涌上淌下，乱哄哄的，但见扰攘不清，依然瞧不清究竟有多少敌人。

张涵和李遇春本在树荫下暗中厮杀。李遇春本是有名的武师，曾经名师传授，苦练了十数年，打尽两淮山左，少逢敌手。而且天生一对夜猫子眼睛，任在怎么暗黑地方，都能瞅得和白昼通明处所一般，从来没人能和他夜战一百合的。这趟遇着张涵，恰好张涵也曾随甄甄子练过夜眼，虽没到彻底通明的境地，却是已经能在夜里瞧透三十步内外。凡是白天能见的事物，夜里在三十步左右，也能和白天一般瞧出。这两个夜

90

眼恰巧遇在一处，真是半斤搭八两，正是一般。初时张涵背对大路，逼住李遇春，三面攻杀。李遇春背后紧靠着大树，头上覆着树叶，很占便宜。及至火光一亮，张涵正背对火光，瞅暗处十分清晰。李遇春被火光映住双眸，反而不及先时明亮。张涵精神陡涨，耍开手中锤，舞得如同两轮明月，滚上滚下，一锤紧似一锤，纷纷向李遇春中下两路打个不停。李遇春觉得迎着火光映眼昏花，不是事儿，连忙将丈八蛇矛一竖，向马头前尽力邀扫，想要扫开双锤，好抢过对面去，占得上风，容易取胜。张涵见李遇春正斗到酣急时忽将解数一变，猜知他的意思是要抢占上风，便故意把双锤齐向右边一斜，高高并举。李遇春见了大喜，以为张涵不曾识破，双锤齐扬，正是抢过去的好机会，哪肯轻易错过？连忙双腿使劲，向马腰猛然夹拨，两手运足力气，催马挺矛，伏身低头，便待钻将过去。张涵见他果如自己所料，不觉扬声大笑道："哈哈哈！小子，你来吧！"声未毕，李遇春的马向张涵身旁擦身而过，张涵就这间不容发的一霎时，把全身气力尽运在右腿上，突地飞起一腿，一个"魁星踢斗"架势，脚尖正中马肚下面。踢得那牲口一声狂吼，飞不起后蹄，趔趔趄趄，后腿分开，前腿离地，直竖起来。李遇春万不料张涵故意扬起双锤，却来个"叶底偷桃"，暗中来这一猛踢，骤然间没做理会处，几乎掀下马来。心中知道死多生少，便将心一横，决计仰身翻起个空心筋斗，舍镫离鞍，向后甩去。张涵正待牲口掀他落地时，挥锤砸他脑袋，没料他有这般本领，这般急智，竟能鞍上甩起筋斗，没和牲口一同倒地。暗吃一惊道：这厮竟有这般身手！因此手中略迟一迟，没来得及抢近前去，使锤磕砸。李遇春就乘张涵这一愕的眨眼间，脚尖才沾地，接着急使全身力量，甩个"鲤鱼打挺"，翻身颠倒过来，脚跟站稳。

　　张涵神思已定时，顿时想起"轻放过了这厮"，心中怒焰高腾，直冲脑门，也无暇细思熟计，发一声狠，将心一横，就身向右略偏，左手抖劲一甩，霍地金光闪空，耀眼生花。大喝一声："不是你就是我！"李遇春这时方在提防张涵猛扑过来，断想不到他会用着外行招儿，脱手拼命。稍不留神，突地铜锤摩空飞到，正中左肩之上。打得李遇春立脚不住，两足连画几个"之"字，跟跄歪倒在树身后面。

张涵见了，又快又喜，单臂拎单锤，猛跃过去，便待结果李遇春的性命。哪知恰巧一大群丁乡勇被汪应龙、戴国柱二人撵麻雀似的撵得没命地狂跑过来。张涵才转过树背，却被大伙人冲断了眼前路，不得过去。等这大伙人潮水般涌过，急忙扑到树林边时，已不见了李遇春的踪迹，只剩地下的一片黑影，却是李遇春肩背受伤呕吐出来的鲜血和痰涎。张涵气得跺脚发恨，大骂不止。戴国柱、汪应龙同问情由，张涵约略说了。汪应龙道："这一定是俺俩方才撵来的这班小毛贼，瞅见他头儿栽躺下了，有手快的顺便给拉去了。走，俺们追去，谅那厮一时没地缝钻，总得带着揍死他。"便和戴国柱约邀张涵一同起步，向那大群黑影奔逃处，紧追不舍。

当李遇春舍死忘生，拼命甩空心筋斗，倒离马背之时，正是江云龙和郑家庄庄丁头蓬头魏魁两个捉对儿厮杀了一百多个回合。两面都在聚精会神，各显能耐，杀得纠缠不开、难解难分之际。魏魁是侧面对着李遇春，所以李遇春仰身倒时，魏魁但见张涵双锤高举，映着月光，耀眼雪亮，便当是李遇春被锤打下马来，没想到李遇春死里求生的救命招儿。及见李遇春竟然倒地不起，接着大阵人一拥跑过，更不见李遇春踪迹，顿时心中大急，暗想：一块石是咱们伙里头一个上将，怎么竟失了事？量来枣林坡邀集的这伙人的本领全都有个样儿！这般一想，手中方天画戟就迟缓了许多，且已挫了锐气，渐生怯心。江云龙却是正要出这一肚皮闷气，越杀越勇时，忽见魏魁的画戟解数渐渐懈怠下来，更加一剑紧似一剑，双剑盘空，如二龙飞舞。魏魁看看抵敌不住。江云龙觑个破绽，急挥左手中剑，将画戟逼向一旁，同时挺右手中剑，向前一跃，连身扑到马项下，剑尖直刺魏魁肚腹。魏魁大叫一声，连忙夹马一闪，躲过剑锋，同时一手握戟，腾出右手来，欻地向腰间拔出利剑来，就这一刹那间，探身向前，手肘曲扬处，剑光一闪，竟向江云龙咽喉刺进。眼见剑尖距江云龙项只差二三寸，魏魁大喜，破喉大叫一声："着！"

第十四章

白刃丹忱力诛四贼
冰心壮志勇歼独夫

江云龙见魏魁果然拔剑猛然突刺，正中心怀。待魏魁一剑刺到离脖子差不多时，欻地急偏脑袋。魏魁原见江云龙来不及，让剑尖再进三寸就成功了，自然是使尽生平气力，喝一声，突地扎进，绝没留些余力，更不曾打算回旋退步。哪知江云龙迅如闪电，就这一呼吸的顷刻间，竟会扭颈让过这比风还快的霜锋。魏魁使大了劲，扎过了头，式子落空，牵连得身子向前倾栽。江云龙这时手眼心身步同时并用，全神贯注，施展"眨眼三刀"的看家本领。就着偏头让剑，乘魏魁全身向前栽的一俄顷间，震天一声大喝，左手连臂翘起，摩空迅绕。但见白光过处，扑通一声，便有个斗大人头向天直冲，随后又掼落当地。魏魁的没头身子向马头前栽翻地下，腔子血淋满马脑袋，还溅了一地。

江云龙仗剑仰天呵呵大笑道："脓包！怎不再战三百合？"便挽住那匹空马缰绳，待要俯身拎取首级，忽听得有人高叫："江哥，可曾见许兄吗？"忙顺着声音来处定睛细瞅时，却是古达可和汪应龙俩正从大路上转身来到近处。便答道："初时见许兄截杀郑衡那厮，后来俺和这蓬头鬼搭上了，一时没暇瞅两旁事情，不知怎么就不见了。"汪应龙道："如今任谁不短，就只不见许运葵。连郑衡那厮也没见他再现身，这不是奇怪吗？"江云龙道："不知旁人可曾瞧见？"古达可道："方才贼头儿都死伤将尽了，咱们便四面会合，攒揍那伙小贼，霎时间小贼攒完了，大伙儿彼此都说不曾遇着郑衡，更不曾见许运葵的踪影。大伙儿全觉得这事太奇怪，全疑心许运葵一定是和郑衡小子扭到险地里，被贼人暗算了。当下四处里寻找了好一会儿，终不曾得着些踪影。方才戴中砥兄弟逮着俩庄丁，问他干吗躲到草丛里。那厮答说：'没见少庄主回头，李教头特地差俺俩来打听的。'照这样说起来，竟连郑衡那小子也没下落，不是更奇怪吗？如今连你也不曾瞅见，这真不知闹出什么怪岔子来了。"戴国柱接声说道："那么咱们不用尽着议论耽搁时候了，赶快分头去寻找吧。"众人听了，觉得也只有寻的一法，便商量分作两路，向东西两方抄去，绕到前面出洼，岭坳里相会。

正在分派时，忽听得一声怪吼，众人齐都一愕。那声音既不似虎狼夜嗥，更不是狐兔惊鸣，似乎是憋久了气的人，猛然回过一口气来，就那么吐出一口闷气，兼带着发狠，两下一搅，成了闷雷似的一声怪吼。古达可便约住众人道："且不要远处去寻，只怕就在近旁所在呢。"当即各人低头转身，向四面仔细瞅觅。渐渐越觅越远，散成个大网似的，向庄稼地里搜寻。

张涵是向后回找的，蹑着脚儿一步一步仔细踏着，目不转睛地觑那庄稼地里。约莫行了五十来步，猛然又听得一声怪吼，和前时那吼声一般无二，且是比先那一声的响音更大许多，直有些震耳惊心。再加凝神细察，低着头，一脚一脚向草丛里踏着探着，才探得没多远，突然瞅见眼前乱草露着个大黑窝儿，并眼前一路的草全都披离折倒，现出一条草沟似的。张涵便急忙跑到那草窝儿跟前一瞧，果然里面有两个人勾紧箍牢，扭作一团。再仔细瞅时，正是许谨双臂箍住郑衡，死死地扭作一团。郑衡拼命挣扎，手撑脚蹬，抵死想挣脱身，却又禁不住许谨膂力强大。因此两人扭股糖似的，在草丛里滚一阵，扭一阵，也不知撑拒了多少时候。

张涵见了，便大声高叫："许运葵在这儿了！你们快来！"一面钻进草窝里去，竭力撕扯。戴国柱、古达可、汪应龙、江云龙等一干人听得张涵唤声，一齐飞步跑来。大家瞅见这般形象，便叫张涵："先捺住那小子，咱们再扶拉许哥起来。"张涵依言一手揪住郑衡的发鬏，一手抓住郑衡的束腰銮带，汪应龙和古达可两个便近前去扳开许谨两臂，将他拦腰抱起。戴国柱、江云龙却过来帮着张涵，向囊里掏出绳索来，将郑衡紧紧捆绑了。

许谨这时只张着大嘴呼气，双睛直愣，说不出话来。汪应龙、古达可两面扶住他，伸手给他摩胸膛顺气。待张涵等将郑衡捆缚停当，拖提过来，才换着许谨一同向林外走来。直上大路，穿过大洼，径回岭坳子里，择个僻静处坐下。这时众人已拾得郑家庄来人遗下的许多灯笼亮子，照耀得光明如昼。古达可、汪应龙接着换住许谨，扶他向树根旁倚靠着坐下。

张涵将郑衡拖提到，许谨一眼瞥见，伸臂戟指，指着郑衡瞪目大喝道："好小子，再和爷爷拼呀！"郑衡这时已骨软筋疲，差不多连气都没了，垂头向地立在一旁，闷声不语。戴国柱问道："运葵，你怎和这小子去滚草了？"许谨喘着气，说道："这小子真凶，我和他斗时，他故意且战且走，不知这小子什么时候对他身旁那伙小猴儿打了个暗号，那伙小猴儿就去那深草地里暗地布下绊马索。我哪想到这个呢？一时不留心，就给小猴儿们弄倒了。哼，这小子当我是个好交代的，竟赶来要下手。我那时爬是爬不起来，躲也没处躲，恨极了！就横着心，死吧！趁着两胳膊没挂上，猛地就地一滚，迎上这小子，逮住他那牲口的后蹄，尽力一拉。那牲口就给我拉蹶了，顿时把这小子给摔下来。合该正摔在我身旁，我就和这小子耍了个乖乖，一把搂住他，连滚了几滚，把那绊马索全滚得缠在我和他两个身上。先是我和这小子给索子缠绕在一起，后来一打，索子合挣断了，那牵绊马索的俩小猴儿竟来捺我。我恨透了，猛蹬了两腿，把俩小猴儿的下裆蹬伤了，全躺倒去了。这可让我和这小子个对个厮拼，再没打岔的了。这小子也算有种，直和我撕扭到你们寻来时，还死命地抵着。可是也给我撕扯得够他受的了。"说着，脸上渐渐漾起一层微微的笑容，同时右手捋着左腕袖口，瞅着被郑衡咬伤处，点头不语。

戴国柱听了，向郑衡上下打量一番，说道："瞅你这汉子也是一条有作为的硬汉呀，干吗要干这欺良压善、掳男劫女的坏勾当呢？我真替你可惜透了。"郑衡猛然昂头，厉声答道："干你鸟事？你见大爷掳劫过谁来？"戴国柱向汪应龙一指道："我这位朋友的妹子汪飞龙姑娘，不是你掳去了吗？"郑衡双眉倒竖，鼻孔里哼了一声，淡然答道："你瞅见是俺掳去了吗？俺告诉你，俺和枣林坡另有俺俩家过不去的事情。欺天悖理，无故害人，还算汉子吗？那欺负小娘们，打死老虎，就不是大爷肯干的事！"戴国柱听了，大声赞道："好！是汉子！"古达可也赞道："好！凭你这句话，咱们就能放你回去。只是你和枣林坡有什么不共戴天之仇呢？难道就不能解脱吗？"郑衡忽然皱眉摇头，垂头不语。古达可跟着又问道："好汉子，有什么就说什么，事无不可对人言。有什么为难的？"郑衡毅然答道："你们要杀就杀，俺没话可说了。却是可以告诉你们放心，汪飞龙确实不是俺掳藏的。你们相信得过，就去另自寻找，免得耽搁事。"

张涵插言道："姓郑的，瞅你这人也是个铁铮铮的好汉。你既有难言之隐，我们也不苦你所难，定要问出究竟。如今只想和你交个朋友，请你向正路上走：第一，不要欺压这些乡下百姓；第二，和枣林坡解了这无谓的冤仇。你说好不好？"郑衡绝不迟疑，斩钉截铁地答道："不能！"张涵诧异道："难道放着你这般一条好汉子，不干土霸营生就不行吗？"郑衡叹息道："人各有志，你不必问！要杀便杀，俺再没话说了。"戴国柱目视郑衡慨然说道："赛郑恩，好朋友！我知道你必有二十分为难处说不出口，我们能相信你，你去吧！青山不老，绿水长流，咱们他时相见，但愿你得了心愿，无挂无碍，我们再促膝深谈吧。"

汪应龙、江云龙在一旁听了许多时，也渐渐觉得郑衡是别有苦衷，并不是甘心下流，更不是成心和枣林坡作对。汪应龙便上前一步，说道："姓郑的，即是你因为俺兄弟俩住在枣林坡，累你为难，不能不和枣林坡作对。那么，俺兄弟俩就结交了你这个朋友，俺找着俺的妹子，俺俩马上就离开枣林坡，让你少为些难。姓郑的，赛郑恩，你瞧俺俩可能做到！"

郑衡听了，猛然昂头瞪眼，向着汪应龙等一干人瞅着，沉吟不语，鼻孔里老呼着大气，胸膛一起一伏，口角翕阖不定。好半晌，才喘了一口气，垂头长叹一声，两行急泪夺眶而出，撒珠般洒满胸襟。众人瞅着，虽不知他因甚伤心，却都料他蕴着万不得已的心事，全都成了原谅他的心思，个个代他难过。许谨更加满心感触，格外觉得郑衡可怜，忙挣扎着站起来。众人待捺他坐下时，他已步履跟跄扑到郑衡身边，洒泪说道："好汉子！你不要委屈自己了！天可怜，终有一天让你表白这颗心的。你好好地爱惜自己吧，我先时不曾知道，这才明白，你也是和我一般被人打着骂着硬逼着做浑蛋的。我算仗朋友脱了难，朋友，但愿你不久也能和我一般脱却脏坑。你拿定主意干吧，断没个长受苦恼的。你请便吧，自己保重了！"说着话时，一面已将郑衡身上的绳索全给解下。

郑衡一面两手搓挪着，一面定睛发呆，仍不开步。古达可、汪应龙等都拱手道："得罪了！他时再见！"郑衡唉声跺脚道："嘻！不道俺郑衡萍水相遇许多知己！好，俺领情，俺去了！他时各位再到茌平，如有恶人作孽，千记勿忘擒杀郑衡，去一儆百。"言毕，低头一拜，身子一扭。众人但见一丝黑烟般迎风一袅，飘然已在数十步外，眨眼间就不知所在。

戴国柱点头叹道："埋没英雄，屈杀豪杰，正不只奸臣污吏。老天为什么要这般磨难好汉啊？"汪应龙道："俺们虽和他近在咫尺，却是不常见面。只听得没人不说郑衡是个助父为虐的土霸，却不曾知道他有这股硬劲。难道传言都是假的吗？"江云龙接言道："你妹子真不是他家掳去了吗？那又是谁干的呢？"汪应龙道："这却在神色上瞅得准。这事一定另外有人，绝不是郑衡干的。"古达可也道："如果是他干了这事，却故意装腔作势，拿言语来哄瞒我们时，料他不能那般镇定。瞅他方才理直气壮、毫不迟疑的坦白态度，就能断定这事八成不是他干的。再听他什么他都认，并且他自己知道所作所为已经该死万分，绝不掩饰，且是满露着自怨自艾、万不得已的神情。那么，这一件事他何必瞒个大谎，坏他好汉名头呢？"江云龙听了，坦然释虑。

汪应龙便邀众人回到枣林坡去歇息。古达可道："这儿闹了个大未完，躺着满地死人死马，再加着地上扔着许多刀枪和草上凝渍着血迹，怎么办呢？似乎得拾掇下子吧？要是扔下不管，赶明儿有人瞅见，不又得打饥荒闹岔子吗？"汪应龙、江云龙同声笑道："这个不用大哥烦神，俺俩自有交代的。"

古达可依言和汪应龙等一同回头，照来时路径回枣林坡。早有巡夜乡汉接着，一同到汪家屋里。汪应龙沿路吩咐乡汉派多人去大洼里拾掇，向岭僻里掩埋死尸死牲口，捡取刀枪等物，赶速回坡里来。古达可等回到枣林坡，盥洗歇息多时，庄汉来报：已经拾掇干净了。古戴等都暗地佩服汪应龙、江云龙教导有素，调处有方，确是做事业的干才，更加倾心交结。

一干好汉和张、左两家家口在枣林坡过了一宿，张重明、左希贤便待拾掇起行，却是汪飞龙还不曾有下落，众好汉全是好管不平的人，何况这事昨儿又干了那么一场，一时哪能扔下不理，径自登程呢？外加许谨正在养息，骤然间也难长途驰骋，更不能立时就道。就是汪应龙、江云龙二人，这时也满怀盼望这一干人不走，好仗着众人合力把这桩事弄个水落石出。便苦苦劝住张重明和左希贤，仍将行李等件安顿好，才和古戴等商量怎样着手干事。

聚议了许多时候，也不曾得个确实的良法。最难的就是汪飞龙如果不是郑家弄去了，这周围地方再没个能制得住这位小姐的人。那么，一时上哪儿去找呢？因此众议无成，依然得不着个着手处。汪应龙和江云龙更加急得抓耳挠腮，热锅上蚂蚁似的，没个归着处。

张涵也在座参详着，却是越说越闷，满心不耐烦，便去屋里瞧视许谨伤痕。跨进屋门，便见许谨立在案前，面对墙壁，两臂伸上曲落，动个不停。便走近他身后唤道："运葵，怎么呢？好些没有？"许谨闻声回头，见是张涵，笑答道："满不相干，就只闷得慌。"张涵笑道："骨节里不疼了吗？"许谨摇头道："疼是早没了，如今闲着，倒有点儿发酸。"张涵道："那么，咱俩出去溜达溜达，散散骨头舒舒气，可好?"许谨点头道："我早想来邀你，就因为你几位正商量着事，没来打岔。这时你闲了? 商量得怎样呀?"张涵摇头道："没处抓风影儿，光坐在屋里扯淡嘴，能有什么'怎样'? 说了大半天，可把我闷透了。去，陪你散散去。反正我就在那儿待着也想不出个主意来。要是他们商量得了，总不会瞒着咱俩的。"许谨便整了整头巾，抓起石子囊和一对小龙牙抓，塞在腰里。张涵问道："干吗带着家伙走?"许谨笑道："要遇着个獐儿鹿儿，也好顺便弄回来做个下饭。"张涵便也去自己卧铺上取了弹囊和一对小铜锤带着，和许谨先后打窗侧小门外外，穿过前院，径自出门。

许谨见三面都是枣树围着，停步搔头道："上哪一面去呢?"张涵指着南面答道："那一方咱走过一趟了。"又指着北面说道："这一方是咱们来时路，那对面有一条小路，不知是通哪儿的，咱瞧瞧去。"许谨点头答应，和张涵并肩举步，向对面缓步走去。

两人一面走着一面说着话儿，不知不觉已穿过枣林，走了七八里远近。顺着乡径，越走越远，不觉来到一条七尺来阔的车道上。两旁都是种杂粮的旱地，庄稼丛里陷着许多鸟雀，叽叽喳喳乱叫作一片。张涵、许谨就在这鸟声中步出这大片农田，越过一座小黄土岗，陡觉眼前一爽。立在岗腰，纵眼瞧去，只见静荡荡广阔无涯的大方绿野中间，涌起一丛碧树，树丛前面有一大片瓦房，远望去虎一般蹲在万绿丛中。张涵不觉长嘘一声，尽吐胸中郁气。许谨遥指着那丛瓦房道："凝之，你瞧，多么清静的所在。"张涵点头道："咱瞧瞧去，虽然没福久住在这幽静胜境，也不要辜负这两条腿一双眼。"

二人说着话，举步下岗，直入那大片绿野田畴中。踏着田塍，向那瓦房直进。不多时，已经走近。纵眼一瞅，那丛瓦房竟有百来栋屋脊，许多烟囱春笋般冒出在屋上，四面都筑着围墙。虽不是什么巨集大庄，却也规模很备。

二人绕过村前一方大水塘，便见围墙当中两扇栅门大开，瞅里面正中一条石子道，两旁有些小杂货店，虽是开着门，却不见主顾。道旁有些乡妇村姑，各在洗衣涤菜。许多小孩儿当路跳蹦，却不见有行人。张涵便当先步入村门，许谨随后也走进去。那路旁的妇女见他两个带着兵刃走来，都当是官差营兵来办案拿人的，吓得丢下手中正帮着的活儿，有的急忙转身躲进屋里，有的愣愣地呆望着，小孩儿更吓得四散逃躲。张涵见这般情形，深悔不该来惊扰他们，连忙高声唤道："我俩闲游，路过贵村，并没事故，众位不用惊疑。"

说着话，忽见路旁高挑出个草招儿，知道是乡村酒家幌子，便和许谨转身入内。里面黑魆魆的一间敞屋，当地摆着两方破桌，几条歪身跛腿的条凳，却没见人。张涵回身一望，才见那屋角落里残缺破烂的破柜边，坐着一个苍头老汉，蓬着一撮花发，垂着俩皱眼皮，猴在一方矮凳上，前仰后合，瞌睡正浓。许谨皱着眉头道："走吧！"张涵答道："且坐一会儿。"

二人便走向靠里面那桌旁坐下。许谨拍着桌子唤道："喂！可有酒卖？"那老汉突然被这一声惊醒，慌慌张张四面乱瞧。许谨接着高唤道："喂！拿酒来呀！"老汉吓得猛然站起，转身一瞅，才知有两个人坐在里面，便连忙走过来。张涵恐怕许谨惊吓了他，便先自和颜低声说道："老掌柜，你这儿可是卖酒呀？"老汉一面揉着老眼，一面连声答道："酒——有，有，有。"张涵又道："给我来两角酒，有吗？"老汉这时眼睛已揉明，闪眼一瞧，劈面瞧见许谨雄赳赳地坐着，面前摺着一对明晃晃丫丫杈杈不知什么东西，陡然吓得呀的一声，身躯朝后一仰，几乎栽倒。张涵眼明手快，连忙一抬腿，平平地托住老汉腰背，才算没让他躺下。老汉仍惊得神魂不定，抬起干姜似的老手，颤巍巍地摩胸舒气，两条腿抖得筛糠般，不得拨动。

张涵起身扶着他，说道："咱不是歹人，你不要害怕。你有酒斟些来，咱喝了好赶路。"老汉连连点头，喘着气叫唤道："三小子，快斟酒来！有客官了！"声未了，便听得有个小小子声音，高声答应。接着便见后面破泥壁缺里钻出个黧黑粗胖的小子来，脚上拖着两只不同样的鞋，踢踢踏踏跑到破柜跟前，弯腰蹲腿，向柜里鼓捣了一会儿，便提着一把瓦壶，钳着两只小粗瓷碗，一拧身跑了过来。

这时，张涵已挽那老汉坐在桌旁的一张破围椅上。小小子提着壶到老汉跟前站住，白瞪着两眼嚷道："谁喝呀？"老汉唤道："送给两位客官，你没听得吗？"小小子听了，向张涵、许谨望了一会儿，才过来说道："可是你俩要喝呀？"张涵这才瞅明白这小小子约莫十六七岁，长得满脸横肉，周身疙瘩，身上挂着一件已经分不出什么颜色的破衫，腰里塞着一条脚管儿似流苏般的牛角裤，赤着一双黑腿，光着两条乌臂，衬着一副大虫般的面孔，呆头呆脑，那般形容委实可笑。便微笑着点头道："你撂下。"小小子便将壶碗一齐朝桌上一蹾，欻地掉转身如飞地跑了。

张涵原来只想借此歇一歇脚，定定身子，免得乡下人失惊打怪。才进这村店时，门前还有些乡妇村童们远远地围着呆瞧，后来见这两个人没甚稀奇，渐渐地都散走了。张涵见已没多人瞧看，就叫那老者坐下，有一搭没一搭地和他闲谈。才打听得老头儿名叫范光，这地方名叫绿野村。这老头儿已六十岁，老妻死了，有三个儿子。这村里住的，全都是垦辟这地方的农户。却是如今所种的地，全不算是自己的了。这村子自从洪武年间大遭兵乱之后，就成了没主儿的荒地，长着许多野草杂树。因为僻在深乡，从来不曾有人理会到。直到万历初年，江淮大饥荒，许多灾民四散乱逃，才有一股人逃到这里栖身。那伙灾民里面为首的是个老童生，辗转流浪，到得这地方。那老童生一见，就知这儿是个最合于安身立命的好所在，当即禀请知县相公，给发一张谕帖，一面砍伐草树，打柴贩木为生，一面耕垦那斩了树木腾出来的荒地。不到几年，竟成了一片安乐桃源。前几年，筑成了这村子，布置好池塘沟渠，这老童生忽然一病死了。虽有几个老成乡老接着办这村里事务，却是不如从前多了。前年夏天，郑家庄主郑四方忽然派个庄头来，说绿野村原是郑家的祖业，已经禀明知县相公，给示批明，由郑家收回管业。那时绿野村民安居已久，老童生死时交下的前官谕帖不知如何弄没了。要和郑家打官司，既无凭据，又无势力，哪能抵挡得住呢？村里几个老成乡民便劝大家忍气吞声，反向郑四方哀求，留些地方给这伙农民，勤耕苦种，度日养命。郑四方兀自不肯，非要全收这些田地不可。绿野村人没法，便到县里去喊冤。不料县官不问青红皂白，捕捉为首的几个乡民，押在监牢里，勒限交地。后来还是郑家庄少庄主赛郑恩知道这事，才劝他爸爸向县里保出被押乡民。赛郑恩亲自到绿野村来，和村民商量停当：地算郑家的，现在农户只算佃种，按年纳租。村民没法，只得忍痛，按年每户纳租五斗。郑四方便在这村里造了一所屋子，占地很大。里面不知怎样布置的，从来不曾许人进去过。郑四方有时来住几日，平时就是些留在这儿的庄客们四处胡闹。乡人恨入骨髓，却是不奈他何。

张涵、许谨无意中听得这些意外的消息，便格外留心探问。张涵更是先拿话安慰住那位乡老儿范光，然后慢慢地探问郑四方什么时候到这儿来，来时带多少人，到这村里时，大概是多早晚，打住日数可有一定。范光一一答应道："郑庄主来时却没一定，说来就来了。不来时一两个月也不见有个人影儿荡到这野地里来。他不来便罢，要来，少也得带着二三十个从人，吆五喝六的，好不威风。他那郑家庄俺没去过，听说离这儿不很近。瞅他每回来到时，总是黑夜里，二更三更可说不定。大概路上许要耽搁不少的时候吧。"许谨跟问道："这趟有多久没来？"范光听了，白翻着两眼，凝想了些时，才张开一只干皱巴掌，屈着老姜般的指头儿，一面数着一面嘀咕道："这月头儿里走得可勤了许多呢。前月下弦时来过一趟，待了一宿就忙着回去了。没歇三天又来了一趟，不知为什么第二天一早就不见了。这月里——今儿初八了——初二来过，初五才走的，说不定这两天也许要来了。瞅他那般忙，许是有甚要紧事务吧？要不，干吗这般来来去去忙着呢？俺们正为这猜不透他的心事，提心吊胆地焦急着，怕他来寻俺们的岔子啊。"张涵听了，心中如有所触，劝慰范光道："你不要着急呀，他一定不是忙着要害你们。你想，他那么大势力，要害你们时，哪用得着他自己忙呢？只随便差一个手下人来，你们早受不住了。他这般忙着，一定是为他自己的事，和你们不相干的。你不用瞎担心事。"范光听了，想了半晌，方才连连点头道："这话有理，郑庄主要拾掇俺这村里，还不是大虫玩香獐，要怎么乖有怎么乖吗？哪用得着他金刚扫地般自家儿忙呢？只是似他那般大家私，什么福享不着？干吗不舒舒服服去享受，却奔来跋往地忙些什么呢？嗐，有钱人有福不去享，俺们这些穷人却整世盼不到一点儿福，真是老天爷一般儿生人，却不一般儿养人，叫人难懂老天爷的意思啊！"

张涵劝慰范光道："甭心焦，老天爷绝不亏负人的。"范光只是摇头叹息，闷声不语。许谨搭讪着问："郑四方在这村里可曾做过什么恶事？你们除却纳冤枉租以外，可曾受过他旁的磨折？"范光叹道："这更不用提了，说也说不了许多。俺老糊涂了，一时也说不清白。"说着话时，两只皱眼眶里扑簌簌滚下两行泪珠儿，洒向那破衣兜里。那洗淡了的浅蓝色，顿时给热泪染湿，成了深黑色。

张涵正想拿话岔开这老头儿的心事，再探问些有关涉的言语，方待发话，忽见先时送酒来的那个脏小子飞也似的跑进来，向着范光急嚷道："公公！来了，那厮又来了！"范光连忙喝道："住嘴！不许乱嚷！"那孩子给这一喝，顿时软了半截，懒洋洋愣在一旁，张许二人见这情形，暗自诧异，急闪眼向外瞅时，只见一个青衣小帽的后生，跨着一头黑驴，到这小店前翻身跳下。挽着牲口缰绳，当门一站，挺胸叠肚，昂头高喝道："范老儿，今天庄主爷在这儿宴客，派你家送十担毛柴、四只鸡，还得去两个人帮做活儿。快些照办，不要延迟讨打！"范光早已吓得魂不附体，霎时间黑脸变成白脸，咕咚跪倒哀求道："二爷呀，可怜俺家没妇人，怎养鸡啊！求二爷开恩免了吧，俺这几个孩子粗手笨脚，上庄里去没的讨二爷们气恼。回头小老儿自来伺候吧！求求您二爷高抬贵……"那人怒喝道："呸！谁有工夫和你歪缠？有言语自禀庄主爷去，我不管！哼，好大胆，竟敢违犯庄规，私留外客，借故躲差，你想结伙为非吗？好，和你上庄里说话去。"范光吓得一抖，几乎大哭出来，却又连忙强自忍住，簌簌地抽噎不止。

许谨见了，托地立起身来，张涵急忙向他使个眼色，叫他不要动。

一面连忙转身离座，向那人赔笑道："我俩出门路过，特地弯路上这儿来，瞧瞧这位叔父，并不是外人，求二爷不要见怪。"说着话，已凑近那人身旁，暗地掏了一块二两头，悄地向那人手里一塞，接说道："求二爷担待些个。庄上缺人使唤时，我叔父年老不中用，我哥俩代去承差吧。二爷瞧得起，方便一句话，就叨不少的光了。"那人手中接过这锭银子捏着，知道这东西不少，虽然心里疑诧，却是银子已经到手，既舍不得掷还，更放不下脸来，只得含糊道："好，瞅你还懂事。俺就瞧着你，向庄主跟前担点儿干系吧。你们是叔侄吗？"张涵笑答道："是，是。我这叔父早年就走荒离家，我俩今年才得着信儿。恰巧南下护镖，所以绕路来瞅瞅。刚才赶到，还没来得及报知庄上啦。"那人问道："你俩是护镖的吗？俺庄主爷最爱这个。俺回去代你俩禀一声，瞅你俩运气，也许庄主爷一高兴，赏些盘川给你们也说不定。"张涵连忙千恩万谢，说道："若蒙赏赐时，忘不了二爷抬举的盛情的。"那人大模大样，挺胸直颈，摆着威风架子，牙缝里迸了个"好"字，便转身上了牲口，纵辔而去。

张涵忙问范光道："这人姓什么叫什么？可是郑四方身边人？"范光答道："这就是郑家庄上管派差的余二爷，外号叫作'大虫骨头余安'，在庄主跟前很走得起，却不是身边人。闲时他也不上这儿来。他来了时，一定是庄主到了。"张涵又道："他说能禀告庄主，给人找盘缠，这话可真吗？"范光双手齐摇道："这不是好事，俺劝您二位千万不要贪他那一两头。俺曾眼见好几位武师拳家，一时不曾想透，受了他家一份程仪，总共只得一两银子，这人可就卖给他了。往后有得追悔的呢！"许谨插言问道："难道那些武师拳家就没了腿，不会走吗？"范光摇头道："走不了走不了！官府和他是通的，你一走他就报官，说你拐了他家多少金银宝贝，下海捕文书，四处捉拿你。要在庄上住不惯，想脱身也办不到，更不要说逃跑。"张涵问道："怎么想脱身也办不到呢？"范光道："你一到庄，他就要你帮他，答应就没事。不答应时，他就派两个人出去，做两件抢杀大案，却留下你的姓名。那时你不躲在他庄上，就没处托庇，离他庄上，就要被捉，怎能脱身呢？"张许二人听了，一齐诧异道："这贼竟有这般毒辣的手段！"

谈了一会儿，许谨见天色不早，要起身回去。范光连忙拦住道："您两位这时千万不要走。"张涵诧问："这时怎不能走呢？"范光道："回头余二爷来时，不见您两位，就得说俺纵放了奸细，捉去拷问。您可怜见，救救俺吧！"张涵听了，心中已拿定了主意，却故意问道："您不是劝我俩不要上庄里去吗？那么不趁这时走开，回头怎脱身呢？"范光道："俺有个两便的法儿。上一趟有一位出家人，也是到俺这儿歇脚，因为一条铁铲，庄上知道他是条好汉，硬要留他。那位师父抵死不肯去，后来俺大小子回来，代想得个法子，要那位师父装病，躺着发糊涂，再暗地给信给他近处的道友来接了去，才算没事。您俩如今也只好照这方法，才得脱身。"许谨怫然怒道："那郑四方难道真是活阎罗吗？他要我去，我偏不去，能奈我何？"范光摇手道："爷！快不要这般嚷，叫人听去不是耍的！这儿村里谁不知道？不论村民外人，只要和他家闹了别扭，没个能留活命的。俺求爷不要走，一来虽是为俺自家不得了，二来也是为爷两位本身。要是一动脚，不出村界，就没命了。这委实……"张涵拦住话头，向范光道："好好，你不要着急，我俩准照你说的办。只是得先递个信，叫我们的伙伴来接病人才好。"范光听得二人不走了，心中顿时一爽，连声答道："那容易，俺的大小子就要回来了。他一回来就成。"

正说着，果然见一条长汉浑身青衣，大踏步进屋来。先向范光跟前叉手站定，叫声"爸爸"。张许二人已知这汉子便是范光的大儿子，正待起身招呼，范光已叫那汉过来拜见。彼此通问，才知他名叫范泗。兄弟三人，他是老大，老二叫范海，老三就是那三小子叫范沧。自幼都跟着叔父读书，也学得些拳棒。只因原籍江淮，此地不曾落籍，不能下考。所以都仗气力营生，不再念书习武。

当下相见毕，范光便将前事向他儿子范泗说了，并要他就去送信。范泗道："那么就请赶快写帖儿吧。今儿庄主要这儿打住，再迟一会儿，就不许人出进了。"张涵便讨了纸笔，将所得的情形和绿野村的路径详细写了，并将心中计策细写明白，叠成个方胜儿签了花押，写上地名，才递给范泗。

范泗接过来，绝不迟疑，转身就走。这时村中草丛林隙都伏着哨探，瞧见范泗，知道他是少庄主跟前得意的人，想必是有要事出差，都不拦他。范泗便一直离了绿野村，翻岗过塍，径到枣林坡来。这地方范泗也曾时常来往，知道汪家是当地好汉，只以为家里张涵等俩镖客自然和汪家有交情，却不知道他们都是和郑家作对的。到了汪家门口，也没敢说什么，只称"有封要紧的信，要当面呈上"。

这时古达可、戴国柱等商量了一会儿，陡然觉得张涵、许谨二人忽然不见了，便疑心他俩私自探郑家庄去了。古戴二人急忙赶出追寻，汪应龙、江云龙也拾掇了屋里琐屑事务，正要出门，分途寻觅。范泗恰巧赶到，见过汪应龙，询问明白，才将张涵的书信取出，递给汪应龙。汪应龙听得张许二人有了下落，心中顿时一爽，更听得有书信送来，陡转一惊，暗想：难道闯了大祸，不得脱身吗？急忙接信，撕开一瞅，才放心定气，转惶为喜，邀范泗到屋里坐谈，一面遣人飞速去追古戴二人回来。

范泗和汪江二人坐谈了一会儿，才从汪江二人言语中听出这一伙人竟是专和郑家庄作对的。范泗原是没法，才卡在郑家庄门下，时常气愤不平。却见郑衡平日为人不像他老子，所以和郑衡还相处得不错。这趟张涵因范泗的老子范光既是个不乐意郑家的，儿子又是个顺从老子的，肯递出不利郑家的音信的，更不用问查，便把密信交给了他。汪江二人因为范泗既递密信，自然不是外人，便绝不忌避。幸而范泗真是个不喜郑家的，这几岔才算没岔出意外的乱子来。

一会儿古达可、戴国柱二人得着讯赶回来了。江云龙将张涵写的帖子递给二人观看。古达可先瞅过一眼，便问范泗："从前可认识张凝之？除这字帖儿之外，张凝之可还有什么言语吗？"范泗道："俺从前不识那位张爷，却是张爷和俺老爷子很说得来，许是俺家老辈子有交情吧。

临走时，张爷没吩咐什么，只说在绿野村老待着您各位。"古达可又问："张凝之待我们去干什么，你可知道？"范泗便将张涵到他家遇着郑家庄丁，要请张涵进庄去，于是老爷子设法劝张涵装病，寄信邀人去接张涵和许谨回来的话，全说了一遍，并道："俺先就瞅着张爷和许爷不像个畏怯郑家庄的人。许是特来探事或是报仇的。后来一到这里，俺就更明白了。郑四方那厮委实十恶不赦，俺弟兄三个早想干他，怎奈力量不够。俺老爷子又老是压着，不许乱动。如今难得众位有心除害，俺绿野村百姓只有感激的份儿，没个不尽力舍死跟着爷们扫除那伙恶贼的。众位千万不要拿绿野村当是郑家的田庄。实在连绿野村里的猪狗都是痛恨郑家的。只是郑四方虽是个万恶魔王，他儿子赛郑恩郑衡却不和他老子一般，很能干些江湖侠义勾当。不过他没法和老子作对，凭空背着个'小恶霸'臭名声。您众位去时，倘若遇着郑衡，还求……"戴国柱不待范泗说完，便抢着答道："这个我们全都知道，那郑衡委实是个有血性的汉子，我们绝不伤他的。"范泗听了大喜。

当下汪应龙叫庄上长工火速拾掇酒饭，留着范泗饱餐一顿，便各迅速拾掇家伙，更换衣衫。不多时都打扮扎束了，古达可仍托左希贤帮同张重明照料家眷行李和牲口等物，并代汪江二人守护府屋，四人一齐出门径行。

古达可请范泗带路，范泗便问："是先到俺家去还是直奔郑家别墅？"古达可道："张凝之的字帖儿上说是在郑家相会，大概他俩是先进郑家的，咱们就此直奔郑家别墅吧。"范泗道："那么过了土岗向西绕走，打村后小枫林进去，省得麻烦。"古达可道："你是熟地，你说怎好就怎好，不用商量了。咱们只跟着你脚迹就得了。"范泗便抖擞精神，展开双腿，昂然当先，飞一般引路。古达可等紧跟在后，努力趱行。

一行人专心奔路，顺着乡径，曲曲折折，翻过许多树林草莽，来到一座土坡上，忽然瞅见眼前一丛大屋，狮虎般蹲在一片绿漾漾的大地中间，约莫耸着三四十条瓦脊，连绵着三五十丈高墙，势派雄壮，气象森严。范泗一面走着，一面扬手指着那大屋，回头向古达可等低声说道：
"那就是郑家别墅。头门在北，这儿是后墙。"

这时天色已过黄昏，野地上万物岑寂，只空中暗淡微光，映着四下
里尽成暗灰色。古达可止步点头道："这般时候了，咱们悄地近后墙去
探探看。"范泗道："往常那厮一到就四下里都派有守路的人伏着，不
知这趟后墙路上派的是谁，共有多少人。"正说着，忽见眼前草丛里哗
地两面分披，陡然乍开，突地钻出一条大黑汉。手中挺着一柄五股托天
火焰叉，欻地蹿上坡来。范泗眼快，急闪开一步，反手一把抓住叉杆
儿，低喝道："老二，你疯了，能扎俺吗?"那使叉的听得，急闪眼一
瞧，连忙缩手，恭恭敬敬唤声"哥哥"，接着连忙低声说道："快伏下，
有话说。"范泗便向古达可等打手势，大伙儿都一齐蹲身俺在草丛里。

原来那使叉的就是范泗的同胞兄弟范海，也是被郑家强唤去，硬派
作庄丁的。因为他精强勇壮，做事利落，郑衡颇器重他，拔选他充当一
名小头目。这天，郑四方到了绿野村，比平时更加严谨。四路里加派多
人守护，较往常多加了差不多一倍人数，因此范海也被派在数内，命他
守护后墙草沟。这时陡然瞅见哥哥范泗领着许多人来，初时没瞧明白，
后来分辨清楚了，又恐怕背后有人暗地窥查，便故意虚扎了一叉。

范泗蹲身低语道："这儿可还有他人守着?"范海点头道："多着
呢。"范泗便将古达可等的来意大略说了，要范海设法让古戴等人混进
去。范海道："这儿不行，须得绕向南墙角。那儿有个名唤胖大虫龚泰
地守着，因为那儿地方不十分要紧，龚泰是个教师，本领足够对付，所
以只有那儿是他一个独守着。要能拾掇了那只胖大虫，就通开大路了。"
戴国柱听了，待立起来往南墙去。范泗连忙拉住道："不要急，俺自有
道理。"说着转头向他兄弟范海附耳细语了一阵，范海听着，略事沉思，
便连连点头答应。范泗大喜，急忙附耳告诉古达可，然后暗地分别关照
各人都知道了。顿时一个个喜形于色，都注望着范海，欣然含笑，点头
赞谢他的热肠毅胆。

当下范海伏身先行，向草丛里直钻过去，众人随后继进。不多时，

已到南墙角下。这时天色只剩微光，那胖如巨象的胖大虫龚泰隐约瞅见草尖儿纷纷颤动，便擎着大刀，目不转睛地盯着。范海在草中觑见，知道龚泰已觉着草丛中有响动了，便索性挺身立起，唤道："龚教师，辛苦呀！"龚泰猛然见有人钻出草丛来和自己说话，忙退一步细听时，才辨出是范海的声音，便道："是范老二吗？你真当心呀，竟巡到这儿来了。这会儿还早，大概不会有什么事情，你过来歇会儿吧。俺独个儿正闷得慌呢。"范海答道："好，俺来陪教师爷解闷儿。"

说着话，暗地紧握手中钢叉，迈步走近龚泰跟前。龚泰拄着大刀，含笑相迎。范海一面笑着点头招呼，一面沉着脚步，走到二人相距约五六尺地，忽然向龚泰身后延颈企望着，又伸手一指道："那不是马教师爷吗？你老怎说是独个儿呀？"龚泰平日和那教师马雷交情最厚，听得范海这般说，当真是马雷来了，便回头瞅望。范海见他旋颈向后，心中大喜，就这一刹那间，突进一步，同时尽劲横叉猛刺，狠地喝一声"着"，龚泰还没来得及转头，叉股叉尖已一齐透入肚中，连叫都不曾叫得一声，鲜血一阵冒溅，就算没了气了。

古达可等一干人见范海居然干成功了，一齐大喜，都透身出了草丛，奔到墙下。范海扎死了龚泰，待要向草丛里抛尸，暂时掩迹，免得人来识破。抽回叉来，挽在肘间，俯身去提那死尸。才一低头，陡然大吃一惊。原来那躺倒在地下的龚泰尸身忽然不见了脑袋。范海是明明使叉扎他肚子扎死的，怎的会没了脑袋呢？

范海正在大惊失色、手呆脚定之际，古达可一行人已经赶到。江云龙首先和范泗一同上前，也见龚泰脖子上没了脑袋，顿觉诧异，惊问道："这是谁摘了瓜儿去呀？"范海方待答言，忽然有人说话道："三哥，是俺。"似乎是个女娘声音。江云龙却已听出像是汪飞龙答话，便叫道："二妹子！你在哪儿呀？"只听接答一声"在这里"，众人一齐顺着声音来处举眼注望时，只见墙头上临风花枝般挺立着个浑身黑衣的长瘦小女娘。

汪应龙心中顿时开锁般，心弦乱震，鼻息急促，挣扎上前，叫声

"妹子"，接着定神把性，拊胸忍喘问道："妹子，你由哪里来的?"汪飞龙道："说来话长，咱们且同进去，拾掇了那伙贼再细谈吧。"说着招手要众人上墙。汪应龙便将古戴等人的来历约略告诉了汪飞龙，并说还有两人张涵、许谨在做内应。汪飞龙听了惊道："哎呀，糟了。俺方才听得有人说要逮着俩奸细，一个姓张，一个姓许。许就是你说的这两位好汉失了风，被那厮们逮住了! 快走，快赶去救人要紧，旁的且撂开。"范海便将龚泰的尸身提起来一甩，扔入草中。

古达可、戴国柱、汪应龙、江云龙和范泗、范海弟兄俩一齐上了墙头，汪飞龙将手向内一指道："这一带俺全熟悉，待俺领头吧。"说着，便腿膝一弯，跳过墙内假石山上。范海随后跳去，陡见假山石崖间撂着个人头，不觉大愣。汪飞龙见他发愣，笑道："这就是你扎那小子时，俺给摘来的。俺先时暗觑着，见你和那厮搭话，不知你是俺这一面的，纵身下去，挥剑摘了那厮的瓜，却见你也正扎那厮一叉。虽然明白你不是一党，却是不认识，恐怕一照面时反而不好，便先进来，安置了这瓜儿再上墙待要和你打时，俺家里人就来了。如今没什么了，扔了这臭家伙吧。"说着，伸手提着那首级顶上的长发，呼地甩臂高抛，那首级辘轳般转着，蹿起半空，落向墙外草地里去了。

戴国柱催着快走，范泗、范海和汪飞龙当先领路，下了假石山，穿过一重小桥，绕向密篱边，转奔东头走去。才过了一道花栏，陡见四个紧扎严装、手持戈钺的大汉，立在对面花厅门外石阶两旁。汪飞龙急翻手向肩脊上拔出一双长剑，着地一卷，已近石阶。那四个大汉正是郑四方的亲信护卫镖师，名叫王宽海、喻树森、刘春阳、覃实，都是认识汪飞龙的。这时一眼瞥见，不知她从哪里出来的，齐吃一惊，连忙各挺戈钺，包抄过来。

汪飞龙喝声："小子，来得好!"托地纵身跳过去，手腕一翻，连身朝前一滚，便钻入四人中间，唰地展动双剑，扫开喻树森的大钺，磕开王宽海的长戈，掣身一转，猛然蹿近覃实跟前，飞起一腿，正踢中覃实的肛门，痛得他朝下一蹲。汪飞龙乘势一剑，给劈了个齐脖子两开，尸身还在倒着没沾地时，汪飞龙又使个"金鸡独立"带"大旋风"，翻身交臂扑过去，两剑尖一齐刺向刘春阳当胸。刘春阳万不料这个粉葱儿般的女孩子有这般迅捷的身手，稍许大意了一点儿，剑尖刺到时，已来不及架格，更没法闪躲，只得大叫一声，仰身后倒，想让过双锋。不料汪飞龙比闪电还快，跟着一进，嗤的红花现处，刘春阳已肚破肠出，立时死于非命。

汪飞龙连斩两人，却只一两秒时候。待范泗、范海紧赶上前时，喻树森又被汪飞龙在挥剑转身时，就势使个扫堂腿给扫躺下，鞋尖起处，凤头铁刃直入喻树森咽喉，扔戈撒手，断嗓身亡。只剩下王宽海，把定精神，挺戈独战。先时汪飞龙离王宽海独远，恰值那范泗、范海冲来，连撵带逼，且战且退，已挨近汪飞龙身旁。汪飞龙大叫一声："一起去吧！"手起处，向王宽海一指，忽地一支袖箭直射入王宽海右太阳角，顿时脸上淌血，扑身倒地。汪飞龙也没暇理会，一面向尸身衣服上揩抹剑上血迹，一面高喊："快进呀！'毁贼必毁巢'，宰这班无名小卒，白耽搁时候，不值得！谁和俺一同拼杀进去，毁老巢去呀！"喊声未了，忽听得闷雷也似的轰然一阵巨响。

第十五章

逾垣援友巧遇嫏嬛
越瓦探巢蓦逢双侠

当汪飞龙奋白刃、矢丹忱力斩四武师之时，古达可、戴国柱、汪应龙、江云龙四人正遇南首杂屋里冲出来的教头马雷和李栖凤、李遇春、常济、田平等一班打手，率带五十来个守夜庄丁一窝蜂拥将出来。古达可、戴国柱首先迎上前去，汪应龙、江云龙跟着冲近，纠作一团。马雷十分骁勇，独力抵住古达可和戴国柱两筹猛汉，汪应龙便耍开一对纯钢蓼叶闪光刀，分战李栖凤、田平两个。江云龙忙挥动一对纯钢松文寒泉剑，拦斗李遇春、常济二人。

一场恶战，荡起满地沙尘。旁边围圈儿的庄丁们，有些心中素不甘服的，便退向一旁，扬刀呐喊，虚张声势。有些同恶共济的却奋勇逞凶，扑杀近前，帮助攻杀。古达可见戴国柱越杀越勇，挺一双点铜银刃眉月护手钩，直上直下，两道银光盘旋宛转，马雷虽是十分凶狠，百般砍劈，却杀不过戴国柱。便想："戴中砥准受不了亏苦，我可以不必在这儿凑热闹了。"主意既定，两手一分，将一对十三节八楞纯钢宝塔鞭左右交叉，耍了个大旋风，托地离了圈子，风车儿般回身迅转，早旋近那伙周围围阻的打手跟前，大喝一声，只见他胳膊动处，随即有两条乌龙般夭矫蜿蜒，向那伙庄丁打手头肩等处乱落。可怜这伙人虽是身在战场助威，却做梦也想不到正在纠缠厮斗着的人，忽然会抽出一个电也似快地冲过来，取他们的性命。整个儿不曾想到，自然是毫没防备。古达

112

可手起处，立刻地下添了八九个躺着淌血的大汉。眨眼间，那大伙人里面，有托爹妈的鸿福生得两条快腿的，便飞也似逃得性命。那些呆头笨脑浑愣俄延的，便都和钢鞭打了交结，全给揍躺下了。一霎时，四面全成了静荡荡的大空场子，只多了许多躺着不动的受伤人。古达可的钢鞭也没可着落处了。

那受伤倒地没死的，都昂头合掌，哀鸣求告："爷爷饶命呀！俺们原不敢得罪爷爷呀！"古达可笑道："我要不饶你们，也不肯手下留情了。哼！我这鞭要乱来一下，你们还能保得住半个脑袋吗？我原来就不愿冤杀你们，才给留下性命。你们的伤都是不甚紧要的。"众人听了，连声道谢。一片声音，嘈杂得分辨不出是说些什么。古达可忙摇手止住道："我还有话说，快静声不要吵！"众人听了，一齐住嘴，伏地企颈静听着。古达可便指着那靠近自己身边地下躺着的少年道："我先问你，只许你答话，不用旁人插嘴。你不知道时，再问旁人。"少年忙点头连声答应，众人也都依言不语。

古达可问道："你们可是跟郑四方保镖的？郑四方今日上这儿来干吗？你们今儿个可曾捉住什么人吗？全说实话，我就饶了你们。"那少年答道："俺们都是那边庄上跟小庄主的。今儿老庄主要到这儿来，收服一个小娘儿做小夫人，俺们小庄主不知道。老庄主要派人，小庄主说：'绿野村离枣林坡不远，恐防闹岔子。'便派了俺们来了。前面全是老庄主手下的人，他们逮人没逮，俺们不得明白，只知道俺们从来不曾逮什么人。"

古达可待要再问时，汪应龙已战败了李栖凤，手刃了田平，提着首级过来相会。江云龙也杀跑了李遇春，生擒了常济，缚押过来。戴国柱削得马雷一只耳朵，却被他忍痛逃脱，也来和古达可相会。古达可便将那少年和一伙庄丁驱入苑侧一带马厩里，顺手搬两条石槽，将门给堵上，任他将来另去遇救，或自己设法逃生。只留着常济，将他带到花丛僻处，把刀架在他颈上，问郑四方来此的情由。

常济没法脱身，更不能挣扎，一心只怕掉了脑袋，任什么他都肯

113

说。古达可喝令他快将郑四方到此地的情形详细诉说。常济吓得照实直说道："老庄主前不久时，设法弄来一个小娘儿，送到这别墅多时了。今儿老庄主来这儿，只为放不下那小娘儿，此外别无他事。不料这事儿竟会走了风，有两个江湖朋友混到村里来，想要鼓捣别墅，劫取那小娘儿。幸而被庄上人识破了，派人到范家酒店去拿人。那俩人机灵得紧，不曾拿着，只把那范家酒店的范老儿逮到庄里来。庄主爷大发雷霆，当时便喝令吊打范老儿。却不道侧屋里忽然着火，老庄主想着许多紧要东西全在侧屋里，心中大急，急忙带人赶去扑灭了，便到里面去守那小娘儿去了。俺们正在分守四处，也不曾见有人出进，满不知这些岔子打哪儿闹起的，只得遵庄主爷吩咐，分作几路，各处追寻。不道俺们这一路刚一出来，就撞着好汉们打进来了……"

古达可等正在静听着，常济的话还没说完，猛听得轰然一声破空巨响，震得连地下也似乎摇动起来。古达可等都吃一惊，一齐回头注望。连常济也吓得立时剪断话头，呆若木鸡。戴国柱连忙定神，略想一想，便招呼汪应龙一同过墙，进内去探视，古达可忙上前拦阻。正在这一走一拦的一刹那间，乍见那边歘然冲天冒起一大团山一般的浓黑烟云，夹着无数红星，破空飞起，冲霄直上。同时半空里掉下许多断木、碎砖、瓦片、泥块，没头没脑乱打下来。

古达可急忙提起常济招呼一班同道迅捷退到那边墙下。那当空处骤雨也似的乒乓、噼啪掉下无数的破碎东西。江云龙凛然说道："啊呀，要不是跑得快，准得砸成个开花脑袋，那才冤哩。"戴国柱喝问常济："可知那冒烟处是什么所在？"常济答道："这庄子里就那一方俺们不知道是什么所在，旁的处所俺们全可以到，就那角儿里，若逛去了就得揍腿膀儿，俺从来没敢去过。"众好汉听了，知道这处所一定是郑四方最紧要的地方，却猜不透怎么忽然间会着起这么大火来。要说是郑四方自己毁了这要紧的密室密件，好爽利逃走，却是他这时并没败坏，还没到那步田地，不用使这绝招。那么，干吗这屋子会毁了呢？要说是外来人毁的，连常济都不曾知道那是什么所在，外面人怎能明白？又怎能一径就到这最紧要的处所去放火毁烧呢？

　　正不得主意，戴国柱、江云龙都说："不管怎样，这终是不利于郑贼的事儿，咱们乘此攻进，总不会错到哪里去。"古达可、汪应龙也觉这话有理。范泗、范海却劝大家谨慎，说道："常济这厮一张嘴最靠不住，时常瞎说八道，乱造谎话，不能听他的。这许是郑四方在放火围烧什么人，咱们不要去闯在网里。"戴国柱听了这话，陡念着张涵、许谨还没下落，更加焦灼，非要进去不可。古达可等同时激起一腔义愤，决计不顾一切，舍身冲进去，救人要紧。

　　众人主意已定，正待举步，忽见一道影子掠空飞过，直上墙头，蜻蜓点水似的，袅然沾瓦站住。众人诧然聚望，却正是汪飞龙，如迎风杨柳般，刚才点住，接着一摆窄腰，却又不见了。古达可等更不怠慢，一齐耸身上墙进内。却见前面一条黑影，长虫归洞似的向前急蹿。都猜一定是汪飞龙，各自加紧脚步，紧跟赶去。

　　才转过一座四面凌空的画阁，骤有一阵奇怪的声音，分外刺耳。便齐向桃林中穿过，却见汪飞龙正和两个黑衣武士杀作一团。范泗、范海各挺兵刃，首先扑过去相助。众好汉也各整兵刃，奔向前去。及至将近赶到，瞅得清楚时，众好汉不觉同声大叫："快停家伙，闹错了！"汪应龙更加着急，飞跑过去，一把抱住汪飞龙，舍命拖拉到一旁。古达可、戴国柱同时跃上前去，挡住那两人，高叫道："凝之、运葵！快住手。这位大姑娘就是汪梓和的大妹子。"江云龙也赶过去告诉汪飞龙："这两位就是先探得绿野村的张凝之、许运葵，全是知心好友，正在合力同心干事，你怎么会和他两位斗起来呢？"汪飞龙摇头笑道："俺不知道。方才碰着就拼上了。"众人听了都笑起来。许谨接言道："我见大姑娘进来时，我本待先喝问一声的，是凝之不许我作声。大姑娘又先来一剑，我只得就此动手。"张涵笑道："我原为瞧不清来的是不是自家人，才拉住你不要嚷唤，想待近着时再仔细问个明白，哪知你抖手就是一抓，劈面磕去。汪家大姑娘又不管是谁，先给我迎面就是一剑，我不能不架呀？这就闹出这场大笑话了。"说着，众人又笑起来。汪飞龙更加笑得扶着株矮桃树，撑腰扭颈，花枝招展，竟笑得喘不过气来。

古达可道："快不要尽着闹玩儿，这正是大敌当前、千钧一发的时候呢……"许谨连忙举起双抓，左右摇摆着插言道："得啦得啦，我的达可大爷，不要酸了。这里头和我凝之哥儿俩已亲眼瞅见，全给汪二姑娘独个干光了，不用你各位再操心了。"古达可愕然问道："怎么，你俩亲见汪大姑娘独个儿给干光了？"许谨傻笑道："可不是！你不信问凝之哥便知。"张涵接言道："这里面确实叫汪二姑娘干得一个活人也没有，不用再进去查看了。"范海吃惊，急问道："那么，俺家老爷子呢？才听说是庄里逮进去了，如今里面既没了人……"张涵不待他说完，便摇手截住，插言道："你放心，保管平安无事。你们这般一件件琐琐碎碎地问，问一辈子也不得明白，不如就此找个坐落处，大伙儿待下，让我从头到尾整个儿告诉你们，不就全明白了吗？要不，越问越繁，越闹越不得清楚。"众人齐声道好，范海便领众人到内院一间三面敞厅里坐下。

张涵不待众人开口动问，便说道："待我来说吧。要是我有忘错时，运葵给提拨提拨。"许谨笑道："我没你的嘴尖，也没你的记性。你说吧，不要支展啊。"众人也都催张涵快说，不要在这尴尬地方尽耽搁。张涵笑道："这地方一点儿也不尴尬，放心玩儿吧。有什么尴尬全算我的。"戴国柱也笑道："你不要尽着调皮，故意怄人，让人着急。这时谁也没工夫和你斗油嘴。回头你要骗了人，我就头一个不答应你。"张涵应声道："好，你听着吧，瞅该谁不答应谁。"接着，就把他自己和许谨一同进郑家别墅的前后情形，一一说了出来。

第十六章

扫穴犁庭群雄协力
惊天动地一女成功

那天，张涵、许谨二人闲游散步，逛到绿野村，无意中得遇着那范老头儿范光，由闲话里探得郑四方霸占绿野村的始末缘由，又得知郑四方恰巧这时正来到绿野村中的郑氏别墅内，就想乘此机会下手，除却郑四方这一方大害，好安心赶路，赴淮创业。正在筹思之际，恰巧郑家庄丁前来派差，识破了张许二人的形迹。张涵知道事情不妙，便一面假意敷衍着范老头儿，免他担心受怕，一面修书托那范老头儿的大儿子范泗送信去枣林坡求救。心中却抱定主意，专心要挺身出头，和郑四方作对。

范老头儿见天色已晚，便拾掇些藏在家里陈了多时的咸鱼腊肉，煮一大锅饭给张涵、许谨两人吃饱。一面切实叮咛，絮絮叨叨劝他俩吃过饭赶快装病，好求个平安脱身。张涵含糊答应着，和许谨胡乱吃了一顿。范光便忙着去屋里拾掇土炕，张许二人仍在外间里对坐着，悄悄地计议暗探郑家别墅的事。

范光正在独个儿忙着，忽然门外人喊马嘶，一片声喧。范光知道不妙，吓得全身发抖，急忙挣扎着跟跟跄跄到外间来，柴板门已经打破了。张涵、许谨这时已计议停当，听得门外喧声，知是先时到范家酒店那个庄丁回去说了什么话，郑四方派爪牙来逮人了。决计先抽出身子，一来好迎接会合枣林坡的救援；二来免得缠住身子，好制郑四方，救范老头儿。当下便掣身拉开后面小板扉，闪蹿到田野里，低头俯腰，飞也似钻向绿草深处，暗中觑着。

不多时，只听得吆喝叫嚷，喧哗了好一会儿，才见大丛灯球火把，照耀得一条火龙般。远望处，正是一群壮汉拉着范老头儿和那黑小子范沧，一路上只听得那伙人吆喝骂詈，恶声不绝，夹着范光的哭声、范沧的跳嚷声。火光冉冉而去，声音也渐渐渐灭。远远地瞅得遥遥拥入那所白垩高垣八字门墙的郑氏别墅去了。

张涵环顾近处没人，连忙重拉了许谨一把道："快走！"许谨咕噜着道："瞅着范老儿为咱们受罪，早就该走了，谁叫你尽躲着呢。"张涵低声道："我自有道理。这时且不要说闲话。"说着，一把拉着许谨的手腕，挺身立起，认明方向，绕路向郑家别墅的屋后飞奔。许谨莫名其妙，又不敢再说，只得闷声跟着乱跑。

两人跑了不多一会儿，已到郑家别墅的屋侧东南角上。张涵先隐身暗处，凝神端详一会儿，见那边田塍上立着两条大汉，一个手执大刀，一个挺着长枪，正在闲磕牙儿。便拉许谨近身，附耳和他说了几句话。许谨会意，和张涵伏身屈从，从那俩大汉身后，猛虎扑羊般陡然扑近前去。许谨手中的一对龙牙抓，一只伸出抓住那汉肩头，尽力向后一拉，这一只待那汉被拉得仰倒时，迎面一锄，那汉连口也不曾开得，便被铁抓锄得满面窟窿，睛出鼻陷，倒地身死。张涵却是腾出一只手来，一把将那个大汉夹脖子搂住，不许他吐气出声。再使剑摽在他嗓子上，喝令："不许嚷叫！"才松换一手，劈头连头巾揪住他的鬃髻，就势一捺，捺得他脸将贴地，才问："这左近还有放哨的吗？"那汉颤巍巍地抖声答道："两头全有。"张涵又问道："可有巡哨的？"那汉答道："这时还早，待会儿就有了。"张涵再问："墙里是什么所在？有多少人防守着？庄主住在哪间屋里？拿来的范家老头儿现在哪里？你是不是此地人？"那汉道："俺是那家庄上的护庄勇壮，这墙里面有教师壮士们把守着。庄主爷在中间琉璃瓦屋里，大厅后面。范老头儿不知道，没见过。爷爷饶命呀！俺说的全是实话，爷爷饶狗命吧！"张涵笑道："你既是那边庄上的护庄勇壮，可不能饶你。"说着手腕一拧，宰小鸡儿一般，将那汉宰了。转身招呼许谨，把俩死尸一齐抛入草丛里，再使剑削去那些沾血的草，略吐一口气，便翻身跳墙。

二人将兵器掖好，先后蹿近墙头，先使两手攀住墙垛，悬身墙外，探头向里偷瞧了一会儿，见墙底下有两个庄丁，各挟一柄大戟，穿梭般踱着方步，面对面游来游去。张涵便一手挽住墙垛，借这一点儿力，挂住身子，腾出一只手来，觑准那个矮些的嗤的一袖箭射去。就这发箭的一眨眼间，张涵同时将双脚一甩，甩个空心筋斗，翻向墙里，骤然落下，正压在那个长些的身上，压得他闷声跌倒。那个矮些的这时已中了一支锁喉箭，不声不响躺在一旁。许谨趴在墙头，心中还不曾想定主意，陡见张涵已经弄倒了两个，心中又佩又羡，又惊又喜。立即奋雄，心抖精神，双脚朝上一甩，也摩空甩个筋斗，直飘到墙里院落当中瓦楞脊上。张涵见了，恐他露了形迹给人窥破，不敢怠慢，忽地平身蹿起，好似燕子掠水般也飘到那院落檐口，两手略略向溜沟边沾了一沾，早翻身到了屋上。

许谨这时已经伏身贴瓦静听，忽觉脑后好似有隐隐喊杀之声，便点手招张涵近前，指给他听。张涵也觉诧异，暗想：难道是古达可和汪梓和一干人到了吗？他们不会这般快呀？又想，难道另外有人，也是这时来这别墅吗？郑家新惹的冤家对头趱到这儿来了吗？沉吟了一会儿，终不曾想明是怎么一回事。许谨也是呆呆地倾耳听着，但听得那声响越来越大，却不知究竟是不是有人正在后面露面厮斗。

张涵留神凝听了一会儿，知道这声响绝不在近处，便低声向许谨说道："这声音绝不出这屋外。既是有人在这里面厮斗，郑四方那厮一定不会在这院落里。咱们且去瞅瞅究竟是怎么一回事。要是有人和郑家斗杀，咱俩就出面帮一手。"许谨欣然道："好！"张涵便拉着许谨的左腕，撒腿飞跃。翻过了两道屋脊，才在一片平房屋顶上双双站定了。

许谨眼快，才站住便闪眼瞅见南头一片大空地里正有人在拼斗，忙指给张涵瞅。张涵忙飞也似的翻过瓦脊，径到南头梁椽头上，向下一瞧，却见一个身材伶俐的黑衣人，正高甩长剑斜劈，把一条黑衣大汉的脑袋劈成个斜茬儿。张涵一时拿不定主意："这两个人哪一个是这屋里的呢？"凝想间，许谨赶到。那黑衣人正向对面矮墙纵身一蹿，许谨绝不思索，顺手向腰囊里掏了颗石子，扬手打去。那黑衣人似乎觉着有人暗算，才蹿上墙头，便抬腿一扫，那颗石子恰被扫落。许谨大怒，将双抓一分，待放出一抓去，扎倒那黑衣人。张涵连忙一手抓住许谨的胳膊道："不要忙，你能断定那小个儿准定是郑家庄的人吗？"许谨道："他不是杀了人吗？"张涵道："你来干吗的？他杀的是郑家走狗，你也给报仇吗？你只瞧他杀了人就走，就能知道他绝不是这屋里的人了。这人是咱们的同心朋友，你为什么砸他呢？"许谨这才恍然大悟，忙道："走走！快撵上他，讲交情去。"

张涵心中也正想弄明白这个人究竟是什么路数，便和许谨急跳下去，也没暇瞅望地下的情形，便直上对面矮墙。到了墙头，纵眼四望时，静荡荡万籁俱寂，纹丝不动，半点儿响声也没有。张涵埋怨道："都是你一石子，冒冒失失给砸得影儿都没了。"许谨道："我又不曾砸着他？"张涵笑道："你一砸他自然加紧脱身了，难道还要砸着他才会不见吗？"许谨也自懊悔不迭，唉声跺脚道："得了，往后什么都让你先动手，不要再给我闹糟了。"张涵道："这时不必追悔，咱们再下去瞧瞧，许这人还没走远，竟在这屋里也未可知。"许谨喜道："去，下去！快去寻去！"

二人一同下了墙，脚踏实地，随处留心范光的踪迹。举眼一瞧，见那墙根黑暗地里蹲着个人，连忙扑近前去细瞅时，却是个没头尸首，窝作一堆儿，脑袋扔在一旁，腔子里还在冒血，显见得是方才杀却的。张涵惊道："竟有这般快迅的身手吗？"许谨没听明白这话的意思，问道："你说什么？"张涵道："你想，咱俩方才见那黑衣人向这边来，咱们才说得两句话，这一眨眼间，他竟在这面又宰了一个人走了！这人的本领委实可以。"许谨道："走，走！不要尽只说着。你不是说许他还在这屋里吗？咱们去找去。"

张涵只得和许谨一同向前走着，忽见这边当阳正是一座大琉璃厅，陡然想起那庄丁的言语，知道郑四方那贼这时就在这大厅后面。心中暗喜，便拉许谨一同向那琉璃正屋急急走去。踏上阶一瞧，屏门敞着没关，便直进里面，见外间黑魆魆的，但觉得是一间大厅，却瞧不出有些什么。只那靠后面的小门缝里透出些微灯光来。张涵正待掏取灯儿，许谨已扑到那小门边，猛然一掌推去。不道那门也没插上，许谨使猛了劲儿，一个踉跄，跌了进去。举眼瞧时，见地下躺着个死尸，桌上供着人头，还有一张字帖儿压在一盏残灯底下。便大叫："凝之！快来瞧！"张涵闻得唤声，急进屋来，瞅见这般情形，连忙取过那字帖儿来瞧。上面写着：

　　我无端被此贼于山林中挖阱设伏，俟我蹈机落陷，强幽我于此。威逼多日，均不敌我而却去。我欲屠之久矣，奈此贼为其旧巢中有事，离此数日。今夜贼来，我计诱之，乘间夺得贼之佩剑，枭斩于此，以示警罚。我此后是否为死于逻守者，尚不可知，而我终已手刃仇人矣，快哉！

　　　　　　　　　　　　　　　　　　飞龙

张涵看毕，惊赞道："呀！汪梓和竟有这般个妹子！我先只道不过是个会两手拳剑的小女儿罢了，却不道竟是一位女杰呢！"许谨一旁听得他自言自语，不解其故，急问道："你说些什么？可是说这儿的事，也是那黑衣小个儿干的吗？"张涵道："你知那黑衣小个儿是谁？"许谨愕然道："我知道时也不和你来这寻找他了。"张涵道："她就是汪梓和的妹子，那个失陷了的汪飞龙啊！"许谨大诧道："梓和不说是个小姑娘吗？"张涵答道："可不是！一个小姑娘能够自脱虎穴，手刃仇人，干这么大事。咱们这般自称大丈夫的，干了多天还不曾干得郑家一根毛，真够惭愧死人了。"许谨听了，不作一声，喜形于色，只是点头赞叹。

张涵将字帖儿递给许谨，有瞧不懂的，张涵都给解说明白。许谨更加佩服。张涵道："这时没旁的话说了。事儿已经让人占了先了，咱俩且到旁处瞧瞧去。一来古达可和众位弟兄来时好会着，省得他们瞅着这情景瞎猜瞎度，当是咱俩干了就跑，不等待他们，让他们来钻血窟，说咱俩的不是。二来也瞧瞧这汪飞龙打哪儿出去的。"许谨点头答应，便将字帖儿仍旧摆在桌上，原使灯盏压着，二人便从后面小门穿出，一路留心，探查范老头儿范光的下落。

一路探着走着，每过一间屋子，总有一两个断胫穿胸的死人。二人都细细辨别，没有范光在内。见没有老头儿，便也无暇细查是些什么人，只循着那开了门的路，径转过了几个方向，再穿过一重门，眼前突地豁然开朗。细瞅时，正是先时见黑衣人宰黑衣大汉的所在。张涵这才明白汪飞龙所以打这边出去的缘故。却想着：外面四处都是郑家的人，还有赛郑恩，虽是条好汉，却是个极其愚孝的人。知道这事时，断不能放过这小姑娘。那小姑娘既已杀过许多人了，一定力尽筋疲，不见得再能敌过赛郑恩那莽汉。我得去救一救她才行。想罢，便招呼许谨，飞也似的沿路紧赶。

二人正走着，忽地轰然一声巨响，冲天冒起一片火光，心中更加忧急，脚下越是忙奔，径朝前面猛闯。闯到尽头，忙翻出墙外，径向那大火冲起处急跑。刚爬梯过一丛桃林，忽见迎面凭空落下一个黄衣人，照着许谨迎头一剑劈下。张涵急上前架劝时，那剑光又直刺向张涵咽喉来。张涵只得也拼命架杀，及至汪应龙、古达可等赶来，舍命拉开时，彼此说明，才知这人就是汪飞龙。

原来汪飞龙在正屋里杀了郑四方，即出外间，辗转来到西屋仓后。见有人飞逃，忙捉住瞧时，正是那汪家反叛郑氏谋主的恶贼汪从龙。便割着他的肉，逼问前后情事。才知郑四方预备造反，一切事都有汪从龙在内参赞。汪飞龙出游，落陷被擒威逼这些事，更都是汪从龙献媚结纳，为郑主谋的。当下汪飞龙割着问着，汪从龙只得说出郑四方霸占绿野村，专为的僻静，好秘藏东西。历年来，预备的兵仗火药，全都藏在特地盖的石屋子里。汪飞龙又问明白了方向，才一剑剖了汪从龙，径自寻到那秘藏东西的前面。见四下无缝，略一踌躇，便触想道：那厮总得出进呀？绝不致没个门户的。急忙四面抚视，果然在背里一面摸得有条大缝，便尽力推撼了几下，无意中触动门铃，里面守更的郑九是郑四方的族人，听得铃响，当是郑四方来查库，连忙开门，恰被汪飞龙劈头揪住，问明了里面情形，立向郑九逼取钥匙，再将他捆缚起来，丢在壁角。开了库门，取得弩弓火箭，并将屋里残灯一并挪到屋外。汪飞龙自来不曾使过火箭，不知是放出去就燃的，却把来装在弩上，向灯上燃着，一支支向那火药库里射。这一来，火势更易燃着，烧及火药外箱时，焰头灼灼，同时汪飞龙身上外衫也沾着火箭滴下的松油，燃着起来。汪飞龙大惊，就这一烧后，身上空中都在乱燃时，急扔了弩箭，撕去身上外衫，只剩里面紧身黄袄，撒腿就跑。跑到墙外，才遇着古达可等，又遇着郑家四个武师，大战一场，才斩却那四人时，忽然听得轰然一声巨响，知是火药屋爆了，连忙掣身转去瞧望。路过桃林，恰逢着许谨，陡想起一石之仇，挥剑便砍。许谨却是一来因为汪飞龙提剑乱杀；二来因为先见时没瞧明面目，只记得是黑衣矮汉，如今却见是黄衣人，一时不曾辨得，便杀在一处。直到古达可、汪应龙等人来到，才将这一场大错弄个清楚。

第十七章

倾心吐胆共策鸿基
断股折肱独摧强敌

当下众好汉各自叙明原委，彼此恍然大悟。古达可道："瞧这火势，这别墅准得压根毁去，连后患也不用顾虑了。咱们大伙儿全到枣林坡去歇会儿吧。汪大姑娘也该早点儿回家瞧瞧了。"范泗、范海哥儿俩方待接言，许谨已抢先发话道："不成！这会儿还说不到回家歇着的话。咱们探得这信，是全仗范老丈的。如今范老丈没见，咱们怎对得起范家兄弟们？能扔下不管就回去歇着吗？你们累乏了，尽管先回去歇着，我和凝之却得办完了这桩事，才能回枣林坡去。"张涵忙插言道："我在那别墅里四面都留心抄到了，不曾见有范老丈，想必早已脱身了……"许谨不待他说完，便抢着截说道："你且不要小窥了郑家，他那细密严缝的所在，咱们不知道的还多着呢！你能说全到过了吗？"范泗忙插言道："众位爷忙了一夜，该歇着了。这事是俺哥儿俩的事，俺俩马上就去找去，不用再惊动各位了。"

许谨还待驳说，忽见那面大路上有个小猴儿似的孩子拍手跳脚，奔着嚷着，待近前来，才认出是范沧。只听得他喊道："好了！你们全出来了吗？爸爸不放心，叫俺来瞧啊。说是'要见着时，务必请到家来'。走走！上俺家里去。俺爸爸正盼着呢。"范海、范泗齐问道："爸爸在家里吗？"范沧嘻着大嘴直点头儿。许谨诧问道："你爸爸不是给郑四方差人逮到别墅去了吗，怎么在家里呢？"范沧答道："那厮们逮了去，俺给扛回来的。"许谨更加诧异，连着追问："怎么扛回来的？"范泗、范海也问："爸爸怎么回来的？快说！"范沧便将他救出父亲的事一一说出来。

范光被郑家差人逮去时，范沧莫名其妙，只知肚皮胀满怒气，也不假思索，立即奔到郑氏别墅。郑家庄丁人等多认得这小子是范泗、范海的兄弟，闲常走惯的，自不拦阻。范沧就一直进去，把往日所到过的处所走了个遍，也不曾寻见他爸爸。那上房一进是他不曾去过的，便不敢进去。憋着一肚皮怒气，信步闯到西屋里，一瞧没人在内——都押范光去听审去了——范沧顿时触起一团恶念，想着：这厮们捉俺爸爸，俺就烧他屋子。这全是一团孩子气，仗着傻劲，冲进屋里，取了桌上油灯，便向四面守屋庄丁的炕草上引燃了好几处。一霎时火舌乱射，浓烟密布。范沧吓得心慌意乱，一纳头就跑。恰巧抹西墙角一转，就到了内上房外的书房门口。那时范沧神志已昏，有路就闯。见迎面一扇小门开着，急闪身进去，正是书房窗外走廊石阶。范沧见是个没到过的生地方，陡然一愣，定睛瞧时，不觉心花怒放。原来见他爸爸正窝在廊下。当时也不管一切，扑过去一把扛起，飞奔出了小门。寻得熟路，径打耳门闯出。有两个庄丁拦住盘问，被他一脚一个，踢得滚倒。撒开飞毛腿，径回家里。郑家那里正在全力救火，门上和站班的都知西屋要紧，各不相谋，全奔了去，把里面扔得没一个人。郑四方救火回来时，又想着怕是枣林坡的人来放火，调虎离山的，急忙进内去瞧汪飞龙时，就被汪飞龙弄去利剑，把他宰了，也没来得及再问范光的事。郑家顿时前后大乱起来，更加没人想到范光身上。因此竟被这莽小子扑入虎穴，平安扛得他爸爸回来。连范光也因被吓昏了，直待回到家中，神思清醒过来，才知道是范沧救出来的。回想前后，满心惊惧，坐立不安。正待舍命弃家逃躲，忽听得轰然一声巨响，翘望郑家遍冒焰球，烘然火着，才略略定心。却仍不敢十分安定，便叫范沧前来窥探。范沧起初时不放心，不肯扔下爸爸独个儿待着。后来经范光喝骂一顿，说他全不记得俩哥哥，毫没手足之情，范沧才诺诺连声，出门向郑家别墅这条大路上奔来。才跑得一程，见迎面有一行人走来，范沧生来眼亮，早认出是范海、范泗和日间在店里吃喝的两个客人领许多人来了。心中狂喜，便大喊大叫，撒腿急跑过来相传。这就是郑氏西屋起火，范沧救火和范海、古达可等路上相遇的缘由。

众人彼此将来由叙述明白，才知各人都是猛干傻闯，不曾有过什么联结商量。也是郑四方恶贯满盈，竟被这一伙几条路上来的人误打误撞，弄成个互相救应，互相牵系，把个多年经营的绿野村郑家别墅荡成一片瓦砾场。各人回想前情，不觉相对而笑，彼此无言。

汪应龙、汪飞龙兄妹二人力邀众人齐到枣林坡去，范光虽是患退身安，却是心中不定，恐有后祸，巴不得快些离开绿野村。听得汪家兄弟邀请，口中说道："小老儿不去了，怎好无缘无故去打搅汪相公府上呢？"心里却急望张涵、许谨帮句话。不道张许二人还没开口，范沧却先嚷起来道："咱的几亩地早就给郑家做了养马场了，如今还不走，难道受饿受气的不够吗？爸爸快走吧，俺们仗着这身气力也养活您了。"范光大喝："不许胡说！"范沧鼓着俩黑腮，低声叽咕道："不走，回头人走完了，又该连怕带急了！"范光耳聋，不曾听得。范海向范沧狠狠地瞪了一眼，才算住嘴没叽咕了。

江云龙待吃喝过了，大家歇息时，问过范泗，知道范家的地早没了，所有的全在这屋里。开酒店是鬼打更，三天没两钱买卖，只靠兄弟俩给人做零工赚些钱来。便和汪应龙一同力邀范光搬迁到枣林坡去。汪江二人的意思，是想请范光帮着照应屋里，汪家正缺这样一个诚实老者代守门户，管些琐事，得范光去干这个真是两便。范海、范泗、范沧哥儿三个到了坡里，更可管领庄丁。因此江云龙帮着汪应龙力劝范家父子四人即时迁入坡去。范家正在无路可走时，经汪江二人诚恳邀请，便一口答应。

当下约定，尽一天拾掇东西，次日准到枣林坡相会。汪应龙、飞龙兄妹及江云龙便和古达可、戴国柱、张涵、许谨一齐向范家父子告别，一来急要回去告慰枣林坡人众，二来得先去拾掇几间闲房屋，给范家屯住。范家父子见众人确是有事，不能耽搁，不再强留。父子四人直送出村口，经众人苦劝，才立住脚，企颈翘望到连影儿也不见了，才回进去，忙着拾掇家伙。

过了几日，张涵、古达可等一干人在枣林坡汪家聚会，商量行止。汪应龙和江云龙都是四海为家的人，在枣林坡住下，原不过是暂时托足，如今听得古达可、戴国柱要回乡介练乡团，剿杀乱寇，并准备一旦国家有事时率士勤王，为中华保障东南半壁，救全无限苍生的性命。而且江淮原是汪江二家的旧家乡，敬恭桑梓，自所心愿。所以汪应龙兄妹俩和江云龙都绝不迟疑，毅然决然，自愿随同前往江淮帮助古戴等做一番事业。至于范光原是个没主见的人，只知道这儿离郑家太近，担心郑恩要来报仇，情愿远去他乡，图个安逸。他三个儿子范泗、范海、范沧却又和他爸爸的心事不同，他三个习得些武艺，读得些书文，在绿野村中本就不同凡俗，早有心要远出博取功名。如今见古戴张许一班人的气概、行为、性情、志向更加欣羡，哪肯离开？这样一来，众人聚会商量时，虽是各有各的心事，却是同抱着的一个远赴江淮的宏愿。古戴二人原想联结英豪，共图伟业。只愁人少，哪怕人多。况且这伙人都是有用之才，非无能之辈，自是竭诚招接。当下一言决定，大家准定一齐动身往江淮去。

计议既定，各自料理本身事务。汪江两家和古达可等商定，传出话去，所有庄丁雇工人等，愿去的都准携家同去。不愿去的，给地一方，留此耕种，仍每年派人来收租一次。如果有壮丁随去，家人留耕的，另给安家粮十石，银五两。范家父子帮助料理了三天，诸事完备，愿随去庄户十九户，共男丁四十五丁，女口三十七口，外单行壮丁二百三十七人，总共男丁二百八十二名，女口三十七名。汪应龙便托张重明、左希贤保着各家眷口，会同范氏父子四人率领，即日起行，先往前站。沿途只说是避寇的百姓结伴南下，关津渡口自无留难。

汪应龙、江云龙、汪飞龙三人将各事拾掇停当，一切粗重家伙都点交张重明、左希贤督同壮丁，押着车驮，结入众人伙中先行，零星应用的散碎银两，便和古达可、戴国柱、张涵、许谨分带在身旁。那些大队壮丁动身后半日，这男女七筹好汉都饱食一顿，吩咐留守的农户，看守田园房屋、笨重器具，封锁库仓门户。装束出门，各跨牲口，扬鞭上道，迤逦长行。

古达可、戴国柱、张涵、许谨、汪应龙、汪飞龙、江云龙七人，联镖接辔，一路上谈谈说说，无限乐趣，绝不觉长途辛苦。一连行了几日，已到黄河渡口。这一天，天色暗淡，云涌风起，河中橙黄色的浊浪涌起涡落，好似一排一排的泥山向前乱推叠倒，渡口边一只船也没有，眼见得是预先都开到湾汊里去避风暴去了。众好汉一时不得渡河，只得退到离河十里的集镇上宿了。

这天下午，果然发了几阵大风，飞沙走石，屋动墙摇，好不厉害。众好汉憋在店里宿了一宵，直待到次日过午方风平浪静。集镇上住店避风的客人，还多有胆小不敢就走的，古达可等一来原就久惯风尘，不畏这些险难，二来大队人马早已渡河，若再延挨下去，更要隔得远了。午饭过后，便到河畔雇得一艘小船，径渡过河。喜得河中风退水浅，浪静波平，安然渡过南岸来。

七人上了岸，整了整衣服，拉牲口上路，给了渡钱，满心欣喜，各自上马登程。丝鞭扬处，马驰如飞，没多时，已远离河岸半站多远了。这黄河南岸不比北岸田畴平衍，纵横一望无际，展眼望去，多是青山重叠，林木葱茏，曲折荫障，无限丘壑。长行人一到这般境，又觉眼界一清，心中另是一番感觉。

七人兴致勃勃，骤马顺路行去。渐渐走近一座土山，瞧那山虽不高，却是曲折层叠，颇有些丘壑。目前这条大路到了这里，也就随着山势沿山麓弯弯曲曲蜿蜒着，不似前时平直。张涵在马上扬鞭指着那山道："这里离黄河南岸不过一望远罢了，你瞧这山就全不是河北的样儿了。"古达可接言道："不用说山，就是人也是河北河南完全两样。就拿当响马的说吧，在河北的全是长枪大刀，硬杀硬干；一到河南岸就两样了。绿林朋友讲究的是哄吓诈骗，奸巧狡猾。这也不知是什么道理，八成是地土不同的缘故吧。"戴国柱道："这话确有道理。在河南岸开山立寨，打家劫舍的多是河北岸人失了风避过来的，在河北岸耍花花儿，吃嫩虫子的，全是河南岸滑了脚，渡过去的。"

一行人正谈得高兴，忽然后面马蹄乱响，转眼间跑来二十余骑高头骏马，吹云过一般，直闯硬冲，扬鞭飞跑，越过古达可等前面，舍命奔去。眨眼时，就只见一大团烟沙在远处滚滚前移，沿路转弯去了。许谨笑道："好好的，你们要提起那话儿来，这不是那话儿来了吗？"汪应龙接声说道："这情形十分尴尬。似这般明目张胆，必是有了急迫万分的买卖，来不及装闪，径自露脸明干。不知哪个主儿合该倒霉，遭着这伙凶神。"汪飞龙听了，忙道："哥，咱俩瞧瞧去，不要让这伙凶神得意。"许谨也道："这伙小子敢这般张扬，径自越咱们道儿，理也不理，招呼也没见一个，他妈的，干他去！让他抓拿不着，也显得咱们不是受人藐视的。"张涵笑道："运葵哥，你又不和他同道，要他打什么招呼？"说着，大家都大笑。戴国柱道："且不要打哈哈，这厮们这般大张扬，事儿的确不小。咱们正没事，何妨紧一步，撵上去瞧瞧究竟是怎么一回事儿？"古达可道："这般明干，绝不是劫官银，掳行宦，只怕是对付个初上外路的肥雏儿。咱们得管管这事才好。"许谨忙应声道："对呀！这伙小子太目中无人了。"

七筹好汉齐刷一鞭，七骑马奋鬣飞蹄，泼啦啦夺路急奔。许谨总嫌牲口跑得不快，吼了一声，两手扳住判官头，双脚尽力猛然夹探，夹得那马痛彻心脾，长嘶一声，低头竖鬣，箭一般腾空蹿去。古达可见了，恐许谨发傻劲，赶上时不问因由，无端惹事，便也两腿着力一夹，并挥鞭向后招呼众人，一齐急催牲口，匆匆撵上。

猛跑了一程，抹过一座山嘴，骤见先时那伙人正迎着大路，勒马停蹄，分向两旁土壁荫下排立着。古达可连忙鞭缰旋转，急关照众人一齐停住。张涵会意，急回马走上山嘴，众人随后齐到。古达可暗中关会，各自停缰据鞍，立马山岗，齐向着岗下翘首凝睛，注神瞻望，静待变化。

约莫一盏茶时，只见南头大路上有两骑马冉冉地缓缓行来，渐渐走近时，瞧明前面马上一个举子打扮，大面长身，颇有威仪。后面马上一个方巾蓝衫，长髯壮躯，气概优雅。那马前另有一条大汉，身材约有七尺来高，满脸虬髯，一头乱发，袒着两臂两腿，臂上暴筋栗鼓鼓的，腿上卷黑丛丛的，着一身破衣，束一带脏带，披一条钢鞭，握一条马鞭，虽然模样穷苦不堪，却是赳赳凛凛，那一番雄武气概，竟没给穷气压落丝毫。古达可等翘望着，都不觉暗赞一声："好汉子！"

瞧着那大汉甩着马鞭，昂头挺脸大踏步当先领路，那两骑马连鞍并辔，款段随行。近来时，瞅得马上包裹沉重，后梢累然，众好汉恍然明白，暗替那俩士子担心。看看来人已近山前夹路，猛听得这二十余人齐声大喊，尘烟乱涌处，飞出精骑，直围扑过去，向俩士子两面包抄，动手就抢。许谨见了，一声狂叫，就待骤马下山。古达可、张涵连忙双双拦住，想稍稍等待，到俩士子开口时，得知些底细，再行定夺，免致误拦绿林仇家，或错救奸人恶棍。刚把许谨的辔头拢住，嘴里的话还没说得出来，就这一眨眼间，突见山下凭空冲起三四个人，复又摔掉下去。接着又见人被破空抛起，欻地落下。细瞅去，原来是那虬髯马夫骤见有人行劫，心火一冒，嗡的闷雷般一阵狂吼，猛然低头一甩，下山虎也似的迎闯上前。将手中马鞭向地使劲一掼，腾挪得两手皆空。两条胳膊向两旁一张，倏起倏落，倏左倏右，但见那人儿马儿随着他胳膊搅动处，抛连珠绣球似的一个接一个直抛横掼，不断地冲上掉下。这才瞧明白。那虬髯马夫闷声不语，只顾一手一手地横捞，捞着一只马腿，便奋臂抛掼，好似拖柴掼木一般。一霎时，那二十余骑人马不是被直掼到半空中再掉下来跌伤，就是被横拖向后面，跟跄跄摔在地下磕伤，全数儿给拉倒在地。甚至有那不禁拖掼的人，就此死了的也有四五个。虬髯马夫兀自不肯休歇，还回身抓拖那地下躺着的伤人，又向空中抛掷。七筹好汉立马岗上，见他这般神勇，不觉得齐声喝彩。虬髯马夫却绝不理会，仍旧拖人掼马，搅个不停。

古达可等见虬髯马夫伤人太多，方待高声喊停，同时带缰将要下岗劝阻。猛可里眼前一亮，突见山隈里忽地蹿出两骑马来，前面一骑马上的人是金盔金甲，赭袍赭马，雕弓镂剑，赭缨金戈，巍然将官威仪。后面一骑马上人的是科头赤面，黄发赤须，胯下乌骓，手中长槊，赫然大盗模样。两骑马一出山隈，辔头一并，直取虬髯马夫。那马夫不慌不忙，拔下腰间钢鞭，站定丁字桩，屹立不动。那两骑马冲近他跟前，但见戈槊并起，耳中一阵叮叮当当激碰乱响，只见一大团尘沙乱滚，夹着些黄光黑影，时隐时现。七筹好汉瞧到眼热处，不觉高声喝彩。

斗了约莫半个时辰，陡见黄光一敛，却是那将官挥戈架住钢鞭，隔开金槊，向虬髯马夫高声说道："喂，朋友，你有这般本领，怎么干这般营生？"虬髯马夫怪眼圆睁，厉声答道："本领怎样？这般营生难道不是人干的吗？总比你们落草为盗的强！"赤面汉大怒道："放狗屁！谁是强盗？"方骂着，抽槊便刺。虬髯马夫也抢鞭待打，将军连忙横身拦住，向赤面汉道："且慢斗，这时谁也不明白谁，怎能怪他呢？"便回头向虬髯马夫道："好汉不要见怪，咱俩是过路的，和强盗毫无关涉。"虬髯马夫愕然问道："那么你俩为什么要帮着强盗和俺斗呢？"将军笑道："咱告诉你吧。咱这朋友误听旁人言语了。咱姓胡名茂顺，字霄楫，他姓孔名登科，字为藩。都是蓟州人氏。结伴南下投军，路过此地，遇着个浑身浴血的汉子。咱俩诧异，拦问他时，说是南头有个凶汉掼人掼马，抢东西。咱这孔朋友耳朵里最装不下这些事，一句话触动了心火，立时卸下衣袍，奔来寻斗。咱赶来时，见你果然在这里掼人掼马，所以厮杀起来。你究竟为什么好好人不仗着这好身手去求取功名，却干这个呢？请问你贵姓大名，究竟为什么要掼坏这许多人？"那虬髯马夫呵呵大笑道："那是你上人当了。俺姓黄，名叫得功，字虎山，山东人氏。年成不好，没法过活，游落在淮北赶牲口趁脚钱，度日养命。才干了个多月短程生活，就遇着这两位官人，雇俺牲口上京赶考。俺见大路上的达官只会骗钱，巴结强盗，认长辈救饶命，委实不高兴和那厮们同走，就和这两位相公说明白，不用聘镖师，路上有俺。两位相公不信，聘了个镖师，今日有事了，镖师还在后头五十里外呢。俺见强盗来了，怎能不管呢？俺一个人，那厮们有几十，俺来不及揍，只好给他掼个满堂红。这伙浑蛋不给全掼杀，难道还该留着害人吗？你俩干吗要和俺斗？难道不算帮强盗吗?"话才了，猛听得哗然一声，好似有许多人马来到一般。孔登科、胡茂顺和黄得功一齐回头惊望。

第十八章

会群龙荒山开华宴
餐巨膳野涧构奇缘

黄得功和孔登科、胡茂顺正谈得高兴，骤然被这声音打断话头，一齐回顾时，却是古达可等七筹好汉齐纵辔下岗，来到跟前。胡茂顺方待动问，古达可早抱拳相见，自通姓名，并代戴张等六人引见。彼此都是好汉，自然惺惺相惜，一见如故。古达可等将方才目睹的事一说，黄得功和胡茂顺、孔登科两面更加明白。

众好汉立马谈了一会儿，各将来意大略叙明，天色已是不早了。孔登科道："这地方咱曾走过几趟。这小山名唤关山，据土人说是从前三国关侯被曹兵围困时，曾在这山屯过兵马，所以唤作关山。山南斜向东去一里多地，有个市集，唤作歇马集，也是关侯歇过马的所在。咱们何妨就到那歇马集去聚会一宵，畅叙一番，明儿大早再各奔东西，也算不辜负这番遇合。众位说可好？"众好汉齐声应好。

黄得功双手齐摇道："慢着慢着！您各位先去，俺丢了俩相公，非得找着才行。要不，俺就待一辈子也得在这儿待着。"胡茂顺笑道："丢不了的。那俩相公不是说打贵州来的吗？由那般蛮地里能够平安走到这儿，足见不是个雏儿，绝失落不了的。"黄得功道："话虽如此，总不能不寻找呀！扔下就跑，总不是个道理。"

正说着，忽见北路上尘头大起，夕阳影里，数骑马夺路飞奔渐渐驰近前来。刚到岗嘴，忽然停住。便见打头一个头扎青巾、身披青袍、佩剑悬鞭、手挽大刀的长汉，据鞍抱刀施礼道："孩子们没眼，不识泰山！小弟规矩不严，亲来领罪。可是有句话得说在头里，我詹立生在扬州，来这关山，只找没主儿的银钱，匀给穷人度命，从来不肯惊动游幕赶考的书生士子和江湖来去的武师拳家。不料今天小弟有点儿小事，上河北岸走了一趟。小子们瞒私浑来，得罪众位。小弟回来见小子们委屈两位相公，问得情由，才赶急亲自护送前来请罪。不长眼睛的孩子们我已经都揍掉了，俩相公在此，请即接去。"说着，右胳膊一扬，扔出一个斗大的人头来。接着胳膊朝上一抬，五指齐伸，背后几骑马立时分向两旁乍开，黄得功早瞅见自己的俩雇主杨文骢、周祚新并辔连骑，款段而来，顿时心花怒放，忙上前接着，絮絮细问两人怎的失陷的，并且深恨自己照顾疏忽。

古达可便乘此邀请众人到歇马集去，小坐些时，歇息一会儿，沽几角酒喝喝。詹立也不推辞，只回头向从骑低声了几句，从骑躬身答应，便回马飞驰而去。詹立转过头来，向众人道："今日这场际会，不是容易的。小弟侥幸陪侍，无以为敬。只这地方是小弟托足之所，比诸公略谙熟些。小弟就做个带马小卒，引路上集去，聊表向慕微忱。"众好汉待要阻谢时，詹立已挂刀带鞭，当先领路，向集上走去。众好汉只得骤马陆续随行。

没多时，便到了歇马集。詹立勒马在前，径引众好汉到一家大酒楼前停住，翻身下马，恭恭敬敬招呼众好汉都进去。古达可心中一动，说道："詹兄，你不要客套才好。咱们弟兄只想来集上讨盅茶喝，润润嗓子，舒舒气，就得赶路的。你千万不要费事才好。"詹立笑答道："没什么，不过这儿市面小，一时要不出好菜来，是小弟叫从人先来吩咐一声，让他先预备起来，免得咱们久等。各位兄长请进吧，咱们全是爽快朋友，大伙儿忙了大半天，也该饿了，不用客气了。"

一面说着，一面和众好汉步入店里，牲口自有店家接去。但见店堂当中大厅上灯烛辉煌，照耀如同白昼。迎面摆着三桌品字席面，众好汉都觉得这太费事了，却是既已到此，没法拦他。只是暗地佩服他干事敏捷，竟能刹那间不知不觉就派人整治得这般精致。詹立四面酬应一番，便请众好汉入座。众人也不推却，各自落座。

席间彼此纵谈，杨文骢说起初出事时，原拟和周祚新同助黄得功一臂之力，后来因为黄得功已经得手，且是杨周二人都只习得弓马，不会兵器。弓箭不在手边，一时没做理会处，只得向路旁藏躲。不料正躲到伏路的身旁，方在失神着急，猛可里绳索已到身上，手也缚了，嘴也堵了，动不得嚷不得，只得任凭扛去寨里。幸而遇着詹立回来，详询细问，知是边地赴京投考的士子，便连忙放了。彼此通问，才知詹立别字洪仁，是扬州不第秀才，憋一口气，远走高飞，到这大河南北做些劫赃济贫的勾当。当下问明杨文骢、周祚新的来踪去迹，知他俩边地士子，北来不易，更闻得手下迭报，黄得功如何厉害。詹立便决计送杨周二人回去，立意要结交黄得功这条好汉。当时便把犯令的伙小唤来斩了，带着首级，亲送二人出寨。不料除黄得功外，又会得古达可等一干豪杰，詹立更加高兴得了不得，当作生平仅有的奇遇。到了席间，便一意和众好汉攀交情，更竭力拉拢黄得功，情愿奉他为首。

黄得功的心意却和詹立两样。他是个宁肯穷死不肯落草的。这时更加横梗着个必须有始有终，护送杨周二人到地头的念头。任詹立如何劝说，总只答应结个生死朋友，不肯随从落草。说到后来，还是杨文骢向众人解说道："我听众位所谈的，全都是一片赤心、一腔热血，未逢知己，空自埋没。依我愚见，众位这时尽管各行其是，照如今这般时世，民不聊生，流寇蜂起，大乱已在目前。到那时各位再彼此通连，结为一体，就是我们，虽是书生，也绝不甘心自暴自弃。有这许多人才，乘时时会，还怕不能轰轰烈烈干一番惊天动地、旋乾转坤的大事业吗？这时勉强聚在一处，各有不便，反而不美。其中不便之处，谅必各位心中都能明白，也不必再详细说了。鄙见如此，不知众位以为然吗？"众好汉听了，不由得齐声道好。

当下便照杨文骢的言语，在座诸人都结成生死朋友，准定齐到詹立寨里，聚会几日，再各自分手。当时相聚欢然，开怀畅饮一番，直到看尽灯昏、酒阑人倦才罢。

詹立一声吩咐，顿时数百灯烛一字儿排在酒店前街上，众人送上两骑马，詹立亲自牵过一骑乌骓来，恭恭敬敬将鞭缰递给黄得功。黄得功也不推辞，还施一礼，接过鞭缰来，和众好汉一同上马，顺路登程。这乌骓十分雄健，比黄得功先前到集上来时骑着詹寨从人让出的长行牲口强得多了。

行不多时，已到寨内。詹立亲自张罗了一会儿，从人报铺陈均已拾掇齐备。詹立料知众人都已辛苦多日，须得养息了，便请众好汉安置。众好汉见詹立相待十分周到，却又不落俗套，便都不虚谦伪让，径听詹立安排。当下从人掌灯，分引各人入室，却是每人一间，各人行李都分置在各人卧室里，炕上被褥都是新的，没用各人行李。虽不华丽，却干净异常。这一夜众好汉客途辛苦之余，得着这般安适舒服的卧处，无不陶然，一觉睡到红日斜升。

詹立待众好汉都起身盥洗毕，从人献过点心，黄得功早已更衣入座。见詹立进来，便请登堂拜母。詹立待点心用毕，才引众好汉到后堂，拜见詹母，且和他妻子马氏相见。众好汉依次行礼，詹母一一还礼。挨到黄得功，上前低头拜罢，抬头之时，骤然瞧见詹母身后立着个老妈儿，极是眼熟。忙定睛一瞅，顿时悲从中来，也顾不得一切，扭转身躯，扑近那老妈儿跟前，双膝屈倒，匍匐跪地，两手抱住老妈儿两腿，眼中热泪早洒满当地。他拼命挣扎着，强抑悲怀，才哭出一声"妈"来。

众好汉被黄得功突如其来的一闹，都闹得莫名其妙，一齐愣住在旁，没做理会处。连詹立母子二人都给怔住了。直待那老妈儿也瞧明白跪在她眼前的人就是黄得功时，立时老泪纵横，皱纹脸上滚着无数明珠，"儿呀肉呀"苦唤起来，众好汉这才忖知是母子骤然见面，方有了劝解的言语。立时七张八嘴，乱劝乱拉，好容易才挽住老妈儿，拉起黄得功，一齐到外厅上来，连詹母也疑团难明，放心不下，扶着儿媳妇，跟着一同出来。

到了厅上，众好汉苦劝一番，黄得功才勉强止住悲声。众好汉待他舒转一口气来，喘息稍定，才问他道："究竟是怎么一回事？你的老母亲怎么会在这儿的？"黄得功摇头叹气道："嘻，不用说啦！俺罪该万死！让俺自己宰了自己，这罪孽就完了。"杨文骢劝道："虎山，你不要发傻呀，自己宰了自己更对不住父母了！"黄得功双手齐摇，皱眉抢说道："杨相公，您不知道，俺今日就死，还嫌太迟了！"古达可道："你不要尽嚷死呀！天下事没有一件能拿死来了的。要不了时，就是死更加永远不了。要了事，第一不能毁掉这独能了事的身子才行呢。你且将这是怎样一桩事说出来，咱大家评评，好不好？"黄得功两手拊着腮颊，脑袋拨鼓儿般摇着道："甭问，俺该死就是了！"戴国柱见他这般神情，大为诧异。脱口高声问道："黄虎山！放着你这般一条铁铮铮钢也似的硬汉，难道从前还干过什么没脸的勾当吗？就算干过了，好汉做事，改过就算……"

黄得功听得戴国柱说出这般话来，满心如火爆油煎，急得不待戴国柱言毕，便撒手昂头，双脚齐蹦，直跳起来，抢着大叫道："俺黄得功绝不是那种浑蛋！不是没人气的兔崽子。事到如今，俺不能不说了。再不拼着惭愧说出来，准得让人胡猜乱猜，缠到二夹层子里去。众位哥，请不要打岔，让俺黄得功把俺这该死的缘由向众位可说个明白。

"俺自幼父母双亡，相貌又长得丑怪，谁也不肯要俺。俺就成了个野孩子，四处游荡。有时得人可怜，给些残剩，却是寻常总是三四天不得半星儿吃的。漂了不知多久，只记得下过两回雪，冷过两趟，约莫一年多吧。那期间，千辛万苦真没处告诉。如今说也说他不尽，反正托老天爷照应，没饿死冻死，也没喂豺狼虎豹，总算俺这条穷命根儿坚牢，要不一百个也没了！

"记得有一天，正是大雪纷纷，遍地皆白。俺肚里两天没装半丝儿东西进去了，软蹲在一家乡路小饭店门口的檐下，饭店里老奶奶瞅俺一宿一天没动没吃，也不讨不哭，可怜俺，叫俺进店，先给俺米汤喝，喝过又引俺灶前向火，才会说话。老奶奶问俺身世，俺照实说了。老奶奶也没儿女，便收留俺，俺就认了妈。母子两人苦度着，比俺流荡时真是由地狱升到天堂了。

"这般混了两年，家里养鸭，俺每天早上撵鸭出去打食，到晚原撵回来归埘。过了多时，忽然每天撵鸭回来时，总少两只，有时少到三四只。俺妈虽然骂俺，却知不是俺捣鬼，只是俺自己心里恨不过，总想设法打破这闷葫芦。似这般日夜忧思，竟然得了一场大病，害得俺妈求医拜佛，忙了好些日子，俺才好了。却是鸭子放出去依旧日日减少，差不多失得没有了。

"那一天，俺病才好，妈出门籴米去了。心里总放不下这每日失鸭子的事，便独自踱出门外，向放鸭的小涧岸边芦苇丛里待着。没多时，果见一只鸭子呷呷地叫了两声，就向水里一汆，好似有什么在水里面拉它下去一般。俺凝神瞅了半晌，终没见那鸭子出水，却接着又有一只鸭子照样一般汆入水去，又待了许久，也不见上来。

"俺心里一横，也不顾什么厉害，顺着岸溜到水边，脱下衣裤，便向那鸭子汆水处渐渐游沉过去。右脚趾才探到那近处，陡然一痛，几乎撑不住要沉落水底了。俺知是右脚趾被什么水物咬过了，受了伤，急忙把定心神，荡住水势，将右脚一提，回头一瞅时，却见一条长虫似的大黄鳝，长可两尺多，围约五寸余。俺恨极了它，使劲一把攥住，划水上岸，使脚带缚牢，又撕一条裤布，包扎好受伤的脚趾，着了衣裤，便回家里来。

"想着妈是信佛的，不吃没鳞水物的，便乘妈不在家，把那鳝斩作几段，胡乱煎来吃了。那一天俺真不好受，浑身骨节打碎也似的疼，筋脉酸胀得坐立不安。只得抱头上床，傻哼傻滚。一会儿妈籴米回来，俺恐妈知道俺吃大鳝的事，强耐着不敢哼，不敢动，好不难受。连饭也不想吃，人也爬不起。妈还当俺犯了病，急得了不得，忙着对天空焚香，叩头求告。俺心里大悔不该，悔得不得了，自恨自，几乎要自打自。

"喜得次日早上就好了，精神还分外强健。心中记挂着鸭子，忙放出来，撵到昨日捉鳝处放了。想着昨夜淌一整宿汗，何妨洗个澡呢？便

138

跳下河去，汆水洗澡。洗过后立起，抓件衣拭水，不料两手一捋，不知怎的，那件衣服就粉碎了。俺大吃一惊，呆了好一会儿，忽然想着：难道是大鳝在肚里作怪？便向河岸旁小树试试气力，一脚踢去，哪知连倒了两三株密接着的小树，脚还落了空，冲了个跟跄。

"从此自己知道有了气力，便和妈说，要出去做零工养妈。妈先时不许，后来见俺在家里做活儿委实劲大手快，便放俺出去。从此俺家鸭子也不失了，俺也能赚钱了，家境一天一天地好起来。

"俺有这身气力，总想投军习武，干一番功名，给妈享几年福。存这心也不止一日了。恰巧村上有个教师，在公庙里开场子，教弓马刀枪，俺就去凑一份。没半年，教师打不过俺，悄地走了，却是俺的弓马已有了根底，从此自习自练，独个闹着。在家里装垛子射箭，积熟铁打刀，妈见俺爱武艺，便由着俺去干，绝不拦阻俺。

"似这般又过了一年，俺在李家庄做了长工了。李家小舍人请了位教师教刀枪武艺。俺在旁暗中瞧着，小舍人没练会，全给俺瞧会了。俺便瞒着人悄自习练，练了多时，自己也不知道对不对，反正不管怎样，俺总每天不停地练去。有一天正练得高兴，那位教师无意中踱来，瞥见俺的解数很对，暗自诧异，就唤俺过去，盘问俺是从谁学过武艺。俺一辈子撒不来谎，只得照实一一说了。教师听得，反是喜笑颜开，说：'你以后就跟着俺学吧。'当下就和俺约定，每日有闲时，就亲自来指点俺。俺喜得立刻趴下，磕了四个响头，从此半文没花，拜得个师父，学得这一身武艺。

"过了两年，俺那地方不对了。拿着钱没处买米，浑身都是力，也没处使。乡邻大伙儿都说：'这该结伴逃荒了。'过了几天，大伙儿果真结成大群，离乡逃荒了。俺也驮着俺妈，糊里糊涂跟着大伙儿逃。也不知走了多少日子，也不知走到什么地方，有一天夜里，大伙儿夜宿在河边上，约莫起更时分，听说有逃荒的群抢了村上的谷仓，村上的丁壮就拿逃荒的当强盗，趁黑夜一阵冲杀，可怜俺黑地里惊醒，就不见了俺妈，急得要命。四处里冲打，八路里寻找，直闹到天亮，才遇着个老乡邻说，瞅见俺妈跟大伴儿走了。俺就和这老乡邻一同趱撵，直撵到江淮各地，也没撵着。后来打听得俺们那大伙逃荒伴儿全到了浦口，在江滩边垦荒。俺这才到浦口，虽是见着不少的乡邻，终没寻得俺妈的准信……想不到今儿在这儿能见着俺妈，俺心里真是不知怎样……"说到这里，喉间一哽，呜咽哽塞，再也说不下去了。

第十九章

充武备乡里整军容
聚贤豪村庄筹伟业

詹立等听得黄得功含痛忍悲，诉说那番艰苦的身世，大伙儿都替他伤心感慨。杨文骢见大家相对无言，便向黄得功解劝道："虎山，你今天天假之缘，得酬你纯孝的苦心，这正该欢喜才是，怎么反而悲伤不已？来来来，咱们要借花献佛，恭贺你这场大喜事，痛饮一番，才不辜负这天伦巧遇的大奇事！"众好汉都道："好，该得庆贺！"詹立早吩咐从人，重开华宴，并请詹母陪同黄母入席畅饮。

席间黄得功母子相叙，才知黄母自从逃荒时被村民误认作强盗，结伙攻打冲散后，仅剩孤身一人，伶仃茕孑，无所依归，只好讨乞度日，还带着寻访黄得功的下落。流落多时，才遇着詹母，问起情由，怜她身世，就收留在家里，做个老伴儿。没事时随意帮着干些零碎活儿，日子倒也过得清闲。只是黄得功终无下落，黄母放心不下，镇日愁思，没个舒展之日。詹母也时常劝解，并托人代访，无奈终得不着个实信，搁不下愁怀。近来詹立迎母奉养，黄母自然也随同来到关山，却不道无意中竟得母子重逢，那一番又悲又喜、又酸又甜的滋味，真是一时间也辨不出酸咸苦辣。

这一席酒不仅是英雄相聚，各自开怀畅饮，还另外有黄家这桩喜事，更是欢欣鼓舞，不醉无休。一直吃喝到十分醉饱，才离席散座。彼此重复倾心吐胆，各叙志愿，说来说去，大伙儿都以世乱为忧，尤其是

141

辽东风鹤频传，胡骑时常破关而入，中原难免再度沦陷。大家既是各抱雄心，便由汪应龙倡议，对天立誓，誓相扶持。一旦国家有难，生死以之。若有规避不赴者，与众共弃！众好汉都乐赞，当下就请杨文骢撰成盟书，周祚新撰写祝文，立即摆设香案，昭告天地，誓结生死之盟。共推古达可为盟主，并公请杨周二人同作证盟。众好汉各自矢诚矢敬，依次施礼加盟。共计加盟人是：

关山结盟义士：古达可　黄得功　孔登科　胡茂顺　许　谨
　　　　　　　戴国柱　詹　立　汪应龙　江云龙　张　涵
　　　　　　　汪飞龙
盟　　主：古达可
证　　盟：杨文骢　周祚新

　　从此，众好汉结成一体，互相亲爱，一边在关山欢聚了数日。大家都因事业要紧，要各奔前程。黄得功却是要有始有终，一定要护送杨周二人到京。且因老母暂时有托，拟到京去求个机缘，投身营伍。古达可等都各守盟誓，各行其志，他年当相聚卫国。詹立坚挽众好汉再住一天饯行，并要给黄得功整备行装兵刃马匹等项，众好汉有缺少手头用物和暗器等类的，都给配备齐全，一一交明。众人才各自告辞，离了关山。詹立直送到离山二十里，方才珍重别过，独自回山。黄得功在山别过义母，自和杨周同行。胡茂顺、孔登科仍然趱赶长程，古达可等一班原来人马径奔江淮。

　　古达可等因为在关山耽搁了不少时日，料着张重明、左希贤及范家父子等和家口必已前行很远，便破站急趱，在路行不多日，直抵淮境，才赶上左希贤、张重明和范家父子等一行人，一同直抵古家。古达可先行调派房屋和日用家伙以及柴米食用等项，安置张左汪范等诸家眷口。古戴二人远游初归，且有良朋偕至，自有一番接风饮宴、乡里酬酢，忙了两日。

诸事调派粗具，古达可、戴国柱先期通知传集本乡团练勇壮，次日会程，届时邀同张涵、许谨、汪应龙、江云龙、汪飞龙、范泗、范海、范沧等，一同到社庙里来。但见庙前一大方空地里，旌旗幡旆飘扬半空，戈矛槊戟耀日生光，却是静悄悄的鸦雀无声。古达可、戴国柱二人乘马当先引导，众好汉按辔徐行，一同直向那团练勇壮聚立处行来。

将近社庙，但听得三声炮响，鼓角齐鸣，幡影翩飞，戈戟铿锵。有人高声喝令，众勇壮便一齐俯身相迎。古戴二人引众好汉到坪中坛前下马，自有从人将马匹牵过，古戴二人便让众好汉先行，鱼贯登坛，面向坪中队伍立着。各头目各率勇壮，俯伏行参。从人高声传："免！"众勇壮闷雷也似"嗻"应一声，直立排齐，按队鹄立。

一时团练头目吴魁、富以仁、张晓山、徐应成、段元、张应举、曾登元、郭仓、王东楼、冯士等十人，依次上坛，躬身打参。各报部下到场人数，共计到操勇壮一千零五十人。各头目呈上名册，古达可传令："免点名，就此开操。"十头目齐声答应，一齐施礼回身，下坛归队。顿时坛下鼓声咚咚杂起，但见坛上令旗一挥，坛下霎时列成两条长虫般分作四层两队，齐齐地列在坛前左右两旁。

古达可、戴国柱二人并立坛口，并请众好汉都到坛前当阳处观阅。古达可先接过令旗来，左右两挥，再向正中朝下一划，但见坛下两行勇壮霍地分开，又从正中横断，立时排成"八卦阵"。古达可又喝一声，将令旗向右指画，复向后斜挥，但见那些勇壮纷纷移动，眨眼间齐向东角上排成"循环阵"，将那一角围裹了四重。阵脚才定，古达可又将令旗指向东南角，缓缓地画着圈儿，那勇壮便一层逐一层地向东南角上围去，重重叠叠，循环齐上，好似前浪裹后浪一般，包抄不已。众好汉见了，暗想：这要有一个人给他这般围上了，杀透一层又来一层，那还想杀得出来吗？许谨问戴国柱："这阵叫什么阵名？队伍怎么调的？"戴国柱道："这是达可哥查考中山阵图和古兵法，融会贯通，自做出来的。他自命阵名唤作'循环金锁阵'。这阵很厉害，要被围上了，却没法冲得透。说破了，却也没甚稀奇处，不过是令各队各卒都牢记着自己的号次，得令时就依着号次裹上去，待到最近内层时，又依次朝外翻裹。这就是这阵的奥妙处，也就是这阵的厉害处。"许谨等听了，暗暗记住。

这时，古达可已连连指挥，变化了许多阵式，最后将令旗向当胸处一捧，各队勇壮齐呐一声喊，穿花般一霎时却已列成原先的两行队伍，齐齐排在坛前。

戴国柱上前接过令旗，命从人传令："抬过各种木石操具来。"但见坛前勇壮队伍忽朝后闪然一退，让出大片空地。另有人向空地里架设了许多杠子、石磴、木马、滚轴、绳梯、跳台等家伙，一排一排地摆列当地。戴国柱将手中令旗一招，又向上一举，各队勇壮便按着次序，一队一队上前操演。一班一班顺次盘杠子、耍石磴、跳木马、跑滚轴、爬绳梯、蹦跳台，都一般儿整齐，而且迅捷异常。不多时，各队都操演完毕，戴国柱才传令歇息。

古达可邀众好汉到坛中案旁团团坐下，从人送上茶点。江云龙首先称赞道："俺在枣林坡时也和汪哥教训一班壮汉，却从不曾有过这大排场。似这般操下去，不要说各地团练赶不上，就是边塞防兵也远不及这些勇壮精练呢。"张涵道："由这看去，人是一般的，只在教导得法吗？你瞧那些卫所子弟，不都是壮汉吗？到秋期操起来，那般疲势就够气死人的。"许谨大笑道："卫所子弟们肯这般操演时，也不致任那贼寇四处猖獗了。你瞧，关西辽东一带征寇防虏的官兵，老是打败仗，从来没见过报捷。我先还说是流寇舍死，鞑虏厉害，不容易对付，后来才听得说是卫所子弟扛不动刀枪，却是逃跑的腿劲儿极强。镇兵将卒更是只会吓地方，欺百姓，见了敌兵就扔家伙，磕响头投降，是他们的看家本领。他们平日所操练的就是这样的能耐。"古达可笑道："许多镇兵卫所，给运葵兄弟这般一说，真是不值半文钱了。"汪应龙也笑道："要是卫所镇兵都能尽职中用，也不用古哥戴哥这般辛苦来练乡团了。"

众好汉说说笑笑，用过茶点，古达可、戴国柱仍请众好汉到坛前，看勇壮比武较射。传令下去，各队勇壮依次走上。每一队走近坛前，便将所用兵器——刀枪戈戟不等——按解数周旋进退使开来，操演完了，齐变作直队，绕向后去，让后面一队上前演艺。不一时，各队都已演毕，十个头目各挺兵器，对打比武。先作五对儿厮杀，后来胜的再和胜的比拼，比到最后，却是段元得胜，古达可当即奖给十两银子和花红等项。段元领谢毕，坛下又立靶较射，每十人一排，每人三箭，向着十靶同时放箭。直射了两个时辰，按照历来较射规矩，三箭中二的奖给银五钱，一箭不中的罚交头目严加教训。这次结算共计受奖的二百三十余人，受罚的一百零九人。

诸般操演都毕，古达可、戴国柱命从人传令："头目都赴庄上宴会，勇壮散队后，每人到庄领肉一斤、酒半斤。"坛下一齐躬身声谢，仍分队排列在坛下道旁。古戴二人便邀请众好汉回庄。当即一齐起身，下坛上马，按辔徐行。十头目率众恭送如仪，方才散队，各自赴庄，领犒回家。十头目都换过衣衫，到庄领宴。众好汉知己相逢，事业有望，又是一番欢叙，到夜深才散。

次日，古达可和戴国柱先行计议，将仓储粮草、勇壮箕斗等各项册籍都取来汇齐，然后传段元、郭仓等十头目一齐到庄。古达可先将进京所闻得的朝政国事以及流寇猖狂、辽边紧急、官兵不足恃、朝臣无办法的情形，和结交众好汉相约南下，预备勤练民团，扩加人数，以便一旦有事，卫国保家，建功立业等话都细说了。随即又将自己和戴国柱商量的方法说出：要请众好汉帮同操练，并创立马兵。按于少保团营制度，分成队伍，选定统率人，有事时便可以立即如军伍一般，进退有节，调度有方。最后又嘱咐十头目，务必转令众勇壮："以后必须遵从调度，谨受教训，不许稍存惰心，尤其不许歧视异乡人。如果有违令刁诈等情，必定严惩。倘若大家不能明白我俩的苦衷，以为我俩引异地人来压制同乡，那么，我俩就不敢再问这事了。因为咱们本地人才太少，要干大事，御贼寇，保乡井，卫国家，非借才异地不可。这一点儿心事，是要大家明白、大家原谅的。"

十头目听了，都拍胸担当。吴魁说："全庄勇壮都想能够除却保乡以外，还给国家出些气力。所以许多人都苦练本领。如今两位庄主能体爱乡人，远路邀请好汉来庄教导，大家欢喜还来不及，哪有不服的道理？两位庄主尽请放心。"段元也说："全庄人众绝没一个敢说不遵庄主吩咐的。"冯士接说："咱们这邻近村庄各请着耆老来说，自愿聚集壮丁，来受我庄训调，不知多少。两位庄主如要扩加人数，大概四五千壮丁不打紧就能聚得了。说到马兵，也不必另外花钱买马，暂时就令各勇壮各将自家耕地牲口腾挪带来，列号操练，大概能得千多匹牲口，不是就有一千多马兵吗？这些事，只要庄主下一道命令，我想大家没个不乐从的。"古达可、戴国柱听了，满怀欣悦，便命十头目立时传话："听候下令，分队操练。"并命人通知附近村庄，派人前来商量聚结壮丁，共马劲旅。十头目领命辞出，各自分头干办。

古戴二人便请张许汪江众好汉和范家弟兄三个都到厅上，将商量的策划告诉众好汉，并请各认事务。当即取出一张拟定的分派事务单和许多册籍，请众好汉查考。众人商定，除却随汪江两家前来的壮丁人行以及各处投奔来的人丁，一概归古戴两家配给田地山场，各自耕垦。所有能充勇壮的，都编入箕斗。汪江张左等四家家口都在庄上拨屋安居，划地开耕，兼做些零星买卖。日用不足，由庄上支给。有所团练队伍，候与邻境商妥，再按人数分拨。所以事务先大略分成六队，众好汉处处认定事务，书名于单中。当时书定的是：

团练总管兼领中队：古达可

副总管兼领先锋队：戴国柱

领　前　队：张　涵

领　左　队：汪应龙

领　右　队：许　谨

领　后　队：江云龙

领护粮队：汪飞龙

总管团练一切事务：古达可

协管事务兼理粮饷：戴国柱

146

教习勇壮操练武艺：张　涵

掌管赏罚进退事项：许　谨

掌管马匹军器事项：汪应龙

掌管查察巡缉事项：江云龙

掌管护庄守境事项：汪飞龙

专管钱粮收支事项：张重明

专管文牍册籍事项：左希贤

中军大旗兼传令使：范　沧

中军左骑校领中队头目：范　泗

中军右骑校领中队头目：范　海

先　锋　队　头　目：郭　仓

先　锋　队　头　目：冯　士

前　　队　　头　　目：吴　魁

前　　队　　头　　目：段　元

左　　队　　头　　目：张晓山

左　　队　　头　　目：徐应成

右　　队　　头　　目：张应举

右　　队　　头　　目：王东楼

后　　队　　头　　目：曾登元

后　　队　　头　　目：富以仁

　　众好汉各自认定职事，古达可即请左希贤照着单上各人所书，列成册籍。雇集甲匠、铁匠、弓匠、鞍匠等匠作到庄，众好汉中有没备全衣甲刀杖等项的，都各如己意，量度尺寸，克期照样打造。内里各项应用的物件和马匹粮秣帐幕旗帜等各项，都交托张重明、左希贤二人，立即分别制备发派。并议定从次日起，各人按着已定职事，分头处理。各自尽职守，不再分宾主。

　　次晨，古达可、戴国柱邀请邻近各村庄的耆老到庄会商。古达可、戴国柱二人殷勤接待，设宴款宾。席间古戴二人剀切陈说，各庄耆老都心悦诚服，各述钦慕之忱。自愿开诚布公，结为一体，加增力量，巩固乡里。古达可便将罗致异地英豪训导本乡子弟的意思，乘此向众人声说。众人因为平日对古戴二人为人做事都相信得过，无不唯命是听。宴罢，大家商定，尽两日内将丁壮马匹数目造成册籍，送到古家庄听候查点归队。所有各村庄平时积藏预防有大故时提供地方公用的仓储粮银以及富家存积，自认可以在急时捐输济公的剩存钱米等项，也都一一查明确实数目，注入专簿，一并送到团练营里存查，以便事前能够预为通盘筹划。一旦有大警时，好有确实把握，不致惶恐误事。各庄耆老都谨记着，各自回去，赶速照办。

果然是人多心齐，众擎易举。才过两日，沿淮堤一带村庄都闻风来附。连原请的十四邻庄，共结聚得二十六庄十二村，便定名为"淮上团练"。将各处送到的册籍一查，共有壮丁七千五百五十四人，马匹二千四百八十匹，驴骡牲口一千八百八十头，大车千辆。古达可、戴国柱和众好汉熟商，议定每队一千二百人、四百马，练成步兵八百名、马兵四百名，六队共计七千二百人、二千四百马。另挑选五十人为各队护卫军校。中队十名，其余五队每队八名。剩余三百零四人，于中拔选小头目四名，分派一百五十人供杂差，一百五十人为哨探，各配置小头目二人管辖。余下马匹八十匹，除却选择职事各员坐骑共需十二匹外，尚有六十八匹，其中分三十匹连同驴骡牲口一千八百八十头及大车等，全归护粮队调度。马匹传任跑信和快运轻件，牲口驮载行李粮草兵杖重件。另每队军校中设马护卫军校四名，需马二十四匹，余马十四匹，派入哨探中做马探之用。

又商定：男丁既已都归伍列，淮上妇女素来力作，体力无殊壮汉。应通告各村庄，即日挑选壮健民妇六百名，成为护粮队。挑选方面是由各村庄尽孀妇或闺女中询问有情愿入队的，列册归队。如不足数，再征及有夫之妇。凡孀妇入队，月给口粮二斗七升，蔬钱四百文。闺女入队，不给口粮，只月给零使钱四百文，俾集做奁资。有夫之妇入队，月给口粮一斗五升，有子女者概准入古庄义学。平时由汪飞龙定期聚焦，教习武艺。有警时护送粮草兵杖火药等物品，及一切搬运接济护救探信诸役，都由女队充任。在本地或外出打仗时，战场造饭、送饭、洗衣、调伤、殓亡等役，概归女队料理。当即通告各庄，向民家征询愿入队的妇女，报名听点。各庄接信，立即查询回报。计共得年在四十岁以内，自愿入队的村庄农工妇女八百九十七名，内计孤孀二百三十人，闺女五百零六名，有夫之妇一百六十一名。并选得孀妇翁泉廉、李如璧二名，闺女陈翠翠一名，都是武师家的内眷女儿，均曾习过武艺。便点派翁李二人为头目，陈翠翠为护卫军校，并兼旗令使。另选略知拳棒，或身体特强，堪以造就的妇女八名，充作护卫军校。又选供杂差十名。此外，编入护粮队供役的妇女，共计八百七十六名。

调派已毕，便督造各行匠作制刀枪军器，缝旌旗号衣。一面立营规，定赏罚，明金鼓，严操防。只一个多月工夫，将八千四百多个乡男村女练成拳脚胜人、刀枪谙熟、射蹦俱全、进退中度的好营兵。这声名一传开去，远近闻风，南北道上几乎无人不知古家庄团练的威名。盗贼闻风丧胆，匪寇过境绕路，连地方官也不敢把古家庄附近一带的百姓当旁处人民一般欺压了。

众好汉聚在古家庄，一心一志，和衷共济，将这小小村庄整治得铁裹铜包般强固，散漫淮民团成巨石崇山般坚硬，各人都觉得心志得行，此生不虚掷，异常高兴，愈加努力。一年之后，全庄都成劲旅，各种教训都已完备。便将男女壮丁分作两班，更番归休。众好汉仍时时督率学习。这时村庄人丁繁增，又另招新丁，再行操练。似这般两年半时间，就练成了一万多能征惯战的雄兵勇卒。

第二十章

僻壤穷乡凶魔初诞
家空业尽恶煞相逢

陕西延安府米脂县城外有一处地方，地名唤作广义乡。乡里有个小小的农村，那村头村尾的东西街口各有一口大井，因此这地方地名就叫作双泉堡。堡里住着二十来家农户，姓李的却占一大半。有一家稍许富厚些的农户，姓李名唤守忠。世代务农为业，省吃俭用，积得些家资，置得些田产。膝下只有一个儿子，名叫鸿名，年已二十岁，很能帮助父亲，耕种度日。那时还是万历三十四年，天下还不曾大乱。陕陇一带的人民，还可以安居乐业。李守忠这一家子日子也过得甚是安康快乐。

万历三十四的五月，端阳节近，各家都预备菖蒲、艾叶、雄黄、粽子等物，循风继俗，庆祝端阳。李守忠家要算是双泉堡里的有田人家，自然要比旁人家更加丰盛热闹。那天早起，李守忠便和他的儿子李鸿名父子俩督率长工，内外拾掇，杀鸡做菜，忙个不停。李老婆子却是老蚌生珠，二十年没养活过孩子的，忽然上年怀了胎，此时已足十月，将近临盆。李守忠虽然忙得不得开交，却不敢去惊动婆子，恐防触动胎气，不是要的。

李老婆子石氏忽然想起一桩事来，忙叫儿媳妇："快去请你公公进来，咱有要紧的话和他说。"儿媳妇不知甚事，也不好问得，连忙出来唤李守忠进去。李守忠更不知是甚紧要事儿，连忙丢了手里的活儿，就到里面房中来，问道："外面正忙着，这时你有什么紧急事，巴巴地唤咱进来?"李老婆儿道:"不为旁的,是咱才想起一桩要事来了,怕你老年人加上一忙忘掉了时不是耍的。"李守忠急道:"什么事快说吧,不要尽着啰唆耽搁时候了,正忙着呢!"李老婆儿道:"这是全家人性命交关的事儿啊!你干吗忙到这般啦?"李守忠听得"性命交关"四个字,也就不敢怠慢,沿炕边坐下道:"既是这般紧要,你就快些说出来,咱好去办,不要再唠叨些不着紧的言语了。"

李老婆儿道:"前月咱没病时,上街去瞧瞧,遇着个老道。他瞧见咱就叫李大嫂子。咱觉得奇怪,问他怎认得咱。他说:'你公公势二爷李海和咱有交情,咱特地来告诉你一桩事:今年五月初五日,正逢午日,是个午年午月午日千载难遇的日子。到那日午时,你家须大开大门,设香案接神圣,不然就有凶险。'说完这话,老道就走了。咱想咱怀着这冤孽,该到日子了,儿媳妇也有了六个来月喜讯了,哪搁得住凶险呀?咱早想着要对你……"

李守忠当她有甚正事,巴巴地非说不可,及至听完这一番话,满心不耐烦,皱着眉头道:"得啦!这话你烦过好几遍了。这时人家正忙得没开交,你不帮着些倒还罢了,又拿这些三不着的野话儿来缠人,白费时候。"说着便待起身。李老婆儿一把拉住,大嚷道:"你非得答应照那老道说的话办不可!要不,咱就和你拼老命。"李守忠气极了,顺手一摔,李老婆儿身虚力弱,被摔得猛然一顿,顿时两眼朝上一翻,张着大嘴直喘,说不出话来。

李守忠大急,百忙中没法可想,只跺脚大叫:"快些来两个人!"声未了,忽听得"呱……呱……"小孩喊声打屋里传出来。李家媳妇听得,连忙进来拾掇。李守忠站在一旁待着,没做理会处。好一会儿,儿媳妇拾掇齐整,才转身向李守忠道:"恭喜公公,添了个小兄弟。"李守忠皱着眉头只问:"你婆婆怎样?"儿媳妇笑着说道:"平安,平安。不过费大劲了,得歇会儿。公公放心,到外面安排谢神吧。"李守忠听了,才放下心头一块石,忙转身出去烧香。

这时,李家生子的信霎时传遍全堡,许多人都来贺喜。李守忠忙着招待到草厅待茶。李家族长李守义问道："这孩子生下时正当午年午月午日午时，该给他取个好名儿才是。你可曾想过吗？"旁坐的房长李明插言道："咱瞧还是不把这些夹在名字里头的好。记得守忠贤侄生时，咱们海哥老爷子梦见九支雀翎箭、一条凤啄枪，打天上飞下来，直到屋子里，守忠便落地了。当时众族人都说这是吉兆，将来一定是掌握兵权、立功边塞的大将。九太爷就说：'九箭一枪，刚合十数，枪就是戈。'取了个乳名儿唤作李十戈。后来守忠贤侄没做得官，海哥老爷子还怪九太爷不该点破吉兆，所以不灵了。这孩子的名儿，还是另给想吉利字吧，不要拉上什么午年午月了。"李守义怫然道："你这话欠理。守忠弟今年才五十三岁，姜太公八十岁才遇文王哪，怎见得他就不做大将呢？'十戈'两个字，即是先父九太爷题的，这孩子的名儿待咱来题。这就叫'子承父业'，保管大发大富。"众人都凑趣道："好个'子承父业，大发大富'。"

李守忠猛然省起昨夜的事，急向众族人道："各位长辈兄弟，各位这么一说，咱触记起昨夜一个兆头来了。待咱说出来，请各位参详是好是坏。昨夜三更时，咱算账算乏了，伏在桌上打瞌睡。心里正想着，去年二月同老婆子到武当进香求子时，求签问卦，都说准得养活小子。庙里道士梅三岛不是著名的灵丹法师吗？这几千里路上谁不知'梅三岛，一服准好'的名头呢？承他给一颗丸药，说：'吞下这丸，十月后必产一男。'咱老婆子当面就吞了，咱还笑她五十多岁还想养活小娃娃呢。如今十个足月了，也不知真是神灵药灵，还是老来断经不是胎。这般想来想去想不透，人可就睡熟了。忽然瞅见屋门大开，咱想夜深了，不要招贼呀，正待插门，陡然奔来一头黄牲口，龇牙咧嘴，朝里直闯，嘴里直叫着，打屋里连绕几圈，把咱惊觉了，今儿就养活这孩子。不知道这兆头是好是歹？"

李明道："好，好极了！这明明是'金马玉堂'！这孩子就唤作'玉堂'吧。小名就叫他'黄来儿'。"李守义摇头道："'玉堂'两个字不切这吉兆，'黄来儿'只好做乳名，随便呼唤。咱想，那牲口不是

'闯'进屋来吗？再说牲口不是'马'吗？'马'进'门'来，'门'字里摆上个'马'字，不是个'闯'字吗？这孩子的名字，得唤作'李闯'。小字就唤他'闯儿'。"众人都拍手附和，独有李明脑袋直摇晃着，说道："还得斟酌斟酌才行。这孩子大哥的名儿不是'鸿名'吗？弟兄名字总得同上一个字儿才得呀。再说咱们族里字辈，他们小的这一辈不是推着'鸿'字吗？这'闯'字与'鸿'字何干呢？还得斟酌，还得斟酌。"说着摇头不已。众族人见他这般，都觉扫兴。李守义带怒说道："'鸿'字是族里字派，咱能忘掉吗？早就想好了，还没来得及说出呢。咱已经给他想停当。这孩子将来一定要创基立业的，该命个派名，唤作'李鸿基'。众位瞧，咱说得可对？"众人齐声赞道："终究是族长高才！"李守忠心中更加欣喜，即命长工将预备的端节筵席摆出来，请众族人入席欢饮，也就算是庆贺筵席。

李家添了儿子，自有一番送红蛋、祭祖先等等俗例，不必细述。日子易过，又到了"菊花黄，田里忙"的时候了，李鸿名的妻子怀胎足月，瓜熟蒂落，也生得一个儿子。李守忠添子得孙，自然是喜到十分。想到这福分不小，未免太过于享受了，便唤这孙儿做"过儿"，早晚在家抱儿弄孙，乐不可支。

不料喜事重重，到了极顶时，"泰极否来"这句话竟似不假。李守忠家正当两代添丁之后，大儿子李鸿名忽然染病不起，求神请医，都无灵验。宕到十二月，竟一命呜呼了。李守忠虽然痛子情切，幸而还有幼子稚孙，老妻偕老，聊解目前愁闷。却是这时正当年近岁暮，只得连忙拾掇儿子丧事。虽是满怀烦恼，百般不高兴，无心再理年事，无奈俗例所关，免不得要预备些年年如此、应酬人客、敷衍门面的东西。

哪知喜事双临，祸事也就不单至。新年才到没几天，李老婆儿石氏因为痛子太甚，彻夜伤心哭泣，感受寒疾，加上勉强撑持年事，连感触带劳碌，一病几天，病势只见加重，不见减退。李守忠急得走投无路，延医服药既不见好，请巫送神更没效验。元宵节近，生生把个石氏缠病死了。李守忠只得变了些田产，含悲料理丧事。一连经了这两件大事，家境就大不如前了。闯儿雇不起乳娘，只得由嫂嫂抚养，和过儿叔侄两个同育共乳。

光阴容易，一过几年，李闯、李过叔侄两个已经成了跳踉嚣嚷的顽童了。李守忠家务繁重，没暇去管教他们。李过的母亲李寡妇更是日夜悲忧，没心约束这两孩子。李守忠没法，只得亲自将俩孩子送到村塾里，托学究教管，也带着识几个字儿。不料俩孩子去了没几天，不是打伤了同学儿童，就是冲撞了先生，李守忠只得赔罪道歉，安慰人家，再把俩孩子改送到蒙馆里附学。

似这般敷过几年，李闯生性不爱读书，李过也不是个读书种。叔侄俩只管搬石头，耍棒子，干些打架挥拳的营生。到得十九岁时，李守忠眼见子孙都不成才，忧成一病，就此死了。李寡妇孤零茕独，悲伤成疾，葬了公公之后，就染病不起。临危时差长工邻舍，找了许多所在，才把李闯、李过找回来，唤到炕前，含泪遗嘱他俩："好好地守着祖产，安分度日，不要在外面瞎闹惹祸。"李闯、李过口里自然是连声答应，心里却是巴不得产业到手。李寡妇死后，李闯、李过草草地殓葬了，便打伙胡嫖滥赌，结识些不三不四的朋友，不到半年，就把个好好的家业败得精光尽净。

李闯把家私荡尽，才知道饭不是白吃的。流荡没多时，就流落到日饥夜露，差不离成了花子了。有一天，肚子实在饿极了，想着：咱今年已二十岁了，虽没赚钱的本领，还有这一身膂力呀。白待着待饿死吗？想来想去，想起县东有个认识的朋友，曾经在赌场上交过密友、拜过弟兄的，名叫周清，绰号人称满天星。他曾劝过自己："为什么不凭这好身手弄些银钱呢？"又想起他还说过他家有一家邻舍，姓郑的，只有一斗粟的本钱，拿来换些鸡毛颜料，捏泥燕儿，从此发家。所以养个儿子就叫"一斗粟"，养个女儿就叫"燕娘"。这人这般有心思，何妨去找找他想想法子？也许能得个吃饭安身的所在。当下打定主意，挨着饿，径奔周清家里。

那周清和他的妻子赵氏打铁为生，幼年时习得几路拳脚，也会耍刀弄棒。李闯爱他武艺，花钱和他拜把子，学本领。铁店里还有个伙计刘宗敏，本领比周清还强。和李闯更是性情相投，分外要好。周清闲时拗不过刘宗敏，打不过他，又撵不了他。所以周家铁店的事，却是刘宗敏管着大半。周清有事时，不敢不先和刘宗敏商量。

这一天，李闯来到店里，刘宗敏正在打着一条枪柄，抬头瞅见李闯，连忙扔下活计，叫道："黄来儿，赌场里长远不见你呀，今儿甚风把你刮到这儿来了？快来，咱俩喝两盅，要钱去。昨儿咱赢得两贯大钱呢。"李闯没精打采，跨进店堂，道："不要提了，合该倒霉，连裤子都输没了，怎到赌场里去呀？"刘宗敏瞪着眼道："怕什么？人干吗要拜把子拉弟兄呀！你怎早不来呢？"说着，一把拉住李闯就往里跑，嘴里大嚷着："掌柜的！你兄弟二掌柜来了！"

周清方在里面算账，听得这一嚷，不觉一愣。想着："谁是'二掌柜'呀……"却是素来不敢惹的刘宗敏，只得连声答应着，立即掀帘走出外间来。迎面正遇着李闯，这才明白过来，随口说道："啊，是兄弟你来了。你干吗多时不见呀？"说着，忙接进房，让座沏茶。李闯一面坐下，一面叹道："哥呀，说不得。兄弟真没脸见你了。"刘宗敏插言道："什么叫'没脸'？指头儿一时不争气罢了，快不要说这丧气话。"

周清问道："兄弟，你不是乡下双泉堡还有一所住宅吗？"李闯叹道："早和过儿俩卖给人家了。如今兄弟是走投无路，没处栖止，不得不死乞白赖来找哥哥你，代兄弟设个法子。"周清道："兄弟，不是咱说你，你手头儿宽活时，也太松散些。如今你该明白哥哥咱没劝错你吧。"李闯满面含羞，低头答道："如今想着哥哥你的好话时，怎奈来不及了，唉！"刘宗敏在旁怒道："掌柜的，你兄弟是找你救急来的呀！干吗不说正经，翻掏些陈谷子烂芝麻干吗？"周清忙道："不是咱埋怨他，弟兄们不都是愿意朝好处走吗？"刘宗敏道："如今先说怎样给二掌柜寻个安置是正经，那些废话有得日子说呢。要不，就上里屋里给二掌柜拾掇个屋子，让二掌柜先住着再说。"周清听了，心下虽然不甚愿

155

意，嘴里却不敢不连声说好。刘宗敏立即自作主张，安排李闯住在后面他自己屋子隔墙的大间厢房里，又拾掇酒菜，陪着李闯大吃大喝、大谈大说，周清只得由他，并且要耐着气，一旁陪着凑个趣儿。

李闯暂时得着这个安身之处，镇日和刘宗敏厮混着，不是喝酒就是打拳，日子却也过得安逸。闲暇时，便和刘宗敏偷些散碎银钱，上小赌场中赌博。虽是输赢不大，不够李闯玩的，聊以解馋，也只好将就些了。刘宗敏却是个大小不问、巨细不捐的，只要有得赌，他就大乐。

周清这铁店本钱原就有限，刘宗敏独个已经是闹得差不离要插上大门逃债了，如今再加上一个李闯，怎经得这一对儿浑蛋，吃着喝着玩乐全都不算，每天还非得赌不可。赢了是该他俩花的，输了又来拿店里的钱。没几天，就把这周家铁店闹到不能举火了。

周清的妻子赵氏急了，趁李闯、刘宗敏出去赌钱时，一把抓住周清，大吵大闹，连哭带嚷："你交的好朋友！用的好伙计！拜什么劳什子把子？把个好好的店都拜光了！你做花子，是你的好兄弟朋友栽培的，算你合该！老娘可不能跟着你去要饭！你好歹给老娘个下落，你要爱朋友就拿出钱来，让老娘独自过活去；要留老娘在这里，就得把那些野种即刻撵干净！"嚷着哭着，把周清揉面扭糖似的，直搓得哭笑不得。闹得周清没法，只得指天誓日，一口答应："三天之内，准打发李闯动身。"赵氏才渐渐杀威，倒在炕上，抽抽噎噎，数三倒四，哭着诉着，尽量翻些陈谷子烂芝麻，大唱埋怨歌。弄得周清行又不是，在又不得，躲逃无路，只好捶胸顿足，痛恨自己。

第二十一章

落魄穷途且充隶役
奔驰驿路只为小星

周清被赵氏逼得没法，只好出外去暂避阃威，带着探问要有什么所在需使人时，也好荐了李闯去。走访几处朋友，都没得头绪，只得且回家来。独自一个没精打采，在大街上踱着。忽听得后面有人唤："周掌柜!"周清连忙回头瞅时，却是本县银川驿驿站当牌头的王干子，便连忙停步招呼。王干子道："掌柜的，可有工夫? 咱们喝一杯去。"周清正没处去，且又想着：驿站上的人，总有使得着他们时。这老王平日和咱交情也很不错。便答应道："牌头有兴，咱就奉陪吧。"王干子道："这拐角上李家酒店的烧刀儿很不错，就上他家去吧。"说着，挽着周清，同到路旁拐角上李家酒店里坐下。叫酒保烫两角酒，要了两碟过酒菜，便一问一答，搭讪着闲谈起来。

王干子道："掌柜的，多久不见你上大街走动了，买卖兴隆呀。"周清道："将就混着罢了。"王干子喝过两杯，有些酒意了，便信口胡诌起来，嘻着大嘴笑道："咱知道掌柜的你是个风流惯家，一定是爱上哪个小娘儿，没工夫闲溜达了，可是呀?"周清摇头道："没这事。咱家里事忙不过来，少有时候上街罢了。咱这三间茅房的穷小子，哪够得上爱小娘儿呢?"王干子笑道："啊，咱想着了。你内掌柜长得那般端正，性格又温柔贤德。你家里就够乐了，哪肯去搜那些烟窟窿? 该打该打，算咱胡说。"周清笑道："你不要笑咱吧! 咱家的那揍样儿，那歪

157

脾气，你能不知道吗？你这不是当面笑咱吗？"王干子故意把马脸一放，装着副正经面孔道："掌柜的，你怎这般说？咱嫂子有甚得罪你了吗？让兄弟咱去劝劝咱嫂子去，你可不要说坏咱嫂子呀。"周清叹道："说也难尽。你长不上咱小店去了，哪知道那泼货越来越不是样儿了。从前咱爱结交朋友，她也还帮着，不肯冷淡客人。如今是大不对了。动不动就得罪咱的朋友，还找着咱横吵竖不依。你瞧，咱受得了吗？"王干子诧异道："咱嫂子不是这样的人呀？她得罪了谁呢？你且说给咱听听，瞧到底是谁的不是。"

周清便把李闯来家投托，赵氏吵闹的话告诉了王干子，并说："日子再长下去，那泼货镇日价冷言冷语，指桑骂槐，一定要得罪这位李家兄弟。咱想着，好朋友不要让娘儿们糟了交情，急急地想代李家兄弟寻个托身所在。咱倒不是怕老婆，一来免得李家兄弟知道时烦心着急，二来也全了咱和他的交情。可是一时没处代他设法。咱就为这事，没头苍蝇似的，瞎撞了大半天了，也不曾抓着半点儿把握。"王干子听了，唉一声道："哥，你怎不早告诉咱呢？咱驿站上缺的是人。只要是年轻小伙子，有膂力，扛得动，跑得快，就能吃粮领饷，承值当差。仗着兄弟这点儿薄面子，哪儿不栽下个把人呢？这哪用着你这般烦神呢？姓李的多大岁数了？个儿该不小吧？你就叫他上驿里找咱去，管保给安置得妥妥帖帖。"周清喜道："真的吗？那可真是帮了咱的大忙了。"王干子正色道："咱不过爱喝两盅罢了，几曾在你掌柜的跟前打过哈哈儿呀？"周清大喜，连忙称谢，便和王干子约定，明日一早卯末辰初时，准带李闯到银川驿来相会。当下又喝了几角酒，王干子委实醉了，周清才给了酒钱，和王干子别过，自回家来。

到了家里，忙将荐李闯到驿站承差已经调处好了的话，告诉赵氏，赵氏却不来理会。周清见赵氏不说什么，便也放了心，悄自出来到账桌屉里取了五贯宝钞，悄地来寻李闯。恰巧李闯回来寻刘宗敏，刘宗敏不在家，李闯正在炕上闲躺着，等待刘宗敏回来。一眼瞅见周清出来，连忙霍地站起招呼。

周清急走近炕前，一手拦住道："兄弟你躺着，不要客气。咱来是和你商量一桩事情的。"李闯道："哥有甚事情，只管吩咐。咱兄弟没个不遵从的。"周清道："兄弟，你年轻力壮，前程远大，怎么这般白糟好时光呢？做哥哥的原不在乎你多吃这一口，花这一点儿的，却时常想着，你这一表人才，这般身手，不能就此埋没了。这几天，咱四处托人，好容易打听得一个所在，虽是委屈些，却是终究有个出身之望，比白待着总强。咱早给你说，又怕你错会咱意思，当咱存外心，不乐意兄弟你住在咱家里。其实哥哥咱是一片赤心，只望你得一条出身路，青云直上，能够博得个出头之日，连咱也有光辉。"李闯道："哥的心咱全知道，请哥告诉咱，是个什么所在？不论是水里火里，咱总去奔一头。"周清竖起大拇指来，挺胸昂头赞道："好兄弟，真有你的。这才是能屈能伸的大丈夫、有志气的男儿汉！"说着，便将打算荐李闯到银川驿去应名承差的话，说了出来。

李闯素常闻得驿站上的人都是有事累三天，没事歇十日。靠赌营生，欺人为业，成群结队，顾喝不顾恶的。便一口答应道："任凭哥吩咐。兄弟只要有出头的日子，绝忘不了哥哥待兄弟的好处。"周清见他答应了，心下大安，连忙说道："自家弟兄，怎这般说？你才到驿站，须得些零钱使费。这儿有五贯宝钞，你带着零花吧。不够时，再到咱这儿来取。兄弟，不是哥不知你苦处，这几天生意实在太不行了，你将就一时吧。好在当驿差总胜似闲坐。你人强心耿，总好生发的。"

李闯到了银川驿，补得一名驿卒，便和那王干子打得火一般热。王干子有个诨名，唤作一枝花。原是个猎贼出身，江湖上五马六道，没不全通。李闯从此跟着王干子，结连周清、刘宗敏等一干人，无恶不作，党羽越交越远，越聚越多。只不过为着驿站挂名，可躲风险，不肯径自登山落草，其实和强盗相比，已不差什么了。只一年工夫，便结拜成十一个弟兄，连李闯的侄儿李过，也一齐拉进驿站里当差，结为死党。这一伙人的姓名是：

曹操罗汝才　一条龙张立　翻山鹞子高杰　满天星周清

一枝花王干子　闯破天李闯　不沾泥赵胜　双珠豹史定

铁棒刘宗敏　翻江龙吕佐　一只虎李过

　　十一个人在驿站上混了一年多，把整个儿驿站就算作家里。李闯因为识得几个字，无形中成了这一群人的头脑。周清又给他做媒，娶得郑卫的女儿燕娘为妻。李闯便立起家门来，镇日价会聚着这班朋友，聚赌窝娼，无所不为。弄到没钱时，便远远地偷抢一场，回来大家分赃。又混过些日子，他们益加过得舒适。李闯更是俨然成了个绿林头领，仗着有驿站公差遮身，四处逞威横行。不多时，又裹得一个卖解女人，名唤邢赛花，手脚很了得。出去做黑生意时，邢赛花也算上一个，踪迹更是广阔，行为也更诡秘了。

　　有一天，李闯正到驿上承值，忽听得驿官传唤，连忙整衣裹巾，上厅叩见。驿官麻伯陆问道："今天该值的是你吗？"李闯应道："是，今天是小的该值。"麻伯陆道："快去备官坐马一匹，余马四匹。你就跟差护送，立刻就要，不要耽搁。快去快去！"李闯不敢多问，只得诺诺连声答应着，退下来照办。

　　想着：这不知是哪里来的差使？如果没甚油水，倒不如推却了。暗使旁人替去。想着便去找当差的马小三儿打听。马小三儿平日受过李闯不少的献纳，有事时总得竭力暗帮着点儿。李闯来向他打听，他便倒翻核桃车儿似的说道："李牌子，你好得是问着咱，要是向旁人打听时，还摸不着头脑，不知是哪儿来的风，哪儿下的雨呢！这差事是从榆林县传递下来的，听说来头不小。来人是女眷，她家老爷和咱们本官是同年，如今正在京里做都察院河南道监察御史，名唤毛羽健。听说最会参人，十二分厉害，连皇帝都有些怕他呢。这位夫人在原籍就用她家老爷的名帖，向县里取得驰驿牌单勘合驿马人夫等项，沿途滚递应付，昨午就来到咱驿上。咱本官和她攀年谊，备酒饭洗尘，加发夫马伺应，忙个不了。你快预备吧，一来讨本官欢喜，二来瞅那位毛恭人势派不小，手面一定很阔。你伺候得对劲儿，加上有本官的交情面子，怕不掬个一两八钱的外赏银子吗？喂，袋儿满时，不要忘了咱报信的功劳。"李闯笑道："当得请你吃喝。自家兄弟，说甚功劳不功劳呢？只是近几天边情紧急，夫马全都发出去了。如今又是做官的凶，不问张三李四，本境过境，一张红帖儿，不问有没勘合，就要驿上备夫马供应。咱们总共只这么些额，打哪去找人伺候这些外二咱的差事呢？"马小三儿忙摇手道："快不要瞎说，给本官刮着风儿可不是玩的。这差事比什么都紧要，任什么烽火文书、插毛烧角的火急公事，也得压一压，先紧这件差事办了才行。你要知道她和本官有交情啦，就没勘合还得巴结应付，何况她现带榆林县勘合呢？你快预备吧，上驿的夫马催着对槽呢。"李闯听了，果真不敢怠慢，连忙去整备马匹等项，自己也备了一头牲口，预备跟差。拾掇齐整，忙回复了本官，和原来递送的上驿夫马对过槽，上过草料，把行李等件捎过来，毛夫人便忙忙地告辞，带领从人跨马登程。

毛夫人心中焦急，急催夫役。只才一上马，便挥鞭乱打，打得牲口低头竖鬃，一个劲儿直奔，一天就奔了一百二十里。她也不管破站不破站，逞性儿恨不得一口气趱到北京。李闯虽然知道破站过驿不对槽，得惹大麻烦，却是毛夫人势大气大，不敢拗她，只索由她任情趱行，到晚才落在桥头驿歇了。

次日，毛夫人打发李闯等对槽回头。桥头驿因为滚牌路单都不合破站，不肯给李闯对槽。毛夫人大骂一顿，驿官儿听得是都老爷的家眷，才不敢则声，含糊了事。李闯白赶了一趟急差，半文不曾捞着，只索垂头丧气，赶着牲口回银川驿去。

毛夫人心急如火，沿途似箭一般地趱行。不多几时就赶到北京。一进京城，径直奔杨梅竹斜街。行得不远，已见都察院毛公馆的门条。毛夫人急勒住马，盼咐奴仆"你们都随咱来"，一面心中想道：在家乡时听说他在京城里讨小老婆，打大公馆，享尽荣华。今日瞧这势派，这话竟半点儿不假。想着时，一股酸劲儿由尾脊直冲囟门顶，心中顿时烈焰腾烧，再也按捺不住，扬起马鞭来，挺胸凸肚，扑奔进去。

刚跨进大门，只见两个青衣小帽的家人，拦住二门，高声问道："你们是哪里来的？可有帖子？有时就请交下，好禀报夫人去。"毛夫人听得这"夫人"两字，好似两支利箭直贯两耳，深入脑中，几乎急痛得要发狂了。大怒大愤，顿喉大骂道："好个不长眼的王八蛋！叫你认得夫人！"说着，就扬起马鞭乱打。打得那俩家人抱头鼠窜，拔腿就奔，齐声大叫："不好，不好！怎又钻出个夫人来了！"毛夫人勃然大怒，高声怒骂："好兔崽子，咱家才到，哪有什么野种夫人？"家人哪敢则声，如飞地奔入后面报信。

　　这时毛羽健在京中十分得意，因为前时思宗烈皇帝登基时，大诛阉逆，一扫阴霾。毛羽健看风驶船，赶打死老虎，上了个参劾魏忠贤的奏疏，皇帝因此很器重他，所以他在京城里立即成了个红人儿。所谓"君王一顾，声价千钧"，"帝简在心，臣门如市"。这么一来，毛羽健三字香喷喷的，那善于钻营谋干的，都狗颠屁股般不断来巴结。

　　自来有句俗话，说是"饱暖思淫欲"，何况毛羽健红运当顶，自然要图饱享温柔艳福。便新娶了一房如夫人，名唤邢曲曲。本是姑苏乐户，是毛羽健托南方友人花了不少的银钱选娶来的。邢曲曲来京时，还随带着个小姐儿，本姓陈，苏州横塘浣花里人氏。自归邢曲曲抚养，命名圆圆。邢曲曲原是卖解女郎出身，练得一身武艺，唱得一口好南曲。却是丰韵不及圆圆万一。那圆圆虽只摇钱年纪，已出落得芙蓉如面柳如眉，秋水为神玉为骨，果真是画也画不得那般百全百美。毛羽健娶一得二，早不怀好意，只待圆圆长成，觑机下手。邢曲曲早猜透毛羽健的心事，却把这一点儿香糖点在他鼻尖上，叫他嗅得着舐不着。毛羽健为着这个，百般巴结，博取邢曲曲的欢心。邢曲曲却拿毛羽健当个大傻子玩儿，一面使劲榨他的金银珠宝，一面不即不离，若沾若脱，弄得毛羽健搔不着痒处，白瞅着仙果，猴儿干着急，馋涎空咽。

　　这一天，毛羽健给邢曲曲做了两套崭新时绣衣裙，捧着进来，献给邢曲曲，乘势涎着脸道："今天下官这一点儿诚心，想必能博得夫人一粲。下官想乘着夫人高兴，共酌一杯，就烦圆圆姑娘清歌一曲，为夫人

162

下酒。下官这两只毛耳朵，也托夫人的鸿福听着点儿。夫人能够赏脸吗?"邢曲曲柳眉儿斜扬，酒窝儿微露，向毛羽健低头笑道："得啦!我哪有这大福分呀!老爷要叫小妮子唱，谁敢进半个不字呢?反正小妮子是你的人，不由着你怎样玩乐吗?"毛羽健听了这几句话，顿时魂灵儿如受超度，浑身筋骨松脆清爽，如服仙丹。连忙立起身来，不觉得就使出向上司谢恩的仪节来，向着邢曲曲扫地一拜，心中喜得怔忡不宁，嘴里却支支吾吾，舌头忘却转动。好容易才捺定心神，挣扎得一句："夫人不是耍子吧?"邢曲曲也不还礼，眼波斜睐，粉颈微点，哧地微笑道："瞧这猴急样儿!待着吧，就能使了吗?到那时再碰你的运气，瞧咱家高兴不高兴。说不定，给你个栗子，也是你合该。你小心着吧。"毛羽健听了，又是一惊，暗想:这真是好叫咱难猜，真滑呀!这上哪儿摸脑袋去呀?却是外面仍旧涎着面皮，嬉皮笑脸地说道："这咱可放心了!咱相信伺候夫人是过过大小考的，保管伺候得十二分高兴，断没不高兴的。"邢曲曲立起身来，竖起中指，直指到毛羽健的额间，使劲一挫，咬牙含笑道："你瞧你这皮劲儿!咱磨不过你。叫她唱吧。"毛羽健如奉纶音，诺诺连声，连忙叫老妈子去叫圆圆来唱曲，一面忙着摆设酒果。

　　一霎时，圆圆来到，头上梳个偏八结髻儿，垂着一条大红长穗流苏，身穿一件白地绣墨竹的绸衫，曳着八幅百褶素罗蝶恋花走穗悬铃绫裙，系一条黄丝卍纹结环垂穗鸾带，举步寨窣，如翠竹迎风般，袅袅婷婷，向毛羽健邢曲曲低鬟敛手，道个万福。毛羽健早麻木了半边，作声不得。邢曲曲道："老爷今日高兴，你唱一支曲子助老爷兴，让老爷多喝几杯。"圆圆微屈胸腰，樱唇略绽，匏犀般齿缝里迸出清脆莺声似的"遵命"两字，立即敛容缓退，到当地空处，略一低昂，长袖飘起，如一朵能行牡丹，盘旋起舞，缓声低唱新词道:

　　　〔喜迁莺〕年年重九，尚打散鸳鸯，拆开奇偶。千里家
　　山，万般心事，不堪尽日回首。且挨岁更时换，定有天长地

163

久。南望也，浣若耶烟水，何处溪头？

　　〔雁鱼锦〕追思浣纱溪上游，笑无端，邂逅求婚媾。辗转料那人不虚谬。听他亲说与我缘由，料他们应不便干休。痴心认好逑，只道断然地到底到佳偶。我未谙练的性儿，况且年纪幼。

　　〔二犯渔家傲〕堪羞岁月淹留，竟病心凄楚。镇日价，添消瘦。停花滞柳，怎知道日渐成迤逗——问君？早邻国被幽；问臣？早他邦被囚；问城池？早半荒丘！多掣肘，孤身遂尔漂流。姻亲谁知挂两头……

　　忽然，哗啦啦——轰隆！一声巨响，破空震起。立时歌止室乱，哭喊杂沓，绕成一团糟。

164

第二十二章

振狮威懦夫就阃范
逞狼心蠹吏上弹章

毛羽健夫妻俩正在作乐，不料哗啦啦一声响，那时房门处摆设的长香几已经翻身倒地，几上的古董屏炉瓶彝等物砸了一满地。毛羽健被这一声巨响惊得直跳起来，急忙抬头一望，顿时吓了个呆上加愕，原来迎面立着个怒目竖眉的大胖娘儿们，正是毛羽健生平最怕的雌老虎。

毛夫人冲进来，一眼瞅见邢曲曲，无名烈火立时腾焰，冒顶生烟，鼻孔里一声怪吼，张牙舞爪，虎一般扑过去，一把揪住邢曲曲的鸾带，咬牙拼命，抢拳便筑。嘴里一面乱骂，一面喝令随来的婢仆："给咱着力地打！"那群奴仆来自乡间，哪里见过这般场面？立时乘机放势，连打带抢，恍如一群强盗，刹那间把一间精致华丽的巨室，捣砸成荒货烂摊般，狼藉满地。

毛羽健呆在一旁，浑身上下零碎动起来。既不敢上前去拉救邢曲曲，且是两腿发软，无力逃走。毛夫人却越打越猛，越闹越凶。嘴里数着骂着，连哭带嚷，浑揪胡扭，把邢曲曲揉搓得粽子似的，两人扭作一团，满地乱滚。毛羽健憋急了，死命挣扎半晌，才挣得出一句："夫人请坐，有话坐下再说。"毛夫人听得，立时抛了邢曲曲，饿虎扑羊般就地下一躬粗腰，直蹿过去，两臂张得蟹钳也似的，猛然向毛羽健腰间一把抄去，紧箍住，接着尽力一扭，连身向地下摔倒，将毛羽健扳倒在地。毛夫人就势一翻身，骑跨在毛羽健身上，两只手不住地揢着拧着，大哭大骂："好呀！老娘受苦，你带着臭蹄子乐。老娘亲自逮着了，你还敢当面惜护，眼睛里还有老娘吗？咱把你这洗脚水灌昏了的老杀才，不揍死你，老娘也得气死！不如收拾了你，老娘拼着没老公，削发当姑子去，倒得个清静……"唠唠叨叨，越骂越多，越骂越不成话。

邢曲曲乘毛夫人转向毛羽健撒泼时，骤然抽空脱身，急忙奔到外间，定神一想：白呆吗？我闻得这老杀才家有悍妇，便料定迟早总有这一天的。好得我有算计，预备得早，今日可真使得着了。想着，急忙乘空蹿入内室，拾起平日私自预备的私房箱子，摘下壁上挂着的长剑，仗着自己习过武艺，仗剑冲出来寻圆圆。不料大乱之后，圆圆已不知哪里去了。一时寻觅不着，邢曲曲想着：速速离开这里吧，离开了再可以找的。急转身到后槽，拉一匹牲口，慌忙套上鞍辔，纵身跨上，扬臂一鞭，冲门直出。毛夫人带来的奴仆待上前拦阻，被邢曲曲大喝一声，舞开长剑，连刺倒两人，其余的都吓得倒躲。邢曲曲也不追杀，竟自飞马而去。

原来圆圆正在高歌一曲未终时，毛夫人已闯打到内上房门前来了。邢曲曲虽会些武艺，无奈事势来得比闪电还快，骤不及防，被毛夫人连身扑个正着，顿时揉倒在地，自然来不及再照顾圆圆。圆圆眼瞅着形势不对，急忙乘闹里夺门而出，直奔到门外。毛夫人带来的奴仆这时正在掏摸东西，没心情照顾到圆圆出走，一任她急急如漏网之鱼，径自奔出大门，直到街上。也不辨东西南北，只一纳头，照路直跑，更不知逃到哪里去是好。

圆圆正向前急奔，忽听得迎面喝道声起，惊魂陡地又是一震。急忙闪身避让时，已和那当先开道的祗从撞个正着。原来这来的官员正是当今皇后的父亲嘉定伯周奎。周奎一眼瞥见一个小女儿惊鸿般迎面飘过，忙喝令拿下。祗从号应一声，狐假虎威、鹰抓燕雀般把陈圆圆一把抓住，按捺着跪在当地。周奎命住轿，闪眼细瞧，见是个生得十全十美、千娇百媚的玲珑女儿，心中大喜，暗想：我女儿没些子手段，我家终没大好处。要把这娃子送进去，我怕不比严相公、魏公公还红百倍吗？想着满心乱放欢花，再瞅圆圆只是丫鬟歌婢的衣裙，心中更加欣喜，想着：无论她是哪一家的歌婢，我说一声带去了，敢不依吗？这也合该是老夫的气数……便问圆圆："姓什么？叫甚名儿？是谁家丫鬟？因甚事满街乱跑？"陈圆圆只得把自己的身世姓名诉说了，并说是因为毛夫人来到就撒泼，故夺门逃命"……这都是实话，求老爷高抬贵手，救全蚁命。"

周奎喜得连连点头道："好好，我一定救全你。"便向祗从道："扶这女娃儿到后头车上，带回府去。再去个人到毛家，就说'圆圆我已带回诘问，毛爷有甚言语，可来见我'。"祗从嗻声轰应，周奎又招祗从近前，低声吩咐几句，便有个材官应声领帖去了。其余众祗从一拥而上，不由分说，将陈圆圆从地下挈起，簇拥夹持，围个严密，抬得她脚不沾地，硬纳入后车中。前围后押，解囚犯也似的，催着车儿紧随轿后，急急回嘉定伯府去了。

这时毛御史公馆里正闹得一团糟，没法撕理。一从家丁奴仆都如亡魂失魄地塑在外面大厅上。胆大的躲在角落里互相耳语，胆小的连脚手是动得的都不省得了，木一般地竖着。众人正没做理会处，陡然听得有人大声喝叫："接帖！"吓得众家丁走失的灵魂猛然回到窍里，齐转头向外瞅时，却是个材官打扮的人，高擎红帖，巍然屹立。

那门房家丁因为是自己的职守所关，虽然怕得比旁人更厉害些，却是不得已，不能不麻着胆上前，忙哈着腰儿，赔着笑脸，说道："爷是哪府来的？有甚吩咐？"那祗从板着面孔，厉声说道："奉国丈嘉定伯钧旨：'你这御史帷薄不修，妻妾交哄，业有歌婢圆圆拦舆喊告，已经带到府里。你家御史有甚话说，快到府里禀告去。'"门房听了这大来头、这大口气，吓得连忙下拜道："求大爷稍停尊驾，待小的回家爷去。"材官怒喝："快去快去！咱没许多闲工夫。"

门房诺诺连声，连怕也忘了，屎滚屁流地跑进去。不一时，持着毛羽健的全帖出来，跑到材官跟前，立即肃然立定，低头柔声说道："家爷说：'不敢领国丈爷钧帖。敝宅并无歌婢，更没圆圆其人。想必是外间不知谁家逃婢，冒辞图脱。求国丈爷明鉴，并求重办。另奉全帖，恭叩国丈爷钧安。'"材官听了，暗想：咱国丈真料事如神，毛家果然甘心白送。嘴里却说："你家真没这个人吗？真不是你家逃出去的吗？"门房又是一惊，却是无奈主人有命，饭碗攸关，只得硬着头皮答道："家爷说是宅里确没这个人。就是小的们平日也不曾见过。"材官喉管里微哼了一声，接过帖来，扬长竟去。

毛羽健这时已巴结得毛夫人坐下了。毛夫人见邢曲曲等都被打得逃走了，自己也委实乏了，才放开手，歪在椅上，嘤嘤啜泣。周奎传话到时，毛夫人鼻孔里哼了一声，淡笑道："好，图快活，养小娘儿吧，也不瞅瞅自己的脸子。到底惹出大主儿来了，咱瞧你去讨回来。"毛羽健听得"嘉定伯"三字，已经是胆落魂飞，更无心听毛夫人这篇埋怨歌。苦心焦思：我哪能去周府呢？去时让他借事生风，硬拉一拉，这顶乌纱就算摔定了。不是送肉上砧吗？嗐，说不得，割舍不下也得割舍，官儿要紧！狠一狠心肠，给他个不认，割断这条苦藤拉倒。而且也讨得夫人欢喜，道咱勇于改过。便捏了那段话，发帖命门房去回复。

过了一盏茶时，门房不曾再进来。毛羽健心中虽略定些儿，却是被毛夫人连说带数，骂里夹消，闹得头脑发胀，脏腑如割。回想到曲曲、圆圆，更加心裂肠断，恨不得一头撞死，了却这些烦恼。幸而毛夫人大闹狂噪了多时，精神委实撑不住了，奴婢仆媪搀她到绣榻上歪躺着，肥眼皮朝下一耷，渐渐呼噜噜吹起鼾声来。毛羽健侥幸逢赦，才得耳根清静，偷安一时。

心中事是扔不下的，意中人更加不能撂下。毛羽健虽然略得安静，无奈曲曲、圆圆两倩影总是兜地涌现心头，恍在眼前。想来想去，恨恼不已。悄溜到外间来，背着手踱来踱去，沉思苦想。在屋子里盘旋多时，忽然想起：这悍村牛住在乡间，咱久没寄银信回家，几千里长途，她怎么来得这般快呢？哪来许多银钞，带上许多人呢？这事尴尬。趁这时查个究竟，要有一丝半点儿歹处，被咱查得时，哼，马上收拾这悍村牛，也出出这口恶气。

主意想定，便轻轻地咳嗽一声。里面房里丫鬟听得，连忙探头门口，向外一望。毛羽健见了，忙悄地问："夫人醒了吗？"丫鬟摇头，毛羽健便招手叫丫鬟出来。丫鬟蹑着脚儿，行近毛羽健跟前，低声道："爷有甚吩咐？"毛羽健问道："咱问你：夫人这趟来京，哪来许多盘缠？带上许多人马？咱连音信也不曾得着，你们就到了京城了，怎走得这般快速呢？"丫鬟笑道："有爷的帖子，还用得着盘缠吗？启程时就是拿爷的名帖向县里讨取牌单，沿途驰驿，驿站上都知道爷的威名，发的全是上等夫马。有几处驿官儿和爷有旧交的，还送程仪加夫马，伺应得十分周到。哪能不快呢？夫人动身前，四处借贷，只措得二三十两散碎银子，原不够路上使费的，如今却是反多了二百来两了，怎用得着盘费吗？"毛羽健听了，顿时想道：这驿站竟如此可恶，朝廷每年花费许多钱粮，养着这伙无业泼皮，不叫他努力从公，却拿来做私交应酬，真正岂有此理。转又想道：驿站不徇情面，这悍妇一辈子也不得到京，咱这场大恨，全是驿站栽培咱的，此仇不报，誓不为人。想定主意，叫丫鬟取衣冠来换，并传伺候，拾掇好了，便出门拜客。

毛羽健因为要报驿站之恨，觉得这事自己不便出头，一来恐怕夫人知道时，要强行庇护，吵闹得不得罢休；二来怕外间知道时，讥诮漫骂。忽想着：掌兵科给事中刘懋是我最要好的朋友，他素来爱上封事，一心要博"直声敢言"的美誉。这桩事怂恿他出头，一定可以如愿以偿。当下径取路去刘懋家拜访。

二人相见之下，毛羽健大逞词锋，将驿站的弊端说个滔滔不绝。末后又将裁撤驿站如何可以节帑益饷，如何可以散小人之群，免致为害民间……种种理信，说得天花乱坠。刘懋原是个喜露锋芒、爱博虚誉的人，胸中全无主宰，一听毛羽健的言语，欢喜得心花乱放，钦佩得五体投地。诚恐毛羽健自己要上封事，连忙说："兄弟给老哥效劳吧，拼着这顶乌纱，为朝廷顶一趟硬缸，为老兄做个开路闯头阵的急先锋。"毛羽健闻得他这般言语，正中下怀。立即扫地一揖道："小弟谨为天下苍生致谢鸿慈。"刘懋更是喜不可当，好像立刻就是古今唯一的诤臣，昂然自得。当时留毛羽健便饭，就在席上商量斟酌，议好奏疏底稿，毛羽健才告别回家。刘懋亲送出大门，殷勤拱手别过，自回屋里，将奏疏恭楷誊缮成折。自己又高声朗诵数遍，觉得圆熟流利，说理畅达，料来绝不会驳搁。心中十分快活，安然入睡，一心只待早朝上奏。

第二十三章

抱不平良友做仇人
逞淫凶相知成大敌

邢曲曲自离了京城，直到卢沟桥客店里，才打住一夜。将带出的私房箱子清理一番，改扎作个小包裹，系在腰里，只取出五两小银锞子撺在身旁袋中，备作零星使用。当日在卢沟桥置备些女人用物和暗器、干粮等，诸事齐备，想着：南方是一时不能回去的，那泼牯虽是极不愿我回到她家里，却难免心痛银子，托苏州官府拘拿发卖，追还身价。我这时回去，不是正好送上鬼门关吗？不如且朝西走，游荡几时。好在我又没甚牵挂，不一定要回家乡。仗着这身武艺和江湖本领，向关西道上要耍，也不见得就受着欺侮。或许还能结交几条好汉，轰轰烈烈干他几场。难道梁红玉、扈三娘就不是我能做到的吗？忽又转念：为圆圆这孩子费了不少的心血，我走时她已不在毛家，不知她逃到哪里去了。得找着她，我下半辈子才能衣食无忧。这事不能懈怠。这孩子素来聪明，断不向南边走的。凭她那小模样儿，有人见着定要留下的。我反正一时不回南去，拉长日子慢慢访去，总有个访着的时候。

主意已定，拾掇登程。掉转马头，绕路抄到关西大道，才纵马长行。一路上单人独马，行了多日。也曾遇着些江湖绿林，见她少妇单行，情形尴尬，想要下手，却因邢曲曲江湖规矩烂熟，一番言语交代，那些绿林都不敢动她。直行到秦中牛首山下，不曾有丝毫失误。

这一天，邢曲曲正在牛首山下按辔徐行，闲观两旁绿草青枝，觉得心神爽快。想着：这也合该是我的福分。那泼牯不但不是我的恶魔，竟然是我的救星。要不是她到京里一闹，我至今还是给那老杀才日夜囚着，供他高兴时糟蹋，哪能享受这般清福呢？这年时被那老杀才撩得心痒神摇，他又不够使唤，从来没痛快过。如今脱身自在，正好寻个对劲儿的杀杀火再说。

一面想着，一面弛辔缓行。不一时，转进一座山坳，正心思浓时，也没留意。马头才入坳时，陡闻得一声断喝，打坳里托地跳出一筹黑大汉来，迎路拦住，高叫："留下盘缠再走！"一声未了，欻地一片黑影，一条大铁棒已打向邢曲曲颈肩之间，堪堪打着。邢曲曲无意之间，仓促没做理会处，只得使劲夹马，偏身一让，那铁棒打落了空，扑地打在地下山石板上，打得石面火星乱迸，碎石横飞。大汉大怒，连忙抽起棒来，邢曲曲急乘他第二棒还不曾扬起时，连忙拔出长剑，滚鞍下马，腾进一步，蹿近大汉跟前，胳膊朝前一伸，手腕一拧，向大汉下部哧地扎去。大汉只顾上面，扬棒待要再打时，骤然遇着这一下，慌忙抽身时，裤裆已被剑尖挂住，顿时划来一条大口子。邢曲曲这时正迎面曲腰相对，陡见裤裆破处累累垂垂一大条酱瓜似的，立刻羞得夹耳绯红，连忙缩退。那大汉且不顾一切，乘邢曲曲缩退时，使个"猛虎攒羊"，吼一声，低头直钻过来，伸手一抓。邢曲曲见了，急腾身跃起，想要跳过让开。不料大汉来得力猛势速，邢曲曲刚跃起时，大汉五爪已经抓到，恰正抓着邢曲曲的裤脚管。邢曲曲跃势原是尽力上跃的，其劲极大，大汉又是尽力抓拉，朝下硬扯，两下里一上一下，反着一挣，哧的一声，邢曲曲的裤儿早离腰脱下。大汉哈哈大笑道："这可合该咱受用。"乘邢曲曲正羞极慌极时，不容分说，一把搂住，按捺在山崖下，掏绳缚住，便赏鉴玩弄起来。

邢曲曲这时动弹不得，只索闭着两眼，任凭怎样。正在千钧一发之际，陡听得弓弦声响，接着有人喝骂道："青天白昼，胆敢干这般伤天害理的勾当！咱须饶你不得！"声住处，那黑汉背上已中一弹，侧身躺倒，嘴里却还倔强乱骂。邢曲曲乘此高声叫喊道："求英雄爷救命全贞呀！小女子是路过此地孤身落难的弱女，无端吃这厮逞强糟蹋，求爷快赐搭救！"

听得山上有人高声应道："咱来了！"接着便见左首小石径间奔来一个环眼高颧的壮汉，浑身青衣，头扎包巾，足踏麻鞋，背系一口单刀，手挽一张弹弓，大踏步跑来。近前时，就俯身动手，解邢曲曲身上的缚绳。忽回头瞅见那躺在地下的大汉，顿时一呆，牙缝里咦了一声，道："咦，是你吗？糟了糟了！咱想不到你会干出这般糟事来！高三哥，你到底是怎样的啦？"大汉翻着眼答道："你不要多管闲账，瞧翻山鹞子可是怕人的？"说着，挺身立起，待要拼斗。邢曲曲急忙乘空托地跃起，匆匆系上裤子，一面俯身拾起落在身旁地下的长剑，一面高声问道："好汉请留姓名，我是姑苏邢曲曲，蒙恩搭救，终有一日恩怨分明的。"那大汉答道："咱叫李闯。"又指着那黑汉道："他叫翻山鹞子高杰，咱和他原是弟兄。却是咱们规矩，不许欺负单身娘儿们的，他犯了戒，娘子你自走吧，咱还要和他算账呢。"

高杰大怒道："黄来儿，不要撇假清吧！你不欺负娘儿们吗？"李闯怒喝道："不要瞎扯！就让你今日能仗蛮力强过咱，须不能把众弟兄们全揍完。"高杰恼怒道："你既知道有弟兄，咱就去邀弟兄去，改日和你庙里相见。"李闯冷笑道："好，咱等着你！谁要含糊，谁就是花花兔崽子。"说着话时，高杰已经掉头转身，大踏步走了。

李闯这才动问邢曲曲的来历。邢曲曲听他和高杰所说的话，知道是江湖朋友，便将自己的出身和逃难的因由照实一一说出。李闯道："你既到了此地，一时且不便前行。因为如今四处是寨子，不少外来的很不守江湖规矩。你虽然闯过江湖，怎奈他们不懂交情。你一个单身娘儿们，难免不吃大亏。不如打住些时，得便回南是正经。如今不比从前，放趟子是不行了。"邢曲曲听了这话，心中已明白李闯意之所在，瞅李闯长得虽不俊俏，却是虎背狼腰，是个有真实本领的。低头嫣然一笑道："我一个孤身娘儿们，此地又没亲故，只好一切仰仗大哥你了。"李闯大喜道："江湖义气为重，娘子落难，咱做兄弟的理当效劳。"

当下李闯引邢曲曲到一家熟识的村店里，当夜两人就宿在一处。次日，李闯去城中寻得一个大院落里的东厢房，又胡乱向人家借了些家伙，领邢曲曲住下。日常用度，李闯自有那寻得的冤钱，短一少二时邢曲曲还有随身带出来的东西，一时还不着急衣食。却是一个浪荡惯了的娘儿们，既不饥不寒，用不着愁衣忧食，日长没事，便应了一句俗话，说是那"饥寒起盗心"的上句——"饱暖思淫欲"。李闯是个有妻子的人，再加上干的营生是个伏黑夜跑五更的路数，哪能整日连夜陪着邢曲曲呢？那邢曲曲总觉得不称心、不足意，免不得要生着个寻些野味来解馋的念头。

　　事有凑巧，恰值高杰就住在邢曲曲寓所后胡同里。高杰自从被李闯冲散好事，心中念念不忘。只畏惧李闯手下党羽众多，自己独个儿不是他的对手，忍气吞声，不敢撩拨他。及至几次瞥见邢曲曲，知道住在前面，便不时借故和她搭讪。邢曲曲这时认识的人不多，况且这事儿也不是可以开口叫人、动手拉人的。见着高杰，想着他本钱不错，便也眉目传情。这一来一个寻事做，一个要做事，自然是一拍就上，不用多费周章。从此二人只待李闯出外时，捉空儿便厮混在一处，打得火一般热。李闯这时一心只顾结交朋友，暗谋不轨，虽宠爱邢曲曲，却也没十分心神去照察她。因此高邢二人颇得自在，长久不曾闹破。

　　过了没多几时，忽然霹雳一声，部文下来，裁减驿役。一时雷厉风行，大裁大减。李闯、李过、王干子等一班人全都被裁，顿时失却安身立命处所。这年恰值秦陇大饥，有钱没处籴粮，饥民遍地，饿殍载途。这班被裁的驿卒共有三千多人，伙上这无数万灾民，为饥所迫，啸聚成群。最初时，往各县各村轮流坐食，食完之后再伙结这一村的人又往那一村坐食。不到几时，富户也成赤贫，坐食也无处可往。由此结伙横行，啸聚为盗，大伙小伙，不计其数。关中数千里，不多时便全成了寇盗世界。杀官攻城，劫仓焚库，无所不为。推原祸始，实由裁减驿递启这乱源，荼毒万里，害及全国。

　　李闯初投高迎祥手下，当个小贼。高迎祥正待大举起事，急需钱粮，想要攻取米脂县劫夺仓库，派李闯去米脂县城里打探官兵情形。李闯约同侄儿李过改扮作小买卖的客商模样，混进米脂城内来。因为城内熟识人多，不易藏身，李闯便想道：许多时没到家了，何妨乘此回家走走呢？便和李过一同奔回家来。

也是合该有事，李闯、李过到了家门口，进院子一瞅，门没插上。李闯便迈步先跨进门去，才到外间，忽听得房里有一阵刺耳惊心的笑声，心中顿时荡起一层疑云。连忙摇手止住李过。李过会意，知道一定是屋里有了尴尬事儿。急忙伏身门旁，屏息待着。李闯侧着耳朵细听，屋里声音恰是男女两人正在喁喁私语，顿时满腔火焰飞腾，回头向李过道："过儿，你带着家伙吗？"李过点头答道："有。"李闯道："拔出来！"三字未说毕，李闯已嗖地先拔出一把解腕尖刀来，李过也就掣出一口钢刀在手。

李闯当先，抬腿猛踢，咖啦一声巨响，房门倒地散碎，李闯乘此猛扑冲进去，一声大喝，只见扑通从炕上滚下两个肉人儿来。李闯顺手逮住一个，李过也冲进来，就地捺住一个。李闯一手提起逮住的那人瞅时，正是自己的好友县衙班头邝梅儿，顿时一把无名烈火高腾万丈。大骂道："好小子，咱哪一样待错了你呀？你也来要咱的好看，咱还能在这米脂县混吗？"声未了，李过一声断喝道："尽嚷什么？这还有什么嚷的？宰了就结了。"李闯一回头时，郑燕娘的脑袋已提在李过手中了。李闯一想：杀奸须得杀双。手起一刀，把邝梅儿也杀了，回身向李过道："事儿干了，难道还等着打官司吗？走，就此反他娘的！"李过也叫道："大丈夫怕什么！咱就去邀人去。"李闯道："好，咱同走！"

叔侄俩回身闯出房门，猛然见外屋里簇攒着许多人。李闯情知不妙，忙紧握尖刀，猛虎扑羊般当先闯出。迎面瞅见当地地甲和捕快衙役，料知是地方人闻声唤来的，便抱定个一不做二不休的心事，仗着自己一身本领，挺刀冲杀。将要扑近众人时，只见地甲捕役齐呐一声喊，李闯顿时两脚摆跨不得，身不由主仰面栽倒。李过随后抢出房来，才跳得两步，也扑地不起。

175

原来李闯、李过叫嚷杀人时，邻里都已听得明白，并且都详悉这事的缘由，深知他叔侄俩的凶暴性情，谁肯来和虎狼讲道理？却是杀了人，邻里绝脱不了干系，所以大伙儿忙分头去找地甲，报捕役。邀得人齐时，恐防李闯、李过逞凶，拦门布下绊索。李闯、李过一时心急意乱，不曾顾及脚下，踏了绊索，被捕快衙役捺住，捆了个结实，押解到县衙来。县太爷立时坐堂问过，将李闯、李过钉镣收监，便传谕打道尸场验尸。

第二十四章

劫狴犴小鳅生大澜
聚豺虎硕鼠构奇灾

米脂县里捕押了闯破天李闯、一只虎李过，这奇闻顿时传遍全城，街谈巷议，都拿这事当个新奇事儿谈说。传来传去，没多时就传到了满天星周清耳里。周清在外面初听得这信时，不知李闯叔侄俩是为的甚事，心中老大地吃一惊。忙赶回家来，想寻刘宗敏问个明白。因为凡是李闯所作所为的事，刘宗敏全都明白的，只要找着刘宗敏，就能知道李闯是为什么事被捕押。

才一到家，忽听得里面人声嘈杂，更加一吓，沉不住气，心头怦怦地跳个不住。连忙把定神，麻着胆，上后进屋里来。一脚跨进院门，陡听得许多人声乱叫："好了！周大哥来了！有了把都儿了！"周清急忙睁眼细瞅时，恰正是铁棒刘宗敏、曹操罗汝才、不沾泥赵胜、翻江龙吕佐、双珠豹史定、一条龙张立、翻山鹞子高杰、一枝花王干子等，许多人领着数十个乱七八糟的闲汉、泼皮、流民、破落户，都挤在大厅里，磨刀擦枪，闹嚷嚷地一片声响。一见周清进来，大伙儿都拥上前来，七张八嘴，围住乱嚷。

周清连忙摇手道："不要闹不要嚷，咱差点儿被你们吓跑了。你们这般鸟乱，要给做公的刮着点儿风，又是一网打尽，全得去奉陪李家爷儿俩去。你们这是干什么？快坐下来，慢慢儿商量不成吗？"刘宗敏先嚷道："不成不成！人陷进了，谁能学你那样斯文呀！"周清气得翻着

177

大白眼道："就是你着急！只这一嚷唤，人就算不陷进了吗？"刘宗敏怪眼一瞪，刚要答话，罗汝才、王干子早上前拦住道："周大哥的话不错，咱们大家快坐下。"高杰也拦道："咱们不是说要候周大哥回来大伙儿商量着办吗？干吗一见面不先商量正经，却紧着抬杠呢？坐下，大家快坐下。"

刘宗敏只得气呼呼地夹坐在人丛里，闷声不语，瞪着两眼，向周清直瞅着。周清且不理会他，转向众人说道："众位且不要大声嚷唤，静静地待着，才好商量事情啊。"罗汝才道："咱们原来是寻周哥请教的，周哥有什么好计较，尽管请说，弟兄没个不听使唤的。今儿要有一个人说半个不字，咱先揪他脑袋。"周清故意问道："你们众位老是说商量商量，究竟商量些什么呢？咱得先把事儿弄明白，才好想计较呀？要不，没头不知脑，怎么商量啊？"刘宗敏听到这里，耐不住了，跳起来道："你装什么死！李家爷儿俩快被揍死了，你难道没得信吗？到这时还能闪躲吗？干吗说这……"罗汝才忙一把拉住刘宗敏，苦苦拦劝道："不要瞎嚷呀，咱们到这儿来，预备怎么办，周哥本是不知道的。你怎能怪他呢？周哥，你不要见怪，刘铁棒的别扭劲儿你是知道的，做哥哥的担待点儿吧。咱弟兄们得着李家爷儿俩陷进的信儿，想着他俩是大伙托付来这儿探信的，如今失陷了，咱们怎能不管呢？大伙儿会着时，不沾泥赵哥头一个说要劫狱。是小弟想着：一来这城里是周哥你熟，自然得先向你请教；二来你和咱李哥他爷儿俩的交情不比旁人，怎能不先给你说呢？三来你有家小在城里，咱们猛然去干，你没得信儿，将来如果漏一半点儿风声，不是咱做弟兄的害累你吗？咱们全是做人的汉子，怎能干这没良心的勾当呢？周哥你瞧，小弟咱这话可是打心坎儿里掏登出来的？"

周清一面口中答应着，一面暗察众人脸色，知道这场大祸非闯出来不可，忖量着自己的力量、交情，绝不能拦阻住这伙人，只得硬着头皮，装成满面威风，义形于色，一口答应道："既是众兄弟都不顾险难，舍身救友，难道咱周清独是个无情无义的小浑蛋吗？好！咱们说干就得

178

干，不用紧着商量。如今第一要紧是先选个所在，不论救得人救不得人，大伙尽明儿破晓到这所在会齐，从此创成一路绿林，自谋生路。第二，请两位弟兄快去邀集咱们圈儿里的朋友，越多越好，全来城里，四处放火抢劫，闹他个百头千绪，咱们好乘机干事。第三，请两位弟兄率领几十位朋友，专管抢城门。马上就去城边埋伏着，一见咱们来到，或是官兵来关门守城时，夺住城门，免得官兵断咱们出路。其余各位都请随咱到县衙去，劫牢救人。"

众人听了，齐声应好。当下派定翻山鹞子高杰、一枝花王干子二人去邀集人众，指使进城烧抢。只要瞧见火箭冲起，齐都奔到离银川驿二里地一个地名叫流星坡的山中待着。翻江龙吕佐、双珠豹史定二人率二十个闲汉，去埋伏在城门边，待机抢城通路。满天星周清、曹操罗汝才、不沾泥赵胜、铁棒刘宗敏、一条龙张立等五人率领四十多个闲汉，齐奔县衙劫牢。

分派既定，罗汝才问道："周哥，你家嫂子怎么办呢？"周清毅然说道："为朋友义气，哪顾得许多？你不用问了。"罗汝才道："那可不行！不能单要你独个为友亡家。高鹞子、王头儿，你俩不是就要出城吗？顺便护着周家嫂子上城外去吧。"刘宗敏接声道："就这么办，咱熟，待咱来拾掇。"说着，不由周清做主，七手八脚大伙儿齐忙，一会儿就套好了三辆大车。周清乘空向赵氏说明原委，赵氏惊得哑口无言，只死死地抱定一只私房小箱子，任凭王干子、高鹞子把她拥上车，匆匆出门，急奔城外去了。

史定、吕佐随即邀得二十个精壮强健的大胆汉子，随后动身，时光已近未牌。刘宗敏方要说话，周清忙立起身来，抢先说道："事不宜迟，是时候了，弟兄们辛苦！"众人齐声应道："大哥辛苦！"立即一齐都起，各自拾掇暗藏的家伙。周清也带好兵刃火箭等物，领着众人一同离了铁店。众人瞧周清竟毫无留恋，连头也不回，独自当先，昂头挺胸，大踏步洒然急走，不觉暗自佩服他轻家重友的豪气。

一行人行到离县衙没多远时，周清约住众人，低声叮咛道："牢狱不比旁的处所，人越多越不得进去。咱五个进去，你们各位就请在这儿待着。有凶险时做个救应，咱得手时做个接应。"众人依言止步，周清又将四十个人分开，指使他们一大半人栖身在墙角门旁黑暗处，剩下十余人却往来绕圆圈儿走着，觑便观风报信。

周清率领罗汝才、赵胜、刘宗敏、张立直奔县衙，进了仪门，朝东一拐，直到牢狱门前。禁子王玉骤见许多人走进来，吃了一惊，忙起身仔细瞅望。认得是周清，忙赔笑道："掌柜的，你好呀！你可是来瞧受屈的好朋友？是哪一位呢？俺真该打，还不曾打听请示呢。"周清道："王头，不用客气，咱来瞧李闯爷儿俩的，你行个方便，招呼一声吧。"王玉听得，暗地吓一大跳，忙柔声答道："啊，李牌头吗？唉，真冤啊！怎么会打上人命官司呢？这不是黑天屈事儿吗？俺知道时就抱着不平，怨不得你老着急，特地亲来探望。只是方才咱太爷再三传谕，说到李牌头爷儿俩，道是'另有要件'，吩咐'暂停接见'。今儿对不住你老，待明儿审过一堂后，左右不过是杀奸案子罢了，还能另问出朵花来吗？屈你老驾，再劳步一趟，准能会着的。"周清听了，暗吃一惊，顿时心如火焚，急忙正色说道："王头，大伙儿都是头对头的朋友，干吗今儿忽然抬出太爷传谕来吓人呢？咱姓周的不是不懂交情的。"说着，掏出一锭五两头来，捻在指间扬着，点头招王玉过来。

王玉虽想银子，即真是不奈太爷的严谕何，这时更惧怕周清变脸。地方豪杰的可怕，也不弱似太爷。只得堆下满脸笑，移步近前，想婉言推却。不料身才挨近栅门，周清早扔了手中银子，就手一把隔牢栅逮住王玉的胸衣，那只手向腰间一探，嗖地亮出一柄二尺来长绕指软钢的短剑，向王玉逼着低喝道："不许嚷！要命就开门！"王玉吓得魂不附体，满身零碎动起来。周清又将剑突然一扬，王玉更加惊得呀的一声怪叫，两条胳膊蟹钳般高张，脸上陡变。周清乘机瞪着大眼，放出两道凶光，直射王玉脸上，恨声道："快开门，饶你不死！任你舌上生花，非开门不可。旁的废话不用再提，咱不高兴听！"王玉没法，只得诺诺连声答应，急忙掏出钥匙来，通开栅门上的牛尾大锁。周清忙叫罗汝才先进去，抓住王玉，自己才放手，从栅门入内，仍接手逮着王玉，使剑按在他脖子上，威胁着他一重一重开门。一连开了两道铁叶刨钉㳀奸门，才到狱神小庙跟前。

李闯正在内门的通风窟窿里探头向外闲张，陡然抬眼瞅见周清、刘宗敏押定禁子王玉，大踏步走近，顿时心花怒放，大叫："咱出头的时候到了！有胆气的受难朋友，快随着咱来呀！"喊声中，双脚尽劲蹦跳，当地蹬开脚镣，冲向前来，摇撼狱门。刘宗敏在外面瞧见，早按捺不住，怪吼一声，扑冲过去，和李闯里应外合，将狱门抬将起来，连王玉的钥匙也用不着了。

李闯当先冲出，李过手提两段断镣当作兵器，随后舞着，一路打将出来。众囚犯胆大的争先冲出来，跟随开打，胆小的瑟缩在后头，钻钻跑跑，立刻全狱纷纭，人声鼎沸起来。周清知道事已闹大了，急忙高声大叫："认清出路，朝西门走呀！再耽搁可甭想活命了！"一面叫着，一面当先领路，奋力打出狱来。罗汝才掏出身边火种，就破门处放起一把火，才转身断后急走。

县衙三班六房人等平日都吃惯太平粮的，骤然听得说有强盗劫狱，顿时失魂亡魄，没了主张。直待一众劫狱的绿林和冲监的囚徒结伙打到仪门时，才勉强虚挡一阵，被刘宗敏等打翻两个，便都闪挤在旁呐喊，眼睁睁白瞧着一大群人冲出去了，才大嚷大叫，遥遥跟追。

周清、李闯等许多人冲出县衙，早有闲汉接应着，分股向街坊中抢劫起来。住家铺户有来不及关门的，无不遭殃受祸，闹得满城号哭喊叫，声声相应，伤亡无辜，道途枕藉。众人直掠向西门，沿途闹了个多时辰，才听得鼓角声起，知道营兵出动了。周清忙抽出随带的火箭燃着，冲天射起。那正在搜劫的小党羽见了这约号，连忙齐奔向西门。

将近城内大街时，只见高杰、王干子二人带领许多闲汉，一个个驮足装饱，正向前迎来接应。当下会合一处，径奔城门。这时大街上已静荡荡，阒无一人，直可一眼瞧透。远远地已瞧见城门洞开，周清等知道是吕佐、史定二人已经得手，顿时盛气又加高十丈。震天价一声大喊，

181

风卷云涌，齐冲向城阙而来。果然见吕佐、史定抱刀侍立，二十个闲汉分列两旁，把住城门。阐下横七竖八躺着几具带血死尸，都是守城兵勇的装束。周清一面指挥众人快出城，一面唤刘宗敏放火断路。才尽拥出城到城外来，方形兵差追到西城时，被火挡住，只得回头绕路，到南门出城。

周清来到城外，查点人数时，一个不短，反多了一百七十余名狱里的逃囚、二百多名裹集的游民破落户，都是众闲汉的熟识勾结来的。立时成团结队，聚成大堆。周清吩咐：将裹聚的人众破落户游民等暂时全由赵胜、吕佐、史定统率；邀集来的人众全由高杰、张立统率；狱中跟着逃来的人，全由李闯、李过统率。原来随同劫狱的人众，仍由刘宗敏、王干子、罗汝才、周清统率。有事时大家合力，分头抵挡。分派已定，立时依次起行，各逞脚劲，如飞地径奔银川驿。

到了银川驿，没处落脚。李闯向周清说道："哥呀，承蒙你厚爱，拔咱出苦海，如今反累得众弟兄没处安身，咱心下实在过不去。咱想咱们都是光蛋，谁能养活谁呢？依咱想，只好一不做二不休，打开天下，就做皇帝。难道皇帝老子只许姓朱的做，就不许咱们哥们儿玩上几天吗？"周清道："这事颇不容易。却是事到如今，不这么干也不行了。要不马上就没吃的了。"李闯道："既是老哥和小弟同心，这银川驿就是个好所在。咱们就在这儿干起来。"周清点头道："也好，得着此地，咱们就向长安干去。"李闯拍手道："着！着！登山立寨，死守着一片呆地，那是大呆瓜干的事情。咱们要干就得四下里干去，把天下尽干遍了，才算不枉称英雄好汉！"

两人商定了，和赵胜、刘宗敏等说毕，大家都欣喜道："每天换地方，见天有新的玩乐，不比呆守山寨，官兵可以来围搜。似这般让那厮们没处追寻，由得咱横冲直撞，准照这般干去。谁要说半个不字，就宰他祭旗。"周清吩咐："摆香案，大家结盟才好共事，誓同患难。"当即传聚众闲汉人等，结盟毕，周清吩咐："立刻烧劫银川驿，见物就取，见人就杀！所得东西缴齐公摊，杀得首级多的，另有奖赏。劫完一角，就放火焚烧，有入伙的都带到中军来。"

众闲汉听得肆意杀抢，顿时欢声雷动。一阵鼓噪，蚁一般蜂也似各自争先，乱冲乱涌，冲入银川驿街市上，排头抢杀起来。顿时人声嗷嘈，横尸满街。一众小贼劫不着银钱物件的，便专寻人砍杀。街上冲来闯去的贼徒，没一个不是腰间背上首级累累，衣襟衫袖血渍淋淋。不到一炊饭时，火头乱起，哭声喊声震天匝地，夹着这伙恶贼的欢笑声、吆喝声、砍杀声、追奔声以及火发时的咔嚓声、倒屋时的哗啦声，声声混起。李闯目睹惨状，耳闻怪声，反而大乐。

这一来银川驿霎时间变成一片焦土。周清、李闯已占得一家粮栈，作为中军，传令吹角收兵。各路小贼都将劫得的金银杂物以及人头首级呈献上来。李闯立在一旁，逐个盯眼瞧去。忽见一个大汉，原是李闯狱里的难友，上来缴上两个女人首级，一手提刀，一手拊腰，急朝外走。李闯连忙唤住，叫人抄他身上。当有周清身旁的亲信抓住大汉，拉开他手一搜，果然腰间藏着许多金镯、金钗、翠押发、玉珍珑等，零零星星共有几十件。李闯顿时圆瞪怪眼，大喝道："你这厮为什么独敢抗令不遵，私藏财宝！"大汉吓得扑地跪下，颤抖抖地说道："俺是山东人，这家伙是俺在驿官家屋里抄得来的，那俩脑袋就是戴这些家伙的。俺问过这俩娘儿们，都是驿官的老婆。俺想带着这做盘费回家去，杀两脑袋俺也不要赏了。"李闯狞笑道："好，咱另有重赏！你不是想回家吗？咱就送你回老家吧！来！拖去砍了！"手下答应一声，夺去大汉手中刀，拖着就跑。大汉破口大骂："黄来儿，你这忘恩负义的贼！你生病俺服侍你，你没钱俺借给你。今天你这般狠毒，俺死也不饶你这恶贼！大家都做强盗，干吗俺抢的要给你？你不过是怕报恩，借故杀俺罢了。恶贼，瞧你死得还要不如俺呢！"李闯大怒，厉声大喝："多砍几刀！"那大汉死也不肯走，使蛮劲挣扎着，想要反扑李闯。李闯身旁小贼拔刀齐上，立时把个大汉剁作肉泥，许多小贼瞅着，心胆皆寒。恰值又有一个小贼杀得四个小孩，缴头领赏。李闯命他稍待。那贼不肯等待，说道："似这般一不登册，二不给证，回来谁还争论得明白？"李闯不待他再说，立起身来，手起剑落，把那贼的脑袋瓜儿劈为两半，尸身栽倒，血溅满地。众贼见了，都吓得敢怒而不敢言。

查点已毕，周清便带着一群贼人，风卷残云一般径向长安路上飞走。行了半日，因为诸事草创，又连着干了焚劫银川驿的大事，诸般都没拾掇，决定在顾家洼扎驻一天，料理一切。哪知乌合之众，究不曾受过教训，一时没法约束得齐整。乱糟糟嚣嚷了半晌，经这些头领严厉喝压多次，才勉勉强强算是安了个营。哪知这里好容易才将营盘扎定时，猛然听得震天一声炮响，四面八方喊声乱起，那些乌合的贼众顿时吓得如惊弓群雀，四散乱奔。

第二十五章

投草寇借势胁同侪
脱藩篱倾心图共济

　　周清、李闯连忙抽刀四面拦堵，一连斩了几个乱逃的懦贼，才勉强制止。李闯便命李过快去瞅探回报，一面收拾残卒，列成队伍。不多时，李过偕同一个黄面大汉回来说道："这位兄弟是闯王高迎祥大哥部下头领混天龙马元龙。方才号炮是高大哥扎营。高大哥听说咱们干了大事，特地移营前来援救，并接咱们入伙。咱方才出去哨探，正遇着这位马大哥奉了高大哥面谕前来致意，咱便邀着一同来了。"

　　李闯、周清这才放下心头一块大石，忙邀马元龙到驿站里坐下。马元龙便盛称高迎祥仁义如山，说得天花乱坠。李闯等这时正没处投奔，想进取，乌合之众不中大用；想脱身，无路可走，也没法得生。恰巧高迎祥来招，正好图个托身之所，便一口答应："咱们全股投顺高大哥，还请马大哥代达下情。"马元龙大喜，竖起大拇指来赞道："识时英雄，将来定不失裂土封侯的富贵。"周清等齐答说："仰仗提携，上托高大哥的鸿福。"

　　马元龙起身告辞，李闯心中忽然一动，想：咱何不趁这机缘抢个先着呢？难道还坐待他人压到头上充老大吗？主意想定，便向马元龙道："辱蒙大哥衔命下降，小弟们既然归顺，自当趋叩帐下，一来表明诚心，二来理应参谒。却是一时不便多人全去，敢求大哥引导小弟代咱众兄弟敬谨诣营叩见。不知大哥肯始终成全吗？"马元龙呵呵大笑道："小弟理应引兄进见的，李哥太客气了。"周清一旁闻得，心中暗自不快。却恐马元龙见笑，不好争得。只向李闯说道："李二弟，就烦你代为禀告高大哥说：咱正在整队，待率领参见，不及先来拜谒了。"李闯曼声答应着，马元龙迈步出门，李闯紧随身后，相偕同行。周清等送到街口才回。

李闯素知高迎祥是米脂县有名的角色，没人不知他是个混世魔王。自从纠合裁役，打家劫舍，数次击败官军，声威更振，远近绿林都来投奔。李闯没杀奸坐牢之先，原就要投入高迎祥伙里，如今有了这机缘，更想借势自大，将来取而代之。当下满心欢喜，沿途暗自打点见面时的言语，好似草莽微臣初觐圣主似的，提心吊胆，跟定马元龙亦步亦趋，且想且走。

不多时来到一座古庙里，见庙门前陡然有许多歪巾袒臂、短裤赤脚、手持明晃晃刀枪的大汉，瞅去比那些乌合之众刚强得多。马元龙引着李闯打那伙人夹拥缝里钻过去，直进庙门，径登大殿。抬头一望，只见当中香案前大交椅上堆着个黑油油的大汉，袒胸露臂，横眉勒眼，旁若无人。料知这人必就是高迎祥，便不等马元龙传说引报，连忙上前拜见，口称："李闯叩见大王！"高迎祥大模大样，睬也不睬，翻着两只怪眼，向马元龙道："这厮是哪里来的？"马元龙躬身答道："这就是越狱烧城的头领闯破天李闯，特来投奔大王。"高迎祥略略点头，瞪着眼，转向李闯道："啊，你就是李闯吗？咱家老想找你。咱们一块儿干，你如今有了多少人马呀？"李闯答道："刚聚得两千多口子。"高迎祥道："你能够跟着咱家吗？"李闯答道："愿终身伺候大王。"高迎祥狞笑道："好！"立起身来，扬手向李闯肩头一拍道："给你当个营头吧。你去带了孩子们来，安置定了，咱家再请你喝一场。你要钱使吗？小马儿，先给他二百两。"马元龙应声去取了二百两银子来，给了李闯。李闯便告辞说："回去率领孩子们来参见大王。"高迎祥哈哈一笑道："你是好的，真听话。"

李闯拜别了，离了古庙，径回到驿站。周清、赵胜等一伙人正在企望，见李闯回来，大伙儿齐起身，拥上前乱问："怎样了？怎样了？"
李闯昂然说道："高大王先是不肯收留，说咱是乌合之众，没用处，只
要留下咱一个人帮他。咱想着弟兄们，怎能独个儿得着安身处，不管众
弟兄呀？只得苦苦地向高大王求恳，那位马大哥从旁帮着说了许多好
话，高大王还是不允。后来求烦了，才说：'是你带几个人来，咱就碍
着面子收下吧。'咱这才拜谢了回来。你们快商量，该怎么办？"周清
默然不语，史定、赵胜等一伙人却欢喜得跳起来，叫道："好了，好了！
有了托身处了。"李闯忙摇手道："不要闹，不要闹！到底去不去？要
去就得动身，人家可没工夫待着。"众人齐应道："走走走，跟李大哥
走。"李闯叫道："且慢，且慢！你们得规矩点儿，人家是干大事的，
最不乐意这乱糟糟的怪样儿。"周清冷笑道："难道做强盗还要文绉绉
的才行吗？"李闯正色道："人家可是真干大事，不是和咱们这般闹着
玩儿的。"周清道："走吧，得啦，别烦了。谁不是闹着玩儿才闹到这
地步的呢？"

　　李闯不便再说什么，只得默然引着一伙人来见高迎祥。高迎祥略略
敷衍几句，便命李闯率队随行。李闯便俨然自尊，吩咐众人排队。这时
那些闻得高迎祥的号炮误认作官军来剿慌张逃散的闲汉破落户等，得知
不是官军，而且入了大伙，便又一群群地结聚着前来投奔。李闯闻报，
便命再投来的人统统把刀枪撂下，立在东角听点。一面暗地里和刘宗敏
附耳说了几句，刘宗敏点头答应，自去预备。李闯便提刀出外，向那伙
再投来的闲汉们大声说道："咱邀集众兄弟起义兵，原是为要求一条生
路。要是大家都不守军令，任意散去，任意回来，那还能打仗吗？如今
咱已归顺高大王，得守高大王的军令。凡有听得打仗就逃，听得没事又
来的，都是没用的奸贼，必须一律斩首。刘兄弟何在！给咱砍了这厮
们！"一声未了，刘宗敏应声而出，率领他的党羽一百多人，各挥大刀
朴刀，向这四百多赤手空拳的人劈头盖脸乱剁乱砍。这伙人吓得大哭大
喊，四面寻路图逃时，已被包围得八方没缝。刘宗敏大声喝道："砍！"
但见刀落血溅，声起人倒，一霎时就把这四百多人都砍成了断胫残躯的

死尸。

其中只有一个姓罗，名腾蛟，字云化的，原是歙县民籍。自幼习武，屡考不中，便随徽商贩卖茶叶，远到陕陇，因为遇着年岁不佳，折蚀本钱，茶商忧死。罗腾蛟就此流落在米脂一带，初时还受雇做工，度日糊口，后来连年大荒，农作人家都用不着帮工，罗腾蛟就绝了生路。不得已只得仗着一身武艺，随着一班闲汉厮混。周清劫狱时，罗腾蛟也被熟识的闲汉邀集，同着大伙人杀到银川驿。高迎祥放炮安营，惊得众人逃散时，罗腾蛟正想着：我本是清白人家出身，并不是没能耐图出身，干吗跟着这伙浑蛋瞎吵瞎闹，干这些禽兽营生呢？及见大家一跑，猛然想起：乘此走吧，待着干吗？要给官军捞着，把个脑袋送掉，那才不值得呢。便随着一干人逃散，躲到一个山崖里，喘息了一会儿，暗想：我上哪里去呢？吃什么呢？昨夜我不肯白杀良民，没得着赏银，也没肯昧良心劫现钞，如今肚子饿透了，怎么办呢？正在着急，忽听得有人叫道："罗云化，干吗发呆？"罗腾蛟一抬头，认得是米脂西门外一个赌博倾家的武童生黄铉，号叫铁坚。便答道："我在这儿歇着呢，你上哪儿去？"黄铉笑道："云化，咱告诉你，黄来儿已投了高迎祥了。咱们再回去吧，大伙里好生发，不要错过机会了。"罗腾蛟摇头道："做贼就不是事儿，做这样的贼更不是事儿。"黄铉道："可不是！咱也知道这准不是个事儿，怎奈年成荒到这般，咱们没处生发，就是有了钱，也没处籴粮去，有粮也不肯籴给咱们。咱们这些没人理会的，难道就白待着活饿死吗？不抢他娘哪来吃的？'明知不是路，事急且相随'，咱们且去跟大伙混几天，得着生路，咱俩同走。大概不至于几天就砸了吧？要一去就砸，那可合该咱倒霉，命也就算坏透了。就扔了脑袋瓜子也得，总比饿死来得痛快！要不，咱们上哪儿去呀？白天的吃，夜里的宿，就得烦神。"罗腾蛟凝想一时，道："也好，咱俩去瞧瞧去。"说着懒洋洋地立起身来，离了山崖，和黄铉一同到银川驿来。

后来见那些散而复来的都依李闯传话，把刀枪撂下。罗腾蛟心中觉得有些不妥，想着：李闯要是容许这些人回来，只须吩咐一句"各归原队"就得了，干吗先要各人扔下兵刃呢？这事透着尴尬……便暗中关照黄铉，各将腰间佩刀藏入腋下，然后把朴刀扔向兵刃堆里，仍和黄铉一同窝在人堆后面。果然李闯一出来，罗腾蛟早留心瞅见四面有人围裹拢来，连忙拉了黄铉一把，暗向中间移躲。待到李闯下令屠杀时，罗腾蛟连忙拔出刀来，大跳大叫，黄铉恍然大悟，急忙抽刀在手，照样跳叫。李闯手下原是才聚集的，又没号衣，无从分辨。就是刘宗敏所约的人也不能全是相认识的。大家见罗黄二人手中有刀，一般也追逐那些赤手闲汉，都认作是自己伙里的人，没一个向他俩攻杀。罗腾蛟暗喜道：机会不可失，再待下去，被瞧破了可了不得！便急拉着黄铉乘混乱已极的一霎时，欻地挈身逃出圈子，一口气直跑了二十多里，方才住脚。

黄铉喘着大气，抬手摸摸脖子道："好险呀！这脑袋算没扔掉。"罗腾蛟咬牙切齿道："我早知黄来儿这王八不是个人养的！你瞧，咱俩要不机灵，一个也别想脱身！这王八真毒！要不揍翻他，还不知有多少人要冤死在他手里呢。"黄铉道："过去的事不用提了，总是我不好，几乎带累你枉送性命。幸亏你机灵，连我也救活了。我一想，我真蠢得比猪还蠢，笨得比牛还笨。你的心少说也比我多那么十多个玲珑窟窿。我不行，我再不出主意了。好哥哥，你给想想，咱们投奔哪里去？"罗腾蛟道："不问上哪里都行，先把盘缠弄好就得。"黄铉愕然道："却又来！不就是为着没盘缠才着急吗？弄好盘费倒好安心享福了。"罗腾蛟笑道："那么，你如果有盘缠，就只安心享福，满不干事吗？"黄铉也笑道："有了钱，还干什么呢？"罗腾蛟叹道："有了钱不干事，那就是和守财奴差不多。咱们越有钱，越干大事，那才是好汉。况且咱们如今是要找些行路的盘缠，这并不是发财，就能扔下前程，只图安逸了吗？"黄铉笑答道："我说了我不行，真是没用。如今且不说这些，这盘缠怎么去找呢？"罗腾蛟问道："你也没掏着一文吗？"黄铉道："不要提了，合该倒霉。我瞅见黄来儿那小子砍了个肥私的，吓得我把银钱首饰连自己腰里剩下的四百铜钱一股脑儿尽缴了。要早想着这般，我不会夹着他妈的远走高飞吗？唉！这才是后悔不及了！"罗腾蛟道："既是咱俩全

189

没一文，且动身走吧。白待在这里，地下不会冒出钱粮来的。走着想着，再闯机会吧。"黄铉道："对，呆坐着等死吗？快走，奔前程去。"说着，便迈步前行，罗腾蛟随后起步。

二人谈着走着，信步前行。渐渐日色西沉，罗腾蛟叹道："你瞧，这一片黄昏野景，要是心安神定，瞧着够多么畅快啊！"黄铉笑道："得了，我俩闹了两天一宿了，不要说睡觉，连肚皮也没撑得足。这时正乏得筋疲，饿得骨疼，也和这太阳一般，差不多马上就要完事了。自己的晚景还瞧不完，你却有闲心瞧那天上的晚景吗？"罗腾蛟笑道："你干吗这般呆着急？天下事能急得了吗？不能你一着急天上就掉下馅饼来呀！我是素来不肯傻急，要像你这般解不开急结儿，我老早该急死了。"黄铉叫道："我的哥，你不着急，这就天黑了，怎么办呢？"罗腾蛟笑道："你跟我走呀，总不会让你空着肚皮跑到明儿天亮的。"黄铉道："好，我就跟着走吧。瞅你不着急的怎么办？"罗腾蛟道："只要你不把急相全摆在脸上，我就有办法。"黄铉答道："成，只要有法子，不要说脸上不摆急相，连心里也安放着，不用着急了。"

说话间，已到了一个小村庄。罗腾蛟便关照黄铉一同将刀掖起来，大踏步直入庄门。瞅那庄里正中有一条小小的街路，两旁排列着十多家店铺。街尾一家檐口高挑着个酒帘儿，罗腾蛟直到那家小店门前，抬头一瞅，见土墙上涂着"酒饭便宜，安寓客商"八个大黑字。再向店堂里一望，见只有靠外面座头上坐着个戴方巾的，其余的座头全都空着，心中陡然一喜，昂然直入。黄铉绝没留意，只满肚里怀着鬼胎，却又不唤问，并且不便唤问。径自硬着头皮，麻着胆子，强装出雄赳赳的轩昂神情，跟着罗腾蛟径走进去。

罗腾蛟直到店里最后一个座头上坐下，黄铉也在下首坐定，两眼瞅定罗腾蛟，心中暗想：瞧你怎么办？罗腾蛟却连正眼也不向黄铉瞧一瞧，一迭连声高叫伙计。伙计连忙高声答应，急走过来，一眼瞅见罗腾蛟巍然高坐那番轩昂形状，虽是穿着一身旧布衣裤，却另有一种凛然慑人的威风，料想：这人不是个隐却真形的江湖好汉，准是个保镖的达官。忙赔笑脸问道："爷可是要喝两盅儿？咱这小地方，小店只有白酒黄酒，却是十年陈酿，香喷喷的……"罗腾蛟拦问道："有什么可下酒的？"伙计忙答道："有有有，有新宰的嫩黄牛肉、带皮白煮嫩山羊。你老若不爱吃这个，就给你老现宰现煮俩大肥鸡，成不成？"罗腾蛟微微点头道："你先给我来两斤白酒、两斤熟牛肉、两斤白煮羊，再宰俩鸡，白切来下酒，留汤做两斤面条儿。"伙计答应："是是是！"转身待走。罗腾蛟又唤住道："你这里可有干净屋子？回头要是时光晏了，咱俩就不走了。"伙计急答道："承爷的照顾，咱这儿新开张没多时，屋子才新拾掇过，再干净没有。要是爷的车驮行李在后面没赶上，被褥枕席全有新置的。只要爷吩咐一声，全能伺候好。"罗腾蛟略一凝思，举手一挥道："你去给我拾掇好吧。"伙计嗾声恭应，转身出去，便高声叫唤，关照柜上照办。

黄铉坐在一旁，默然不语。直待伙计离开了，才瞅着罗腾蛟微微摇头，罗腾蛟只当没瞧见。霎时间伙计先将杯箸和两大盘牛羊肉、一小坛酒送来，罗腾蛟只顾痛喝大嚼，黄铉肚中实在饿荒了，便也不管吃了以后怎么样，且图目前填满肠胃，保住不闹饥荒再说。他俩本来就饿极了，再加上这烂熟香甜的好肉，真是虎咽狼吞，转眼间就吃喝得坛倒悬、盘露底，伙计才把两只熟鸡白切着，连两盆面条儿一并送来。二人又是稀里呼噜一顿大吃。罗腾蛟抹了抹嘴，便唤伙计问："屋子拾掇好了没有？"伙计连忙答应："早好了，请爷上东屋里来吧。"黄铉拍着肚皮笑道："这可对得住你了。"站起身来，随着罗腾蛟一同趑到东屋里来。

黄铉待伙计送过茶水，悄地问道："哥，吃饱了喝足了，肚里是安稳了，心里总不安稳。怎么办呢？"罗腾蛟瞪着眼答道："你不是说乏得筋疲吗？还不歇着去？"黄铉愣然一怔，不好再问，只得倒身躺在炕上，翘着小指剔牙缝。罗腾蛟也不和他说什么，歪身斜倚在炕枕上，瞑目养神，寂然不语。却悄地倾耳留心，听着外面。不一时又跳起身来，出屋外去。没多时，又趑进屋来，脸上露着喜色，微带笑容，仍然歪悄地在炕枕上，悠然自得。

黄铉实在耐不住了，一骨碌翻身爬起，凑近罗腾蛟耳旁，低声急说道："哥，我真不放心。今儿算他不来讨了，明儿怎么动身呢？难道你想半夜里咱俩一走完事吗？"罗腾蛟正色摇头道："不，咱们要吃白食，也得找那大店家撂得住的，怎么能害这小本人家？你不用管，我保你明儿不烦心就是了。"黄铉急道："你不知，我是个死心眼儿人，你不说个道理出来，我睡觉也不安稳，说不定连吃下去的东西也得烦到全吐出来。"罗腾蛟笑道："老实告诉你，我有钱。给钱给他，不完结了吗？"黄铉惊喜道："真的吗？你为什么早不告诉我？害得我老是提心吊胆。"罗腾蛟道："拿钱出去给店家，你也得瞧见的，怎么假得了呢？我先时不告诉你，托说身边没钱，是要你玩儿的。咱好兄弟，你不要怪我才好。"黄铉欣然道："啊呀，谢天谢地，我得着这个信，可心安神定了。你告诉我这般个喜讯，该当谢谢你才对，怎反说怪你呢？我只要你这话的确，我就好了。只要你身边有钱，你就再耍我玩儿几趟，也不算什么。反正我有名的老实，起小儿就让人拿我当傻瓜耍着，一直耍到这么大年纪了，自己哥们儿，耍耍有什么要紧？我最痛快的是明儿不用着急了。"

第二十六章

走穷途独戮守财虏
奔生路商投仗义人

罗腾蛟、黄铉在店里住宿一宵，次日起身，黄铉还是将信将疑，却不便再问，只瞅定罗腾蛟，恨不得要他赶快给了店饭钱，好放心没事。罗腾蛟却泰然处之，似是没事人儿一般，唤店伙舀热水来，盥漱毕，又讨茶来，慢腾腾地喝了一盏热茶，才缓缓立起身来，黄铉在一旁已经急得几乎要冒汗。

罗腾蛟出了屋子，黄铉随着他同到柜上。只见罗腾蛟向柜前站定，问道："总共该给多少？"掌柜的忙赔着笑脸，答道："只一贯四，没紧要。爷带着，回头一总赏赐吧。"罗腾蛟也不答言，伸手向内衣袋里掏出大卷宝钞来，抽出两张一贯的，递给掌柜的道："剩下的赏给伙计吧。"伙计听得，连忙过来千恩万谢。罗腾蛟微笑点头，将卷宝钞仍纳入袋里，大踏步径离了小店。

黄铉紧紧跟着，一口气走了十多里。时方晨晓，路上行人稀少，黄铉见前后无人，紧行一步，和罗腾蛟并肩走着，一同举步，说道："云化哥，我实在憋不住了，得问你一问：你身边既有这么多银钱，干吗要装穷，害我急得要命呢？难道你还不知道我是个大傻瓜，绝没半点儿坏心眼儿的吗？话又说回来，我问这话不是我敢怪你，委实是我这笨坯每常见你们机灵人干事总有些两样儿，老猜不透是什么道理，也不知闷急多少趟了。你是我的好哥哥，你说说，为什么要这么瞒瞒弄弄的，只算教个乖，成不成？"罗腾蛟笑道："你想事和着急的心眼儿都太多了，可惜只没心瞧事。明摆着一桩事在你眼里，怎么你心里会连半点儿影都没有呢？"黄铉诧异道："这就奇了。你不说我还明白些，越说越把我弄糊涂了。明摆着一桩什么事呀？我知道明摆着的事，是你昨儿穷得一个大子也没有，陪着我饿。后来大吃了一顿，睡了一宿，忽然大卷宝钞在你袋里掏出来了。一高兴，赏伙计是半贯开外。就这么一桩事，是明摆在我眼里的。救命王菩萨！可没把我糊涂死了！怎么会明白呢？"罗腾蛟哈哈大笑道："你不要直肠子撑到底了，乘这时没人，我告诉你吧——

"进店去的时候，那靠外面的一个坐头上不是有个戴方巾的学究，正坐在那里低头闷吃吗？你那时全没留意，我却一眼瞅见他，就知道咱俩的盘缠有了着落，不用着急了。他原是个短视眼，而且本来和我不大熟识，却是我既已打定了主意，就绝不能让他瞅见我的身形，所以我直领你到最后一个座头上，一来避远些，二来便于暗地观察他的举动……"

黄铉插问道："说了一大车子，这人究竟是怎生个人，姓甚叫甚？你怎认识他？咱俩的盘缠怎么会着落在他身上呢？"罗腾蛟笑道："我说了告诉你，自然要全告诉你的，急些什么？你真太爱着急了。"黄铉也笑道："不是我太爱着急，实在是你先说上大篇道理，却不先说是怎么样个人，你那时心里是怎样的想头，不是让人听着闷气吗？"罗腾蛟道："得了，不要再岔了，越岔越耽搁时候。待我告诉你吧——

"这人姓蔡，名叫葵梓，祖上原是渭南人氏，落籍在陇中有两代了。他爸爸是个贩卖药材皮货的客人，做一辈子买卖，挣得许多田地房屋。人到有了钱，就要想到要做官了，这是'富''贵'两字联着，总没个富家不想贵的。这位客人既已有钱了，想着自己做官是不行了，不要说那般年纪，断不能再去念书赶考，就是那些官场仪注、应对、进退，也绝不是一个老迈商贾所能习得来的。却是总丢不下这求贵的心思，决意把独养的儿子念书。便请了五六个教书先生在家里，围着这个宝贝蔡葵梓镇日价念个不停。老头儿对儿子什么都疼爱，什么都答应，只是求贵心急，唯有念书是半点儿不放松。儿子生病要告半天假，都要请个先生陪在炕上，讲书给他听。似这般教了九年，孩子是会做八股文章了，可是除却念书做八股以外，连吃饭睡觉都不明白，并且因为老师太多，各人见解不同，各教各的，弄得蔡葵梓终身不曾真正懂得一句书的真解。就那般浑浑噩噩，装了一肚皮能背不能解的死书，成了个书柜子、书呆子。

"蔡葵梓十岁，就报童生应考。他爸爸怕他回家乡不稳便，花了许多冤钱，勾买本地劣绅，才入了籍。又花了好几千两冤钱，买求得廪保，才去赶县考。哪知一连过了好几年，考了好几场，场场都是榜上无名。那些饭桶先生初时还说：'学生的文章格调太高，不是学政及州县衡文的人所能懂的。'老头子也跟着骂主司没眼。不料到了蔡葵梓二十岁上，还没考得一名秀才。那些先生也没脸再上门了，老头儿才知是上了当，忙将儿子送到著名的山长门下，花了许多钱，拜门求教。到了考期，又花了许多钱，求山长设法，前后差不离花一两万银子，蔡葵梓才得中一名倒数第二的秀才。

"蔡老头儿真没福气，儿子得了秀才，就那么一乐，乐得太厉害了，动了肝风，中风不语。得病只有三天，就撒手走了。蔡葵梓糊里糊涂把丧事办了，整整庐墓三年，从此不求上进。因为他爸爸已经死了，再没人日夕督着他做文章，求功名，乐得闲散度日，补补从前所受的亏苦。却是他虽然在求取功名上和他爸爸的意思完全相反，到了持家做人，却又和他爸爸一模一样。镇日只想如何损人利己，如何可以多占便宜，连家里雇工吃饭，都是按人量给，每人若干，饱不饱不问，总不许再添。他三十五岁时才娶媳妇，连娶媳妇他也要算计。因为花钱就不干，才永没成就，耽搁到中年。恰巧那年年荒，他收得个逃荒的女子，就收作妻房。大发请帖，邀亲会友。人家送的礼仪物品一律全收，到了喜期，却只办些三碗头的便饭，被人家愤骂恶讥，亲友都绝裾而去，他反自鸣得意地说：'咱乐得省下来，自己多吃几天荤菜。'

"从此乡人都不理睬他，鬼影儿也没一个上他门。那些破落户、流民、闲汉便不时去他家滋闹。他又急又痛，才下个狠心，聘请两位拳师在家保镖。这两位拳师我全认识，没事时常到他家去闲耍。哪知蔡葵梓见俩拳师吃饭不做事，心又疼起来了。竟吩咐俩拳师须每天帮着做工。俩拳师一气，就此气走。从此蔡葵梓鄙吝声名已经传遍，谁也不愿受他的聘。他也在陇中住不安了，才忍痛迁居，全家搬到米脂县来住着。他还有些田产在陇中，因为他索价太高，都卖不掉，所以每年得亲自到陇中去收租。

"我一眼瞅见他，料知他一定是收租回来了。他的田租给人家耕种，佃约上都得写明'不问年成好坏，按年缴例租若干'的句子，所以不论年丰年歉，他总得逼迫佃户颗粒不少，甚至还要在升斗过量上多占一点儿。佃户都是怨气冲天。怎奈他是个秀才，种地人家怎惹得起他？只得忍气吞声，受他剥削。他既舍不得吃，舍不得穿，每日喝棒子面粥，吃窝窝头，穿布直裰，戴布方巾，积存下来的银钱自然不少。虽然有时也被比他还厉害的人刮去许多，据说连新带旧，还有三万多两现银和值两万多银子的田产。你想一个行贩老儿，养活一个秀才，又不曾下西洋得异宝，哪来这许多钱呢？这其间造了多少孽，作了多少恶，就甭问都可想知了。咱们在江湖上闯的，这样人的钱不使，使谁的钱呢？

"我眼见这厮在那店里吃饭，就想着行路规矩：一餐再一宿，是不用付伙钱的。这厮最爱省小钱，定宿在这店里。后来我同你到屋子里歇着，我留心细听，不多时，果有脚步声打窗前过去，我便急忙出屋去一瞅，见蔡葵梓正站在对过房门前漱口，知道我所计料的半点儿没错，更加心安神定了。

"昨儿晚上你老不睡着，可把我急坏了。我不是拿你当外人，要瞒你，实在是因为你性子直，一时又不能对你把这些话说明白，只得暂时不给你知道，独个儿捎着这担子。一直挨天半夜，三更过后，没听得你叹息了，我才悄悄地爬下炕来，再听了听，你不曾觉。我才轻轻地透湿门料，开门出外。瞅对过房门紧闭，悄地过去，静听多时，只有呼吸鼾声，别没响动。我才撬门进去，就窗外星光透映，瞧见蔡葵梓那厮狗一般蜷在炕上。我略待一待，见他没转动，才到炕前细瞅。哪知那厮真是把钱当命。他把两手两胳膊紧紧地死箍住一个小小包裹，抱在胸前。全身蜷作一堆，好像是一条长虫卷盘着一只兔子似的。要想提动那包裹，必得惊醒那厮。这一来我可着急了，站了多时，没得主意。刚待回来拉倒，忽然触想起：悄悄地拿他的不是偷吗？这种人的钱还用得着偷吗？干吗怕他呢？心一横，便不顾忌那些，手起刀落，就把那厮宰了。这宝钞就是那包裹里面的，总共是七百七十贯。"

黄铉惊道："那小店里掌柜的不是要打一场人命官司吗？这件无头公案可够倾家的了。"罗腾蛟笑答道："这个更不用你代他担忧了。如今这般兵荒马乱的世界，死一两个人算得了什么？地方上出了劫杀案，还不是挖坑一埋完事？谁还照着太平盛世，地保呈报，县官相验那么办吗？一来也没有肯找那些麻烦；二来要是劫杀案件件都报验，那么县太爷镇日连夜专办相验还来不及呢。你还着急那掌柜的不会图省事吗？放心，他绝不会自找麻烦的。"

黄铉笑道："你真会想，又会说，我抬你不过，不和你抬杠了。咱们来商量商量，投奔哪里去？"罗腾蛟道："咱们虽有这七百多贯钞，却是不过盘缠富余些，好奔前程，不致和从前一样，坑得不能动脚，断不拿这种图舒服，做买卖。那么，咱们只要有出身地，不怕千里万里，都奔了去。"黄铉道："所以要先商量好呀，要不然，再遇个李闯，不是更倒霉吗？"罗腾蛟道："那么咱们去投官军去，阵前马上，一刀一枪，博个威名永震。"黄铉摇头道："得了，提起官军我就头痛。记得那年征发卫所子弟，远戍辽东。有一家卫籍人家，发了点儿财，子弟们全不愿去，便花钱雇人顶替。我这个倒霉的正赶着为葬父母亏了债，好吧，就来个'卖身葬亲'吧。拿了那家子二百两银子，理清楚债务，就顶着假姓名归队伍。我先还着急，一来怕受不了军规，二来怕操练太紧，再还想着要立了功升官呢，这假姓名怎么办呢？后来一进营才知道，官军敢则和强盗不差什么。吃喝足饱了，就找玩乐，赶双陆，打马吊，还外带输打赢要，强者为王。再一高兴，在营就吵架相打，出外就戏女欺儿，什么都干。什么操演规律，却是连影也没有。做武官的只要他吃缺吞旷，抹零报虚时，当兵的不闹不说，他就任什么都不管了。再要说到图出身，想高升，那更笑落牙齿，气坏人。要不会巴结，没钱花费，再甭想得升。除此就只要脸子长和俊俏，肯拿自己不当人，去报效长司的，也升得快。像咱这般蠢材穷料，两辈子也还是一名兵卒。你说去投官军，依我说与其投官军，倒不如投河来得痛快！"罗腾蛟道："据你这般说起来，强盗是不能做，官军又不能投，那么就只有一条路可以走，却不知你肯不肯和我同去？"黄铉急问道："什么路呀？上哪里去呢？快说给我听听。"

第二十七章

有意投亲莫由问讯
无心会友遂缔深交

罗腾蛟笑道："这条路我昨夜就想着了。我有个娘分上的哥哥，姓张名宗尧，字岐宁，原籍辽东义州卫。自幼随他爷在关内做皮货生理，和我家结亲后，老爷子去世了。他爸爸是个书生，不善做买卖，没多时就收歇了。后来落得单身回卫去，营谋归屯，就把岐宁寄在我家。不料他爸爸一去杳无音讯，岐宁就和我一同习业。却是自幼就不同常人，每每干些抱不平的侠义事业。自从那年我离家之后，听说他也随着个山东客人到北边走贩营生，多时不曾得音讯。直到前不多时，无意中遇个在红花市帮贸的阌乡客人，闲谈说起，他的掌柜就叫张宗尧。我听了想着：姓名相同，莫不就是我的哥吗？仔细究问，果然就是张岐宁。却是那客人不明白他赚钱的来历，只知他是远地客人，带着本钱踹码头，踹着红花市四通八达，是个立业的好所在，就在那市上开张了一家'源康商行'，生涯很盛。兼之他行侠仗义，四方人物都敬佩他，和他交结往来。那红花市离这儿只有两天路程，咱们就这里朝西岔过去，后天就好到了。这不是一条很可以走的路吗？"黄铉啊哟一声道："俺的哥，你昨儿怎不说这话？俺早知道也不瞎着急了。"罗腾蛟叹道："唉，你哪里知道？人心难测，求亲投戚，也不是件容易事。我和他多年不见，弄到这般褴褛，冒昧投托，知他是怎生个念头？如今我不靠他帮救，只不过能依傍时，打住些时，图个出路，又不打搅他什么，任他好待歹待，都没紧要，所以我才想着去投奔他。"黄铉笑道："你总有道理，俺没你那多心眼儿，想不到这许多。要是俺有这哥哥时，早就投奔去了。就算他待俺不好，也不过多走些路罢了，总比无路可走时干着急强多了。"

罗黄二人说着走着，心畅神怡，脚步自然轻快。多走许多路程，才投店歇宿。黄铉这时心安意定，饱餐酣睡，不再着急。直到天晓，罗腾蛟唤他起身，漱盥了收拾起身，径奔红花市。二人脚下本健，加之好朋友同行，且谈心且走路，更不觉得疲乏。走了大半日，已到一处闹集上，歇脚打尖，向店家问讯时，红花市就在眼前，相距只七里路了。幸亏这地方也是个镇市，二人便买了些头巾衫履等项，吃饭后就店里梳洗干净，更换一新，才缓步并行，向红花市走来。

这红花市虽是个镇集，却绾住陇秦河南一带的要路，万商云集，百货山堆，街上挨肩擦膀，行人拥挤，车马驮轿络绎不绝，酒馆妓寮无一不有，热闹繁华不亚似大都会。罗腾蛟虽曾知道红花市是个商贾辐辏的市镇，却从来没到过，不知有这般阔大，径和黄铉二人一同奔到市上。穿过几条街巷，黄铉问道："你那哥张岐宁住在哪儿呀？"罗腾蛟道："咱们且寻个地方歇着，再顺带打听吧。"说着话，便向一家茶楼走去。黄铉跟着上了茶楼，觅个空座头坐下。

茶博士连忙提壶过来，张罗沏茶送水。罗腾蛟便向他打听："这市上有一位张宗尧，开源康商行的掌柜，商行开在哪条街，你可知道？"茶博士凝神想一想道："这可不大明白，你老要打听这个，得上关王庙。那儿是个热闹所在，也是百家行商聚会处，一问就得，你老！"罗腾蛟便问："关王庙在哪儿？"茶博士道："齐这朝西，到十字路口望南一拐，上大街，没多远路。路西有个圈儿门小胡同，那就是串儿胡同。进胡同口七八十步，路南就是，你老！"说着话，那边茶座乱叫："伙计呀！"茶博士连忙应着，挽起铜壶走了。

罗腾蛟胡乱要了些果食点心，和黄铉吃了，便起身给了茶钱，和黄铉一同离了茶楼。照着茶博士说的路径走去，果然寻着关王庙。罗腾蛟心中一喜，见庙门大敞着，便直跨进去。迎面是一座大殿，当中空空阔阔一大方敞坪，坪中有座戏台，台前一只大鼎，瞅去约有千余斤沉重。殿前九级石阶，石白如璧，雕龙蟠云，十分齐整，衬着朱红陛栏，更显得耀眼生辉。阶上雕花槅门虚掩着，隐约瞅见殿里香灯闪烁。罗腾蛟便缓步上阶，推开殿门，跨步进殿。抬眼一瞅，正中大龛内供着一尊赤脸长髯、绿袍玉带的关王坐像。当前一座沉檀香案，铜炉香袅，银炬双辉。两旁土台上分塑着关平周仓戎装泥像，各有八尺来高。周仓手中捧着一口青龙偃月刀，确真是灿亮的镔铁铸成，不止百斤分量。殿上灯扇仪仗两边罗列，各物俱齐，而且全是簇新的，不问而知是当地一座很兴旺的庙宇。

罗腾蛟瞅了一周，却不见半个人影，心中诧异，暗想：这大一座庙，难道没个守庙的吗？似这般时世，这些东西不怕偷窃吗？瞅这香烛神灯都燃得不久，一定有人的。何妨到后面去瞅瞅。想着便招呼黄铉一同转过大龛后面，穿过石门，便见一座大厅，上面高悬"崇德祠"三字大匾。厅门关着，瞅见厅内竖着许多木主，料想是奉祀乡贤的。便从厅旁走廊穿到后面，只见当面是一排一明两暗的板屋，屋前有大方空地，种着些菜蔬。当中有一口井，井旁有个老头儿，正蹲在一只大木盆边洗涤蔬菜。

罗腾蛟步到老头儿前面，唤道："老人家，我请问一个事。"那老头儿尽自低头洗菜，绝不理睬。罗腾蛟又柔声再说一遍，老头儿兀自不理。黄铉瞅着急了，大声叫道："老头儿！人家和你说话呢！怎么不理人呢？"这一声才把那老头儿惊得扔下手中菜，抬头起身。瞅见罗黄二人，连忙装着笑脸，点头哈腰。罗腾蛟重复又问一遍，老头儿仍是不答，只竖起右手食指，先指指他自己的耳朵，复又指着口，朝着罗腾蛟哇哇叫了两声，现着一脸苦笑。黄铉急得跌脚道："唉，真倒霉，偏偏遇着个不会说话的，真气死俺了。"

这一声惊动了屋里。忽见一个少年汉子奔出来，问道："什么事？什么事？你这么大声！"黄铉听得，便道："好了，这可有了一个会说话的了。"罗腾蛟连忙迎着少年和颜施礼，说道："小弟远道初来贵地，特来打听一家商行，不料惊动台驾，得罪得罪。"少年道："他是个聋子兼哑子，你怎么问他呢？你打听谁呀？"罗腾蛟道："是舍亲，在贵地开源康商行的张宗尧张岐宁。"少年沉吟道："源康商行却不曾知道。此地却有一位异乡客人姓张，像是叫作张岐宁的。却不知他住在哪里。"罗腾蛟道："闻得贵庙是百行聚会处，不知这位张岐宁可时常上这儿来吗？台驾想必是知道的。"少年道："不错，这儿原是当地各家商行捐造的一座公所。本市上许多行商都来这儿聚会，地方有事也都在这儿商议。可是来的人成千累万，咱哪能个个认识呢？这'张岐宁'三个字，也不过耳里好似刮着过罢了。你问仔细，咱可大不知道。"罗腾蛟道："那么贵地聚会是什么时候呢？到来的人可有人知道个姓名人数的吗？"少年道："聚会都是每天饭后，谁到谁不到，另有会上首事知道，咱管不着。"说毕，满脸透着厌烦，扬手向那老头儿一挥，便转身走了，老头儿也就跟着踉跄奔入门里，乒乓一声，把门关上。黄铉怒道："这厮无礼。罗哥不要理他，咱们上街上找去。有店有姓名，还愁访不着吗？访着时再来揍这厮。"罗腾蛟道："明儿上这儿来，等他们聚会时再打听，今儿且找个所在歇息一夜吧。"

罗黄二人离了关王庙，黄铉要到大街上去寻觅源康商行，罗腾蛟便和他一同逛街穿巷，绕来转去，直走到下午酉牌将尽，红日西沉，也不曾见着有一家源康字号的商店。二人只得疑疑惑惑且投客栈。要了一间上房，沽酒叫菜，吃喝一饱。到晚来辛苦极了，倒头便睡。

次日早晨罗黄二人起身，盥漱毕又出外寻访，却仍然不曾访着音讯。回店吃过饭，罗腾蛟便要到关王庙去。黄铉先原不愿再到关王庙，却见终是寻访不着，只得跟随罗腾蛟一同到关王庙来。路上没事耽搁，一霎时便进了串儿胡同。

今日的关王庙和昨日竟然大不相同。罗黄二人一进胡同，就觉得人声喧杂，交臂骈足，挤得水泄不通。好容易连排带钻，费却无穷气力，才挨到庙前。朝庙里一望，更是人头如沙一般聚成一大片，没些罅隙。耳中轰轰隆隆尽是声音，也分辨不出些什么。庙门口更拥得水泄不通，那些人砌砖也似的紧塞在门口，再甭想挤得进去。罗腾蛟直嚷着："借光！借光！请让让！"嚷了半天，又使手推排撕挪了好一会儿，也不曾得条缝儿。黄铉瞅着，焦躁起来，振起精神大喝一声："滚开！"两臂齐伸，扬掌向前，耸身扑操，猛然推排，只听人声大乱，庙内人潮水般顺着倒去。黄铉乘此着力操去，操开条人巷，才和罗腾蛟一同冲入庙里。那坪中蚂蚁般多的人，被这一推动，我挤你，你排他，顿时浪花也似的，荡漾多时，才得安定。

二人到庙坪里一瞧，台上正在唱戏，四面耍拳、唱书、鼗鞄戏、唱大鼓、耍戏法儿、玩猢狲以及星相卜命、江湖百流，没一不有。二人也无心停望，直上大殿，径到后面。见有许多布袍软巾商人模样的人，都朝里面去。罗腾蛟便也招呼黄铉径自跟去。一连穿过两重门户，才到一个院落。当檐悬挂着"万商云集"四字横匾。罗腾蛟料想：这大概是行商聚会的处所了。便走进正中一间，果然见有一张长桌，三方都是些少年人，正在交头接耳，嬉笑打趣。罗腾蛟便走上前去，赔笑拱手，和声说道："借光！请问张岐宁张掌柜的可曾来？"迎面那个少年正喝着茶，懒洋洋地抬起头来，翻着一双白眼道："不知道。"那旁边坐着的一个瘦脸少年忽然瞅见黄铉巍然屹然站在罗腾蛟身后，圆瞪两眼，手抚剑柄，暗吃一大惊，连忙起身拦答道："对不起，时候还早，人还没到齐呢。你老要打听朋友，还请待一会儿再来。这时没处查问去。"罗腾蛟也不和他计较，点头就走。黄铉大鼻孔里闷吼一声，横眼向先喝茶的少年一瞪，转身拔脚，大踏步走去。瘦脸少年正暗拉那少年一把，那少年觉着了，吓得陡然一惊，连身一震，当啷一响，面前茶杯砸了个粉碎。罗黄二人也没理会，径回到庙坪中来。

罗腾蛟立在坪中，留心瞅着，想待张岐宁进来时便唤住他。瞅了多时，也没见踪影。黄铉心中焦灼异常，闲望四方散闷。忽见那大鼎前面拥着一大堆人，连声喝彩。黄铉忙过去，挤向人丛中，企颈一望，见人圈子当中有一条大汉，领着许多破落户正在练武。那大汉长得黑面高颧，虬髯满颊，赤膊露筋，满身横肉。向众人嚷了几句，便抬腿向大鼎使劲一蹬，但见他哼一声，那大鼎已移过去半寸。闲瞧的人又暴雷也似的喝一声彩。

那大汉得意扬扬，昂然高声道："俺这功夫是在九宫山得遇少林寺仙师亲传，仙师说俺是黑虎星下凡，可惜时运未通，传俺神力。待俺将来挂帅征番时，和薛仁贵一般，白袍小将，跨海平番，替皇家保朝保驾，立功封王。说不定还要番邦招驸马呢！俺为将来要集将聚贤，招兵买马，所以显些神功，结交江湖英雄好汉。众位中有志气有能耐的，俺全愿意磕头结义，共图富贵，同享荣华。"一番言语说完，又蹬一脚，那大鼎又移过去一寸多些。众人喝彩声更加洪大。黄铉瞅着，一肚皮无名火顿时直贯囟门，大喝一声："哪里来的狂小子！"一声未毕，方待跳入圈里，突见东南角上蓦然凭空飞起一人，鹰鹞一般疾飘入场子里。双脚才点地，只一手抓住一只鼎足，单臂一伸，托地将那大鼎向空举起，厉声大喝道："好个不要脸的小子！爷爷给你这个！"声住处，吼一声将鼎一横，就要向大汉砸去。吓得那大汉抱头一钻，哀声怪叫："大爷饶命呀！"黄铉便上前一手揪住大汉，向那人道："大哥贵姓？这小子俺保他逃不了。"那人将大鼎横撂在地下，道："我叫乙邦才，号奇山，青州人。这小子大哥认识吗？"黄铉一面伸一只手将那大鼎扶起，照原立着，一面笑答道："小弟黄铉，号铁坚，淮扬人。谁能认识这般浑蛋？俺正待要收拾这厮，却给大哥威风震慑了。俺虑他逃走，所以帮着逮住在此。"乙邦才向大汉厉声喝问："你姓什么叫什么？为甚在此地妖言惑众？"大汉哀声求告道："两位爷爷呀，俺叫大团雪高岐凤，流落在红花市，没法儿仗点儿蛮力，骗乡下人罢了。求两位爷高抬贵手，只算饶了一只牛羊，放了俺吧！下次再不敢胡说了。"四面瞧热闹的人听了，一齐哄然大笑，声彻全庙。乙邦才大喝道："以后永远不许你诈人！我再见着时，定取你狗命！"高岐凤连连磕头如捣蒜，口中"是……是"是个不住。黄铉知乙邦才已允饶他，便顺手一甩，将高岐凤丢了个筋斗，栽得扑通一响。高岐凤也顾不得疼痛，抱头鼠窜逃走了。瞧热闹的人哄然大笑，四散走开。

乙邦才先时见黄铉单臂扶起大鼎，心中已暗自佩服他的腕力，及见黄铉饶了高岐凤，更暗喜他的度量，和自己心性相投。便邀黄铉到石阶上酒棚中，沽酒坐谈。彼此叙起，才知同是沦落天涯不遇时的英雄好汉，惺惺惜惺惺，自然越说越投机。乙邦才问起黄铉："因甚在此地耽搁？"黄铉一字不瞒，坦然相告。乙邦才听了，沉吟道："张宗尧的姓名也多曾闻得，是西路上一条好汉，如今却不知是落脚在哪里。他在此地开张买卖吗？这却不曾听得人说起过。和你同行的那位罗大哥在这里吗？咱能不能见一见？"黄铉陡然想起，忙答道："俺正想着要寻他来会你。不知怎么给岔忘了。你略坐坐，俺去唤他去。"说着，便霍地起身。

恰在这时，猛听得一声喊起，人声如千军万马，轰隆震耳。接着只见庙坪中人潮一般，四面推动，游荡不止。刹那间当中挤住的人乱纷纷，倒的倒，逃的逃，大嚷大叫，闹成一片杂声，惊天动地。黄铉才出酒棚，正待要瞅明甚事喧闹，猛听得有人大喝一声："狗×的！"同时眼前白光一闪，知是有人暗算。就这一眨眼间，急将身子一侧，低头迈腿，向前一钻，单臂运力，朝上使劲迎击。嚓的一声，格架得一条花枪，飞落向后面棚顶上去了。黄铉这才瞅明白，那暗算自己的是高岐凤。

乙邦才听得喧声，立即起身离座，托地一跃，跃出酒棚外面，抬头一瞧，见是高岐凤率领许多泼皮破落户前来撒野火，顿时冲起一把无名孽火，大骂道："揍不死的狗才！竟敢大虫脑袋上摸虱子，爷瞧你是活得不耐烦了！"接着耸身一跳，猛虎扑羊似的抢开两臂，挥动双拳，向那群闲汉打去。众闲汉见乙邦才来势猛勇异常，锐不可当，便一声呼哨，四散闪退。乙邦才哪里肯放手饶过？吼一声，只向人多处扑去。众闲汉见了，急忙乱打呼哨，顿时一齐将身旁暗藏的单刀铁尺等家伙掏出，呐一声喊，径向乙邦才抄围拢来。乙邦才手无兵刃，却仍不畏怯，急忙解下腰间大汗巾，一手甩开，盘旋飞舞，挡开诸般兵器。

那伙破落户泼皮越聚越多，越攒越紧，乙邦才虽是十分英勇，怎奈赤手空拳，汗巾又是个软家伙，不能着力。竟被大伙匪党团团围住。乙邦才仍不肯示弱抽身，尽力甩巾挡御，斗得浑身汗下，吼叫如雷。正急之时，突然听得震耳一声巨响，眼前飞起一片白光。

第二十八章

惩狼群英雄欣聚首
奋虎威儒士幸伸凶

乙邦才急耸身跳开两步，移目回望时，却是殿陛间蹦出一条大汉，阔额广腮，虎腰猿臂，撩起当前衫襟，手抡着一柄丈六灿金云锷巨刀青龙偃月刀，吼如怒狮，扑近酒棚前。手起刀落，早将当头的一个破落户劈翻在地。接着大声喝骂："狗贼！胆敢在光天化日之下，以多凌寡，持械杀人，你爷爷特来扫荡你们这群恶兽！"同时舞开大刀，直向闲汉丛中卷去。扫砍得一群闲汉惨呼怪叫，四散逃命。乙邦才连忙赶上那大汉，高声大叫："尊兄仗义扫贼，请留姓名！"那大汉一面追逐，一面回头答道："我歙县罗腾蛟！"

这时，黄铉正在赤手空拳和高岐凤相斗。高岐凤的花枪被黄铉格扫脱手，也只得拳脚相拼。狠斗了几个回合，高岐凤觑空抽身，后退两步，急伸手向襟下一捞，嗖地拔出柄牛耳尖刀来，直扑黄铉，抡刀猛刺。恰值罗腾蛟突近身旁，忙将偃月刀一横，架格尖刀。高岐凤急忙缩身扬手，待放袖箭，忽闻得脑后有人厉声骂道："泼贼，你又在这儿闯祸吗？"一声才毕，高岐凤早扑得摔到两丈开外，咕咚倒地。他也顾不得苦疼，急翻身爬起，回头瞅时，却见个蓝衣矮胖汉子，手中正握着自己刚才脱手的花枪，屹然怒目而视。顿时吓得哇地怪声惨叫，但恨爹娘生短了两条腿，没命地飞奔，逃向庙外去了。原来由高岐凤带来的破落户泼皮，也都逃了个干净。

乙邦才、黄铉、罗腾蛟这时齐到那执花枪的蓝布矮胖汉子跟前致谢，方待请问他的姓名，罗腾蛟忽然惊叫道："你不是我那岐宁表哥吗？"那矮胖汉子也诧呼道："你不是俺云化表弟吗？"乙邦才也认出矮胖汉子就是红花市著名好汉铁汉张宗尧，只有黄铉虽不认识，却已料知是自己正巴望着的人，已经在眼前了，心中喜得说不出的快活。罗腾蛟给他引见时，脱口叫声："俺的哥！可没把俺想坏了！"

张宗尧道："此地不是说话的处所，奉屈各位到敝寓小坐些时可好？"罗腾蛟道："我正是来找你的，自然得跟你上你家去瞧瞧。"说着，便将手中刀送入庙去。黄铉也道："理当登门拜见。"乙邦才待要告别分手，张宗尧一把拉住，道："咱们哥们儿多时没见面，怎不一道去聚聚呢？"乙邦才推却不得，且正想结识这几筹好汉，便也随着张宗尧，待罗腾蛟来到，就和黄铉一同步出关王庙。

张宗尧当先领路，出了胡同，便向乡村走去。一路上大家说说笑笑，不觉谈到高岐凤。张宗尧笑道："合该这小子倒霉。前回在潼关聚众烧香，遇着俺，给砸了，那厮就逃到此地，旧性依然不改。去年前村唱戏，那厮仗着他一点儿蛮劲，耍仙人担，哄村汉，骗银钱，又遇俺给逮住，狠狠地揍了一顿，勒令他永远不许在这市场附近胡来。那厮发誓赌咒地答应了，不料贼性难移，今儿又到这庙会上来现眼了。这庙会本来一月一趟，往常总是未牌时分才热闹，今儿因为是公所祭关王，闹得早了。俺却来迟一步，任那厮胡狂了一会儿，倒惹得各位弟兄生了回闲气。"罗腾蛟道："那厮怎么有这些党羽呢？难道此地是没官府管束的吗？"张宗尧道："这个你问乙大哥就明白了。此地只有一员吃俸榨钱不管事的司官儿，就是地方上闹出了人命，只要没苦主上告，他也乐得省事不理为高。要不，云化在庙里劈了几个破落户，就能这么轻巧地走路吗？那伙破落户全是没家的，或是家里撵出来的浪子，一死就算完。这庙里也不知揍掉多少，那厮们一年也不知害多少孤客，从来不曾听得打过官司。你瞧这官儿好不好？"说着不觉笑了。乙邦才叹道："这也是关西道上连年绝路，荒乱已成，才有这种怪事，哪能拿来和太平盛世

208

比说呢？"

黄铉接说道："怨不得闹到这般厉害，也没见个官差营弁来弹压，原来这地方是个没管束的野地！罗哥，咱头一次揍高岐凤那厮时，怎没见你呢？后来俺要找你，那厮就来打复场。你怎么又忽然知道，赶来相帮呢？再说，咱们全没家伙，张大哥的花枪也是俺打下高岐凤的，你哪里来有那么一柄剁人的大刀呢？"罗腾蛟答道："我在外面待得烦了，又到庙里去打听，知道你不耐烦再进去，就没招呼你同行。后来仍是打听不着，我就另寻买卖人访问。正转身，忽听得外面喧闹，还当是戏场里喝彩，没理会倒是出了事了。直到后来有人进庙，说是'高傻子又动家伙了，这小子真不是好惹的，瞧那个外路人一定要吃眼前亏'。我听得心中一触，'外路人'？别是黄铁坚吧？急奔出来一瞅，果然是你在闹着。又见许多拿家伙的浑跳傻干，我一时急了，只得向庙里周仓爷借得他手里那口青龙偃月刀，给那伙贼一阵蛮砍。我却是急发性子了，只想救出你来逃命，杀人也说不得了。却没知道此地是这么一个杀人不管的地方。如今想到倒不曾多砍几个，替地方多除些害。"说得众人都笑了。

说着走着，已远离红花市街，来到一片绿野田洼之中，一望无涯。微风荡处，翠浪滚滚，映眼尽碧。在那绿荫深处，一方翡翠般微波明媚的塘边，有一所高薨白屋，虎也似的踞在万绿丛中。张宗尧遥指着那屋道："到了，那就是了。"众人听得，各自加紧脚步，径向大屋来来。近前瞧时，迎面一座大石库门，门楣上横列着"源康"两个大字。罗腾蛟、黄铉二人这才知道所谓源康商行却在这里。

张宗尧让众人进了屋里，便有三四个壮汉过来伺候。张宗尧吩咐："快拾掇茶饭。"壮汉们号声答应退去。张宗尧导领着众人穿过两座厅，绕过一道走廊，才转向一座月宫门里走进。里面却是一方小小的花苑，百卉正开，幽香扑鼻。苑里有三间小厅，陈设淡雅，清气袭人。走进厅时，都觉精神一爽。罗腾蛟暗想：他真享受呀！我倒不知这些年间他果真赤手兴家，创成这般个大家业呀！

209

张宗尧让众人到中间小厅内落座，早有仆从送上多份盥漱盆具热水等项，众人个个洗漱了。又有仆从献上点心，沏上清茶，一一分送到各人面前。吃喝已毕，大家散坐闲谈。

张宗尧先问乙邦才："你几时到关西的？来到红花市怎不给俺音信？"乙邦才答道："我到关西好几年了。那年在孟州道上和你见面后，一直就在关西厮混。时常闻得江湖朋友提起你的大名，却是不曾知道你在这儿创业。要不，我在这市上耽搁这许多日子，有个不来瞧你的吗？"张宗尧道："你是个不肯闲逛的呀，这趟光临这小市集，想必是有什么贵干，非劳动大驾不可，俺才得托福见面的。如今贵干完了吗？可有用得着俺处？俺久想跟着你干一趟事，长些见识。你能不能挈带挈带俺呢？"乙邦才笑道："你不要拿话打人。我要知道你打住在这里，早就来请你帮忙了。我这趟来这儿，确是为着点儿事，不能不问。如今见着你了，正要托你给我调处。你怎反说要我挈带呢？"张宗尧道："不是这般说。俺自从在孟州道上见你拾掇那个土霸王举人，一直佩服到如今。这并不是俺当面恭维你。闲常和朋友们说起，也不知赞叹多少次了。所以老想着能跟着你干那么一两趟事，准能长不少的见识。你有件什么事要办，只管说出来，俺在这儿地面上不敢瞎吹，还有一点儿力量，能说得起两句话的。"

乙邦才道："你先甭问我是什么事，且请你告诉我，你是怎么打住在这儿的。"张宗尧道："这话说起来可长了。反正闲着没事，而且俺云化表弟也不曾知道俺打住这儿的缘故，一定也是要问个明白的。不如待俺老实说出来，好让大家全明白。可是俺这话，却从来不曾向旁人提过呢。

"俺真命苦极了。自从跟着山东客人走贩营生，也不知吃过多少辛苦，除却混得一张嘴没挨饿外，没得半点儿好处。那一年走到曹州府城外，那山东客人病了，他怕死在外面，急于要就近还家诊治。把俺寄住在一家杂货店里，一住两个月，也不曾见山东客人来到，更没个音讯。俺着急得不得了。杂货店老掌柜见俺茶饭无心，好似失了魂一般，便问俺什么事着急，俺就告诉他：'倘若山东客人有个不测时，俺怎么办呢？并且这几年他待俺虽然不好，究竟相依了许久。他回去时病势不轻，俺怎能不替他担心呢？'掌柜的听了，长叹一声，向俺说道：'唉，你这人良心真不错，只可惜年轻识浅，眼睛太不识人了。'俺听这话奇怪，便追问什么缘故，掌柜的说：'你还不明白吗？你跟他做这多时买卖，你既不是徒儿，又不是雇伙，自然也是有本钱在内，才同做走贩的。如今买卖赚钱了，怎能不分给你呢？他虽是病重还乡，也应该对你有个交代，或是把买卖交托给你。如今他竟分文不留，就此走了，这就是拐逃了。你年轻人不知道外面的奸巧狡诈，上了他的当了。'俺听了这番话，如梦乍醒，又恼又恨，半晌说不出话来。那掌柜的再三劝慰，说是：'待夜来没事时长谈，准代你想个善策。'

"到了晚上，掌柜的先弄好几样菜蔬，烫热一壶酒，邀俺到他卧房里对酌叙谈。他先将他自己的出身告诉俺，然后说是见俺良心气性都好，想收俺做个徒儿。俺心中大喜，立即磕头拜师。原来这位掌柜的姓范，名企泉，字绍先，别号云飞山人。原是于少保帐前大将都指挥范广的玄孙。家传拳剑，名闻海内。因为愤恨奸阉横肆，自愿不袭卫职，归隐市廛。后来又为乡土恶霸欺凌，才远走关西谋生。生平行侠仗义，惯打不平。却是不留姓字，因此江湖上都不知道，落得清闲度日。那年他已六十八岁了，虽曾娶过妻室，有一个儿子，却不甚中意，留在家乡看守家园祖业。因想着空有一身本领，不曾给国家出得半点儿气力，亟想得个弟子，传给武艺，以免终绝了这家拳剑。收俺为徒之后，就把一身本领悉心教导了俺。俺原本练过拳脚刀马，学起来自是容易，没两年，便全学会了。

"到前几年，俺这位恩师忽然忧时抱病，百药无救，一百天魂归天上。俺遵着遗嘱，把店收歇了，尽力殡殓，扶柩送回他老人家故乡。把剩下的银钱和账册等类全交给师兄范承业，陪同料理了老师的葬事，俺才辞了师兄，单身外出，浪迹萍踪，四处游逛。几年来随遇而安，总不曾有个定处。

"前两年到了孟州道上，宿在一家民户人家，原也是俺在外面路上结识得的朋友家里，那家子姓孔，当家的名叫孔家沛，是个饱学秀才，曾经游学四方，结识得许多文人武士。家中有一所大房屋，是祖遗之业，占地很阔。后面有一座花园，园里池塘亭榭，精美异常。邻居有个王霖，曾中举人，会试不中，便在家乡仗势欺人，成为地方上一个恶霸。乡里中没人不怕他，无论什么事都不敢违拗他的意思。那年王举人忽然瞧中孔家的花园，命一个奴才来说，给十两银子买这花园。孔家沛大怒，厉声回说：'咱不是怕人的，叫王霖张开眼睛，不要欺负到咱头上来，须知还有王法呢！'奴才闷声回去，王霖又嘱本地乡约来说：'不如赶快把花园让给王家，要不，将来祸事发了时，跪着献去，求他家赏收，还不高兴要呢！'孔家沛大怒，兜头给他一顿臭骂，立赶那乡约出门。

"没隔多时，忽然县里来了几名差捕，乘孔家沛上街走动时，悄地从身后兜上铁链，拉着就走。孔家一家子不知是甚祸事，吓得相抱号哭不止。俺那时正住在他家，瞧不过意，便挺身出来，安慰他一家子。一力担承给他解救。当下就到县里，查问案由。费了许多心事，花了许多银钱，才打听得是堤工案内亏空公帑，被地方绅士告发，拘案究惩，还要抄家赔抵。俺得了这信，心中已彻底明白，只得回到孔家，竭力安慰，一面想法解救孔家沛。

"正在这时，忽然得信说案子开审了。俺便急到县衙听审。到衙时知县正升堂，向孔家沛百般威逼。俺正冲起满腔怒火，待要发作，忽见许多看审的闲人忽然纷纷挤倒，陡然闪出一个年少英俊的好汉，威风凛凛，一把揪住王霖，直投公案之前，厉声说道：'父台是地方父母官，理应详察民隐，明辨曲直，不应当听一面之词，任意枉屈儒士良民！这件冤案的正犯已拿获在此，请父台即刻秉公讯鞫。'说着，将王霖一掼，摔横在地。顿时把个知县吓得呆瘫在公座上。两旁三班六房吏役人等全都为这位好汉的神威所慑，全堂痴立着，呆若木鸡。你众位猜这位好汉是谁？"说着伸右手，竖起大拇指来，朝着乙邦才，高声说道："就是咱们这位乙奇山乙大哥啊!"众人听到这里,全朝着乙邦才注视,暗自佩服。乙邦才却毫无得意之色,正襟危坐,微笑道:"张大哥真会说话,这么一点儿小事,到得你嘴里就说评话似的,说得那么精神!"张宗尧笑道:"你那时那番义勇精神,真是冲天盖地。俺这时回想着,还嫌没话儿比方得来呢。"乙邦才接说道:"得了!你不要尽着拿我当评话说了,快说你往后怎样吧。"

张宗尧续说道:"当时那知县给乙大哥吓昏了,也不敢问他是哪里来的,只连忙叫人看座,当是上司衙门来的委员一般恭敬接待。一面就推问王霖,王霖那厮见了这个情形,料是不能狡诈抵赖,便照直供出和孔家沛构怨的缘由,并说:'堤工案内亏空公帑,实在是王家的事,不过在文书里改窜,涂填在孔家承修段内,陷害孔家。一来报怨,二来赖罪。今日出外,忽遇着这位上官捉住咱,卡着脖子问出实情,拉来堂上,也算咱合该。'这一来,自然当堂画供,案情大白,孔家沛才得脱身。俺赶忙接着孔家沛,再寻乙大哥时,已不见踪影。县衙人役也正奉知县堂谕寻找不着。俺料知大侠不肯留名,便劝孔家沛且先料理家事,再图报答。

"孔家沛出事时,亲戚朋友全怕连累,没一个肯顾问的。事了之后,孔家沛便和那班人断绝往来。因见俺曾替他安慰家人,出力奔忙,便将家产变卖一半,邀俺合伙营商。俺寻得这地方码头不坏,就在这里开张源康商行。喜得买卖顺手,一直赚钱。俺因为本钱是孔家的,这商行自然是孔家的产业,一直用的'孔源康'三字出面。俺仍旧是借着办货运货,游荡江湖。除却行里伙计,没人知道是俺掌理的。所以到本地来,要问'孔源康'一问就着,要打听俺,却得是江湖朋友,才知道俺待在这里。这几年从来不曾露过面目。"众人听了,才明白张宗尧打住在红花市的缘故。

第二十九章

世乱民危奋起救世
恩深义重忍辱酬恩

张宗尧道："俺去年年头里，在孟州遇着镖局里朋友，谈起王霖那回事，有个认识乙大哥又曾亲眼瞅见当堂画供那场快事的达官，将乙大哥的姓字告诉俺，俺才知道乙大哥是时常往来秦陇的大侠，曾托许多熟友访问，一直不曾得个音讯。今日真是幸会！俺那孔东家得着信时，还不知要欢喜到怎样呢。乙大哥，你这些时在哪儿走动了？怎老是访不着你的踪迹呢？"

乙邦才答道："我素来是流落天涯，萍踪浪迹，没个定处的。这些时只在关中一带游荡，你要我和你一般，把这几年来的事原原本本叙说出来，我可没你那么好的记性，记不得许多。只想着那年在孟州堂上，乘纷乱时一走，就到了程家寨。

"程家寨原是我一个朋友的住处。那寨周围有七八里宽阔，亚赛个小小府城。里面住的人家却不尽姓程，最著名的要数张、汪、楼三家。这三家可都不是当地人，全是外来寄居的，不过都有房有业，将近成为土著了。寨里居住的百姓商户，全听这三家子调度。有两三千壮丁和许多牲口。这几年世乱年荒，到处不得安静，程家寨便也仿照邻村办法，创练乡团。

"乡团的用度全是地方筹措的，每家人出一个壮丁，富户再加按季纳银二两。有不足时，由张、汪、楼三家包总。张家有个出名的好汉，名叫张衡，字威钧，是关中有名的剑客。行侠仗义，声誉远播。汪家的族首汪一诚，字凤翔，原是镖局东家，练得一身软硬功夫，素有千人莫敌威名。楼家的族首名叫楼挺，字永固，自幼出外从师习武，曾得武当嫡传仪表剑法，历年立功辽东。因被主将夺功压抑，愤怒难忍，弃官回家。这三个人齐心合力，教训本寨子弟。另外聘请两位教头，都是张衡的朋友。一个姓庄名固，字子固，号宪伯，辽东人，幼小好武，十一二岁时，他父亲在外营商，被同伙谋杀。他得信就暗藏利刀，私自离家。寻得仇人，当街刺死，从此逃走在江湖上。得遇五台剑客，习得全身武艺。一个姓马，名应魁，字守卿，原籍江南贵池，武举出身，弓马极熟。曾率五十个家丁追流贼，一箭贯殪两贼首，名震淮西。这两人都是张衡和汪一诚、楼挺商妥，礼聘来寨，帮同训武的。

"我和张衡是旧交，他曾约我几次，要我到他们寨里瞧瞧，得便时指点一二。我那年没事，便去赴约。见他们寨里一切都照军规，极其整肃。知他们志不在小。后来和张衡等谈起，果然他们五个齐心协力，志在保国，并不是专为卫乡。我二十分赞佩这般办法，就切劝他们广罗天下英雄，率性轰轰烈烈大干一场。他们极以为然。我因闻得淮上古达可、戴国柱结合山左豪杰，创练民兵，就和他们商定，决计设法和淮上互通声气。可是曾去三次信，也没得着回复。我在程家寨住了两年多，也帮着教兵丁使长槊，练就千来个长槊兵，解数已经教完，便辞别了张威钧等，要亲自往淮上走一趟。沿途遇着许多零星事，我又是个爱管闲事的，随处干了些闲事，免不得缠身费时，一直耽搁到前不多时才到此地。

"说到我来此地，虽是为路程必经之道，却还另有缘故，非在这里耽搁时不可。只为我有两个朋友，是哥儿俩，都姓陶。兄长名匡明，字耀庭，兄弟名国祚，字继渊。虽是从弟兄，却生长得一般。人们都道他俩是同胞孪生。两家父母商量，一同送他俩从师习武，同拜在山东金枪王飞门下，也就为的他俩生得太相似了。'金枪王'这三个字儿在登莱青一带，无人不知，无人不怕。陶家哥儿俩不但学得金枪王飞的全身功

215

夫，连王家祖传的舞旗击鼓本领全都学会了。去年金枪王到肃州去探亲，路过此地，不知怎么死在挡子店里。据传说死后没尸，死因或说中毒，或说受伤，被人谋死的模样。陶匡明、陶国祚哥儿俩得信，马上动身前去探访。因为先时曾接着我的信，知道我要来邀他俩同赴程家寨，便留下一封书子给我，叮嘱家下人说：'乙某到来，可告诉他：咱俩代师父报仇去了。'我到他家时，听得这话，再打开书子一瞧，里面说得很凄惨，大意说：'家师死得甚苦，且无后人。愚兄弟同为王氏枪马旗鼓之传人，自不容不舍身报仇。唯闻红花市为西北有数之大镇，能人甚多，奸党势大。兄来如速，务恳前来相助一臂。倘弟等不及待兄来临，而有不测，则望念八拜之情，为愚兄弟歼灭仇人，且代了身后琐事。九泉含感，百世蒙恩！'我见了这一派言语，真是心酸泪落，就把所带的盘缠银两一股脑儿留在他家，竭力安慰他家人，许一定寻他哥儿俩回来。便破站趱赶到此地。却是来了许多日子了，左探听右踩访，总不曾得着半点儿音讯，甚至连金枪王飞在此地丢命的事也没人知道。即使问着几个在外面闯世的朋友，也都瞪眼张嘴，老说不知道。我为这可够着急的了。就是今儿在关王庙惩高岐凤，一来原是憋不住气，二来也是为着金枪王的事烦愁。见着那班坏蛋就恨，还带着想从那厮们身上抓得点儿线索。如今会着张大哥你，可算巧极了。你在这儿创业立名许多时了，大概什么事都瞒不了你。这事儿你准许知道些因儿影儿，只不知你能帮兄弟我一下不能？"

张宗尧答道："这事俺虽然知道些音讯，即是也和旁人差不多，不曾透底明白这事的起源结果。你要打听，得让俺先去访一个人。访着他时，许能得个八九成实信。"乙邦才道："这人是谁呢？我能不能够和他见面呢？"张宗尧道："这也得先问过他才成。不问明白，先和你同去，恐防反把事儿弄僵了，反为不美。"乙邦才又问道："那么什么时候劳你驾辛苦一趟呢？"张宗尧道："你不用着急，明儿早上俺准有回音上复你就是了。"乙邦才这才立起身来，向张宗尧扫地一揖，说道："敬谨拜恳，容当图报。"张宗尧还礼不迭，连忙说道："咱们好弟兄，你的事就是俺的事，哪说得上'图报'呢？"

　　当下酒筵已备，张宗尧便邀让乙邦才、罗腾蛟、黄铉等到厅上入座饮宴。席间张宗尧问起罗腾蛟："你怎知俺在红花市，远道前来？近年来在哪里打住？"并询黄铉："由何处来？怎么和云化走在一处？"罗腾蛟照实说出。乙邦才听得罗腾蛟说到和黄铉二人立志不肯从贼，宁愿逃走困饿。不觉竖起大拇指来，赞道："好汉！是好男子！留得清白身子，怕不成功万古流芳的大事业！大丈夫生当渴饮胡儿血，死当姓名留青史，才不枉天地祖宗生咱们这般个汉子！"众人听了，一齐举杯痛饮。这日英雄畅叙，直到更筹频添、杯盘狼藉，才尽兴安息。乙邦才惦记着张宗尧"明儿早上准有回音"的言语，一夜不曾得着好睡。想着：散席时已近三更了，瞅他应酬得神思疲倦，难道还漏夜出去为我打听那事吗？即使他夜里没去，既答应我，一定有个回音的，不过迟早点儿罢了。这也难怪人家，得原谅他劳碌一整天了，怎不要歇会儿？他不是个没信食言的人，断不至于白说的。枕上听得鸡声连唱，由炕上瞧着窗棂纸渐渐透着鱼肚白色，微光暗淡，知道天已明了，便闭着眼打个盹儿。

　　正在将睡熟没睡熟、神思荡漾之时，忽听有人叫："奇山哥！"猛然惊醒，连忙答应。再凝神细听，却是罗腾蛟的声音。便跳起身来，披衣离炕，跋着软底薄鞋，连忙开门。却见罗腾蛟和张宗尧已梳洗更衣，一同立在门口。便笑道："我真没用，昨儿略睡迟些，竟会睡失觉了。你瞧，你俩都拾掇好了，我还是毛头狮子似的，才齐炕上跳下来，不是笑话吗？"罗腾蛟道："本来时候还早，才只辰牌末呢。我也是岐宁哥叫唤才起身的。不是为事体要紧，这时正好躺着多睡会儿呢。"

　　乙邦才一面让二人进屋里落座，一面说道："什么事这般紧要呢？难道这么早，你俩就干过事儿回来了吗？"罗腾蛟笑道："今儿才天明不多时，能干得了什么事啊？是咱岐宁哥赶昨夜把你说的那桩事给探问得个头绪，所以才来惊动你的。要不这么早，咱俩跑来扰你睡干吗呢？"乙邦才大喜道："有了头绪吗？真辛苦了岐宁大哥了！这般情义，俺也不敢口上说谢，总之有我乙邦才一天，总忘不了大哥这番盛意！"张宗尧道："咱们好朋好友好交情，谁也不能说不要朋友，不请帮忙！这一点儿事，既是朋友理应帮忙的。你千万不要再说这些话。咱们哥们儿都是坦白相待的，一来客气，反透着生分了。"乙邦才点头道："大哥吩咐的不错。这事儿有大哥仗义任侠，帮扶着兄弟我，想来没个不完美的。"

张宗尧悄声说道："你先不要漏风，这个主儿来头不小，而且根基稳固。这事要办得如意，还得费上许多手脚呢。"乙邦才诧问道："是怎个的主儿呢？难道竟是官府吗？陶家兄弟俩可有下落吗？"张宗尧答道："这个主儿虽不是官府，却比官府还难对付。陶家哥儿俩都还活着，管保没丢性命，只是不容易见面。这个主儿说起来大大地有名，江湖上没人不知。就是离这儿三十里插天岭平天寨的都头领，绰号吞天狐的李万庆。你瞧，这主儿可是容易惹动的吗？"乙邦才问道："金枪王飞就丢在他手里吗？"张宗尧道："不是，听说金枪王是坏在他手下一个副先锋头领名叫混世魔王铁锤郑霸手里。陶家哥儿俩却是惹恼了吞天狐，才陷身在平天寨里的。"

罗腾蛟插言道："奇山哥，你且不要着急，咱岐宁哥原防你听得时要发恼，或是轻身前去。所以先告诉我，我和黄铁坚极力承当，拼命帮你到底，并且管保劝你从长计较，不要莽撞冒昧。岐宁大哥才邀我一同来向你说明。你如今不要着急，咱们无论如何总和你结在一处，干完这件事。却是你千万不可焦躁，且静坐着，待岐宁大哥把昨夜所做的事仔细告诉你，你就透底明白了。"乙邦才点头道："承蒙各位兄长义气如山，我乙邦才还有什么着急的？只是这事是我独自个儿的事，怎好劳动各位兄长呢？任李万庆三头八臂，我总得和他拼个死活，才对得起朋友……"罗腾蛟截言道："除暴安良，是武师剑客的分内事。咱岐宁大哥久想除却这一大害，上保国家，下安行旅，靖戢地方，搭救难友，且为被害的英雄侠义报仇雪恨。只因人手不足，不是他的对手，徒然打草惊蛇，或竟枉送性命，无裨于事。所以才忍耐到今。现在我们人齐志定，正好同心尽力，酬偿素愿，原不是专为你我交情。不过彼此合力共干，你有什么可推却的？更无所谓过意不去。岐宁哥，你先把昨夜的事从头到尾详详细细告诉奇山哥，好让他明白情形，有个打算。"乙邦才也接说道："敢烦大哥指教。"

张宗尧道："昨儿夜晚，俺因为没拿得准是不是可以全都探访明白，所以不曾先和奇山哥你明说出。席散后，俺吩咐家人好好伺候，并暗中托付云化表弟，代为安慰奇山哥，千万不要出岔子，好让俺安稳得些线索回来，再商量万全之计。一切准备妥帖了，俺才独自出门去，访俺那位密友。

"这位密友确非等闲之辈。他本身负着无限的冤苦，曾随大侠瓢甄子习武学剑。后来得中武举，会试成武进士。忽在他师父处得知了他本身大冤，这冤又是万不能了的。因为祖上的仇人，就是祖上的恩人。寻思无计，又恼又痛，便不愿为官，设誓要替天下人鸣冤。若不是和番倭外国开战，决不问世。因此隐居在这世外田乐园中，却是不大有人知道，只当他是个平常人罢了。

"这人姓孟名容，字端平。俺原也不知道他是一位大侠。前年郊游遇雨，往田乐园暂避。乍瞧见屋里倚着一柄青龙刀，约莫有一百五六十斤重。墙上挂着一对短铁挝，也不下六七十斤。暗地吃了一惊，料想其中主人断不是个平凡人物。后来屡屡设法借故和他亲近。他知俺是诚心佩服他，并且知道俺平素为人，才和俺纳交，吐露真言。却约定不能漏给旁人知道。

"昨夜，俺触起孟端平曾经对俺提起过：'金枪王又丢了性命了，可惜又少了一位名武师。'便想着这事他一定知道这些根底。昨儿夜里就悄悄地到田乐园去，竭诚掬臆地向他请教。承他慨然把这事的首尾告诉俺，并一口答应俺，如果有人报仇，动手时一定竭力帮助，绝不含糊。说这话时，满面红晕，义形于色。俺知他是一片侠心诚意，自不能辞却，便敬谨应谢。

"据他说，吞天狐李万庆为人刚愎自用，性情嫉妒异常。凡是有名望的英雄好汉，他就视同仇雠，不惹到他头上，他也要去找碴儿暗害人。从前关西的鹞子周弘、镇齐鲁姜大椿，全死在他手里。近年来他更勾结流寇，收集贼徒，坐地分赃，通风走信，甚至开山立寨，聚众称尊，自号'平天王'，乱封伪职。派人四处通讯，招致绿林。有那正气朋友，不服他挟制、不受他笼络的，他就记下姓名，尽早总要设法毒害了这人才罢。那过路客商、道上行人，受他害的更不知多少。他那平天寨全仿着从前梁山泊的行为，设探讯黑店，立'大义堂'，上下厅头领共三十余人。其中最凶恶的是赛时迁章赫、九流星王泰、山老鼠徐成梁、紫金梁霍仁、黑太岁马长德和女强盗翻天鹞子任月波几个。其余还有许多绿林败类、江湖泼皮，伙着两千多破落户、逃犯、流寇、小贼，乱七八糟塞满了插天岭。

"至于金枪王飞怎样被害，孟端平颇知仔细。因为孟端平本领确实超群绝伦，任怎么险峻的山岭城垣，他能来去无踪，不留痕迹。他仗着这惊人的能耐，时常黑夜单身暗上插天岭去窥探。有一天黑夜，他想着，插天岭上这一班恶党这几天很多在红花市上走动的，难道那厮们就连眼前地面都不顾，竟挖近身泥、吃窝边草吗？乘这星月无光的黑夜，悄地向插天岭上飞走。这原是他的熟路，虽没光亮，一般也闪跃到了寨里。

"这夜，平天寨正开着大厅商议事情。孟端平伏身暗听，得知是李万庆也深晓金枪王家的声名，曾遣头领赍着金帛，去聘请王飞，并封王飞为伪都督，被王飞拉碎聘书，大骂使人，从此结下深仇。过些时，王飞正路过红花市，李万庆又遣党羽去威吓利诱。王飞仍是给一顿臭骂，并且立刻动身。不料走不到十里，一时大意，落入陷坑，被那伙贼徒弄去，暗地处死。那一夜，正是那厮们大摆庆功宴，兼着商量防备王家徒众前来报仇的时候……"

乙邦才拦问道："王飞性命丢了，那厮还计及徒众报仇。那么，我那陶家弟兄俩既已陷身，必已遭了毒手。怎么大哥却说他俩没丢性命呢？"张宗尧道："这里面另有道理，你别急，待俺把真凭实据说给你听，你就知道不是俺信口胡诌着来安慰你的了。"乙邦才只得住声聚神，

220

听张宗尧往下说。

张宗尧接续说道："孟端平自那夜探插天岭回来，便留心市上往来的人众。无奈这市镇是个通衢大道，每日来往的客人成千成万，哪能知道谁是王家徒众呢？只是金枪王丧身插天岭的事，那厮们并不瞒秘，还当作得意事，随口夸谈。似这般自然会有人传给王家知道的。王飞虽没儿女，王家却是世代武家，门人弟子遍天下，断没个无人报仇之理。所以孟端平总是放心不下，便时常到岭上去窥察。

"这一天三更时分，孟端平正在那厮们的暖房上面伏着，听得屋里是李万庆和任月波、霍仁三人在叙谈。正说着黑店里迷倒两个王门弟子，是姓陶的哥儿俩，一般长相，勇猛异常。李万庆便要马上杀了，霍仁却说是认识这陶家哥儿俩，自请劝他俩归顺。李万庆沉吟半晌不答，后来还是任月波帮着说了几句好汉可惜的话，李万庆才答应了。孟端平恐防两陶不降被害，准备到万不得已时，就现面搭救他俩。不料霍仁去一说，陶家哥儿俩竟答应了。孟端平暗跟着霍仁来去，亲见两陶进见李万庆……"

乙邦才听到这里，微微地摇头沉吟道："我这俩朋友，气性最刚硬的，竟会这般不济吗？"张宗尧道："你别打岔呀！那时孟端平也只有叹息，没法可施。嗣后，孟端平连去几趟，才知道满不是那一回事。陶家哥儿俩竟是一对漆身吞炭的忍辱大英雄……"乙邦才拍案叫道："好呀！我说我不至于瞎眼瞎得那么厉害呀！"

张宗尧接言道："孟端平曾窥见李万庆差两陶出去打劫，两陶不伤一人。夜里亲见陶匡明痛泣，陶国祚暗地拉他衣袖，以目示意，要他不要哭，顿时两人都装成一副苦笑脸。又见他俩没人时朝天拜祷。知他俩另有苦衷，便想挺身帮助。却又素不相识，恐不见信。想救他俩出来，又恐坏了他俩的苦心密计。且也不知他俩能否上高走山，单身不易救得俩大汉。只好时常黑夜上岭去，想窥得他俩有动作时，便出手助他成事。——这便是孟端平昨夜亲口向俺说的。如今咱们只商量如何救人除害，孟端平一定肯尽力帮助的。"

221

第三十章

结同心五侠同探险
肆凶恶六贼共遭殃

乙邦才听得张宗尧把孟容所说的话详细全述出来，才确知道陶匡明陶国祚哥儿俩还生陷在平天寨中，确实不曾丢却性命。只是既已明白陶氏弟兄那番忍辱励志，茹苦强耐，求报师仇的苦心孤诣，更加激起自己满腔义愤，一把烈火直贯囟门，恨不得立刻提刀冲上插天岭，一把抓住吞天犰，剁成肉泥，才消得这满腔无穷的愤慨。便霍地立起身来，向张宗尧扫地一揖道："承蒙大哥拿兄弟我当个朋友，把这般关涉非轻的事，全盘告诉做兄弟的。如今空口白话，不敢道谢，唯有心里感激。只是既已承情见告，得知这般惨苦情形，我心如刀扎，绝不能再俄延片刻。凭着我一点儿气力，一口单刀，做兄弟的现在就要拜辞大哥，上插天岭去，找那恶贼算账去了！"说着，伸手摘取壁间悬着的佩刀。张宗尧连忙钻身向前一拦，正挡在乙邦才前面，急说道："俺早料到你一听着这信息，必定片刻难挨。所以先和俺云化表弟商量停当了，才回来对你说的。俺早已想得一个万无一失的计较，你先不要着急，待俺来告诉你，彼此商酌商酌。"乙邦才搁不住张宗尧热心盛情，只得微喟一声，颓然坐下。

张宗尧道："孟端平这人是个好胜心极高的，他一径憋在这儿，厮守了许多时候，就为的是要等候机会，亲手铲平那平天寨。他既然是知道了这事，要是破寨时却单短少了他这个人，一来未免太辜负了他一片苦心，二来他也绝受不了那番气苦。俺想不如大家会齐着，同心合手去

222

干，反正谁都是急于要除却这大害的。既然志同道合，并是各尽各心，又不是谁专仗着谁帮助，谁和谁讲私交，出死力，自没甚可顾忌的。而且和孟端平同去，只有好处，绝没坏处。因为那平天寨虽是草寇，却也不是平常小贼。咱们既去，自然得抱定主意，不胜不止。这就不是一两个人能够稳拿办到的了。所以俺昨儿就大胆径自约下孟端平同去。俺先邀他晚上到俺这儿来，大伙儿聚会着，一同前去。他说：'不要多麻烦吧，俺在插天岭下王家窑待着，路上相会，省事多了。'当下俺就和他约定，准今夜亥正一刻在王家窑会见，一同上岭。先到先等，不见不散。奇山哥，你能答应吗？如果你肯体谅俺，冲着俺的面子，不让俺失信，咱们今夜按时先到王家窑，会着姓孟的，再同上岭去。"

乙邦才听着，细想：姓孟的在此地已多时，且曾上岭去过多趟数，路径情形一定是极熟悉的。就算多去一个人，也碍不着什么。答应了倒是一件有益无损的事。况且能够因此结识得一位侠士，更是件美满事儿！再说人家张大哥抱着一片热肠，全为着帮助我，更没半点儿私心，我怎能不依着他点儿呢？便一口答应道："这自然是最好的事。我不是那种小气嫉妒、不能容物的小人，只愁求请不动，断没反而谢绝的道理。我在江湖上闯了许多年，总不过为着要交结天下侠义英雄。如今能够借此认识这位孟氏剑侠，正中我的夙愿，且是我平生稀有的幸遇。何况还承他慨允合力，助我成事呢？张大哥，人家拿我乙邦才当个人，才肯和我同干义举，我岂有反而不中抬举、另生异心的？你不必多虑，准定全照你吩咐的办就是了。"张宗尧听了，欣然大悦，竖起右手大拇指道："奇山哥，你真够朋友，真是好汉子、大丈夫！俺只有拜服。"

这日黄昏后，张宗尧先将家人安置妥帖，便备下丰盛酒饭，陪众人大吃大喝，既饱且足，方才散席，各自扎抹拾掇。张宗尧把干粮、暗器、火种、百宝囊等配备了多份，任罗腾蛟、黄铉等不曾携带的人取用。一霎时全都整备停当，才只戌牌三刻，一齐起身，各执兵刃，悄地离了源康商行，趁朦胧月色，拔步径向乌压压的横岭高峰插天岭急走。

约莫走了十来里，正穿过一片小小树林。张宗尧方待说话，乙邦才忽见迎面一株大柽树尖头小枝儿上有一团黑影，雀儿离枝似的朝下一蹿，只一眨眼间，极快地飘落，待要沾地。不觉一惊，暗道：这人本领比我强！一定是有本领的贼人在此守路的。想着的一刹那间，已掏得一颗石子在手，猛向那方啪地打去。陡地像长虹般一线暗黄光直冲到自己脚前，急速甩手一捞，霍地抓住一瞧，却就是方才放出去的石子又回来了，不禁脱口叫道："呀！好快手呀！"张宗尧忙过来双手一摊，当前拦遮道："不要闹玩儿！全是一家人。"乙邦才听得，顿时一愣，正待要动问原委，忽见眼前陡然现出一个黑矮虬髯大汉来。张宗尧忙向乙邦才说道："这就是孟端平兄。"复又掣身反手指着乙邦才说道："这是乙奇山兄。"乙邦才这才明白那树尖的暗影就是孟容。忙上前施礼相见，道："小弟荒犷，且是路生，不知已到约会处，智者粗莽错疑，多有得罪！"孟容转身还礼，笑颜答道："久仰鸿誉，果然名不虚传，出色当行，小弟甘拜下风，唯有佩服。大哥太言重了。"

张宗尧忙插言道："咱们好汉相见，不要闹客气了。正事要紧，给那厮们察觉了，预备在咱们前头，反为不美。"说着，拉罗腾蛟、黄铉和孟容相见过，便道："请端平哥引导俺们上岭吧，时候已经不早了。"孟容道："且慢，俺还有桩事儿，得先向众位兄长说明在先。"张宗尧插言道："什么事，就请快说吧。你的事没个不可商量的。"孟容道："不是俺有甚私事，不过方才你各位将到的前头，约莫一刻工夫，俺忽然瞅见一道白影直朝岭上蹿去。俺疑心是各位到了，仔细一瞧，却似个单身女子。知道不是你们各位。就想追上去，瞧可是认识的熟人。又想着，约会的时刻已到，不便离开，才没动弹。瞅情形，那人似乎不曾瞥见俺。俺想这岭上从来不曾见有这般能耐的女子，一定是哪一路女侠为自己或是为他人来山除害，也许是救人报仇来了。咱们上去，要是撞着这人，得留点儿神，不要误伤了。还得打听明白，她究竟是哪一路的。也许大家伙儿同是站在一条路上，就不妨并力同谋，也多一位同道好友。"乙邦才点头道："如今女子习武的很多，却是能这般黑夜单身暗入寇巢的却不大见有。这人既有这般能耐、这般胆量，咱们打听着实才好。"罗腾蛟、黄铉等都道:"既到了这岭上,大家留心,总可遇着的。"

当下孟容在前当先引路,张宗尧、乙邦才紧随着打接应,还着察看两旁,罗腾蛟、黄铉在后,准备援应前面,兼防护后路。沿途步步留心,提防有插天岭的哨探埋伏。穿过树林、崖畔以及转弯抹角时,更加细心察看。因此行走得虽是很快,却也费却约莫半个更次的时光,才赶到插天岭下。

那插天岭原属横岭一脉,横岭是关中有名的大山,横绵数县,丘壑无数。插天岭就是横岭中最高的高峰,巨塔般矗立着,直冲霄汉。孟容时常走惯的,已不觉奇,只顺着曲折山路,径朝上行。乙邦才和罗腾蛟、黄铉都是初次来到,瞅着这山高耸壁立,真果不愧"插天"的岭名,暗自想着:怪不得吞天狨那厮敢于胡作非为,原来据着个这般铜墙铁壁也似的险要所在。

转眼前已上岭三十多步,孟容忽然回顾众人,一手指着路旁,低声说道:"瞧,那位女朋友做事到底欠老练。"众人顺着他手一瞧,见那地下躺着个包头扎身的断颈死尸,仰抱着一条花枪,躺在血泊里。罗腾蛟道:"我正想着怎不见守路的呀,那厮未免太荒疏了。原来先有人代咱们扫却了,这倒要寻着她谢谢才对。"黄铉道:"难道这么长路,就只这一个守路的吗?"张宗尧道:"你不瞧这儿是块敞光地,没处可扔藏死尸吗?旁的处所就有也早给弄没了。"

说话间,已到岭腰。孟容回身向小岔路上走去。众人随着转身,行了约莫四十来步,忽听得呼的一声,横冲出一支方天戟。孟容不慌不忙,迎前一步,抬腿一扫,当的响处,那方天戟已扫落当地。孟容复探身向前一蹿,随即向后一跳。乙邦才等都已瞅见孟容两手各叉住一个汉子,都是包巾青衣,一般打扮。张宗尧知是逮着守路的了,待要问话,孟容摇头道:"不用问,劳驾代俺揍了吧。"张宗尧便拔剑,接连向俩汉子脖儿上横拉,眼见得是不活了。孟容将两臂一振,早把俩尸身扔向两旁乱草丛里去了。

到得岭上，见有一匝木栅，栅顶满布着铁蒺藜。星光映着，丫杈暗淡，形色十分森严。孟容回问张宗尧："能过去吗?"张、乙、罗三人都点头，只有黄铉愣着不作声。孟容便耸身朝上一蹿，伸左手抓住一支铁蒺藜梗，悬身栅外，右手伸向栅顶，一连拔去几支铁蒺藜，回头向黄铉轻声问道："如何?"黄铉点头，孟容才双足朝上一跷，甩身入栅去了。黄铉忙瞅准没铁蒺藜处，跳上栅顶。张宗尧、罗腾蛟、乙邦才三人，一齐双腿微弯，借势朝上一纵，同时飘然飞跃，进了木栅，翩然落地，声息全无。黄铉忙朝下跳入栅内地面，急迫上前，同朝那大丛寨屋伏身悄地疾行。

　　孟容远远地绕到屋后，飞身纵上檐。众人随即跟纵上屋，俯身近瓦，蛇行翻过屋脊，顺着瓦楞溜向前面檐口。一排儿各据一道瓦沟，隐蔽着身躯，只将头额缓缓地探出檐口外，朝下窥探。见下面是一间大厅，灯烛辉煌，案几罗列。两房陈设着诸般乐器、金鼓剑印和刀枪架。架上十八般兵器俱齐，长短分列，铁光映射。四壁悬挂的都是些符节、旌麾等物。正中一张长方公案，上覆着黄绫绣龙案帔，围着团龙黄缎案帏。后面设着一把虎皮蟠龙椅，两旁分列两小案。

　　正瞅着，忽见屏后闪出一个黄巾箭衣的胖汉，走近左道木架，擒起小铜锤来，向悬着的铜钲上连敲九响。便见两旁朱门豁然洞开，从两门内各走出八个武士打扮的人来。四个执银刀，四个执金钺，四个执银戟，四个执金枪。排对儿分两行，屹然相向，侍立阶前。接着屏风后面转出八个顶盔贯甲、手抱长剑砍刀的粗汉，都有六七尺高的身材、八九围大的腰胁，泥塑一般，矗侍在公案两旁。随后由厅外进来许多红黑帽的吏役，扛提着各种刑具，撂在当地，肃静无哗地侍立阶下。同时，又有两个方巾青衫秀才模样的中年人自外走来，分向厅前两旁小案后面，斜签着坐下。厅上下虽是霎时间陡然排着许多人，却仍是阒无声息。

　　孟容悄地告诉张宗尧等道："这就是吞天狐那厮亲自坐堂审事的臭排场。那厮们竟自僭称'升殿'呢。"张宗尧等听了，更加留心，凝神定睛觑定。不多时，又钲鸣五响，全厅人众端然肃立。随即走出许多锦

226

服绣裳的童男幼女，各拿一种乐器，分侍奏乐三遍，清脆异常。霎时，屏后走出八名手提燃香金炉的锦衣校尉般打扮的大汉，向公案后侧八字儿分作两列，各向一旁立着。阶前顿时鱼贯而入，摆开两行兵弁，手执各种兵器，人巷也似的直列到瞅不见处。这时虽是许多人塞满一堂，却仍寂静无声。霎时又是钲鸣三响，乐声紧促处，忽见中间屏门欻地敞开，四个童男提灯前引，四个幼女捧扇簇随，八个宫装女子掌着巾拂等物，八个绣衣少年捧着壶盂等件，缓缓走出，分向两侧行去。最后是金银铠甲相间的十个带刀侍卫模样的俊汉，簇拥着一个头戴冕旒皇冠，身披赭黄龙袍，腰围九龙玉带，生得扁脸翻腮、突睛耸颧、凹鼻凸额、吊口虬髯的短肥汉子，年纪约莫四十不足，却是精神涣散，两目乏神，状貌十分难看。乙邦才等不待孟容指点，已料知这汉子必就是这插天岭平天寨的盗魁吞天狐李万庆。

只见李万庆高视阔步，抬腿跨入公案后，向当中蟠龙交椅上端然坐着。全厅上下一齐俯首打参，案前伺候的人高声传"免"。李万庆开口便叫："提黄成基上来！"青衣人齐声答应，转身下去。没多时，只听得一阵当啷铁索响声，便见青衣人拉着一个披枷戴锁、手铐脚镣的白须老人颠上厅来。青衣人一脚踢得他倒跪在公案前地下。张宗尧已瞅明白这老人是沁水粮户庄头黄成基，不觉点头暗叹。乙邦才等不便出声问得，只伏在檐上纳闷。

但见李万庆怒喝道："土狗！怎敢违抗孤家的旨意，不缴粮饷？前回孤家格外开恩，饶恕你闯驾之罪，只叫你献纳自赎。你竟敢延抗到今！如今你还有甚话说？"黄成基咬牙不理，李万庆大声叫"揍"，两旁齐声吆喝，棒棍乱响。黄成基欻地昂起半截身躯，两手齐摇道："且慢！咱反正是没命的，且容咱把话说了！你们占山据岭，虽说是自由自主，也须抹不过'理'字去。咱乡下百姓向官衙缴纳过钱粮了，怎的你们又来逼取呢？你们有本领，就应该不许官府收粮才对呀！咱百姓怎能纳两份粮呢？你们能叫官府不收粮，百姓反正出一份粮，谁收都得。你们是好汉，就不该惧怕官府，却强欺百姓。再说咱家孩子，怎能够给你们这伙强盗？什么叫'献'？咱……"

李万庆气得暴跳如雷，不愿再听下去，抓起案上惊堂木，拍得公案山响，怪声叫骂，连喝："揍，揍！快揍！快重重地揍……给孤吊起这厮来，快快重揍！"当即有一班差役拥上厅来，虎狼般将黄成基一把搀起，横拖直曳，拉到厅下。这时站在厅下的差役忙就厅下丹墀正中竖起三条长木，撑搭成一个三角木架。中间悬着个大轴轳，轴轳当中穿着一条茶盅粗细的麻绳。差役另取一条细麻绳把黄成基的手脚四肢反背着缚束在木架当中的一处，提到木架下面，连系在粗麻绳上，众差役一声吆喝，拉住绳头，合力坠扯绳头，顿时把个黄成基拉得空悬在木架当中，面腹向地，背脊朝天，漉鱼罾似的直晃荡着。

黄成基咬牙不语，李万庆喝声："移座！"校尉连忙将交椅抬到檐下。差役们待李万庆举手一挥，便走过四个人来，各拎一条皮鞭，照定黄成基身上乱打。打得黄成基钟铃儿一般，滴溜溜地四面乱转。李万庆仍是一迭连声催迫："着力快揍！"黄成基初时咬牙切齿，哼声不绝。到后来只听得唰唰的皮鞭着肉的声响，黄成基竟如死人一般，绝没声响了。

黄铉伏在檐口瞅着，早沉不住气，待要跳下去立斩李万庆，救出黄成基。罗腾蛟知他心直性躁，暗中下死劲拉住他，不让他动弹。直气得他鼻呼大气，眼瞪如铃，正待向乙邦才等招呼动手，忽见一团银光闪得耀眼而过。急瞅时，只见底下丹墀中已躺倒两个差役，那团银光径向李万庆滚去。接着咔嚓噼啪一声巨响，那把檀木蟠龙交椅已压根儿劈成两半。

孟容眼快，已认明那团银光就是自己上岭以后半途遇见的女侠。乙邦才天生夜眼，在明灯烈炬之下，早已瞅得凭空下去的，是个浑身雪白、包头扎身、手舞长剑、背负银鞭的妙龄女子。方待要问孟容，孟容已先开言道："这便是俺刚才说的路上遇见的那位女侠。事给她弄穿了，咱们快明干吧！"黄铉应声道："本来是，早就该动手了。"

张宗尧连忙拔出青钢龙纹剑，拉着罗腾蛟起身向下一跃，脚才沾地，已见乙邦才、孟容二人早双取李万庆。黄铉早和平天寨先锋头领汪浪冲斗在一处。旁边别有寨中大将攸耿年、汪丛照、言秋士、仇警四人，各拔兵器，冲杀上来。张宗尧便指着攸耿年向罗腾蛟道："这贼最是奸险狠毒，你留心干掉他，千万不要让他逃走！余下的几个等我来对付吧。"说着，抡剑向前一跃，横身拦截在汪丛照、仇警、言秋士三人前面，挡住他们去路，挥剑劈砍。顿时走马灯一般，团作圆圈儿厮杀。

罗腾蛟果然甩开单刀，单取攸耿年。劈面一刀剁去，攸耿年抡鞭架住。两方一来一往，大杀之下，罗腾蛟忙后退一步，让过鞭锋，向后跳动，想待攸耿年攻进时，使扫堂腿扫倒他。攸耿年果然骤进两步，抡鞭猛打。罗腾蛟急一蹲身，将要横腿挫扫时，猛见映眼一道银光，霍地飞过，攸耿年已经脑浆迸裂，倒地身死。罗腾蛟大吃一惊，暗想："我腿还没扫出，怎么他倒碎脑身亡？这事有些蹊跷。"急回首凝望时，忽见左首一个白衣女子，就是方才瞅见劈蟠龙椅的那个人，正左手抡开银鞭，右手拔取腰间长剑，瞅定李万庆，大叫一声，扑奔过去。罗腾蛟心中明白，急抡剑紧随过去。见张宗尧独敌三人，便钻身入圈子，向汪丛照一剑砍去。汪丛照只得抽身迎敌。

陡然听得有人大喝："两个斗一个，好不要脸！"声未毕，剑光霍然飞起，言秋士的脑袋已滚瓜般向墙角里直滚过去，没头尸身忽向罗腾蛟左膀倒来。罗腾蛟连忙闪身一让，那尸身便正对着汪丛照倒去。汪丛照正在出神，猛见罗腾蛟突然闪身一让，忽然迎面倒来一个尸身，陡然大吃一惊，略一发呆，早被罗腾蛟跃进处，身到剑到，立将汪丛照劈成个丫杈儿。

这时那白衣女侠已抽身去帮助乙孟二人大战李万庆，曾经被她独力挡住的许多扮饰侍从护卫的喽啰，忽然少了一座挡山，便一齐吆喝一声，向厅上抄围上来。罗腾蛟急腾身跃起，向厅上兵器架间拔取一柄盘云宣花斧，耍开来如一片白云，四面乱滚，连劈杀七八个喽啰。其余的都觉胆寒，不敢再冒昧冲上。罗腾蛟杀得益加高兴，正待暗劈李万庆，忽然听得一阵乱响，顿时钻出许多顶盔贯甲的人来，乱舞兵刃，向众好汉横剁直劈，其凶如虎，其莽如牛。

第三十一章

破匪巢众侠齐努力
述世仇一女独伤心

张宗尧等一众好汉正和吞天狐李万庆等一班草贼斗到酣处，忽然瞅见厅前厅后同时钻出许多顶盔贯甲的凶徒，并力向厅上进攻。原来正是平天寨的副先锋头领铁锤郑霸，得着有人夜袭本寨的恶讯，连忙传信击起聚将鼓，霎时间各分寨头领赛时迁章赫、九流星王泰、紫金梁霍仁、黑太岁马长德、山老鼠徐成梁和女贼翻天鹞子任月波，听得鼓声，各自全身披挂，统率亲信扑奔大厅，前来应援。却正好是众好汉连斩三寇之时。

张宗尧大叫道："来得好！齐来送死吧，省得爷爷搜杀费事！"声震处，青钢龙纹剑向仇警晃了一晃，故意卖个破绽，待仇警中计踏进一步，伸腕刺时，猛一翻身，横剑向身后刚到的霍仁斜剁下去，这里同时左腿欻地伸出，乘转身时扫地一勾，将仇警勾翻在地。霍仁掣身得快，勒甲带已被割断，腰间甲破，皮肉上拉了一道大口子。张宗尧翻身一剑刺杀仇警，便飞奔过去，迎敌郑霸。

这边孟容、乙邦才双战李万庆，白衣女侠赶来参入，便丁字般围住李万庆，走马灯似的厮杀着。李万庆虽然力大无穷，究竟不是三侠的对手，战不满五十合，便剑法散乱，双剑如乱劈柴一般地混砍。乙孟二人和女侠一齐大喜，同时各紧一紧手中剑，一招紧似一招地进攻。看看要取李万庆的首级，忽听得旁边有人大叫："大王勿惊，臣偬在此救驾！"

原来是高岐凤得信，自知不能应敌，忙去把李万庆的宗侄小李逵李本身拉来助阵。李本身善使板斧，骁勇异常，真似评话里的黑旋风李逵，只可惜没黑旋风那般忠义刚直。这时他见李万庆受困，一面耍开双板斧拼命抵斗，一面高声大叫："众将快救主公！"这一来，一伙贼各弃对手，齐奔过来救助李万庆。

张宗尧急招呼众好汉跟着进攻，顿时搅作一团，一场大混战。李本身见来人都勇猛异常，事机不妙，料难取胜，便拼命护着李万庆，觑个空儿钻出围圈，没命地飞跑。乙邦才、孟容二人哪里肯舍？那白衣女侠也不甘心，一齐挺剑紧追。

李本身保着李万庆冲出大厅门，突然有人大喝道："恶贼！你也有今日！"声住处，两道白光齐下，李万庆大叫一声，右耳落地，左膀连衣削去一条七寸多长的黑肉。李本身急拉着他飞跑。乙邦才和白衣女侠赶到时，两李已出厅门，便各放袖箭。李本身、李万庆二人身上各中了十几支钢针袖箭，幸喜没伤要害，仍然亡命狂逃。

乙邦才瞧出那剁李万庆的右耳的是陶匡明，削落李万庆的臂肉的是陶国祚。他哥儿俩伏在厅门，原想拦截杀贼报仇，不料李本身矫捷，拉着李万庆一闪而过，只伤了他两下，不曾取得仇人性命，大是懊丧。却是得见乙邦才，满心大喜，也把懊丧消灭了许多。

乙邦才忙道："你俩平安就好！这时且不便叙话，咱们一同追贼要紧。"二陶应声随行，那白衣女侠已奔向前去了。乙邦才连忙领二陶腾步猛赶，刚转过一座山嘴，只见李万庆、李本身二人在前面，同时一矬身子便不见了。忙奔到那地处瞧时，却是一个大地洞，昏暗漆黑，不知深浅。乙邦才就地拾块石子掷下，听得扑通一阵响，知道底下是水。再到山嘴回望时，那洞正在一个低头崖的上面。再四处瞅望，又见远处小河中似有一只小船，正在急驶。孟容赶过来，拉住乙邦才道："这是李万庆预备的逃生路，有一只小船长系在这崖洞下面的山涧中，一旦有事，跳进洞就可以落在那船上。船舱中垫有软垫，不致跌伤的。他从此逃脱。追来的人要是性急，也冒昧随着跳进崖洞时，可就得落到水里去了。"乙邦才瞧过，果然阔涧通河，无船可寻，料知李万庆不能追着了，便等回身。忽听那白衣女侠纵声道："嘻！十载沉冤，六年辛苦，居然被这厮逃脱了，我还有什么面目回去！"说着，向那低头崖下耸身便跳。

孟容见那女子发话，早已留心着。那女侠耸身将跳时，因为她是女子，不便动手拉她，急忙掣身向她前面一拦，摊开双臂，挡在前面，大声道："强寇还在，大仇总有得报之日，为什么轻掷有用之身！"那白衣女子猛然一呆，忽又昂头瞪眼，高声问道："你是谁？干吗要拦我呢？"孟容道："我为你前途，不能不拦你。你问我是谁，我先得问你为什么到此地来的？"

那白衣女侠略想一想，忽向孟容低头致谢道："我险些儿轻掷此身，误了报仇大事。蒙你猛喝回头，从此我明白我的前途了。你也不必问我为什么到此，总之不曾报得冤仇，我是不愿留姓字在人间的。"孟容正色道："如今贼巢未靖，大事未了，我们且到前寨去商量怎样追贼要紧。"白衣女侠略一沉吟，便点头答应。

乙邦才转身先行，孟容陪着白衣女侠随后继进，一霎时已近寨后，便听得寨内喊杀之声，震耳刺心。白衣女侠听得，昂首扬臂，双足一用力，蹿上后檐。方才立定，陡见屋脊上有个浑身铠甲、手执狼牙棒的大汉飞逃向檐口来。白衣女侠闪身一让，待那大汉流水般奔近檐沟时，抬腿一扫，早把那大汉扫得甩起一个悬空筋斗，栽下地去。恰值乙邦才赶到，一脚踏住，孟容急掏连环套索，将大汉绑了，向肩头一扛，和乙邦才一同上屋，翻到前面来。

这时前厅上伏尸枕藉，张宗尧等正在跟定陶家兄弟搜索藏躲的余贼。乙邦才、孟容和白衣女侠一同来到，将擒得的大汉掷在当地。陶匡明已认出这大汉就是紫金梁霍仁，张宗尧连忙招呼乙孟二人坐下，又请白衣女侠到厅上坐定。罗腾蛟、黄铉也搜杀了几个余贼，都到厅上来会齐。

黄铉拍拍胸膛道："杀是杀得痛快极了，可惜不曾留得一个活口，问问那厮们的所作所为。"乙邦才指着蜷在地下的霍仁道："这不是一个活口吗?"陶国祚接声道:"这厮最恶!听说害金枪王、毒倪太医等等恶事,全是他和铁锤郑霸俩主谋动手的。"

话犹未了,只见白衣女侠两行痛泪夺眶而出,咬牙切齿,挺然站起道:"倪太医是这贼害的吗?"陶国祚道:"我时常听得吞天狐夸赞这厮说:'紫金梁武艺虽不高强,心思却真来得!那么厉害的倪猴儿、那么高强的金枪王,全给他出个主意就拾掇了。'不是这厮还有谁呢?"白衣女侠听毕,欷地转身身众好汉道:"求众位格外原谅!我六年辛苦,今日幸而托福得知道杀父仇人。还恳众位将这厮交给我,使我得出这口恶气,报这沉冤。存殁均感,世代蒙恩!"说罢,泪如雨下,气咽声哽,再也说不下去了。

乙邦才起身答道:"这贼本是贤姐自己捉得,足见尊大人阴灵显赫,贤姐亲获仇人,我们自应代为庆贺。只是好汉子光明磊落,有冤明报,还望贤姐把始末因由细说出来,叫这厮死而无怨,我们江湖朋友也好得知这一番冤仇相报、义烈昭彰的快举。"孟容也说道:"凡是这寨中的人,原来都应铲除尽净,杀一个余贼,有什么不可以?何况是贤姐亲自捉得的仇人,更应听凭处置。不过既有深仇,还须报得明白爽快,才是快人快事。"

白衣女侠想了一会儿,毅然说道:"也罢!仇人已得,我不妨说出我这番冤苦,好让大家知道我不是狭心窄肠,执意寻仇——

"我的姓氏大概诸位已经知道是姓倪的了。我名叫倪云,原是离此不远的沁水人氏。父亲倪柱,江湖上人称'倪猴儿'。家传武艺,从我曾祖于少保帐下都统制'金铖倪鸿',到我父亲已经三代。我兄长倪霖曾袭卫职,壮年病死。寡嫂殉节,遗下孤女。我父亲领着我姑侄两人,躬耕度日。后来因为家传跌打损伤医药传名,人家都称为'倪太医'。凡是有跌伤的,不论贫富,一般诊治,并不靠此取钱。

"那一年,我才十二岁,忽然有个人来说:'插天岭上有人受了刀伤,要请太医马上就去一趟。'我父亲知道插天岭是绿林寨子,常听人说是不分青白、害命劫财的恶贼,便不肯受礼,辞却不去。来人先还善言求说，后来竟硬拿话吓胁。我父亲最不服强，就把那人揍了一顿硬撵了出去。没多几时，就来了许多破落户，上门来硬寻相打，却都被我父亲打跑了。

"这事过了三个多月，我父亲大意，当作没事了。不料忽然有一天来了一个跌断腿的人，据说是夫妇相斗跌伤的，请我父医治。没几日就治好了，送了二百两银子药金，并写下姓名住址，千恩万谢地去了。不到几天，又有人来说是夫妻又相斗，女人脱了臼，男人碰折了膀子，都不能动，要请发驾去诊治。我父亲素来托大，嘱咐我看家，便跟着来人去了。

"从此就没回来过，可怜我领着弱侄四处寻访。曾按着那留下的姓名住址奔去四趟，都无音信。幸喜得次年有一位曾祖父以来四世交情的开封文郁路过探望，得知我父亲失了踪迹，毅然答应代访。访了四个月，才访着些音信，说是在插天岭丢了命了。我当时就不要命，要舍身奔上山去，给父亲报仇。却是文郁死命拉住，说我本领不够，硬把我姑侄接往开封。

"他父亲文奎亲自授我姑侄本领，视同子孙。直到去年文氏父子染疫，先后身亡。他家这一房只有一个孙女，是文郁的女儿，名叫文平，和我的侄女倪道都随西蜀女将秦良玉入蜀去了。我只得代为理清丧葬，单身到此报仇。一路上受尽千辛万苦，历尽千磨百难，才得到此。因为恐怕走漏风声，而且孤身弱女多不方便。日间就伏在这山岩无人处，夜里单身探路。饥餐山果，渴饮涧泉，已经半个月，差不多要变野人了。幸喜今夜有个可以下手的机会，又得巧遇众位好汉，才得破这贼寨，逐这恶贼！只是我父亲怎样死的？何日忌辰？尸身何在？我都不曾知道。真是惨绝凄绝，我真成了个不孝的女儿了！"说着，扑簌簌泪如雨下。

孟容托地站起身来，怒容满面说道："倪家姐姐，你不必着急，反正要在这厮身上追出令先人遗体来。"说着，大踏步走下厅来，将霍仁一把提起来，抢左手卡住他脖子，大声喝道："你快说！怎样谋害倪太医？什么日子动手的？遗骸藏在哪里？说得一字不差，赏给你个痛快死！要不，我得给你好的受呢。"霍仁两只怪眼一翻，道："哼，老爷不知道，你敢怎样？"孟容大怒，嗖地拔出一把牛耳尖刀来，向霍仁大腿上一刀刺下，喝道："说不说？"霍仁咬牙闭目不答。孟容将刀搅了两搅，喝道："还敢强吗？"霍仁这一下可痛得再受不住了，怪声叫道："哎哟！哎哟！我说！我说！"孟容停刀喝道："哼！怕你不说！"

霍仁只得说道："那年四月初八那一天，我们把倪猴儿骗到红花市一所空屋里，使绊马索绊倒了他，堵上嘴，到夜里悄地扛到寨里。当夜子初，因为倪猴儿骂不绝口，我们又恨他不答应治伤，我们寨主的儿子活活地痛死。就使乱刀剁了他，拿一只油桶装了，埋在后山第四棵松树底下。这是我的实话，要杀要剐听凭你们。"

这时，陶氏兄弟已经查点明白，除了三百喽啰和值殿四将攸耿年、汪丛照、仇警、言秋士都被斩杀外，还有张宗尧剑劈的王泰、罗腾蛟斧砍的马长德和外寨喽啰步马九十余人，只逃走了任月波、徐成梁、章赫、李本身、汪浪冲、郑霸和贼首李万庆。

当下众好汉商议，所有寨中喽啰改为红花市团练，由张宗尧向地方劝导收聚，既除大害，且可保商。每家每年出钱两贯，每店每年出钱四贯，就可养练三千团练。寨里枪马戎具俱齐，只须更改旗幡就可。张宗尧一力担承，不足的情愿自垫。又商定倪太医的墓不必迁葬，就以寨中银钱起造石墓，建祠祭祀。和金枪王飞同设牌位，倪陶两姓留祠奉祀。霍仁拉到坟上活祭，待拿到李万庆时，再灵前祭告。

诸事商定，便一面清查寨中仓库钱粮，一面传集喽啰头目，晓以大义，切劝归正。三千二百一十五人一齐矢愿归顺。当由张宗尧许以按营伍发口粮，并即日预备移营下岭。两陶查得寨中除珍宝、衣物、器皿、旗甲不计外，实有战马一千六百匹，牲口四百头，藏锱七万，钞五万贯，各种存粮六仓，每仓五千石。张宗尧核计，不再捐钱也可支持五年，心中大喜，预备招聚好汉，加添人马。便邀集众好汉先行指挥喽啰，将死尸掩埋，山寨拆毁。

倪云向张宗尧商量，叫喽啰将厨中酒菜整治，牵了两口猪羊，押着霍仁去寻得倪柱埋骨处。宰牲设奠，痛哭展拜。乙邦才、张宗尧、黄铉、罗腾蛟、陶匡明、陶国祚等一众好汉，都奠拜过了。倪云先谢过众好汉，拜罢起身，一扭腰肢，提起霍仁按在当地，洒泪仰头高叫道："爸爸！您阴灵不远，不孝的女儿今日给您报仇了！"声咽处，拔出宝剑，向霍仁当胸一剜，一颗心突地蹦出腔外，掉在地下，鲜血四溅。倪云扔了死尸，放声大哭。忽然脑袋一昏，骤然栽倒在地。

第三十二章

化恶为良捍乡卫里
因朋及友声应气求

张宗尧邀同孟容、乙邦才、罗腾蛟、黄铉、陶匡明、陶国祚和倪云帮同将寨中喽啰按箕斗名册点名清查，并将仓库贮物查明封锁。午饭后，便考较头目，以定升降。当时黄昏就移营下岭。全部开拔之先，张宗尧先单骑回红花市，将破灭插天岭的始末告诉关王庙会首，并说明收喽啰为民团，一则保商，二则免祸的两重缘由。会首听说永除祸根，无不欢喜。当议定：情愿民户每家年出二两，农户年纳二两，加粮一石，商户年纳五两，加粮一石，工户年纳一两，役工十日。大家护立这民团，也免得邻村邻镇将盗贼流民向这没民团的红花市里撵。张宗尧当即请会首发帖，通知各户。一面征集民夫工匠，随带到插天岭去搬运物件及修墓筑屋。并运应用东西，前去犒军。

孟容、乙邦才等率领喽啰下岭，当即换了"红花市团练"的旗号，分扎营头。待到二更天，张宗尧已经统领民夫工匠运送牛酒花红等物，连夜来到。比及分发犒赏，全营腾欢，彻夜会宴。次日天明，张宗尧、倪云和陶氏弟兄带工匠一同上山，到倪柱埋骨处。陶氏兄弟也指明王飞埋骨处，张宗尧指令工匠向寨中取材，立刻做成两副棺木。才向两地动工挖掘。不多时，都掘出骨殖坛来。倪云和陶氏兄弟分向两处，各自哭拜。罗腾蛟、黄铉已经将仓库发运，赶来后山，帮同捡骨入棺。取寨中锦缎覆盖。由倪云、陶匡明、陶国祚等省视毕，封棺开圹，先后入土。

便担土搬石，修起墓来，倪陶等三人留驻监工。张宗尧、罗腾蛟、黄铉都到前面来，命人拾掇残余尸首，拆毁寨垒等事。整整忙了两日，红花市上会首派人来说："已经在市内空地和市头市尾三处，搭造茅棚，暂为驻扎。一面加工在关王庙后盖造房屋。"张宗尧便和众好汉商定，选定明日全军整装，开入红花市。

这时，全市百姓都已知道这事，无不说是张宗尧英雄，竟能将巨害恶寇化为地方屏藩，都高兴异常。及至寨中财物粮秣运到，知道养军有着，不致扰民，更加欢欣。那天团防进市，张宗尧等众好汉全都是顶盔贯甲，持械乘马，押着队伍，浩浩荡荡，游龙般开入市来。众百姓早倾城空巷，扶老携幼，到市外迎瞧。

只见当先八匹高头大马，各有一个捧着飞龙、飞虎、飞蟒、飞豹、飞凤、飞鹤、飞麟、飞猊威武旗幡，共拥着那身高七尺、铁盔铁甲的陶匡明，鞍悬铁戈，手捧"红花市团练"大纛，当先引路。随后就是金鼓画角，步兵八十余人，由陶国祚铜盔铜甲，持长铜刺，乘马督率。一路鼓声隆隆，角声呜呜，威武庄严，顿时自然肃静。随即是先行乙邦才，头顶五云盔，身披卷云甲，足踏云头战靴，腰勒团云甲带，腋佩镂云长剑，背插乌云小槊，跨下卷毛黑马，手挺丈八纯钢画杆盘云铁槊。一马当先，引军开道。背后接着随行的，是马兵成千。领队的是银铠白袍、手持烂银三尖两刃四窍八环刀、乘着五明千里白质黄花马的罗腾蛟，押队的是金铠黄袍、手执金钺、跨着黄骠马的黄铉。接连是步兵，领队的是黑甲黑袍、黑马黑靴、背插五扑乌龙双铁挝、鞍横丈六青龙偃月刀的孟容，押队的白盔素袍、白靴素甲、乘银鬃马佩嵌璧剑、背插一对十五节烂银宝塔长鞭、手仗朱缨画戟丈八烂银蛇矛的倪云。最后是张宗尧，头戴灿金飞虎朱缨盔，身披鎏金虎头朱穗甲，腰勒镂金嵌玉勒甲带，足踏屏金满绣虎头战靴，佩着钮金青钢龙纹剑，骑着披鬃阔额黄骠马，背插四金刀，手持金杆戚，据鞍按辔，督大队缓行。两旁百姓见队头来到，即燃放爆竹，匝地欢呼，直到队伍走尽，仍有多人拍手欢呼。从陶匡明直到张宗尧，一班督队好汉，都向迎接的百姓含笑点头致谢。

队伍开入市内，分向会首预先搭盖的三处棚房中屯驻。孟容下令，各头目各自约束手下丁壮，倘有出营闲游者责罚！滋生事端者立斩！并惩该管头目。张宗尧便邀众好汉仍到源康商行议事，并设宴庆功。地方各商帮都送酒席送礼品，给众好汉道贺道谢。还有设宴相邀的，众好汉除请宴一概辞谢外，送来物品分别收退，只有几个会首召来戏班，在关王庙设戏酒，公宴三日，众好汉却不过情面，才按日到庙应酬。热闹了三日。

忙了多日，差去探听李万庆着落的探子回来，报说："李贼因他侄子李本身是剧贼高杰的外甥，现在李本身改名'李本深'，引李贼共投高杰伙中，联结诸贼，骚扰陇西一带，气势浩大。朝廷正在先派大臣，督师进剿。"众好汉当即商议，如果督师得人，便出力助他一臂。

过了一个多月，张宗尧因为在插天岭取得金银财宝甚多，红花市上商民认捐也比预计的多了许多，便召集了许多本市壮丁，买了许多马匹骡驴，共合收得平天寨的人马，足成五千人、两千五百匹战马、一千头车驮牲口，挽请至好朋友淮上大刀詹立字洪仁前来专教骑马。将丁壮分为五队，每队一千人，马步各半。詹立又荐他的同门好汉牟文绶来教锐钯。

兵丁都教得进退有节、周旋合度了。张宗尧和众好汉商量，分队督率，以收指臂之效。当即派定职司，是：

都管兼领中营并掌团练全部事务：张宗尧
副管兼领先锋帮掌团练事总教头：孟　容
领左翼兼掌赏罚升黜事宜总稽查：罗腾蛟
领右翼兼掌行军防守事宜总巡查：乙邦才
领后防兼掌装械马匹事宜总监护：倪　云
领中营副将兼管教刀马：詹　立
领先锋副将兼管教锐钯：牟文绶
领左翼副将兼管粮饷事：黄　铉

领右翼副将兼管金鼓事：陶匡明

领后防副将兼管旗纛事：陶国祚

每路军兵一千，马五百，牲口二百。待房屋造好，即分营驻扎。此时日常操演阵法，教给各种武艺战法，闲时各归各路，不许擅自行动。

这一天，众好汉方在源康商行内商议事情，忽见值日团丁上来报说："有沁水粮户庄头黄成基到门求见。"张宗尧一时没想到，孟容抢着说："快请进来！"便回头向张宗尧道："你不记得李万庆坐殿拷问的那个人吗？"乙邦才也说："我正想着这个人，在我们下去，插天岭陡然大乱时，就没再见过，不知他到哪里去了。却还生在人间，倒是一件快事。"张宗尧才想起是平天寨中被李万庆高悬毒打的汉子。

团丁已将黄成基引到当厅，张宗尧见果然是那夜瞅见的人，便起身相迎。众好汉也都离座。黄成基一到厅上，便翻身拜倒，口称："小的黄成基给诸位救命重生的大恩人叩请金安！"众好汉齐说："不要这样称呼。"张宗尧并说道："咱们一存客气，就不好讲话了。并且俺们那天确不是为救你去的，自然无所谓恩。你尽可以不必存什么报答之心。"说着，便强拉他起来，一同进厅，硬拉他坐下。黄成基诚惶诚恐，谦谢了半晌，才向众好汉一一告过罪，向下首斜签着坐下。

乙邦才先问："那夜在贼窠里，我们一时急于对敌杀贼，没暇旁顾。待得贼势稍煞，我急寻阁下，就没见踪影了。阁下究竟怎么得离贼窠呢？"黄成基道："小的……"张宗尧忙拦道："不能这样自称。必须俺你相称，才好说话。你如果不答应，咱们就不必开谈。因为俺这里不是官衙，用不着'小的''老爷'的。"孟容也说："我们都是江湖朋友，越爽利越好。"黄成基见张宗尧的言语十分果决，只得说道："恭敬不如从命，俺只好遵示放肆了。"乙邦才笑答道："这才是痛快的朋友。你在平天寨究竟怎样脱身的呢？"

黄成基道："俺那时正在求死不得，忽然见众位如飞将军自天而降，顿时心中大喜，便起了一线死里求生之心。却是身被悬吊着，没法得

240

脱。众位那时和群贼斗得正酣，还有一人斗两人的，自然无暇顾及俺。俺待要喊救，又恐怕反而唤得贼人记起俺，顺便杀俺，却不是求生反死吗？因此强耐了好一会儿。正是这位倪家姑娘连斩两贼后，忽然有个方巾青衫的人，乘大乱时将俺放下，拉着俺就跑。俺还当他是和众位同来的，便紧跟着他连跌带跑，死命耐住疼，挣扎到乱山丛里。那一位才问俺：'你识路吗？'俺告诉他：'俺是初来，怎会识路呢？'忙请问他的姓字来历，向他道谢救命之恩。他说：'姓任名民育，字时泽，号鸣玉，济宁人氏，曾中甲子科举。自幼好习骑射，也会武艺。只是不会登高越峻。因为应聘就馆，路过此地，童仆被贼射死，俺就被擒上山。行李银钱都已丢失，方才押解上岭，忽然遇着寨中大乱。看守喽啰只剩一人，便心生一计，舍命跃起，尽力向那喽啰砸压过去。果然被俺压翻砸伤了，就急咬断前臂绑索，撒开手来卡死那喽啰，逃到屋外。见你垂在空中，知是同受祸难的，就顺便解救下来。这并不是俺救你，你还须感激那杀贼破巢的英雄，要没他们这一杀，连俺也没法脱身，更谈不到你了。'俺听他这般说，就和他商量逃命。他说：'闻得这岭上强盗极凶狠，时常有来破寨的人，反而被杀得一干二净的。瞧今夜来的人虽然勇猛，但不知他们识得寨中道路吗？要是不知厉害，或是来人太少，却很容易中贼人暗算的。如今是胜负不可知，俺俩最好乘这纷乱时，逃得脱就算有命了。'

　　"当下俺俩爬山越岭，忙不择路，瞎辛苦了半夜。也曾遇着许多成队的喽啰，都是任鸣玉先瞧见，带着俺预先闪躲了。逃到将近天明时，任鸣玉拉俺同坐在山石底下歇息。他说：'这山里很多守路的，恐怕不容易平安走出。哪里得一口刀或一条枪，才好冲出几道隘口。要不，怎能突过出呢？'他迟疑了一刻，忽然去路旁拔了一株小树，使劲拉去枝叶，手中抓着，掂了一掂，笑着说：'虽然不大趁手，对付着吧。总比赤手空拳强得多。'

　　"他再拉俺前行，忽然见那晓色迷蒙之中，有许多人向峰顶岩坳里乱躲乱跑。任鸣玉便立住脚，瞅了一会儿，忽然大笑说：'好了！有生

241

路了！得活命了！'俺忙问：'怎见得？'他说：'这回来剿寨的不是官兵，自然没许多人。这满山逃命的自然是寨里的贼众。你想贼众这般没命钻逃，比俺俩更慌得厉害，这山寨还有个不破的吗？我想这时守路的自然抢先逃走，俺俩不是可以平安出山了吗？'俺听他这般一说，心里也如获异宝，跟着他果然逃出山来。

"不料纷忙中错了方向，下山走到个小市镇上。幸而当地有人知道俺，才借得一辆骡车，回到沁水。俺因在山寨里被那些贼打伤了。回到家中就大病不起。任鸣玉也住在俺家，他因为一来要候俺病好给他筹划动身，二来他急想访得是哪路英雄破的寨，好知道自己的救命恩人。俺虽在病中，仍差人四处打听。后来才访知是红花市好汉破了寨，绝却贼根的。

"现在俺的病已渐渐地好了，只须调理伤痕，便挣扎着前来谢恩。还带着十五匹北口野马，都是日千八百的牲口，俺费许多力量，才全买下来的。如今特奉献诸位。还有两千斤纯钢，已经交给这市上有名的石家冶坊，请各位发下样式，叫他照样打造兵器。这钢不值什么，却是黔宁王府里沐国公特采乌金和炼进贡的，只剩五千斤。是俺特托俺表母舅沐府长史弄得的。另外还有两样微物奉献，这只是略表俺一点儿穷心，不敢说报答。"

张宗尧听毕，先开口答道："俺们说过，原不是为救你去的，你何必送这许多东西呢？"黄成基忙笑答道："不值什么，不值什么。"说着，回头叫从人将礼品抬上来。却是赤金五百两，彩缎一百匹。张宗尧等力辞不收。黄成基再三再四地求恳，几乎泪下。还是孟容说："俺们就全收了他的，让他心里得安吧。"众人都道："好。"张宗尧才叫黄铉将金缎收入仓库，作为军饷。马匹发厩喂养，候各人选择做坐骑。兵器样式照绘，交石家冶坊照式打造。

孟容向张宗尧道："且不要忙这些，俺有句要紧的话，要问这位黄粮头。"乙邦才抢着接说道："可是问那姓任的下落吗？"罗腾蛟插言道："着！我也正要问这个。"黄成基忙道："任鸣玉很想来向诸位致谢，这两天因为辛苦生病，一两天内就要来的。"张宗尧问："这位任相公往哪里就馆？他既是举人，想必文才出众，等闲幕府也容他不下呀。"黄成基道："听他说是西安推官慕名相聘。他因为浪游多年，从没得着个托足之所。所以虽是推官聘充文案，馆地极小，馆谷也有限得很，却顾不得，只好屈就了。这原是无可奈何，并不是件得意事情。如今任鸣玉的行李被劫，从童被杀，俺正在替他筹划行李衣物，想着他如果定要到西安去，就资助他成行，如果可以不去，就预备请他去封信，回谢西安推官，屈留他多住些时，尽些患难之情，并命小儿从教。窥他意思，似乎不去西安也可，却是还没和他切实谈过。"张宗尧喜道："俺们这团练局里正缺一位办文案的朋友。现在都是端平兄和俺对付着办，时常忙不过来。俺多久就想请一位老夫子，却因为坐馆办文案的老夫子多是酸溜溜的，和俺们这些武夫不见得合得来，所以一直没提起。如今这位任相公既然肯就推官的聘，想必所得也很有限。难得他会弓马武艺，文武全才，俺们这里正需这般一位人物帮忙。他如果肯屈就，咱们一般的吃用，不分彼此。他要真能干刀马生涯，咱们还要加庄丁，将来就请他分统一队，做个志同道合的道义至交。"孟容接说道："俺一听黄兄提及，就是这般打算。只不知那任相公能不能深知俺们，须不要错会意思，当俺们是混闹才好。"倪云道："想来不致错会意思的。我们干的事他都知道呀。"罗腾蛟道："依我替他打算，他没甚不愿意的。上西安去，是当议案师爷，在这儿是同做主人。上西安去，不过得些束脩，在此地同样吃用，不要求人。再说他是举人，会试年头要进京，此地也比西安近多了。"黄成基道："这个他听得一定高兴的。他想见各位，真是眠思梦念、寝食不忘的。如果各位许他做个知己朋友，朝夕共处，俺瞧他意思，不要说请他办文案，就请他办任什么艰难事，他都愿意答应。"张宗尧道："这话的确吗？"黄成基道："怎不的确？俺病中常听得他说：'你要早些日子康健才好。要不，咱俩不知什么时候才得见破寨的英雄呢？要是竟耽搁得这些人走散了，见不着，那才是终身恨事呢。'又说：'只要俺得见着这伙英雄，叫俺任民育执鞭随镫一辈子，

243

也甘心无悔。'俺这趟动身上这儿来时，他恰病倒在床上，还执着俺手叮咛：'你这去如果见着，务必代俺致意。倘或有离此他去的，务请留下地址。俺病愈时，好赶去进谒。只是大英雄大侠士，每不肯将自己的住址和足迹轻易告诉人家的。你只说"任某别有衷肠，绝非世俗儿女子图口舌之谢"，那么或许能得个真实地址。这事极要紧，请你留心，切莫忘记！'俺因为他这些话，知道他一听得众位要请他帮忙，必定异样欢喜，也许他的病一得这信儿，马上就能痊愈。"

当下吩咐家中整治的酒筵已摆设停当，众好汉便邀黄成基入席，大家陪坐。黄成基起初时很露着局促不安之态，后经张宗尧等极力开导，才渐渐自如。席间众人谈到破平天寨的事，又谈到任民育，张宗尧道："这事准定是这么办，俺就和黄兄一同到沁水走一趟，专诚奉请这位任相公来俺们这里，共干事业。俺想，俺们开诚心、掬血悃和他说，大概他没个不答应的。"黄成基忙道："那可不敢当！俺就回去，定邀他立即同来。"乙邦才也说："还是我们去接的好。"孟容问："任相公的病势怎样？到底是什么症候？"黄成基道："大夫说是伤寒。俺瞅了是被掳时一急，逃走时一辛苦，再加上忧煎烦闷，就成了个茶饭不思、恹恹不起的病症。俺来时，他正有起色。许这两天能起床了。俺回去，一定马上就邀他来。各位劳驾，是万不敢当的。"乙邦才还待说话，张宗尧以目示意，乙邦才便不再言语了。

席散手，黄成基告辞。众人留他住两宿再走，黄成基说急于要回去安慰任鸣玉，并陪他来红花市，众人不便强留，只得送他动身。黄成基千谢万谢，辞别出门。带着从人，昼夜趱行，回沁水去了。

张宗尧等送过黄成基，便商量任民育究竟能来否，应当如何邀请他。张宗尧因孟容曾说"恐怕他错会意思"，决计亲去接他。乙邦才、孟容都要同去。张宗尧叫家人备马，三人各自拾掇停当，即日起程。带了十多个团丁，并装载着应用的东西，一行人迤逦上路。团练事务暂由罗腾蛟、倪云代管。送了张乙孟三人起程之后，便回市中约束团丁照例巡防操练。

244

张宗尧、乙邦才、孟容三人连夜行了一程，直过了插天岭，才打尖歇息。次日便按站趱行。行了两日，将近沁水界时，忽见对面一大阵车驮，如风卷云飞一般，轰隆声响处，霎时间一大团匝地涌起的灰尘，早已滚到三人马前。便听得尘埃团中有人大声叫唤："张大爷！各位爷！果真来了吗？咱们就停了，请暂驻尊骑吧！"

第三十三章

勇志侠心肝胆相照
诚推义合股肱同仇

乙邦才首先瞧见，连忙勒住丝缰，和车中的黄成基招呼。张宗尧、孟容也一齐勒马回头，和黄成基的车同道而行。行没多远，到了一座茶棚下，黄成基忙叫掌鞭的带住。乙邦才等也都停缰驻马，翻身离鞍，黄成基已引着一个武生打扮的矮壮汉子下车，和乙邦才三人相见。三人料知这人一定就是任鸣玉，便不再通问。黄成基代三人向任民育通了姓字，一齐进茶棚来，择座坐下。

茶博士过来，沏茶送水毕。黄成基先说道："我知道众位性急，回家来喜得任相公也性急，绝没打顿，就套车上路。不料众位已经赶到此地，真是太辛苦了。"张宗尧道："俺们倒不是专为性急，只因闻得任相公的鸿名，要想求请帮助，自应专诚来接，才是道理。"任民育插言答道："张庄主太存客气了。我任民育一介寒士，浪迹南北，遭逢盗贼，曾蒙生死肉骨之恩，礼当登堂叩谒，略表葵忱，借伸谢悃。怎敢反劳庄主先施？"乙邦才接答道："咱们今天虽是初会，大概可说不是俗人应酬。我想彼此既相见以心，第一就要不存俗套。从此以后，我们先把那'相公''庄主'等没紧要的俗称去掉，大家都有别甫，尽可相唤。再就把那些虚文应酬的话也都免了，大家爽快谈谈，不比文绉绉地缚手缚脚痛快得多吗？"任民育听了，暗自赞佩乙邦才英明爽朗，便率然答道："谨遵吩咐。"孟容拍手赞道："果然名下无虚，这才是俺孟端平的好朋友。"

张宗尧问黄成基:"可曾用饭?"黄成基道:"我昨夜急于赶路,错过了宿站,便连夜趱行,天才明就到了家。任相公的病这两天原本好了些,我一到,把各位的盛意代达到,任相公立时就要动身,说:'万不可再劳迎接!我原是受恩者,为生病没得亲去,略表微忱,已经失礼,满心抱愧!如今据你这一说,我又是个受知者,对知己尤其应该趋承,怎能反劳迎接?快去,快去!要待人家来到,就太不成礼数了!'就此一迭连声催我,叫人快套车。我说:'车还没卸呢。'任相公就说:'好极了,就乘这车赶快去吧!'还是我坚劝且同吃了早饭再走。任相公只略略吞了两口,就连催我同来了。这时候只怕任相公有些饿了。"任民育道:"还好,并不觉得饿。"

孟容先动问任民育被难的情形,任民育道:"我本身无长物,不值得盗贼垂青。是我那随童和车夫,因我行李萧条,车马有余力,暗中代人捎货。我虽知道,因为一个是苦力,我没多赏赐给他,殊觉可怜;一个是跟我多时,绝少进益,穷苦不堪。就故作痴聋,任他们赚些小钱,哪知竟因这私货惹起山贼觊觎,险遭杀身之祸。他两个当时就因利亡身,我却因为山贼拿我当作秀才,想扣住勒赎。李万庆那厮曾盘问我的家底,我和他实说,他不相信,以为总可勒索些银钱,将我禁锢着,所以暂时留得性命。若是众位兄长再不施威破寨时,我终究是没钱取赎,必被山贼所戕害。所以众位兄长仗义平贼,虽不是专为着我,然而我总是身沐再造之德。"

张宗尧接言道:"茶棚内不便深谈,俺们今夜找个清静所在住宿,好畅谈一夜。"大家都以为是,却是这条路上只有孟容和黄成基走熟的了,孟容在这条路上虽有熟识的人家,却都没深交。黄成基便道:"这一带都是些田庄乡户,全不是懂世故、晓人情的,只有离这儿三四十里地,有一座马将军庙,是三国时马孟起的香火。从前没人管事,近来却有个姓胡的武师住在这庙里,有百来个闲汉村夫,在他门下学习武艺。他虽是独自一个,却把那座庙拾掇得纤尘不染,清静异常。我和他很有点儿交情。今夜不如到那庙里去借宿一宵。胡武师也是个好客的人，脾气也和各位差不多。我想只有这地方，众位还能坐坐。要是可以，我就先差人快马跑去知会他，并且要买些酒菜带去。那庙前庙后是没处取办的。"孟容道："他只是个打拳的异乡人，就能轰动整百人跟他做弟子吗？"黄成基道："他本领多了！会打拳，会耍家伙，会游水，还会走路，一日能行四百里，两头都得见日光。因此跟他学这样学那样的人很不少，却不是净学打拳的。"乙邦才听了，心中一动，道："好，咱们今夜准宿马将军庙，就着也会会这位姓胡的，瞅他究竟是怎样个人。"

商量既定，就离了茶棚，取道向红花市来。黄成基先差一个家人乘快马往马将军庙去知会，众人随后进发。行了多时，将到未末时分，远望见对面山坳里有一座红庙，巍然屹峙在峰岩之间。黄成基在车中指着说道："这就是马将军庙了。"孟容接口赞道："好个所在！择居择到这地方来的，想必不是个庸人！"乙邦才、张宗尧听得已到马将军庙，长途驰骋，瞬达宿头的一刹那间，精神最为振奋，各将丝缰一勒，泼啦啦加紧快驰，直向山岗奔去。

刚踏到山路，便见路上有人，一瞧见来骑转身就走。接着便听得炮响，众好汉都觉诧异。及至踏上岗子，只见沿山路密丛丛排列着两行壮汉。山路当中迎面立着个满颊络腮乱须，两只铜铃大眼，挺胸凸肚，阔肩粗腰，五短身材，短肥颈项的胖汉。乍看去俨似关王庙里塑的周仓像。众好汉方待招呼，那胖汉已经抱拳弯腰声喏道："晚辈淮上胡临特给各位前辈英雄请安。"乙邦才听得是胡临，心中大喜，暗想：久闻这人名字，不图今日在这里会着。

张宗尧急忙翻身下马，迅趋过去，两手齐伸，托住胡临两肘道："胡大哥，承您瞧得起，咱们都是好弟兄、好朋友！千万不要这般过礼，使俺们心意不安。"胡临摇头道："俺是什么人？敢和各位英雄攀朋友，称弟道兄！那般凶恶的吞天狨给各位英雄收拾个干净，俺就诚服敬佩。知道各位前辈是盖世英雄，俺胡临执鞭都不配，怎敢抗礼？"乙邦才、孟容一齐赶近前来，孟容道："胡大哥，您拿俺们当作朋友看待，俺们就奉访打搅，要是这般过礼，实在使俺们片刻难安，不敢妄造尊居。"乙邦才道："我们也不过是武道中一介匹夫，彼此一般都是同道，分甚前辈晚辈？若定要如此，反是见外了！"黄成基也赶来说道："胡老师，您不知道，各位好汉都是最爽真、最率真的，连我都不许叙礼，何况对您，更是'惺惺惜惺惺，好汉惜好汉'，断不肯受隆礼的。咱们恭敬不如从命，好让各位痛快欢喜。"胡临这才回顾两旁道："孩子们，快拾掇吃喝去！"说着，昂头闪身，向路旁一站，让众人上岗进庙。

任民育下车，随着众好汉一同进庙门，见迎面一座戏台，台前大方敞坪，坪中地下摆着许多仙人担、桃木棒、石锁、铁锤等等练身练力的家伙。走过敞坪，便是一列石坡，叠着九级蟠龙石阶。阶上两旁列着两长行朱漆军器架，架上森然插着铜浇铁铸的十八般长兵器。殿上两壁悬满着刀、剑、鞭、锏、锤、挝、斧、抓等各种短兵器。另外，还有盔甲、铠胄、战靴、鞍辔各种军装，井井有条，俨然是军储武库。

转过殿后，是一排敞屋，瞅那模样，似是雨天练武的所在。再朝里走，却是一连几间，都是新造屋子。修饰得一色清白。胡临让众人同到屋里，各依次序坐下。黄成基要去指示从人备饭，胡临连忙道："黄爷请宽坐，您来人已带了许多东西来，俺恐怕不够，已经差人到市上加沽了两坛酒，买了些鸡、鸭、鹅、鸽、鱼、虾、海菜等类，正在办着，马上就得……您歇着吧，甭操心了。这是第一紧要事，孩子们不敢不当心的。"黄成基只得称谢坐下。

胡临向众好汉道："俺闻得黄爷被陷，是在那天夜里，想着得信迟了，恐来不及，把俺急得什么似的。连夜传集孩子们，问他们凡自问有胆量的，都跟俺去。孩子们知道俺素来恨吞天犼，时常和他们说：'你们快练本领，只要能上场对打，俺就带你们去宰那吞天犼去。'那天晚上，俺聚集他们，和他们一说，竟有二十多个愿去的。大家扎扮好，抄家伙就走。俺是顺大路去的，两天半才到那地方。待夜里打侧岭上去一瞧，全山寂静，四处走动时，见寨子是烧了，仓房是没了，人影也不见了。只剩下许多烧尽打破的烂家伙。再到后山，见叠着砖石，打着工棚，堆着土屯，知道是修墓。旁边又有屋架墙脚，料是造祠堂吧！俺那时已是佩服得恨不得立刻爬下磕上两百个头。你瞧，那么险的寨子，那么狠的山贼，一股脑儿给拾掇干净，临完还给受难丧命的朋友修墓造祠，这真是圣贤举动，菩萨心肠，更不止英雄气概、豪杰行径了！俺胡临不要说不能干这大事，就是侥幸托福，仗好汉帮助干了这件大事，也绝想不到为死去的好汉修墓造祠上头。俺的爷！俺从此觉着，似俺这般粗心眼儿笨肚肠的呆汉，真是连当马夫都不够料！怎不叫俺对各位哥天神般敬仰呢？"

黄成基笑道："我从来不曾见胡老师这般敬服过人！如今竟是死心塌地、五体投地地佩服，还是从心眼儿里发出，绝没丝毫客气。这真是一件百年难逢的事！足见各位的英武侠义的事业，真是盖世惊人！无贤无愚无不景仰。"任民育接说道："这事只能算众位哥一番义举，哪里就够得上说是众位哥的事业？大丈夫男子汉生在多事之时，以身许国，心切安危。一日壮志得遂，功业得建，匈奴喋血，单于系项，辟境万里，拯救兆民，那才是事业呢！咱们这几位贤兄，正是怀抱这般志愿的卫国英雄！平一个山寨，除几个毛贼——任那厮们怎样凶狠——怎能算得众位哥的事业呢？"乙邦才等听了，暗自赞佩任民育见解心胸不同凡俗。黄成基听了只暗伸舌头。

胡临听毕矍然立起，高伸左手，竖起大拇指来，嘻开大嘴说道："任哥！您到底是孔圣人的门下弟子，不像俺老粗想是想得着的，可是老是说不出来。俺只想，众位哥有一天干任哥才说的这些事业时，不知可能挈带俺老粗跟去扬个旗、牵匹马吗？"说罢，两眼大睁，直咂舌头，瞅定乙张孟三人，似乎是立待答允一般。

乙邦才方待说话，张宗尧先开口答道："胡大哥，承您瞧得起。俺说一句冒昧话，对不对咱们再谈，请您不要见怪。俺们这回扫平插天岭贼寨，劝喽啰们改邪归正，设立红花团练，这事大概胡大哥已经听说过了……"胡临抢言道："知道，知道。俺早知道了！俺正要说这个，还没来得及说呢。张哥，您想，这事要是俺老粗去办，这些喽啰早给俺剁干净了，哪里能办得这般周到，化恶为良呢？俺由此想到俺这老粗真该死，从前不知屈杀了多少人，从没想到您张哥这般个好办法，该救多少性命呀！凭这一点儿事儿，俺老粗就不及您一屑屑，怎能叫俺不佩服呢？"

张宗尧忙截说道："这也是因势利导，够不上胡大哥佩服。俺因为另有事要和胡大哥商量，所以才先提到这个，并不是向胡大哥表能的……"任民育站起身来，插言道："张大哥说这话的意思，俺知道了。且待俺代为说出，瞧对不对。张大哥意思是说，现在插天岭的人马已经改为团练，想罗致天下英豪，共练民兵，储为国用。如果胡大哥有意，就奉屈大驾，携手同行。张大哥，对不对？"张宗尧拍手道："着！着！着！俺正想这般说，却还没想得这般委婉。"

胡临跳起来道："张大哥许俺到您团练里去当弟兄吗？那可是好极了！俺不要口粮，俺还情愿当双份儿差！只求张大哥答应用俺。"张宗尧道："胡大哥，不要太自谦了！俺怎敢屈胡大哥去当弟兄呢？其中有个道理，待俺仔细说明白了。胡大哥就知道俺的意思了。"胡临抢答道："您甭多心，俺素来不知道什么谦不谦，俺就是这死心塌地、实心眼儿的血肠话！俺……"

孟容起身拦说道："待俺来简截说明吧！胡大哥心肠热极了，多说他是等不及的，反而越说越不得明白。胡大哥，你不要着急，待俺告诉您实情。俺们团练目下共有五路，想要加一路，特地前来恳请任大哥统辖，这是俺们昨夜在路一起商量定妥的。却是俺们每路都是一正将一副将，张大哥想委屈胡大哥做这一路的副将，令门徒中有愿去的，全可以同去，凭武艺考较，高的可以当校尉，次的可以当头目。并且俺们还加人买马。您愿意不愿意？请您决定。当弟兄的话，再也不要提。俺们都是凭本领分派的，不是军营，用不着讲论什么角色资格。"

胡临听了，喜出望外，反而答谢不出，只瞪着眼瞅定张宗尧。张宗尧含笑道："俺要说的话，全给乙哥、孟哥代说完了。胡大哥，您的意思怎样呢？"胡临哈哈大笑，道："俺还有意思吗？俺要有半点儿他意，不知道感激，俺就真成了一头笨牛！连俺那死去的祖宗也要不答应俺！您只说哪天叫俺去，俺就哪天去。不过有一点，还得商量商量。任大哥是文武全才，俺是只懂得几手毛拳的大老粗，万万配不上！这一正一副相差太远点儿！张大哥还得给想个法子，俺还是打大旗吧。"张宗尧道："说过要您不要客气自谦的，您又要客气自谦了……"胡临不待下文说出，忙抢争道："不是客气，王八蛋才客气！俺是实话。"

乙邦才道："胡大哥不必多虑。我们团练里的职事是分队中、局中两种，每人都分统队伍，每人也都得管一件事。任大哥我们要相烦他办文案，这是一桩极繁重的事，自然任大哥不能有多工夫去教操。这教武艺是胡哥您的老门径，可以代任大哥多教些时，任大哥也可以引导胡大哥您多读兵书。似这般不是两人相处互相辅益，正正相益吗？再说，我方才进来时，见您这前面有一把五百斤的石锁，有一对二百来斤的双铁棒，想必都是您使用的。您有这般本领，干吗自视得那般菲薄呢？我还瞅见前面屋里有一套鱼皮水裌，您一定会水的，我们团练里正缺一位管水道、教水操的首将。我还听得黄兄说，您能日行四百里，两头见日。这也是一门稀有的本领。咱们爽快说，您的异样能耐，比咱们多而且高，队伍里不用说，就是局里，您能干的事也太多了。本当请您当正将，只因为人数所限，不能不暂时委屈，将来再加人时，再补叙。好在咱们正将副将一般办事，一体相待，并没轩轾。不是营伍中那样分尊卑、定上下的，所以我们才敢冒昧说出。这确是要请您明白、请您原谅的。"

胡临道："俺的大哥！您要俺不要客气，您自己反客气起来。俺只求能时常跟着各位哥，连副将都没敢妄想，谁曾做过什么争正将的梦影了？"张宗尧忙说道："这就算是承胡大哥慨允了。俺们好汉做事，一言为定，永远不改。俺先代红花市团练向胡大哥敬谢盛意。只是任大哥，俺们有意奉求，愚情未达。只因孟端平兄急于要劝胡大哥，脱口说出，未免唐突。还请任大哥格外原恕，谅鉴愚忱，慨然允许。"

任民育站起来，答道："俺方才因为众位兄长和胡兄急于说话，不

252

便插嘴羼言，所以微忱没得奉现。俺在沁水时，只有向日之忱，识荆之愿，绝无从云之心，附骥之念。因为俺是寒儒家风，学行微渺，虽然略识几路拳脚枪剑，自问是读书不成、学剑又不成的废材，所以绝不敢生妄冀之心。今晨黄庄主传述诸位盛意见召，还要亲自辱临，俺就知必是知己垂青，不遗菅菲，采及刍荛，有所差委。俺虽樗栎之材，生平幸得于此逢知己，怎敢妄自菲薄，不竭驽钝，以效驰驱？感激之余，使俺顿忘无盐之陋，而拟效毛遂自荐。及至得闻宠命，实是喜而且愧！诸兄肝胆照人，托重任于一面之士，令俺既感殊知，更弘雅量。只是俺伏案作钞胥，还能勉承惠命，至若训卒教士，俺这点点皮毛，实是深虞陨越。诚恐不足以副雅望而应事机，因而无任彷徨。方待陈明辞卸，适才闻得奇山兄向胡兄所发大篇鸿论，知胡兄长于训卒，不禁幸喜。还请诸兄鉴谅。改请胡兄正位，俺只备位承乏，挂一虚名，除符章制。那么，俺就心安意泰，拜领全惠。要不然，于心终不歉然。非敢方命，实不敢承非分之施，反误大业，以重俺莫赎之罪，而害知己之事。"

胡临忙道："俺不能说得任大哥这般文雅流利，俺只知道俺断不配充正将。任大哥再要逼俺，俺老粗只有磕头发誓，表明心意了。"张宗尧道："务求两位不要再推让。因为文案是重任，不便居副。难得胡大哥肯迁就事理，还恳任大哥不要拘执，以后才好爽快办事。"乙邦才、孟容也接着相劝，胡临更急得再三嚷辩，黄成基力劝任民育遵从，任民育不便再拂众意，只得向胡临告罪，才答允了。胡临喜得向任民育连作几长揖道谢。

第三十四章

聚群英盟心同训武
觅旧友辛苦赋长征

张宗尧见任民育、胡临都无异辞了，便请大家坐下，郑重说道：
"既承任哥、胡哥格外原谅，答应光临，为俺们增光。俺们昨夜已经商
量得一个办法：就是咱们红花市团练队近来来投的壮丁和各处难民已经
收聚得不少，再将各路多余的壮丁合并起来，足可以再加一路。这一路
就定为'游击'，请任胡两兄统领。职事是'领游击兼掌往来文札事宜
总文案任民育''领游击副将兼管水总巡胡临'。咱们回去，马上就改
订职事单，加点队伍，赶后日初一，就要成队。"孟容接说道："两位
兄长的战马，还有黄兄惠赠的，可以到市上去选。只有盔铠甲带和兵刃
剑佩，却要请两兄先发下样式，好赶紧打造。"

任民育谦谢一番，便将衣甲尺度、兵刃样式开单交给张宗尧。瞧
时，是烂银荷叶朱缨嵌玉盔、烂银莲瓣连环嵌玉甲、素罗盘云团鹤袍、
银丝裹玉荷心勒甲带、镂银铁底莲花短战靴、烂银虎头凿金枪、白鱼鞘
青纯钢剑、双翎白羽箭、明角玉弦弓，另背囊并标枪五支。各项之下，
都分载分量，极是仔细。

胡临却不开单，只向张宗尧说道："俺这儿原有俺随身带着的大小
两对金头铜柄虎齿狼牙棒、一口精铜蓼叶泼风刀，家伙是不用再打造。
盔甲也有一副祖传点铜地老虎、一双铁底虎头靴，只坏了勒甲带，缺了
一件袍。张大哥有什么可以对付的，给俺对付那么两样就得了。用不着

费神费力地叫人弄去。"张宗尧点头道:"知道了,俺马上就叫人给胡大哥预备一件洒金黄罗袍、一条金丝点翠虎头勒甲带,恰配上原有那副点铜甲。您道好不好?"胡临笑道:"好敢则是好,只是俺这个鲁莽黑人不大配得上。"说得大家都笑了。

当日,胡临置备丰盛筵席,请众人畅饮。饭后黄昏时,胡临叫徒弟们点起灯油亮子,邀众人都到前面庙坪中,瞧徒弟们练武艺散闷。众好汉全立在殿阶上,瞧那百多个蛮汉打拳踢腿,耍刀抢枪,单练双打,个个精神饱满,手脚爽利。张宗尧极口称赞。乙邦才、孟容也说:"不容易练到这般地步。"一时练毕,孟容见其中有两个刀枪极其纯熟的,便叫近前来询问他俩姓名,那个白胖汉子姓冯名国用,黑脸汉子姓陈名光玉,两个都是遭乱失家的。从前就练得一身武艺,此刻随着胡临厮混,带着学游水。乙邦才见他二人本领出众,便料着不是胡临近来收教的弟子,听得说是学游水,便问:"你俩水上功夫如何?"冯国用方待答谢,胡临抢着说道:"他俩只有刀枪拳脚是拿手,水里功夫却不及他俩师弟。"张宗尧急问:"俩师弟是谁?"胡临招手叫那边墙角下立着的两个黄脸汉子过来见礼,拽着告诉乙邦才等道:"这个高些的名叫李隆,那个名叫徐纯仁。都跟着俺练,已能在水里开眼逆游三百里。"张宗尧见他四个全是身材魁梧、精神饱畅的汉子,便和胡临商量,要邀请这四个去红花市,都参做中营校尉兼管船头目。胡临便问冯国用等肯同去吗,四人齐声答应愿同去。

孟容便要胡临问那许多门弟子,有愿去的都自己报名,将来都拨入游击队中,分充校尉头目。胡临将这话传说了,当时共有七十三人报名愿去,那不去的都是有家业在本地,不能离开的。胡临便将愿去的按名点过,都令收拾好,到前殿候信。又对不愿去的说明白自己不能不离开这马将军庙的道理。

众门人听了,便商量集资给师父饯行。胡临忙道:"这可不必!俺这去就有钱使,用不着你们集钱。你们既有这番意思,俺给你们想个善处之法。你们这七十七个同门弟兄,都是无家少室的,这回跟俺上红花市，虽然投得一条生路，却是就这般大队花子似的，走入红花市，也是大家的面子，人家总说咱们这一路人太下作了。你们不如各尽力量，各人把能够腾挪出来的衣裤、被褥、鞋袜等类东西，多搜集些，尽今夜送到此地，给你们的师兄弟壮壮行色，比那大吃大喝一顿闹光的强多了。"众门人轰声答应。

胡临便陪众好汉入内，又将自己衣服取了几套，交给冯国用、陈光玉、李隆、徐纯仁等四人更换了。一霎时，那些不去红花市的门人聚议筹资，购得许多衣被等物送来。胡临谢了他们的盛意，便将衣被等分给同去的七十三人，嘱令赶快拾掇。胡临便留众好汉在里屋内，摆设酒果，剪烛畅谈，直到更深漏尽，才倦极安歇。

胡临一宿没合眼，将大小事情赶一夜拾掇完毕，有没完的都托门人代办。次日清晨，旭日才升，张宗尧等已经起身。胡临派人承应洗漱，摆设早饭，陪同饱餐一顿，便统率着七十七个门人，随张、乙、孟、任等一同上路，迤逦趱程，径奔红花市来。

路上无事，这一天，已到市内。张宗尧先派人将七十三个胡氏门徒安置在团练局里，又将冯国用、李隆、陈光玉、徐纯仁等四人请来，取校尉衣甲给换了，并各给兵器，吩咐："暂时先在中营，办理中营日常杂务。俟船只造就，再拨定巡船，分别管辖，巡察水道。"四人领命自去团练中营，归营报到。

张宗尧引任民育、胡临和罗腾蛟、黄铉、倪云、詹立、牟文绶、陶匡明、陶国祚一一相见，设宴接风。罗腾蛟暗自和张宗尧相会，先将团务交代过，并将代职期内处办事项全叙说明白，然后说道："昨日接得快马飞报，便照着大哥信上吩咐的，把各路余卒和新投壮丁都造册列伍，验明箕斗，只候点视。衣装兵刃都按份配好，只待分发。游击旗、正副将姓旗和旌幡也都赶办好了。只有拣选各路头目，我想各路要停匀才好，要不这一路头目都强，那一路头目都不强，也不是好事。打起仗来，力量不齐，要吃亏的。来信要精选，我却只向各路挑选六十人，其中一大半是很有功夫的，比算起来，将来游击队的头目要算最强的了。

256

大哥瞧要不要另选？"张宗尧道："俺原是为着游击一队中，如果头目全用胡如深的门人，似乎不大好。不如羼乱着，一来可以免却胡如深用私人结私党的嫌疑，二来可以调和各路的人，不致闹成各立门户的弊病。至于俺信上要你挑选各路内上好的头目，拨入游击部下，也是几个道理：一来是胡如深带来的人全不弱，如果把弱的给他，却把他手下的强汉拨入别路，也是不大好的。二来游击一路，胡如深的本领虽可以，任鸣玉却不是尖儿角色，须得头目强些才好。三来胡如深手下人分拨各路，即使不甚强，各路不致受损。所以才决定这样办的。如今你既已挑定，六十人中有一大半有功夫的，再加上胡如深手下选十几个顶好的，游击部下也不弱了。就这么办吧，不用再挑了。"罗腾蛟便把选定的头目花名单和游击一路花名箕斗册、马匹号册一齐交给张宗尧。张宗尧略翻着瞧了一遍，又把账簿翻阅一番，便和罗腾蛟带着册籍同到前面来。

恰值孟容来请张宗尧去前面陪客，张宗尧便随着到大厅上，先将名单册籍给任民育、胡临瞧过，又和胡临商定，将带来的门人中留下十二人，和挑选的六十人同充游击部下头目，其余六十一人，分别拨到各路补头目缺。只余一人拨入中营，充当旗矗手。胡临十分欢喜，因为他心下正愁着自己的门人虽知武艺，却不懂军规，不易教导。今见张宗尧如此调度，深为感激。

这一天，欢宴散后，任民育、胡临和黄成基都在源康商行宿了。次日饭后，黄成基告辞自回，张宗尧邀请一众好汉陪同任胡二人到市外新布置的校场中，点卒成队。当下按册查过箕斗，点卯应名都毕，便分派头目，各自分管壮卒。统率分开，列成雁阵。鸣鼓竖旗，发过犒赏，才整队到市后新立的帐篷内，另建游击营头。当时下午，就发给各卒衣装、兵器，宣告营规。头目分班参谒统将，各报所属。正副将军开单列册，陈报叠转。任民育又接收文案，胡临点收船只。都克期竣事，各尽职守。从此红花市团练成了六大路卒。

光阴易过，转眼两月。红花市团练已练得铁桶相似，远近闻风，等闲游民盗贼都不敢走近。乙邦才见诸事已妥，便向众人告辞，要到淮上

257

去会晤古达可，连成一气，以便为国家出力。张宗尧竭力挽请多住些时，无奈乙邦才执意要行。张宗尧便和孟容等一班分期祖饯。

才得两日聚宴，大家都在源康商行会齐，忽见中营校尉冯国用进来禀道："外面有一位女子，自称姓汪名飞龙，到局里来说，特来求见乙爷。"乙邦才听得，便起身随冯国用到团练局去了。众人便都等待乙邦才回来，再行开宴。

没多时，乙邦才单身回来，张宗尧问："来人可是认识的旧友？何妨请到此地，大家会会呢？"乙邦才笑道："马上就要来的，还不止一个人呢。"孟容道："既有多人，怎么却是一位女客当先来会呢？"乙邦才笑答道："你当她是平常女子吗？这位女客却是不可以常情论的。"孟容也笑道："俺原想着一定是位非常的女子，所以才敢这般冒昧动问。要不，俺这般问话就太唐突了。"张宗尧道："且慢论理，奇山兄，来客到底是怎么样人？为什么事来的？你能告诉俺吗？"乙邦才道："我若不能告诉你，也不请他们来这儿相会了。这位女客就是我说过的古家庄团练里领护粮队兼护庄守境的女杰汪飞龙。她和她哥汪应龙，还带着一个女校目陈翠翠一同来的。原是古家庄的古达可接着我在程家寨发的信，想着从前曾在路上有一面之缘，说过一次话。便想到要大家联络着，好志同道合地图条出路。不料道路不通，许久不能通信。后来专差庄丁送信，连人也不见回来。汪应龙急了，才自告奋勇，率领他妹子，带一个女校目，扮作送眷赴任的，路上走了多时，也不知遇过多少吉凶事。原想到程家寨去的，今日走到这里，瞧见右翼营门前竖着'乙'字大旗，想着这个姓很少，疑心是我在这儿，就住下来，一打听，果然是我，才到右翼营里询问。头目带到局里，局里不明白他们的来历，所以来请我去会。"

众人听了，才恍然大悟。再一回想到乙邦才本来要到古家庄去，如今古家庄倒有人来了，乙邦才是可以暂时不去古家庄了，更加欢欣鼓舞，如获意外之喜一般。张宗尧心中却想着：如今多事之秋，久憋在这乡下，终不是豪杰事业。古家庄是俺们千里相隔的同心朋友，如果借此连成一气，不是很可以干一番大事业吗？便催促乙邦才快请来相会。孟容道："不如我们都到局里去相见吧，免得把人家生客请到这里拉到那里。"张宗尧道："好！俺们就此前去。"说着，便起身更衣，并邀孟容等一同着好衣服，同往局里去。从人连忙伺候。

霎时间一行人都到了团练局里，张宗尧便向倪云说道："这位来客既是女客，俺想要烦倪大姐辛苦一趟，先去拜会一次，尽些地方之谊……"倪云不待他说完，便笑着接言道："这是我应尽之责，谁叫我命苦，这儿没一位嫂嫂呢？"说着，便起身带着跟随健妇，起身出门。张宗尧等都在厅上坐待。

约莫半个时辰，校尉一连两次报说："客已到门。"张宗尧便和众好汉一同出来迎接。便见倪云陪伴着一个长身颀体、白面青发的女子，携手并肩，同行进来。倪云一眼瞅见张宗尧等出迎，连忙闪身向旁一让。汪飞龙正走着，见倪云闪让，忙一抬头瞅见了张宗尧等，便连忙刹住脚，向旁一站，低头拜道："众位兄长，小妹冒昧来此惊扰，还望海涵。"张宗尧忙答道："岂敢岂敢，大姐言重了。倪大姐，请陪大姐到里面坐谈吧。"倪云才过来陪着汪飞龙前行，由张宗尧等一行人跟前走过时，闪身施礼告罪，等众人都回礼再让，方缓步进了二门。

张宗尧等一同跟着，直到内厅，方让汪飞龙上坐。倪云先说道："汪家姐姐这趟辛苦北行，原来另有要件。不过到程家寨访奇山兄，也就是这事中一件相连的大事。如今奇山兄幸而在这里会着了，还望汪大姐不拿我们当外人，就此把这事说出，使我们也得附骥尾，聊遂微愿，深感盛情。"乙邦才接言道："我已经和汪大哥谈过了这事，他们手足俩早有心要邀我们同行的。"

汪飞龙说道："这事本来要邀请天下英雄，共同出力的。初时是古达可兄接着一个旧友史直号德威的由北京来信说：他已经跟从大兴史可法，为史公效力。近因诸路剿贼无功，圣主特简史公为淮上巡抚。现在选拔兵将，即日出师。特地当邀请共锄贼盗。古达可兄素来知道这位史可法号道邻是左光斗最赏识的奇士，达可兄和戴中砥兄同游京师时，就深知这人是个救国英雄。决定待他到淮上时，拼命帮他，肃清淮上盗贼。就在此时想到乙奇山兄曾有信来，淮上团练力量很薄，想要联结程家寨，增厚军力。俺就告奋勇送信。古达可兄特恳恳切切写了封信，叫俺北来。俺在路上和家兄已经劝醒了一批好汉，在前几天动身，赶往淮上，现在大概将要到了。各位请想，已经迷路的英雄，俺妹子还不惜舍身苦口劝他回头，何况众位兄姐本是卫国英雄，救民豪杰，事业彪炳，功业昭垂，比俺妹子高了几千百倍。正要拜求指教，仰恳瞧在国家，惠赐同行。众位兄姐反谦说'附骥'的话，这不但是俺妹子不敢当，就是俺古戴两兄都和奇山兄是旧好，也绝不敢当这话的。"

乙邦才道："大姐不要客气！我也不敢当'旧好'两字。不过彼此还说得上两心相照，神交已久。我在程家寨就想着淮上，古戴两兄闻得史公督师，就想到小弟我，这就是神交的证信。如今承蒙汪大姐格外瞧得起，不辞长途辛苦，蹈险奔驰，远道惠临，已足使我死心塌地，拼命效死。更何况承淮上诸友殷勤相望，我们此地弟兄们全是血性朋友，彼此都是同心，能够协力共事的。我很望大家能够剖心沥胆，剔除客气，才好商量以后的事体。"

张宗尧道："俺去请汪大哥过来，彼此一同商量吧。"汪飞龙忙拦说道："不敢劳步，他马上就来的。正在收拾行李卸驮载呢。"张宗尧便叫冯国用："快去将行李取到这里来，并吩咐店家不许收伙钱。一切都到这里来领。"冯国用答应着，连忙去了。

第三十五章

忆旧情重话酒樽前
联大伙共投莲帐下

　　众人都静待着汪应龙来会谈，汪飞龙才趁此仔细遍视座中诸人状貌。瞧到詹立，似曾相识。定神一想，忽然记起往淮上时，关山遇黄得功，曾见这人斩部下小卒以谢士子。便脱口问道："这位兄长，从前可曾在关山立过寨来？"詹立含笑点头道："大姐真好记性。"汪飞龙也笑道："从前的詹大刀是胖大英雄，如今的詹大刀是精刚豪杰，俺几乎不认识了。"张宗尧便问："您二位在哪里会过？"汪飞龙道："在关山前相遇，还到他寨中打扰过。想起来如在眼前，却已是好几年的事了。俺们一直在淮上没走动，不知詹大哥后来怎么离了关山？那年年头里，俺派庄丁送书信礼物到关山奉献，不知怎样，离山五里就被劫了。庄丁回来，俺们许运葵兄还错怪了詹大哥，一定要到关山来问理。却是戴中砥兄劝住，重发书询问：'山边劫使，何以不追查？似与兄之严令抵触。爱特书诘究竟，希即详答……'派敝庄帐前左骑校范泗送信。不料范泗仍是没到山脚，就遇着伏路人。范泗取信申说，那伙人毁信轰打。范泗恐伤和气，强耐着没回手应战。退到关山界外打听，才知关山已另有人占去了。俺们陆续探问，终不曾明白詹大哥离山的缘故。想去打关山，给詹大哥报仇，又不知是不是詹大哥的仇家，所以一直没动。今日幸而会着了，务请詹大哥仔细告诉俺，也好让敝庄众弟兄放心。"

　　詹立方要答言，校尉报说："汪爷已经来到了。"众人忙走向迎接。

只见汪应龙蟹面狮鼻，满腮电髯，黄衣赭巾，罗带皂靴，分外显得英武。背后随着一个三十来岁的女子，头扎鸭蛋青渔婆巾，身穿淡月白素布衫，甩着淡青素绵绸大管裤，踏着七寸长淡青色柳叶大脚鞋，圆圆的脸儿，浓浓的眉儿，满脸俏，浑身娇，很像个伶俐而有力的仆妇。

汪应龙随众人进厅相见，瞥见詹立，便握手问好，欢然叙旧。张宗尧连忙让座。那女子只随着汪应龙。众人动问，才知她就是古庄护粮队的护卫军校头目兼旗令使陈翠翠，便也让她坐下。汪应龙和众人寒暄毕，并将来意说明，且代古达可致意乙邦才，并述戴中砥望风怀想的诚恳，都说过了，便回问詹立："怎生弃了关山，来到此地？"

詹立未言先叹一口气道："今天不是您贤兄妹来到此地，我这点儿心事是准备永藏胸中，带入土里，不再告诉人的。如今您俩已说出我曾在关山立寨，我的根脚您俩也完全明白，我也用不着瞒着现在座中不曾明白我来历的朋友了——

"我本是淮扬人，本名詹洪仁。自幼在运河两岸瞎闯。后来闯到关山，夺得了寨子，就改为詹立。一来免得辱没我父母所命的名字；二来策励我自己，速求自立，勿久陷泥途。那时我原为有母不能养，不得已而为之。所以那年得遇黄虎山、孔为藩、胡霄楫和戴中砥、古达可诸豪杰——汪梓和兄也在场的——我就灰心，极想自拔。勉强度过残年，痛遭先母之丧。不愿先人委骨盗窟，便急忙亲自运柩回籍安葬。寨里事务都交钱粮头目摇天动代管。

"哪知我才离山寨，摇天动就勾通邻境巨盗李理强占关山，自立为顺天王。发布伪章伪制，大封伪官，收纳亡命。一时反叛盗匪如水赴壑，不到一月，聚集成八十头领、万多喽啰。官府反而暗地和他们勾通，要他们只扰邻封，让当地地方官得报境地安逸，便算两不相犯。邻封被害，既不能越境兜剿，又不能任他横行。报上去，上司极不欢喜说是有贼，按住不转报，又担不起担子，也只好设法和他们勾结，图个安静。这一来，关山附近，就成了个官盗合治的怪地。

"我没法回去，也就不愿回去。总想着能够邀几个朋友和摇天动评

262

理去。不料我内人因急成病，染疫身亡。我单身独个，还须料理丧葬，更没心情管到这事了。就这么一直耽搁下来，总没制得摇天动。却是关山寨子听说已有几位仗义的好汉给砸了个粉碎。"

孟容拍案大叫道："快哉！天下不少仗义英雄，只可惜不能平尽不平！却是能干得一件是一件，才不愧是个闯世的汉子！"乙邦才问道："我多年不走过这条路了，竟不知关山闹出许多事故来。这几位仗义英雄是谁呢？"

詹立接着说道："我听得牟子佩说，就是那孔为藩、胡霄楫。还有两位都姓刘：一位是刘应图，号公勇，颍州人，曾任青州指挥；一位是刘肇基，号鼎维，辽东卫籍，赣榆人，世袭指挥。我都不认识，只知道是孔为藩的至好。他们四人同进京干办功名，打关山路过。胡霄楫想着我了，要邀我同进京去，图个正途出身，便同上关山。哪知那摇天动那厮有眼无珠，竟不认识孔胡两位，只当他四人是纨绔膏粱、没用的公子，想劫取财物，诓他们四位上山。他们四位瞻望见那僭妄情形，就知不是我干的事，还当我被谋害了。摇天动只算请得四位瘟神进门。一杯茶没喝，三句话不对，孔为藩就拔剑干起来了。那么个寨子，哪是这四位的对手？不消两个时辰，连砸带烧，就给拾掇干净。那顺天王摇天动只带得几百个喽啰逃下山，当流贼去了。他们四位好汉从喽啰口中问得我没被害的实信，才毁了寨子，放心进京去了。这都是牟子佩在北京时无意中同孔为藩等四位同寓闲谈说起，听得他四位这般说的。胡孔两位还托牟子佩带了一封信给我，说他们四人势必要寻一明公投效，为国剿寇。若能如愿以偿，定来邀我。还劝我没事就可以进京去。我因为自己弄得太无颜面了，一直没去寻他们。这就是我离关山到此地的缘故。"

众人听了，都代为扼腕。乙邦才、孟容更想念这刘肇基、刘应图、孔登科、胡茂顺四人不知可曾得着良主，便怂恿詹立写信去探问。汪应龙忽插言道："不用写信去北京，俺已经知道这四位的下落了。"詹立惊问："怎么知道的？他们既不在北京，想必已是失意了！"汪应龙接言道："不但没失意，还很得意！俺们如果到淮上去，准定可以和这四位好汉会见。"乙邦才点头说道："我知道了。孔胡两侠既在关山和古达可兄相会过，一定是古兄邀请到淮上去了。"汪应龙摇头道："不是的。俺们也只知道这四位好汉已经被史巡抚罗致帐下了。这信息是在罗家山得着的。大妹，你把罗家山的事全告诉各位兄长吧，省得零碎叙述，不得明白。"众人都道："正要请教。"

汪飞龙便说道："罗家山在河南路上，是一个梁山泊似的寨子，不过地方和人马都比梁山泊少多了。寨主是姓徐的，名佐明，号辅臣，罗店乡人。父亲是有名的拳师，徐佐明自幼尽得家传，名闻三江。因为授徒与和尚争庙，被劣僧勾通官府，诬为聚众结盟，抄家陷狱。在狱中识得江湖大盗李豫、龙尧臣，共同越狱出走，到罗家山开山创寨，仿从前梁山泊替天行道。江淮好汉解学曾、姚怀龙、孙开忠、李大忠都闻风相投，聚得三千多人马，声势很盛。山下还有华亭人何刚号悫人聚集豪杰，独守一方。手下有许都、陈子龙、姚奇光、刘湘客、韩霖、夏允夷、周岐等，都是奢遮子，和徐佐明为掎角之势。去年又有个贵池人汪思诚号纯一，因为避仇家逃奔山寨。山中除徐佐明外，没有人敌得过他，便拥他为二寨主。汪思诚却又拉他表弟施诚庵上山，和徐佐明相商，联聚了何刚手下，共分作四营，由徐佐明、何刚、汪思诚、施诚庵各统一营，每营分三哨，每哨设头领，另外派李豫做中军，其余都充头领，共有四千八百人马，恰合四百人马一哨，一千二百人马一营。

"俺这趟路过，被他们拦路盘查。翠翠一时沉不住气，和解学曾狠斗起来。扔了他两个筋斗。他气极了，乱放响箭，汪思诚、施诚庵都赶来救应。哪知诚庵认识俺大哥，彼此熟识，自然不再动手。诚庵竭力邀请俺们上山歇息，俺们因为不去时反为招怪，总怪翠翠不该打解学曾，只得上山去和他们说开。

"到了山上，徐佐明格外恭敬，反把解学曾捆起来要治罪。是俺力为保免，两面说开。徐佐明苦留打住一天，设宴畅饮。席间谈到朝政，俺说起史公已督师淮上，不正当的绿林必难逃惩罚，劝他们归正。徐佐明便说：'久有此心，无奈官府都不见谅。一旦误投，恐怕转成自投罗

264

网。'俺便把史道邻的为人告诉他们，并说：'古家庄团练预备全数投军。'他问俺们怎么这般相信姓史的，俺便把古达可、戴中砥在北京和史道邻相遇的事细说了。并且将绿林没结果，大丈夫不可终身埋没的大道理切劝他们。他们便请何刚来商量，何刚也很愿意，只有何刚手下的韩霖独不高兴，他说：'自尊自重，自由自主不好？要去讨狗官拘束！做官哪有做强盗舒服爽快！'李豫听了，怒骂他：'没出息的贼坏！天生的贱种！'两人同时拔刀，几乎火拼。后来还是十七人中有十六个愿意，韩霖强不过，才肯依从。却是仍旧愤愤不平，唆怂何刚和徐佐明分离自立。恰巧这时北京来了专人送的一封信，是孔登科给何刚的。孔何二人本是旧交，孔登科已经投在史巡抚帐下，特来约会何刚。有了这信，何刚才力排韩霖的谰言，和徐佐明会同拔营，先向淮上急行，和古家庄会合去了。"

乙邦才道："如此说起来，汪大姐这一趟北行的功劳不小。我们奔驰许多时，也不过联得一两处团练，才收聚得几千人马。大姐不费吹灰之力，就使罗家山两支人马、十几筹好汉俯首来归，真是英雄无难事！我们竟相形见绌了。"汪飞龙笑答道："奇山哥怎么这般说呢？他们原有向善之心，俺不过会逢其适，聊作引荐，哪里谈得上什么功劳不功劳呢？倒是闻得吞天犰那厮如今正窜扰淮上，勾连流贼，声势浩大，史督师南下第一声讨的只怕就是这贼。方才奇山哥不是告诉俺曾经撵走吞天犰吗？淮上擒犰的功劳自然非你奇山哥不可！那才算得功劳呢！似俺召聚几个山汉，算得什么？"乙邦才笑道："你不要当面骂人，明知道吞天犰不是我撵走的，我也对你说过了，却偏要这般说，不是故意骂我吗？"

汪飞龙还待答言，汪应龙抢着接说道："奇山哥，不要理她孩子气！俺正有话请教。程家寨离这儿还远得很，俺们原要到程家寨寻你的，如今托天之福，你在这儿。不但是会见你，还幸会着众位英雄，自然是意外的喜事。不过古戴两哥很想实践前言，邀程家寨一众好汉。俺先交给你那封信不是写得很明白吗？那么，如今还是请奇山哥亲自辛苦往程家寨去一趟，或是请奇山哥给封信，让俺和舍妹仍去走一头吧。"乙邦才道："我动身时原和楼永固、张威钧、汪凤翔说明白的，不论是淮上或者旁处，只要有可以合力报国的机缘，我一去信，他们马上就来。程家寨的兵马天天练着出军行路，一切粮秣装械都是整日预备着移动的。原为一声有警，马上可以开动。如今去信请他们走动，准能说走就走，绝不致有耽搁的。"汪飞龙接答道："那就好极了。俺俩明早就动身前去。请奇山哥尽今夜把信写好。"乙邦才连忙答应。

陡见胡临突然站起身来，说道："俺到这里，寸功没立，这事情交给俺吧。"张宗尧问道："你也和程家寨有交情吗？怎没听提过呢？"胡临答道："俺和程家寨的教师步将庄子固曾经在辽阳相会，很有交情。但是俺要领这差使，却不是为着这一点儿交情。因为俺去可以快些，能省许多时日，免得耽搁多了，赶不到淮上。"众人听了，齐想着胡临一日能行四百里，两头见日光，紧赶一点儿竟可行五六百里一日，都道："着！着！非如深哥辛苦一趟不可。"汪氏兄妹不知就里，呆着不则声。乙邦才便将胡临有健步本领的话告诉他俩，他俩才恍然大悟，向胡临道辛苦。胡临答道："这原是大家的事，谁能干得了就应该自己挺身出来承担，不用闹客气，才是汉子们干事！像闺女似的，要人来拉来请，还够朋友吗？俺是拙人，只知道这个，不会在好朋友跟前装傻偷懒。"汪应龙、汪飞龙一齐称赞道："好汉子，真爽快！"

胡临便催乙邦才快写信，马上就要动身。张宗尧道："且慢！事情虽是刻不容缓，却是应当有的关节不能匆忙简略，须防有差池时没法挽救。"胡临道："还有什么应当有的关节，就请说出来照办吧，不要尽着耽搁了。今儿趁早动身，还好走二三百里地呢。"罗腾蛟道："就急也不至于要急到这般。不过该办的事也应当就办了。如深哥尽今日拾掇清楚，有应交代的事也快交代明白，奇山哥、岐宁哥也尽今日把事情都办周妥，书信修好，夜里再彼此从长仔细计议，到明儿天晓，如深哥动身，似这般就不致过于忙迫失误，也不致虚费时光了。"张宗尧等都齐声说："好！"

266

当下，胡临起身辞出，自去料理事务。张宗尧道："俺们和程家寨虽没交情，却是因为奇山哥在此，彼此相知，也曾通问。如今既已彼此约同投效史巡抚麾下，不日就要成为同袍共伍的弟兄了。胡如深这趟前去，虽是专为代奇山哥送信，俺们似乎也得附一封书子问候，并说明同奔淮上相见，大家联联情谊才好。各位弟兄以为如何？"众人都说："对！"牟文绥便请张宗尧修书，张宗尧道："这封书子得费鸣玉兄的心，并且俺们大家联名共具才对。因为这是同心共去投效，不是谁人率众归降，须得各表各心，才是道理。"詹立道："既是这般，还请奇山哥书中带叙一句，代我们诉说几句，才不兀突。"张宗尧道："那倒不必。如果要那样存客气——似乎是还不敢断定他们肯不肯到淮上去，得请老友代恕冒昧——就不如径请奇山哥辛苦一趟，亲自去解说了。所以要如深哥去，留下奇山哥的缘故，一来是因为如深哥脚下格外快速，二来是俺们比他们先到淮上，俺们和古家庄只是神交，必须奇山哥同去，才得连成一气，转达到史巡抚跟前。却是另外还有个奇山哥可以不必亲去的道理，就是谅得程家寨无不同心，不需奇山哥亲去，绝不致坏事。才斗胆敢留下奇山哥，要如深哥代行的。倘或没有把握，敢这般顾己不顾人，不怕人家讥诮俺们妒忌吗？"罗腾蛟也说道："既是没有顾虑，就不用多存客气。我们和程家寨不过没见过面，也曾因奇山哥而通过气息的。如今反要奇山哥在书信里面特为绍介，转觉得生分了。"詹立也觉这话有理，便不再言语。

任民育向众人问明意思，便抽笔属草。乙邦才也就在任民育对面坐下，一齐走笔。只听得笔尖触纸，如蚕食桑，嗖嗖嚓嚓，细响不绝。没多时先后写完，各递给众人瞧过，都赞说："好极！文辞周到，委婉动人。断不致不来的。"自张宗尧以次，一一署名函末。将两信封好，张宗尧便吩咐设宴，为汪氏兄妹洗尘。

当日彻夜尽欢，更深方寝。众好汉各抱热望，满心想着努力行道，如何舍身卫国，踌躇满志，一枕酣然，不觉东方之既白。村鸡唱罢，晨钟迭鸣，营旗展时，画角报晓，才惊醒红花市里高枕的英雄。

张宗尧起身时，外面众好汉已在盥漱。便也忙盥过，从人送上早点。张宗尧将两封书子取出，和众人同到厅上，已见胡临忙吞完了一碗小米粥，抹抹嘴大踏步走来。瞅他头上扎着格子布包巾，身上披着紫花布短衫，背上扎着长条小包袱和一顶箬笠，底下青绸甩裆裤，两腿月牙人字裹扎，足踏着多耳麻鞋，挎一口冰纹鱼皮鞘精钢蓼叶泼风腰刀，倒拖着两条金头铜柄虎齿狼牙棒。上厅躬身唱喏道："大哥，俺就要走了。"张宗尧便将两封书子亲手递交。胡临双手接过，放入袋中，道："大哥可还有什么吩咐吗？"张宗尧道："路上保重，勿管闲事，早去早归。"胡临应声说："俺省得。"又转身向众人唱个扫地大喏，说道："众位哥，俺去了。"说罢，撒开大步，昂然径走。但见他身如悬笔，两腿飞动，转眼间便不见了。张宗尧不觉赞叹道："好汉子！真功夫！"

　　众人都到里面书房落座，汪应龙、汪飞龙向张宗尧询问红花市团练的情形，张宗尧等也向汪家兄妹叩问古家庄状况。彼此深谈。倪云听得古家庄有女丁，暗自欣羡，便问汪飞龙："女丁中可有出色的？"汪飞龙道："除却随俺同来的这个陈翠翠外，还有两个头目翁泉廉、李如璧，都是曾经习武的，枪马拳棒都还来得，却是人太不行了，都毫没见识，目不识丁，只好充头目罢了。倒是女丁中另有一个出色的，原是个大闺女，名叫沈莺娘，本籍太仓州南村人，自幼许配同村徐尚廉号洁人为妻。时难年荒，彼此逃散，她却记得徐尚廉文武兼精，右手掌文有个'史'字。她全家被贼屠杀后，从着一个老道姑逃难。因她知道那老道姑能文善武，才舍身跟她为奴，立志要习文学武，一来图报仇，二来寻丈夫。后来逃到淮上，老道姑死了，她书虽读得不多，笔下却很来得。那还不奇，最奇的是只三年功夫，竟学得登高越涧，长槊短剑都很有路数。等闲拳师不要想近得她身。她乞化钱殓葬老道姑后，无处托身。闻得古庄召选女壮丁，料知必有女子领队，便求得一家机坊的女主人报作亲戚，应选入队。半年多俺还不知她有功夫，她也完全装呆，夹在八九百女壮丁里混着。直到冬至较猎，有一个女丁突然遇着一只大狼，惊惶失措间，狼爪已搭上肩头了。沈莺娘那时在约莫三十步外的山峰上，俺才待弯弓射狼，救那女丁。沈莺娘早已欻地跳离峰顶，落在大狼背后。两脚刚点地，两手已抓住狼的两条后腿，两肘同抖，一把就把那只大狼摔翻转来，接连掼了两掼，但见她肩头两耸，满地淌血，大狼已被她撕成两半儿了。总计从大狼蹿出，到她撕死大狼，总共不过说句话的工夫——真只一刹那——要不是艺高力大而且神定心雄的人，断断办不了那般快，真是间不容发的险事！俺这才识得这奇人，马上骤马过去寻她。她急待逃躲，无奈俺眼快马快，立即唤住，才没被她闪过。俺唤住她，盘问大半晌，她总是支支吾吾，不肯实说。后来俺带她回庄，夜深人静时，倾心吐胆，允许她任有什么为难的事，总竭力帮她到底，并且郑重说明白，绝不乱告诉人。她才把她的心事说给俺听。俺要参她做护粮队的总教头，她抵死不肯，说：'翠翠相待极好，誓不愿占翠翠的上。'俺没法，只得命她充护粮队校目，兼旗令副使，比翠翠只差一点儿，看待她如亲姐妹一般。她也肯虚心请教，俺见她弓箭太差，马上功夫也欠缺得很，就是槊剑也还没得正宗解数，便倾心和她讲究。喜得她心灵性慧，进境很快。这趟本要带她来的，却因女丁缺人督教，且内室没有巡护，才留她在庄里，却带着翠翠动身。"

倪云听得满心爽快，啧啧称赞道："姐姐真是有福分的人，能够得着这种人才。我真是命薄，只有一个侄女，也不能随在身旁。"汪飞龙问道："令侄女怎么不能随着姐姐呢？难道是她父母不放她出来，或是已经有了人家吗？"倪云摇头道："都不是，是随西蜀女将秦良玉往忠州练白杆兵去了。"汪飞龙道："石砫秦家兵夐绝千古，威震华夷，令侄女能够身与其事，正是大幸事。俺还求之不得呢，姐姐更不必以不在身边为忧了。"

倪云道："我也不过因为身边没个可以为伴的人，未免太凄清罢了。"汪飞龙道："此后咱们常在一处，俺虽粗鲁，勉强可供使令。至于随身用人，此地尽多村妇难女，姐姐何妨挑选一队女兵呢？秦总兵部下就有女儿兵，威名很大。敝庄女丁也还中用。姐姐才艺威风，待人接物都比俺强，还怕练不成亲信劲卒吗?"倪云笑道:"使令姐姐，真是说也有罪，快求不要提。挑选女丁这事，我却不在行，要请姐姐费神代办才好。此地女人肯离家远行的很少，只有岐宁大哥创立的那个怜贫厂里，除却收养的老幼病废的男子外，并收得许多由拐子手中截下的幼女和人家磨折逃出的丫鬟、养媳，还有弃婴孤弱，总共约有二百多人。我曾去瞧过，也曾发给些衣银，因为岐宁大哥办事认真，那些无告之人都养得很好，很受实惠，既没缠脚，教训又严，所以全很健壮。如今想来，如果她们有愿去的，倒可以带去，也免得岐宁大哥走后，这厂里没人理问，弄出事来。"

张宗尧接言道:"这个办法好极了。俺正想着许多逃出的婢女，有俺在主人家不敢过问，俺走后，难免不被他们弄回去，更加酷虐。咱们带去，将来还可以择配有功兵卒，不致失所，俺也放心。不过倪大妹既高兴练女队，这一处只三百人不满，还嫌太少。如今四处尽多逃难离散的妇女，本市上收救得不少，尽可挑选。只要说有口粮给发，她们还求之不得呢。只是山西女人都是缠小脚的，伶伶仃仃不中用。还是河东关陇的妇女，都是农亩力作、身强力大、纵马如飞的健妇，很容易教导操练的。"

倪云听了，更加高兴。汪飞龙便怂恿张宗尧即时揭帖召选。张宗尧也高兴起来，便嘱任民育拟好榜文，着人誊写多张，分头向各要道口张贴。一面邀同倪云和汪飞龙到怜贫厂和市内难民栖息所的茅棚里去检视。那些妇女闻说要女人当兵，都觉新奇，各抱着奇怪心思，都想要试试看。还有些竟想到男人当兵很多做到大官的，女人当兵自然也一般可以得着富贵，因此踊跃争先。经张宗尧吩咐管厂管账的司事传谕下去，不等开导，就争着报名。半日工夫，箕斗册成，恰足二百八十五名，只有两个不愿去的，一个是已定婚配，一个是身有暗疾。司事的报上来，张宗尧传命仍暂住厂中待命。并吩咐管事分发布匹，给各妇女自制衣被鞋袜，限期制成。所有难民和各处见榜来投的妇人女子，全都交厂暂住，派陈翠翠前往督率。

这时，正忙着团练开行，张宗尧内里须筹划行动诸事，外面还须向地方绅耆会首解说，只言史巡抚征调，请众人帮扶，再加上选练女丁，更是忙得不可开交。幸亏有孟容、罗腾蛟、詹立、牟文绶都是能干人物，不分你我，尽力相助，才得各事周到，没甚失误。

过了几天，红花市会首绅耆商量停当，凡是本地丁壮，不愿离乡的，仍留为团练，公举人接统。张宗尧将这话转告丁壮，听其自便。各人报明，当即按册询问。除插天岭的人全愿随行外，本地丁壮共八百多人，却只有一百五十人不去。便另立花名箕斗册，移交会首接管。愿去的都营听候调派。同时各地难民妇女来投，除却小脚及老病给予钱米，遣令自去外，实得健妇七百七十三人、壮女九百六十二人，合共一千七百三十五人。连同厂中原有的孤贫女子二百八十五名，总计二千零二十人。骤得这许多人数，连汪飞龙都觉得出乎意料之外。当即由倪云、汪飞龙督同陈翠翠查核。内中妇人多系新寡，女子多是失散，还有少食无粮，或是受磨被卖逃来的，却总是受的流贼之害。只很少几个是由家中自愿前来的。便由内中挑选性灵力巨的二十人，另行教训，派作哨目，都由陈翠翠督管，倪、汪二人新教。

一连五六日，倪云、汪飞龙和陈翠翠都忙得不可开交，昼夜训导，时刻指示，费了无尽的心机，才把这一大群野牛般的蠢妇教得勉强能够成行列队，稍识规矩，不似初始时喧哗吵闹。倪云等三人才得稍舒一口气，将钱粮衣装枪刀等领得，照册查对无缺，便择定第十天早晨竖旗立营。张宗尧等见三人异常辛苦，便在这日的前一夜大设筵宴，为三人贺祝道乏。倪云、汪飞龙想着这简直是自讨苦吃，也觉好笑。张宗尧等陪着倪汪陈三人，痛饮到夜深才散。三人仍忙碌了一整夜，才发清了衣旗等项。

次日破晓，十个哨目将队伍在校场排好，倪云、汪飞龙、陈翠翠都全身披挂，手执旗剑，莅场点卯。张宗尧等也换戎装来到，共同检视。

271

炮声九响，大旗迎风猎猎，缘杆上升，全军高呼"威武"。三员女将骤马巡场，同向张宗尧打参。旋即竖立哨旗，整顿军容。全军行礼，誓众告天，宰牲致祭。诸般礼毕，正待收队，忽见三骑马连环如飞地直闯进校场。远见马上黄旗迎风招展，令箭高标，知是紧急军情的连环报马。众人都觉惊诧，忙都向张宗尧身旁聚拢。

第三十六章

结同心双流汇大海
抗强敌独志奋雄威

　　张宗尧连忙举臂伸指，向空中急急摇摆。报马远望，瞅见了，连忙翻身跳离鞍鞒，飞奔过来，挥旗报道："离市十里清溪桥头忽然有营头扎驻。探得大旗高揭'施'字，人马约各有五百左右，衔枚驰到，息鼓挂角，不知是哪处来兵。"张宗尧喝令："火速查明回报！"

　　那列队女丁突然闻得警报，只当有兵杀来，顿时行伍摇动，且有慌张想逃的。汪飞龙瞅见大喝："敢乱动的斩首示众！"连忙和倪云拔剑巡察。倪云见前队中有交头私语的，便将两人一把揪出，各削去半段左耳，令陈翠翠押令插耳箭游营。众女丁吓得魂飞胆落，却没一个敢移动半步的。顿时仍归寂静，肃然无声。倪云才传令收队。

　　张宗尧等暗赞倪汪二人治军有方。孟容正在指点，忽听得黄铉叫道："步探来了。"牟文绶接言道："不是步探，没见探旗。"众人齐向场外路上望时，只见一人如飞地奔来，霎时走近，却瞅出是胡临来到。大喜，都下马相迎。

　　正待说话，銮铃乱响，连环报马又到，高声报道："清溪桥头扎营的是渭河开来的官兵……"胡临回头喝道："不许胡报！小心报出错事来，要你们的脑袋使唤。不问明白，就想来讨赏吗？"报马被喝得目瞪口呆，胡临也不理他，转头向张宗尧说道："清溪桥的人马是随俺同来的程家寨开道的人马，因恐生错会，俺特地先来报知。他们息鼓挂角，卸弦上鞘，原是表明无恶意，免得闹笑话。可恨这班探子也不瞧情形，更不问仔细，心里只想着银子，一眼瞧见大旗，回头就跑。俺那么赶着叫也叫不住，只当没听见，打马瞎跑，还要半路上折回，假作再报，真是可恶透了。陈光玉、徐纯仁过来，把这俩浑蛋抓去锁起来，听张爷惩办！"陈徐两校尉一声答应，立即走过去，把两探子抓下马来，锁着牵出场外去了。

这时收队已毕，倪云、汪飞龙陪着张、孟、乙、牟、詹、任和陶氏弟兄偕胡临同回到市上团练局。下马入内，直到内书房落座。张宗尧问胡临道："可曾将事办妥？"胡临扚着虬髯微笑点头道："幸而没错事。并且这趟事干得极其痛快爽利，深合俺的脾气。"张宗尧问道："他们几时起程的？"胡临道："这就来了。待俺从头告诉你吧，省得你零碎问，透着麻烦。"

从人献上茶来，胡临喝了一口茶，才接说道："俺只两天就赶到程家寨。喜得俺拿着书子向店里掌柜的说明白，他见俺说是和他们庄主是好友，特来问安的，顿时恭敬异常，立备酒席，单请俺吃喝。俺没敢多吃喝，恐怕误喝蒙汗药酒，着了道儿，不是耍的。饭后，向寨里汪、张、楼三家走了一转，都没会着。他们家里人回答的话竟如出一口，半字不改。都说：'家主因为有亲戚喜事，去庆祝去了。不知老爷驾到，没得迎接，多有得罪。请在市上暂住，敝庄自来招呼，老爷不用烦心。这是因为家主不在家，内眷不便留您，委屈老爷，还求老爷格外原谅。家主回来再亲来请罪。'俺回到店里，那掌柜的来说：'店饭钱和一切开销，都有人招呼过了，爷不用再给了，要什么但请爷吩咐。'俺这都不以为奇，只想着三家的家人竟异口同声，一般回话，却令俺狐疑莫解，料知其中必大有缘故——

"果然夜静时来了两个人，一个大高个儿，方面长须，绝似个赐福天官模样。一个长脸鬓髯，五十来岁年纪。指名要会俺。俺不管他是谁，径请相见。会面之后，动问姓名，那大个儿姓施名凤仪，号伯凰，江南嘉定人，是丁丑新进士。那年纪大的姓潘名可大，号锐宜，江南歙县人，是个武解元。先谈一会儿闲话，便叫店家置酒对酌。又谈一会儿武艺，两人都很精熟。俺不敢轻视他，提神陪着。直到酒尽灯昏，潘可大才开口问俺的来意。俺想着俺这趟来这儿，既不是干那不可告人的事，就直说出无妨，就径将来意和底说出。那施凤仪便起身拱手道：'敬佩，敬佩！明早竭诚奉迓。'说罢，他两个匆匆告辞去了。

"次日天还没晓，就听得外面有几趟飞马来去，又听得有传呼声。俺正起床，忽听得店门开处，掌柜的诺诺连声。一霎时掌柜的急急忙忙到俺屋里，说道：'外面乡局子里有人要见老爷。'俺连忙拾掇扎束了，踏出屋门，便见数千盏灯笼、亮子之下，俺的旧友庄宪伯全身披挂，严装挺立，倒把俺吓了一下。正待问他甚事，他已抢前抱拳施礼说道：'大哥，咱们是不容易见面的。可是目前做兄弟的奉了将令，不敢先叙私交。敝董请大哥即刻光临，有要事奉商。特着兄弟请大哥升骑，马上就走。'俺听得这般说，倒觉得尴尬。却是俺是红花市差去的，任他刀山剑林，绝不能皱皱眉头，给红花市丢脸。当时就坦然答应，披上直裰，转身就走。

"离得店门，便见路上有严装执戈的兵卒到处屹立，俺的马过必迎着屈膝迎送。似这般穿过三条长街，忽见昨夜来过的那个潘可大也是全身戎装，跨马抖缰，迎上前来，老远就躬身抱拳施礼，高声说道：'敝董特遣代迎台驾！'说毕就勒马路旁，待俺马过，才挽缰带马转身，随在后面同行。俺答了一声'不敢当'，也不问他是好意是歹意，只顾前行。又走过一条村道，才踏上山岗陂路，便见树林中转出八个持刀校尉、八个执戟猛士，捧着施凤仪银盔银甲，素兜白袍立马低着说道：'敝董在庄率属恭候台驾，不及亲自扶轮，特命施某代为清道。'俺照样逊谢，他让俺走过，也策马随行。

"上了山岗，遥见巍峨庄屋，峙矗在一大片翠绿的草地中。许多白衣兵卒、铜铠甲士，如碧浪里的银鳞一般，散在庄外。俺马才上岗，便听得一声画角，将士们欻地聚拢，待俺近庄前时，早已列成两排长蛇阵似的，压地齐立。同时有两骑马并辔驰来。庄子固告诉俺：'这两人是

275

本寨的教头马应魁、程龙。'二人近前，低头参见，口称：'恭迎红花市英雄！'言毕，就回马带路。

"到庄时，楼挺、张衡、汪一诚都报名迎拜，兵卒全都伏地。俺连忙下马，行礼相见。大家便都步行进庄。庄里和昨日大不相同，遍处是人，也就遍处是礼。直到中堂，才揖让就座。俺这时已明白他们只是示威耀武，并无恶意，便放心和他们叙谈，并将两封书取出，给三位首户。他三人都恭恭敬敬仔细阅看。

"俺和他们寨里教师谈着，才明白他们寨里因为人马越聚越多，已经改过三次章制了。如今是中、东、西、南、北、前、后七军，每军有一主将，就由楼挺、张衡、汪一诚、马应魁、潘可大、庄固、程龙七人分统。施凤仪是参谋兼中军，专办营务。此外有四员领军校，是龚之厚、唐经世、陆晓、何临，都在中军随施凤仪办事。共有兵卒九千八百人，每军一千八百人，都是半马半步。

"汪一诚最漂亮，一口就答应说：'咱家日夕盼着有日为国家出力，今日算给咱家盼着了。承奇山兄厚爱，贵市诸兄挈拔，咱们怎敢不识抬举？就屈大哥留住一日，咱家同行吧。咱家这里是几年来日日整备着，说走就能走，不用商量预备的。'楼挺、张衡便问各位教师的意思，却都高兴，便决定第三天起程。因为恐怕此地待久着急，便又商定绕道红花市同行。并从每军抽调二百名强健马兵，合成先锋队，派施凤仪统率，和俺一同早一日动身，尽马力急赶，好早到报信，兼着预备万来人的驻扎地方。所以俺今天先赶到了，只可恨咱们探马瞧着旗子就跑，俺拼命叫也叫不住，给人家笑话。"

张宗尧听罢，便邀同孟容等商议，即日列队，迎接施凤仪。一声令下，全军整肃，分列市中，清街卫道。所有沿途兵士尽派甲士，披执站守，并派胡临初迎，黄铉、牟文绶道迎，罗腾蛟、詹立市迎，孟容、任民育代迎，陶匡明、陶国祚门迎，倪云、汪飞龙堂陪，四校尉幕前侍卫，张宗尧督队。

分派已定，全都披挂，却是解刃卸弦，以示并无恶意。然后按派定

276

次序，先后启行。施凤仪原是在程家寨出主意，扬威耀武迎胡示盛的，及至到了红花市，见探子不服呼唤，暗自好笑红花市徒有虚名，原来不过如此。及至胡临来迎，还以为是抄程家的旧文章，不以为奇。直到见沿途甲士站班，到处清道静街，旗幡相接，鼓角相传，接连来迎的都严装解刃，护从如云。步卒一律软甲，马卒全都重甲，每一行动，声齐如斩，凡有所见，皆有旗导，这才觉得比程家别是一番气概。再到中军，见营屋屋制如大军卫营，只瓦色不同。两边甲海械林，旗山人滩，也不知有多少，却肃寂无声，鸟雀不惊，来迎将领马走无声，更加惊奇赞叹，暗想：红花市仓促之间，一声传呼就能齐整肃静到如此，咱程家寨哪里赶得上人家？

霎时上厅，倪汪二人细甲长袍，下阶迎接。施凤仪惶恐逊谢，不敢就座。张宗尧连忙上厅奉陪，顿时摆上全席，山珍海错，罗列满案。帐下乐声铿锵，校尉按着乐声进退献爵，雍容华贵，另是一番庄严气象。红花市一众英雄陪宴伴饮，直到日西撤席，仍照迎时仪节，送归馆舍。施凤仪这才如释重负，暗自嘘了一口气，想道：幸而是咱来了勉强留心敷衍，没大失仪，要换过一个稍许大意一点儿的，连程家寨都要叫人笑话了。想着深自庆幸。

次日，程家寨大队来到，汪一诚、张衡、楼挺轻装简从，先到红花市来拜访。张宗尧等得信，连忙传令迎接，居然仓促间能够迎迓如仪。汪一诚等转觉过意不去，席间力辞供应，说："敝寨人马繁伙，除却留寨守护的以外，来此的也在一万人以上。若由贵市供应，太使人过意不去了。咱家已经带足粮草，万不敢费诸兄盛情。"张宗尧便乘此商量两军合并，免得客气，且便调动。楼挺首先说好，张衡也说："久有此意，只是不敢启齿。"汪一诚说："难得岐宁兄剖腹披肝，开诚布公，实是先获我心。咱家要再不遵从，未免太不识抬举了。"

当下商定，彼此各将花名清册取到厅上来，彼此细计，并商量派将。这夜，张宗尧叫黄铉预备一切应用东西和点心等物，便邀请两方各位齐集，共同会商。先将两方名册计算，合共一万七千五百人，连同两千余女丁，总计一万九千五百余人，两万人只差五百。便决定照两万人分营，所差五百人招募填补。如不足额，沿途还可补足。决定分为五大营，每营四千人。公推五营统将，公戴乙邦才为总兵官，乙邦才推辞不就，程寨红花市的一众好汉都要下跪哀求，乙邦才没法再辞，才答允了。那五营统将是：

中军统将：张宗尧
前军统将：孟　容
左军统将：张　衡
右军统将：倪　云
后军统将：庄　固
中 军 官：施凤仪
稽 查 官：罗腾蛟
参 谋 官：任民育
巡 报 官：胡　临
旗 令 使：陶匡明
金 鼓 使：陶国祚

五军军将：

中　军：詹　立　牟文绶
前　军：楼　挺　马应魁
左　军：潘可大　程　龙
右　军：黄　铉　汪一诚
后　军：汪应龙（代）汪飞龙（代）

两军校尉龚之厚、唐经世、陆晓、何临、李隆、徐纯仁、冯国用、陈光玉都改为护军，分属于各总兵官帐下。即日混同，另行合队。发行花名册。除却倪云调用本部红花市后防和新练女丁外，其余各军都分拨人马，即日成军，向淮上开拔。

诸事妥帖，便派遣巡报官胡临携带文书，尽先起程，赶往淮上报信，以合预备营地，驻扎人马。随即由孟容统率前军起行。一路之上，间关疾趋，地方卫所不敢过问。有汛兵查问时，只回说是史巡抚募往淮上的，也没有敢阻。并且瞧见这般军容，也都不肯太岁头上动土。

走了多日，穿山渡河，已入河南境界。前军正行处，只见对面尘头起处，有一丛人马如飞而来。前站报知主将，楼挺得讯，便勒马来到队头，扬声问道："来的是哪路人马？因甚径自冲来？"对面人马听得，也都揪住马，首将勒马答道："淮上团防北上采粮，路过此地，因甚拦阻？请问你们是哪里营伍？"楼挺大笑道："北地年荒民乱，谁个不知？淮上连年大熟，北省方向淮上采办赈粮，怎么淮上团防反派人北上采粮呢？你这话说得太离奇了。"对面那员素衣首将大怒道："我采粮自有我采粮的道理，你又不是我本管上司，不配问我。"

楼挺大怒，喝道："怎敢这般不讲道理！光天化日之下，岂容你等？来！给咱拿下！"两旁军校骤马上前，不料那员素衣首将更不言语，舞动手中枪，唰唰唰一连几枪，十来个军校都被打撞下马来。楼挺愤满胸膛，大叫一声："咱家来了！"

第三十七章

平草贼无意会英豪
讨巨寇矢忠从令主

楼挺见那素衣将这般厉害，霎时间连伤十余人，反向这边阵脚直冲过来，大声高叫："咱踹营来了！"料知必是一个有本领的，不敢怠慢，连忙挥动手中锐，劈面迎堵。素衣将军更不答话，突地一枪当面刺来，楼挺急横锐招架，素衣将忽又掣转枪，横过枪杆，向楼挺左额打来，楼挺急忙偏着闪让，素衣将就此两腿夹马一移，斜刺里从楼挺身旁驰过，直冲入才扎住的行伍中。

这时楼挺所统的兵卒原在行路之间，骤然遇着阻挡，就那么长蛇般沿路停驻成一条长线。不料那素衣将竟会抢过主将，骤马猛冲兵阵，顿时搅得全队大乱，首尾不相顾，将士没法约束。那素衣将冲将进来，但见他枪舞梨花，马如游龙，沾着的便倒，碰着的就躺，却是没一个受重伤，更没一个丢性命的。楼挺回马翻身，赶来追截。无奈素衣将人捷马迅，再也迈不过他前面去。只见他径直突去，冲得兵倒旗翻，霎时间竟冲透全队，直从阵尾出来。

楼挺挥锐骤马紧赶，素衣将挺枪还战几合，勒转马又走。楼挺大喝："野贼不要逃！咱来收你狗命！"提锐追逐。两骑马走马灯似的跑过半个洼子，已见前面旌幡飘拂，人马丛聚。楼挺料知是马应魁来，便扬手打号，叫他对面拦截。马应魁早瞧见楼挺紧追一人，后面兵如潮涌，都向这个素衣将呐喊急赶。马应魁便忙将部下约住，喝令向左右两

280

翼展开，扼住两座山峰之间的一条空阔大道，自己却拍马向前，横拦住素衣将厮杀。

素衣将突近时，耍开枪来，照定马应魁猛刺。马应魁抢矛迎战，两人才搭上手，楼挺已飞骑赶到，三骑马"丁"字般杀作一团。但见枪起矛落，锐举枪迎，三般兵器好像化成无数千百件，满空中银电金光，四散飞舞。前军部卒都团团围住，不敢逼近。

这时大道两旁夹道屹峙着的两座峰头之上，忽然同时各现出一簇人马，东首峰巅上似乎是个青衫秀士，跨着一匹青鬃马，率着几个短衣骑马的武士，并辔立着。西首山巅上是大队兵马，一色黑衣快刀，包头裹腿，当先两个披着短甲，挺着大刀，领着众兵如飞地赶下岭来。

马应魁、楼挺两人正和素衣将斗得极酣时，那两个短甲汉子已经率众扑近，各挥大刀向马应魁砍来。马应魁料知是素衣将的接应到了，心想楼挺还能和那素衣将抵敌，便掣身来敌两个短甲汉。一瞅两短甲汉正回身并肩向众兵卒杀去，要撺散众兵卒。马应魁心中一动，急忙将矛挂在鞍旁，迅抽角弓羽箭，拉满弓，搭上箭，觑定两短甲汉嗖的一箭射去。嗡的弦声响处，两短甲汉同时一齐躺倒。原来两短甲是肩立着，被马应魁神力硬弓，单箭连贯两人。那东首山巅立马遥观的秀才武士们瞅见，齐声高赞："好箭呀！"

马应魁正待赶杀那短甲汉手下的从卒，忽见那素衣将尽力举枪架住楼挺的锐，大声道："且住！你是哪里来的？难道你竟不是双峰寨的头领吗？"楼挺怒答道："谁知什么双峰寨？咱是北地团防特来投淮上史巡抚效力剿贼的前军统将楼挺字永固，你究竟是干什么的？为甚阻咱的路？专和咱作对？"

素衣将爽然若失道："错了，错了！我闹错了！尚容我负荆请罪。我和你并无冤仇，只因方才在双峰寨前相遇，误以为你是双峰寨的头领。我本是来破寨报仇的，所以端营夺路，要抢上山去。再遇着那位使矛的横来一拦，我更以为是寨中救应，所以狠斗。直到方才见那位使矛的射死两贼，我曾经和那两贼见过仗的，才知道你俩不是双峰寨的伙计。如今明白了，我先向你俩告罪。"

马应魁正回马来到，听得明白，便问："请问你贵姓大名，为什么和双峰寨作对？"素衣将答道："我姓吴，名道正，号中行，余姚人氏。原是江南候补县丞，只因代淮上团练采办粮草，打这双峰寨前走过，银车被这山贼邵难先劫去，我统着护运人马，报请地方官助剿。哪知这地方是两县交界，互相推诿，都不肯管。我没法只得自己来讨，连战了三日，因为孤身拼斗，终没得进山。如今托庇，两个骁贼已除了，我要上山去寻邵难先索车去了。"

马应魁、楼挺正待要说出自愿陪吴道正上山去，搜杀邵难先等一班余贼。忽听得东首峰头上有人高声说道："各位壮士，不必再费心力了。贼首邵难先和从贼六名，全都生擒在此，就请上山来共商发落吧。"马应魁、楼挺、吴道正三人一同听得，齐昂首上望时，只见那秀才仗剑策马，径向中间山岭上走来。马应魁便吩咐众兵卒就地扎住等待，立即和楼挺、吴道正并辔上岭。

行到岭头，睹面相逢，见那秀才短小精悍，面容黑而有光，双瞳炯炯，如日月照人。跨着一匹卷毛黑马，提着一口三尺利剑，当路立马，拱手相迎。他身后一排列着六筹短衣窄袖的好汉，另有四个武士打扮的人，押着七个被捉绑的山贼。

楼挺、吴道正、马应魁都上前道名，并请问这一行人姓氏来历。秀才答道："我姓史，名可法，字道邻，号宪之，大兴人，祥符籍。因奉旨剿寇，特微行探察寇踪，不期和诸位壮士相遇。"马应魁、楼挺二人不及听底下的言语，跳下马来，扑翻身便拜道："村民久仰督师神威！间关万里，率众投效，今幸得谒尊颜，下忱窃慰！伏求收录，万幸万幸！"吴道正同时拜倒道："卑职江南候补县丞，差派办粮委员吴道正，叩见宪驾，恭请钧安。"史可法只答道："罢了，起来！"却亲自下马搀扶马、楼二人道："义士为国之宝，史某唯有敬佩，怎敢当这大礼？快请起来，有话细谈。"二人遵命立起，史可法叫身后诸人过来相见。吴道正也礼毕立起。问到那六人姓名官职，却是副总兵刘肇基，参将刘应图、马元度、孔登科，都司史直、刘良佐，中军校尉史书、陆垣、李铎、江云凤，捉得的贼是贼首邵难先和从贼伪将军六名。

吴道正官卑职小，向刘肇基等一一参见。刘肇基等照例答礼，转和马应魁、楼挺相见。史可法问马、楼二人："由何处来，怎带领许多人马？"马应魁便将程家寨红花市两处团练，得接古家庄古达可、戴国柱书约投效，特会合前来的话一一说了，并报明人马数目和领队诸人姓名。史可法大喜道："久闻乙邦才、张衡义声远播，勇名素著，任民育、施凤仪都是文武全才。我访求很久，不曾得着下落。何幸联袂偕来，真是国家洪福。"说着，又问马应魁道："我见你单矢殪双贼，古之养叔不足比拟，真是当世稀有的英雄。乙奇山、张威钧来到，一同参作副总兵，以展其长，共勤王事。楼永固锐法参神，也是奇才，一同授作副总兵，随营候调。我这趟只带轻骑三百，巡视各地，行营就在岭后。因闻得这山贼盗横行，特地轻装来剿。幸得你们赶到，分了贼势，才得一举荡平。如今且请诸位随我回营细谈。这山上贼寨和吴委员的银车，我再叫人来清理吧。"马应魁、楼挺谢毕起身，遵命随行。一面通知山下团练壮卒和吴道正手下的护运兵一同移营山后，并派人飞马报知前军主将孟容，立刻转报各军，兼程前来，进见督师。

史可法率同诸将回营，先令地方官去查抄平毁双峰寨，一面提邵难先亲自讯问。邵难先知不能闪避，照实供说："因为妻子出身贼族，勾结为盗已经五年。大小劫案也不知做过多少，也曾攻破州县，劫取库银，也曾路截官项，杀死解官，其余扰乡害民，约有二百多案，一时也细说不出。所有从贼，除原来开山时有同伙三人外，这些都是失利投降的官弁和远道来投的江湖。"供毕，并将山寨中藏储银物的地方说出。史可法命人传谕地方官，照贼首口供抄山并搜寻银车。一面将邵难先押候抄毁全寨已毕，按军法将邵难先和一干从贼一律枭首示众。寨中喽啰小贼都给资听候交知县，分别递解回籍，交各该地方官严加管束。所有抄得贼赃，概行造册归公。诸事审理已毕，史可法才和楼挺等置酒细谈。

说到贼势浩大，剿抚两难的情形，史可法深叹，历来督剿大员虚报肃清，以邻为壑的弊害，并说："如果不想剿尽盗寇就罢，若要剿尽，必须先明贼情，深知贼势，并且要将流贼所以酿成的根源探寻明白，竭力排除，流贼才得除根，永不再发。"马应魁等听了，深为佩服。楼挺并说："流贼所以酿成的缘故，倒很容易知道，想必督师明鉴早已洞烛。不过在高位的因为积重难返，惮于兴革，任令书生误国，苛政病民，且夕驱民为贼，遂致贼不胜平。这是要当今贤明乾纲独断，先澄清仕途，才有办法的。不过各地官府如能不怕嫌罪，竟行严剿，堵围绝根，不以邻为壑，不驱贼远行。再各地互相会商，同时并举，四面合攻，未尝不可发安靖一方，击破贼势。无奈一般大员总是敷衍苟且，贼来不抗，贼去冒功。甚至流贼诮官兵为接风饯行。这等情形，如何能荡平贼寇呢？至于贼寇内里情形，数次来标下等历次留心探察，略知些许。只是所知偏于北地，不能统观全局。若乙奇山、詹洪仁、张威钧、任鸣玉等，曾经各地跋涉，目击身亲，平日谈及都能了如指掌，全盘如绘。待他们到时，督师如不耻下问，料他们必能竭诚上答，佐助万一。"

　　史可法喜道："只你这段言语，已经将贼情抉露明显。但恨我不在其位，不能以快刀斩乱麻的手段除却病根。只是我奉命守淮，无论如何，必要使淮上匕鬯不惊，才能上无负当今付托，下不辜黎庶瞻依。还望义士惠予勖勤，勿存客气才好。"楼挺肃然答道："标下矢诚投效，幸蒙收录，敢不肝脑涂地，以报知遇。"史可法满斟杯酒，向楼挺等三人道："愿同心共饮此杯。"三人同起身，立饮毕，史可法便约定明日同往大路上迎候程家寨、红花市的义兵。马楼二人力辞不得，只得依从。

　　次日拂晓，孟容已统队开到双峰岭前。巡报官胡临同来，当即扎营，戎装入谒。恰值史可法率部将和马应魁、楼挺同到岭前，半途相值，孟容、胡临连忙下马避道参见，史可法也下马答礼。胡临当即报明："未到各军已于昨夜传令集成大队，尽今日巳牌赶到。"史可法便吩咐史直："火速传知地方官，将犒赏物品限巳前押解到来。"

辰牌方中，已听得画角声喧，不多一会儿，便见旌旗耀眼，戈戟蔽天，大队人马乌龙伏地般静荡荡蜿蜒而来。胡临瞧见中军大纛，便拔步飞奔而去。霎时间，远远地望见胡临已接着队头，只见队中青旗高揭，队伍陡然刹住，如奔流入海，肃然不动。又见队中青旗倏落，接着悬起一大方五色大旗，同时队头约二十步处，竖起一方大纛。队伍却从中间刀划一般，霍地分开，让出正中阔道，好似一条人巷，前后鼓声齐响，那条人巷中有许多顶盔贯甲的武将策马飞驰，眨眼间先后集在大纛下面，依次勒马排立，列成一行。同时大纛后面转出一将，头戴镔铁五云盔，罩着乌丝堆云兜，身披镔铁卷云甲，衬着青罗盘云袍，腰横团云青玉带，足踏云头战靴，腋佩一口镂云长剑，背插五支乌云小槊，跨一匹卷毛云片黑驹，手捧金杆三角令旗，转到众将前面，麾旗传令。道远不曾听得明白，但见令旗扬处，众将一齐转身，依次按辔缓行。马应魁、楼挺忽于这时随着孟容一同驰马，归入队内，转身同行。那将仍捧着令旗督队。史可法大为欣羡，不禁赞道："整肃军容，古来名将谅难过此。不图草莽中多有治平戡定之才，真愧杀庙堂上尸位素餐之辈。遗贤在野，哪得不乱！这都是有司失于察举之罪。我当奏之天子，破格用材，流寇不足平矣。"

赞叹间，那一行骑将已近跟前，捧令大将忽骤马趋前，低头捧令，恭肃报道："关中团练领首乙邦才、张宗尧、张衡、汪一诚、任民育、马应魁、楼挺、庄固、胡临、詹立、倪云、罗腾蛟、牟文绶、程龙、施凤仪、潘可大、黄铉、陶匡明、陶国祚及淮上团练领首汪应龙、汪飞龙参谒督师！乞恕甲胄在身，未能全礼。"史可法连称："岂敢！岂敢！即请诸位义士就地驻军，再缓装相见。"乙邦才答声"遵令"，转身昂头传令："各军就地扎营候令！由校尉督同头目，严加管事，毋许离营，毋许喧哗！各营统将督同军将立时卸装，至大营聚会，听候领导参谒。"众将卒暴雷也似的齐声高应："遵令！"

史可法便率众将就岭前岳庙内整备筵席，大会众将。一面令史直："督同地方官押送犒赏，前去劳军。所有价银照给，不得移挪公帑，扰及民间。”吩咐毕，便策骑回到岳庙中来，命孔登科、刘良佐去统率本营兵卒，前来护卫伺候。

没多时，乙邦才已率同众将，一色便巾直裰，步行到岳庙，投帖入谒。史可法令史书璧还原帖，亲自出迎，并肩同行，到大厅行礼落座。茶毕，散坐叙话。乙邦才先请问：“督师因何轻装远到此地？可曾访查得贼寇细情?”史可法道：“我闻北贼南窜，多在郧阳、卫辉两地纠聚各股，贼首曹操——原名罗汝才——和李闯分析，率十八万流贼，由陕直下，图扰淮北。还有吞天犼李万庆和他侄儿李本深，纠合巨贼高杰、李成栋，约定罗贼在淮上会合。著名枭贼马守应率群匪流民，联结北地大盗赛郑恩郑衡、剧贼沈息艾，得叛逆李信接济，嗾扰江南，已经决定取道淮上。因此淮上为众贼集矢之地，极关重要。我原本只调得辽东指挥刘鼎维一支兵马，深恐将寡兵微，不足以当巨任。幸而有刘公勇、刘国辅、马子弘、孔为藩、胡霄楫和史德威仗义来助，然而还虑不敷分布。如今得古达可兄约同众位义士领军来助，淮上自可无虞。真是国家鸿福。不过军情万急，我本想略一巡察，就调泗州侯方岩率领他本部一万健卒、一千精练长叉兵前来应急，所以略为等待。如今众位义士统劲旅来到，我想赶急赴淮，明早就开拔，免得淮上有失，规复为难。只不知众位义士意下如何?”

孟容起身答道：“标下等以身许国久矣。因见历次被命的督师大员绝无实心任事的，不敢冒昧相从，以致久伏草莽，未能迅扫妖氛，上报国家。如今幸逢赤胆忠心的明主，自当矢诚效力，唯命是听，赴汤蹈火，所不敢辞。淮上情形既然如此紧急，标下们怎敢苟安误事？只求发令，今夜便全军拔营，连夜趱赶，只须两日，准可赶到淮上。”史可法说道：“义士且不必过急。我本拟明日整军，后日拔营。如今既是义士体念淮上紧急，不辞劳苦，我也深为感奋。就改为今日整军，明晨寅正拔营便了。”众好汉齐声答应：“遵令!”

当时史可法下令任乙邦才、刘肇基为行军都指挥使，将所有兵马分成十五队，即夜整装，明晨寅正启行。当日兵卒领得犒赏，欢畅了一日。到次日天色破晓，乙邦才、刘肇基两骑马入营盘，传督师令："即刻起马！限三日赶到淮上。各队倘有迟缓，唯主将是问！"顿时三声炮响，鼓角齐鸣，大队人马迤逦长行。

第三十八章

聚四方英雄成大军
扬元戎威风擒积寇

史可法亲自督同乙邦才、刘肇基率领关中团练、辽东卫卒，浩浩荡荡克期趱程，直到淮上。那日，前锋第一队先行官胡临到达淮上，地方官迎接如仪，并报说："院台征调的古家庄团练已经开到七日了。一部扎在城内，一部扎在对岸，却都不肯收受地方供应，一切自理，正候院台驾临发落。"胡临便遣校尉冯国用快马飞报，一面亲自乘马来拜会古家庄团练领首。

行到半途，恰值古达可、戴国柱、张涵、许谨四骑马如飞地迎面驰来，引导的差役认得是古家庄领首诸人，便连忙约住，下马招呼。古达可听得，连忙停辔顾问。差役上前禀说："督师帐下参将胡爷特来拜访各位爷们的。"古达可便唤住戴、张、许三人，和胡临就在途间相见，陪同胡临直到营里。

这时古家庄中左希贤已经病故，张重明年老失聪，不能管事。三年前，有戴国柱的两姨表弟汤开远，号铭新，曹州人，武秀才出身，闻得古家庄团练名声，特地来投，便在古家庄管理钱粮收支文牍册籍，并教壮丁弓马矢石。胡临到庄时，汤开远得信，率队开门，列成双行队伍迎接。胡临连忙营外下马，古、戴、张、许四人也只得下骑，陪着步行，一同进营。胡临一一叙礼相见过，当将史督师明早准到的消息告诉众人，并说："今夜督师没到，本地有两支兵同扎，深恐口号不同，闹出岔子。俺特地抄得督师颁发的口号在此，只不知贵营今夜可以改用吗？如果来不及，还请各位兄长将贵营口号赐知，以便敝营照用一夜，免得有误事机。"古达可忙接过口号单，见列着五天口号，便道："兄弟自当马上传令，即日改用大营口号。前因无所秉承，不得已自颁口号。如今督师驾临，怎敢不遵制度？多承兄长指教，谨此道谢。"胡临连忙逊谢。古达可当即设宴，为胡临接风洗尘。

饭后，商量明晨迎接督师的仪节。地方官也来打听过，胡临比照沿途情形一一说了。古达可便道："还有一事，得和胡兄商量。这对河扎驻的队伍并不是敝庄的壮丁，就是罗家山主徐佐明和山前村主何刚，远道来投。我因为他们是山寨中来的，恐兵卒野性难驯，且不知督师收不收。所以要他们暂勿入城，免惊百姓。他们自己也明白，只说是古家庄新招人马，扎在对河候令。明日督师到此，他们一定也要来迎接的。却是这事还不曾禀明督师，究竟许不许他们迎接呢？还望胡兄代筹良策才好。"胡临道："这事确是为难。若是不许他们迎接，显见得是歧视他们，弄得他们脸上下不去，心里生异念，难保不闹出大岔事来。若要他们去接，又不曾禀明督师，督师指问何人时，照实说便是擅专，若瞒着实情敷衍，却又犯着不忠不实的欺哄罪。依俺愚见，还是先遣人向督师请示吧。"戴国柱道："来得及吗？他们正等着信呢。"胡临沉思一会儿，道："有了！径请他们一同列班迎接吧，俺想着了，督师一定没话说的。"古达可道："胡兄何以忽然间有这般把握呢？还望指教。"

胡临道："俺想起一件事来了。那天——就是在双峰岭下来的第二天——汪家大妹说起双峰岭的强盗，便说：'这伙人太凶暴了，自然不应留根。'史督师就说：'若是他们肯痛悔前非，立志改悔，也未必是不堪教训的下材。可惜怙恶成性，积重难返，便成为不可救药。'张岐宁因此想到汪家大妹劝降罗家山的事，倪家大妹也帮着述说。督师当时深赞汪家大妹能干，罗家山的人众能改过迁善，就不失为英雄。话中还提到贵庄有一位沈莺娘，十分英武，督师即说：'将来倒要特地询问，如果真有才艺，千万不要埋没了。须知埋没人才，是得罪天地的勾当。'

照督师这般言语瞅起来，明日张何两位前去迎接，一定不会惹督师不欢，许还有一番温慰勉励呢。"

古戴等听了这番言语，大喜道："督师如此宽宏大量，真令人闻风钦感，哪得不愿效死？"胡临道："俺素来是个不服天不服地的笨汉，自从见过督师，好像自己有些不相信自己起来。觉得所作所为都有些不对，没几天就自然改了许多毛病。其实督师并没说过俺半句，俺不知什么道理，总觉得对着他非那么不行，自然而然不敢放肆。你说这不是奇怪吗？"

张涵道："我久知史御史清廉刚毅，饶有风骨。却不曾知道如此精明强干，见识高超。只可惜如今用人不专，更加什么积次历阶种种限制，所以督师的大臣都是些老朽无能、昏聩已极的废料。资阶是够了，怎奈人已不中用，徒然贻误国家大事。即如史督师，虽一般也是督师大臣，却视为新进，不拨重兵，不给专权，这不是责人俯首赤身去和贼寇相搏吗？这般时世，辽东告急，陇秦兴戎，御侮无人，统兵无将，朝廷还不破格擢用真才，眼见得大地河山非我所有了！只望史督师能够特蒙帝简，付以专权，拔挈天下英雄，大势还有几希之望。要是就这般下去，只恐内贼未除，外夷已肆，史督师虽抱着赤胆忠心，其如孤掌难鸣何？我们这趟出去，是眼见有良将贤帅，怎忍错过不去帮扶？求尽此心，何暇以利害为计？如天之福，史督师从此渐受主知，得专征伐，我们也就可以不负所学，不愧初志，轰轰烈烈为国家为百姓大干一场。倘或史督师未及得位，因内寇猖獗扰攘，外夷乘隙逞狂，我们难道还去做张邦昌、刘豫吗？自然得生死拥戴史督师，永矢岳忠武之志，重绍文忠烈之迹，才不愧是个中原男子。众位兄长以为如何？"众人齐声说道："好！这才是大丈夫应有的志气！以后咱们大家共奉此言为圭臬，有渝此言者，天厌之！共弃之！"

众好汉畅谈到晚，方才分散。胡临自回营，整饬营伍。古达可便差人通知徐佐明、何刚，嘱令："破晓以前，渡江迎迓。将士头领俱应齐到，兵卒人众不必过江，仍在对岸驻扎候令。"徐佐明、何刚当即分别通知部下将校，严装肃容，四鼓渡江，并下令："所有部卒概责令头目管束，如闹出事端，被督师访知时，不问曲直，连头目处斩！如有私自出营的，并查明放行之人，一同处斩！在营哗闹的，一律割耳。"

过了一宿，天光已泛鱼肚色。淮城四处都布满古家庄团练壮丁和胡临部下，所有街市都清静安泰，绝无声息。一霎时炮声响处，报马衔尾而来，一连几报：督师统兵已到城外李村歇驾。恰值徐佐明、何刚领手下好汉汪思诚、龙尧臣、解学曾、姚怀龙、孙开忠、李大忠、许都、陈子龙、姚奇光、刘湘客、夏允夷、周岐、韩霖等，都全身披挂，列队来到。和古达可等相见毕，又和胡临叙礼相见。因为时候匆促，不及细谈，都一同上马，飞驰到郊外十里长亭等候。地方官早已公服到来，列班伺候。

一霎时只见一骑黄马，马上一个青衣颀长汉子——正是史督师帐前亲随校尉史书——一马直到亭前，高声说道："督师传谕：地方官公务在身，不必伺候，一概传免！所有征聘义士，请暂留，就此常礼相见。"传毕，飞骑转去。一众地方官当即纷纷议论，辩说多时，才有个幕友出身的通判出了个主意道："督师院台驾临，百官万不能不迎接，却又是万不能抗谕不遵。为今之计，不如移在城门口，列班恭迎。既不失仪注，又不算抗谕。"众官都拊掌称妙，立刻照行，自各乘轿直往城门口去伺候。

几骑报马飞过，一对对马兵亮戈扬旗，冉冉而过。接着一队队马步相间，将校押队，次第过去。走了许多时，才见"史"字大帅纛，史可法乌纱红袍，玉带方靴，乘马按辔徐行。古达可等都上前打参报道："古家庄团练村民古达可、戴国柱、张涵、许谨、江云龙、汤开远率领头目范沧、范泗、范海、郭仓、冯士、张晓山、徐应承、曾登元、富以仁、吴魁、段元、王东楼、张应举、沈莺娘、翁泉廉、李如璧等暨罗家山民徐佐明、何刚、汪思诚、龙尧臣、解学曾、姚怀龙、孙开忠、李大忠、许都、陈子龙、周岐、韩霖、刘湘客、姚奇光、夏允夷等恭迎宪驾。"

史可法连忙下马，一把拉住古达可，并向张许等说道："你各位都还不曾授职，咱们本是老朋友，怎么行如此大礼呢?"古达可躬身答道："院台朝廷柱石，生民保障。属在治下，感沐无既。草野小民怎敢抗礼?"史可法大笑道："似这般说，咱们转觉生分了，连说话都不便得很。不如都换便衣吧。我有许多话要细谈，太拘束了反为不美。将来各位授职后，咱们也得预告说定：公见为国律所关，私见却要免却这些。才能心胆相照，和衷共济。要不然，闹得拘束隔阂，想也不是诸位本心所愿的。"众人只得齐称"遵命"。

史可法便传令："留辽东营在城外，为掎角之势，其余一律开入城内驻扎，着地方官妥为引导。"又下令："众将都到行辕聚会。"当即邀古达可等三十余人，一同进城。地方官都还在城门口迎接。史可法心中有事，不愿作无谓应酬，推说"路上感冒，一概传免"。众官只落得扫兴而回，却又悬心吊胆，猜不透巡抚意思所在，急得四处打听。

史可法进城之后，即在行馆中邀集各路团练领队和本部将士，共商出师剿贼的计策。

任民育首先陈说道："此次虽是剿办流贼，却因贼势浩大，行军开战，不亚于两军对敌。流贼南来，是已有计算的，自必分派停当，按步骚扰。我军现在是仓促成军，各方会聚，若不先行将军容整顿，调派清楚，必致各自为政，失却联络。倘若流贼对我军分头袭攻，将致各被击破。伏望钧台先施编派，各专责成，然后才有遵循，不致贻误。"

张宗尧说道："军行耳目所寄，探报为先。标下在红花市时，程家寨队伍开到，被探马误报为敌，险生大祸。事后虽经责革探马，却已迟而无补。伏望钧台慎择人员，责成专管探报事宜，以免错误。"

乙邦才说道："将士效命，战阵自无不胜之理。不过流贼不可以常情论。若拘泥于古法，列阵交兵，必致为贼所乘。如果要挽救这种弊病，唯有付各军统将以随时御战之权。只责令开战必报，以资联络救应，而不必待将令请到，再行御战。似这般才可免贼人突击时，请令不及，张皇致败之害。标下颇闻北地督师久剿无功，转张贼势，多由于有

292

此弊害，伏望钧台裁夺。"

孟容说道："本军士卒来自各方，若各统本部，必致显分界限，甚至由此生门户之见。指挥既不灵便，前途尤多谬轕。伏恳钧台会合各部，杂乱编成。使将为公将，不致私有军兵。卒为公卒，不致各拥私主。永除挟私党而自肆之风，然后可以泯除抗命之弊，而指挥如意。"

张涵起身说道："我军总集淮上，流贼未必不知。总察近日探报，贼人不乘虚蹈隙，先来攻袭，必是贼势还没联成一气，进退不能一致。这种情形，追溯根源，是由于贼中各不相下，互争雄长，以致令无从出，从失时机。这是贼之失计，也是国家洪福。伏望钧台乘众贼未及连成一气之时，先择一声势浩大的贼股，以全力攻破之，先寒贼胆，且使其余贼股成为各不相下之局，然后分头痛剿，不难次第荡平。"

古达可接说道："标下世居淮上，深知淮上民情，乐于小利，而忘大害。流贼倘若以其劫获资财收买淮上莠民，扰乱我内地，牵制我兵力，使我防不胜防，终致战无可战，那才是大害。伏望钧台严令地方官，举得保甲连坐法，接十家为甲，百家为保，积保成乡村，各设一长，专责以查察。一家通贼，九家连坐；一甲通贼，全保连坐；一保通贼，徙散全乡，尽斩保长。隐匿不报，罪坐全家，容留匪人，查抄发配，非如此重罚，不能肃清内奸。否则河内的覆辙、陇右的前事，均堪引为殷鉴。"

张衡说道："流贼现扰淮西，原是想我军远救淮西，乘点袭我根本重地。只是我若不救淮西，一来朝廷不明情形，必降旨严谴；二来眼见得淮西百姓受流贼的荼毒，不去拯救，道理上也说不过去。这实在是一件势在两难的大尴尬事。标下率卒南行时，就想到必得先把这件事筹划好了，才能够说到剿贼。以标下的愚见，昔贤曾说'民可使由之，不可使知之'，原不是要哄瞒百姓，只因一般人民是只可与乐成功，而不可与共密计的。如今我若因为救淮西，以致根本重地动摇，甚至使淮上兵薄，惨遭贼祸，自然是绝不可行的。那么，两全之策唯有用'围魏救赵'之计，我军以全力间道扑攻正阳关贼巢，使贼人生后顾之忧，惊惶失措，自必无心久扰淮西，急于回救贼窟，且正合着张凝之兄先攻浩大贼股的办法。至于对淮西百姓，仍是声言出兵驰救，日发滚牌，责令沿途地方官火速预备大军过境的供应，虚张声势，以安民心，且使贼不疑。待到大军扑攻正阳，淮西自然因贼退而得救。钧台明察，不知此策能蒙钧鉴，准予照行吗？"

戴国柱说道："军行以食为先。现在无论救淮西，攻正阳，这两路都是久经荒乱，民不聊生，野无炊烟，廪无余粟。行军所过，军粮所需，必须事先筹划。且安辑流亡，尤须发粟放赈，否则军马因粮乏而不能持久，固是取败之道，即使克得地方，民无食粮，不能立足，终成赤地，如何能守？所以必须预筹大批粮秣，并派一员谋勇兼全的大将，专任护粮护运之责，以免流贼截劫，饥民抢夺。这事甚关紧要，几乎为全军命脉，全盘计策所关。还望钧台预为筹计。"

其余众人也都有请预发军饷，以安兵心的；也有请速定前锋，以专责成的；也有请广布文告，劝导招降的；也有请明定营制，严整军规的；还有陈词建议，请选将代巡，澄清吏治的。史可法一一倾听，不插一语。直待众将陈说都毕，方才说道："众位所说，都是久经研考，确有见地的鸿猷，自当一一照行。今日辛苦，且请歇息，明日辰正，校场相见。"众将齐声答应："遵示！"

这一宵各路将领都要顾全声誉，各自严厉约束本部。数万大军驻扎城厢内外，居然匕鬯无惊，只闻刁斗更鼓提铃喝号之声，远近绵亘。校尉捧令巡查，络绎不绝。都不曾见有一个兵卒，也不曾生半点儿事端。连那罗家山人马奉令连夜渡江，明晨一同听点，舟筏满江，驮牲遍街，也是静悄悄，绝没惊扰居民。百姓先时自相惊惶，颇有纷纭逃迁的。及至大军云集，转觉安逸异常，都诧异相告，以为从来没有这般奇事，无不感念史巡抚的严明。

次日卯初时分，校场中已陆续开到许多队伍。中军官史书接队点查将士名额，核对册籍，忙得不可开交。幸喜各军都是实报实到，绝没虚冒浮滥，没甚纠葛，还易于清查。时到辰初，队伍已经到齐，将卒都无短缺。移时辰正，炮声三响，巡抚史督帅策马临场，鼓角声起，帅纛高升，督师下骑登坛，全军高呼，众将参谒。

一时礼毕，史可法上马，巡视全军毕，登坛说道："本帅奉旨督师，巡抚淮上。方今流寇披猖，盗贼蠢动。本帅上体圣主忧民之心，下念生民涂炭之苦，爰率三军，誓师讨贼。凡尔有众，当念圣主眷念之殷，蒸民仰望之切，奋尔武勇，扬我德威，荡彼凶顽，安兹黎庶。克懋厥勋，列土有赏。若忝尔职，予维执法，凛之。毋负尔职，毋忘尔志，歼彼丑虏，竣斯全功。愿共勉之！本帅有厚望焉。"众将率士卒齐声轰应道："永矢忠忱，敬谨效命！杀贼报国，毋敢或忘！"

史可法当即发布军令道："本军任重事繁，宜有责守。凡兹锡命，尔众其谛听！兹命：乙邦才、张衡、马应魁、刘应国为马步两军统兵总兵官；张涵、孟容、古达可、戴国柱为马军都统制；胡临、史直、许谨、庄固为步军都统制；孔登科、马元度、施诚庵、牟文绶为马军统兵副总兵官；楼挺、江云凤、徐佐明、张宗尧为步军统兵总兵官；罗腾蛟、汪一诚、汪思诚、詹立为步军统兵副总兵官；刘肇基为前部先行正先锋，都督，正总兵官；刘良佐为前部先行副先锋，都督，副总兵官；江云龙、汪应龙、黄铉、何刚、潘可大、程龙为前部副总兵官；胡茂顺为督师中军统兵总兵官；施凤仪为督师中军统兵副总兵官；吴道正、汤开远、李豫、解学曾、姚怀龙、龙尧臣为中军副总兵官；任民育为正参谋官；吴道正为副参谋官；陶匡明为旗鼓副将；陶国祚为旗鼓参将；冯国用为中军右营参将；范沧为中军左营参将；陈光玉为中军前营参将；李隆为中军后营参将；徐纯仁为中军中营参将；倪云为都护粮使；汪飞龙为副护粮使；沈莺娘、陈翠翠为护粮都尉；翁泉廉、李如璧为护粮校尉；史书、李铎、陆垣、范泗为帐前都尉；许都、陈子龙、孙开忠、李大忠、吴魁、张晓山、段元、冯士、曾登元、富以仁、徐应成、张应举、王东楼、郭仓、姚奇光、刘湘客、韩霖、夏允夷、周岐、范海分派为马步各军教导。共大小将校七十九员，各守厥职，毋或逾越！"众将俱供台前，听令受职。

史可法又传令："所有探报事宜，责成中军官严肃处理。倘有误报诳报及哨探不实，希赏妄报等情，概以军法从事！"又令："地方官迅筹粮草，遵照牌单，克日取齐。如有延误，听候参革！倘敢刁推狡展，照贻误戎机论，请尚方剑处斩。"又令："所有兵卒概行汇成总册，再由总册中先取各册首名，次取各册次名，依次至末，汇编成军。各军咸照于少保团营制度，暂以一万名为一军。现各部归队士兵共四万七千人，除抽调古家庄、红花市二处团练健妇一万余名，归护粮使统率，护运粮秣戎具外，应就本地卫所挑选壮丁四千余名，补足五万。马匹不足，由地方官领银价买，统限两日内齐备！"传令已毕，众将各自会同中军官，分点兵卒，编成队伍。

一连两日，众将虽然忙得废寝忘餐，却诸事齐备，没误限期。史可法阅兵时，见将卒都精神抖擞，容止整肃，知兵可以用，甚为欣慰。当即采纳诸将谋议：一面命地方官克期举办保甲连坐，一面放粮散赈，并颁发文告，劝谕被逼从贼、饥寒为盗的幡然来归，不究既往。外面布令发牌，全军出救淮西，内里却密令前锋开拔，向正阳关急进。各军均发大令一支，令其遇有盗贼变兵时，便宜行事。

前部先行都督总兵官刘肇基、刘良佐统率本部副总兵官江云龙、汪应龙、黄铉、何刚、潘可大、程龙六员和都尉兵卒一万余人，先向淮西道上浩荡长行，至半途时，倏地折向正阳关，衔枚疾走。这时，沿途四处纷纷传说，史巡抚亲救淮西。淮西百姓得讯，因望救情急，更加说得活灵活现。都道史巡抚严密行师，旦夕就到。扰淮贼首摇天动得讯，吓得胆颤心惊，连忙抽调悍贼，聚结本部，预备顽抗。后来打听得詹大刀在史巡抚帐前充步军统兵副总兵，更加惊惶。急将所有贼兵都调集身边，淮西乡村因而安静许多。

这一日，大军间关绕道，开抵寿阳。寿阳本已失陷，贼中骁寇马守应据占城池，淫掠多日。方在拘押士绅，勒派捐银，作威作福，恣意妄为，正在得意头上。直到大兵薄城，方才知道，连忙传令关城固守。城内百姓闻讯，纷纷向城外搬迁奔逃，填门塞途，如蜂如蚁。马守应气得跌足打掌，亲到城上，喝令："快关城门！驱民入城！"众贼兵举刀乱斩逃出城门百姓的手，斩得满地鲜血人指，才勉强将城门闭上。

当夜，史可法大军压到城根，团团围住，四面环攻，不留出路。城上贼兵拼死固地，却是官兵忽又攻得不厉害。到天明时，官兵更撤去云梯，只围在城下呐喊。城上贼兵见这情形，乐得且歇息一会儿，吐一口气。似这般对峙了约莫半个时辰，猛然间城门大开，但见张涵、孟容一个手舞三尖两刃刀，一个耍开青龙偃月刀，如飞地奔出城来。随后便是古达可扬着圆月钺，戴国柱挺着盘云戚，夹在两旁，胡临挟着双狼牙棒，许谨抡着双龙牙抓，夹捉住马守应，直拖出城。后面是庄固飘动双月牙铲，史直飞起双云头斧断后。四面夹攻，杀得贼兵纷纷倒翻，陈尸满衢，血溅四处，头飞半空。

这时史可法已督同乙邦才、马应魁、刘应国、张衡四大将立马门旗大纛下。张涵、胡临等马步八将，挟着那骚扰五六年、横行四千里的巨盗恶寇马守应，如飞瀑般奔到。乙邦才、张衡将旗挥动，门军左右散开，马步八将早将马守应夹持着直滚入阵中去了。史可法便传令夺城。只张涵、胡临等八将出城的一刹那间，乙邦才、马应魁已当先抢入。史可法指挥中军，全部随着进城。

第三十九章

征剧贼刀劈紫金鞍
战悍寇剑断宣花斧

　　原来史可法在下令攻寿阳之先，兵还没到寿阳城下之时，早已派遣马军四将张涵、孟容、古达可、戴国柱，步军四将胡临、史直、庄固、许谨率健卒百人，扮作打柴百姓、江湖卖艺诸色人等，混进城内。直到官兵围城时，这一百多将卒已夹在搬迁奔逃的百姓丛中，冲入城中，各处埋伏。

　　到得夜深，八将放出信号，便扑攻贼首马守应盘踞的寿阳镇衙门。攻近时，衙门口贼兵不知就里，都被砍翻。八将率领健卒扑进衙内，里面已经得信，马守应所豢养的二十四名骁贼齐来抵御，便和八将在大堂上狠斗起来。贼兵四面丛集，被健卒截住混战，一时不得冲入。张涵、孟容恐马守应逃走，暗嘱胡临、许谨等四步将在外面堵住厮杀，却暗约古达可、戴国柱一同越屋，蹿进内堂。马守应正在收拾细软，待要逃走。恰遇四马将飞身跳下，四面环攻，倏地合围。马守应无路可走，拼死挡杀。他本是骁贼，力扫千军，有名的勇汉。无奈这四员上将个个有万夫不当之勇，马守应虽十分凶狠，终究不是对手。没斗到一百回合，已被孟容拦住前面，张涵由后面挥三尖两刃刀，剁入马守应腿弯。马守应中了一刀，才大叫一声，立脚不住，翻倒在地。马步八大将见渠魁已擒，哪肯怠慢，当即按住绑了，夹持着冲到城门内，斩关迎接大军进城，并解贼首到大营报捷。

史可法进了寿阳，首先下令封刀。将余贼拘禁，听候发落。立即召聚地方明理士民、公正耆老，帮同放赈。并蠲免一切供应，所有抄得贼赃概行分派给受害的士商百姓，作为补偿，使其兴家复业，恢宏市面。所有仓廪库藏等仍着清查造册，分别封存。当即于随营效力候补文职中择人札委，署理县事，办理一切善后事宜。留下左营兵卒二千，令范沧统率驻防，帮同守护。

诸事分派毕，即传知众首将，提马守应讯问口供。马守应怒目而视，咬牙不语。乙邦才瞧他神情，知他练过铁布衫，准备熬刑。便禀明史可法，先取利钩来，钩入马守应脊柱，再穿他的琵琶骨。马守应慌了，恐怕坏了功夫，若逃得性命时，也要成为废人，不能再逞好汉。便高声大叫道："不要伤咱家身体，咱家实说就是了。反正没不能说的，不用瞒得。你们只说要知道些什么就问吧，咱家知道的总管说明白。"

史可法便问："你生得好身手，如何不得正道，偏要做贼？你和李万庆、罗汝才怎样连作一气的？现在你们究竟有多少贼党？头领是些什么人？快快实说！"

马守应仰天大笑道："咱家只道有什么惊天动地的事要问，原来只这些没紧要的乏话儿！这又何必下那般毒手呢？"乙邦才在旁怒喝道："你敢在这里放刁，小心你的筋骨！"马守应仰头望着乙邦才狞笑道："不用使威风，不过要咱家说话罢了。"刘肇基、马应魁同声大喝道："不许啰唣！"

马守应低头略一寻思，忽昂头抗声说道："咱家回想起来，今儿就掉脑袋也值得了。人没吃过的咱家吃过了，人没着过的咱家着过了，什么快活享受，咱家也闹够了。人到百年，总有一死。咱家轰轰烈烈干了一辈子，死也值得了……"刘良佐断喝道："不要说废话！问你的言语怎不招供？"马守应冷笑道："不要忙呀，咱家说告诉你准得告诉你，汉子说话绝不含糊，鸟急干吗？"乙邦才喝道："你再要支支吾吾，我可得重重地揍你这贼骨头！"

马守应转头翻白眼向乙邦才横瞅一眼，重复昂首向天，说道："咱

299

家本是陇西庄稼人，从来不晓得打劫营生。怎奈近年来官兵到处打劫，从没见统兵将官办过一个犯劫掠的小卒。咱家才想着劫掠是不一定杀脑袋的，不过要自己有势有力罢了。咱家就此想投军。那一年正遇着选拔卫所壮丁征辽，咱家就顶名入伍，在辽东干了三年，没发迹也没发财。不耐烦受罪，就逃伍回来做强盗。这几年里，咱家集聚过七八万喽啰，扰乱过五六千里地面，杀的人不知数目，用的钱更没查处。去年冬里，李闯王的浑家邢曲曲住在家下，不得安逸。大家伙儿知道邢家嫂嫂是跑解马出身，很有本领，都怂恿李闯王接她出来。哪知翻山鹞子高杰那厮不存好心眼儿，把邢曲曲拐走了，从此拆伙。闯王大怒，邀集曹操、满天星和咱家，要跟追翻山鹞子。后来罗汝才说：'淮上富庶，不如就此到淮上打粮，容易轰得动人些。要是只说邀人帮你追老婆，只怕人家不肯出力。'闯王信了这话，便邀集大伙七十多万人马，到淮上打粮。不料人马才齐，正要走动时，翻山鹞子忽然在卫辉出现。闯王记恨心切，便带了一班亲信一枝花王干子、一只虎李过、黄虎张献忠、铁棒刘宗敏、不沾泥赵胜等，带着四十多万人马，直冲卫辉去了。恰巧吞天狐李万庆窠子被砸，和他侄儿李本深同投奔高杰。高杰瞧他不起，他就约同高杰手下大将赛郑恩郑衡一同反水，来和曹操合伙。曹操便邀集咱家和沈息艾、汪浪冲、史定、张立、吕佐等，大伙儿够奔淮上。前月头里，翻山鹞子又差人来和吞天狐说和了，把鹞子兵也开到淮上来。吞天狐扎在正阳关待他，总共咱们连翻山鹞子九大伙，也有六十万人，都是久经战阵的硬汉。咱家一时自不小心，上了你们的当。你们遇着吞天狐，可得小心些。这就是咱家知道的，都说完了，想必你们也用不着咱家了，是杀是剐给个痛快吧。"

史可法命幕友归昭录下口供，暂时收押。退堂后和众将商量善后诸事：所有余贼分别留遣，留的归各军待补，遣的递解回籍，交地方管束。同时决定攻打正阳关的计策。分派既定，即颁发密令，令众将遵照办理，逐渐开拔。又委胡茂顺为监刑官，监提马守应，按律剐死，枭首献馘。寿阳城中各事，至此已颇有眉目，史可法便统率中军四营，离了寿阳，直向正阳关推进。

前部先行都督正副总兵官刘肇基、刘良佐，统率副总兵江云龙、汪应龙、潘可大、黄铉、何刚、程龙六人，率标兵万余，逢山开路，遇水搭桥，安抚商民，哨探消息。一面顾着前面，一面护着后面，警防密察，移军前行。这一天来到距正阳关二十里处，探马报说："前面有四五千贼兵拦路扎营，请令定夺。"刘肇基便传令："就此安营!"将兵马扎住，一面差人飞马向后传报。

刘良佐道："我军初到，利在速战。若老师糜粮，锐气消磨，反是授贼以隙。贼人既以重兵拦路扎营，自然是得讯严防，我们若不扎营，就冒昧冲去，便先失了根基，没了把据，悬军应战，自是极险。如今我们已经扎营，不怕全军虚悬，督师曾经颁令，给主将专权，遇贼必剿。我们若待大兵才战，一来现怯；二来违令；三来坐失时机；四来养成贼势。如今请都督发令，良佐愿率一半人马去踹贼营。"

刘肇基道："还是咱领一半人马去冲道，烦副都督率众守营，以免失误。"刘良佐道："不可！这不是客气推让的事。都督是前部之主，岂可轻动？况且这一战是起初小战，良佐若败，还有都督在，若都督稍有惊阻，大营未到，前部人心难免摇疑，关涉未免太重。良佐出马，只算都督遣将出战，事小易为，成则破贼薄关，败亦只一将的荣辱。事求两全，只有此策。并非敢和都督争功，还请都督鉴夺。"

刘肇基答道："副都督肯辛苦杀贼，咱只有佩服，怎说到争功的话呢？就请调将出兵吧。"刘良佐道："还请都督调派。"刘肇基便调何刚、程龙、潘可大、江云龙统马军五千，随副先行出战。众将当即整装备马，点军起行。刘良佐披挂告辞，督队进发。刘肇基送出营门，回来暗嘱汪应龙领两千兵，随后接应。一面飞报大营，并通知后面马步军总兵向前移进，以备万一。

刘良佐和四将统率马军，扬旗疾走。没多时光已经冲到何家隘口。遥见前面流贼连营叠叠，漫野遍地。刘良佐侧耳倾听，那边画角声喧，鼓鸣不已，料知贼人正调兵列阵。便想着：乘那厮阵势没成，踹杀一阵，比对敌鏖战容易取胜多了。便传令："火速冲杀，直踹贼营！"令才颁下，但见五千条缰齐抖，两万只蹄同飞，泼啦啦一阵乱响，就如决堤溃坝一般，直向贼营猛地灌进去。

贼营中是汪浪冲统率据守，得着淮上官军来攻的探报，忙筑土垒、布鹿角，接连又听得官军出队，垒还未成。汪浪冲大急，便下令火速列阵抵挡。正在调动之时，官军已如潮入港，霍地冲开营脚，马踏箭射，枪挑斧劈，眨眼间把二百多座贼帐扫数冲塌。汪浪冲百忙中率领残贼没命地向后飞逃。刘良佐耍开大砍刀，督同四将，指挥五千马军，将贼营荡成平地，斩杀无算。却仍没擒得贼首，便督促将卒奋勇穷追。

汪浪冲糊里糊涂把个隘口丢了，没命地退跑五里，检点残余，只剩得六千多人，不到原数一半。却想着幸喜自己不曾丢掉脑袋，也没受伤，便待退入关里去，和一班贼首闭门作乐。才待率领残贼转身向正阳关去，忽见尘头大起，拥来一大阵人马。不觉大吃一惊，脱口惊叫："完了！没命了！"一班残贼惊惶失措，都待逃散。汪浪冲忽然一眼瞥见，来军当先一将，坐马鞍鞯的判官头金光灿烂，陡然触想着：赛郑恩郑大王不是有副紫金鞍，听说是在楚王府得来的。瞅这鞍辔，八成儿是他来了。要果是他来接应，可算我洪福齐天，又可以伴福报功了。想着精神陡振，急忙瞪眼细瞧，果然是郑衡率领他部下的伪先锋将军未克俊，伪游击将军严明、朱绍先、李德、王杰来到，顿时大放宽心，高声大叫："郑大王，快挡杀一阵，我好整队迎敌。"言未毕，刘良佐、何刚两马同到，刀刺并举，汪浪冲吓得抱头打马飞逃。

郑衡也不言语，抡起铁鞭照定刘良佐左肩打来。刘良佐将大砍刀一横，向上猛磕，磕开铁鞭。二人搭上手，大战起来。未克俊耍开钢枪，上前助战。何刚见了，大喝："逆贼！死在眼前还敢猖狂！"将手中钢刺摆动，截住便斗。朱绍先、王杰、李德、固定明等见了，蜂拥上前，想要以多胜寡，不料人丛中喊声如雷，潘可大、程龙、江云龙三马齐到，迎面挡截。七骑马搅作一团，混战不已。

正斗到酣处，贼兵阵中喊声如雷，冲出一彪人马。当先一将，黑盔

302

黑甲，黑面黑马，手舞双铁锤，雨点般打进圈子里来。潘可大见了，抢青龙偃月刀架住双铁锤，喝道："快通姓名！擒获时好填解帖功单。"黑汉厉声答道："平天王驾前先行官郑霸！你是谁？快报名候斩！"潘可大喝道："俺副总兵官潘锐宜！特来擒你的。"答话间，已经锤去刀来，战了七八个回合。

那边江云龙敌住严明、朱绍先，程龙抵杀李德、王杰，何刚单斗未克俊，刘良佐独拼郑衡。其中以郑衡最为骁勇，刘良佐虽武艺惊人，一时也未易取胜。两边鏖战多时，兵卒也互相抵敌，没进一步。汪应龙统兵赶来，见前面阵脚不动，心中焦急，便摆动一对卧云刀，促令部兵拼命冲入阵内，如生龙活虎一般，大打大杀。这一来声势陡振，沉闷的鏖战顿时全都活动起来。

郑衡正斗得酣时，陡见汪应龙杀入，未免分神。才抽空回望时，刘良佐连忙捉空抢起大砍刀，当顶直劈。郑衡觉着，急撇转头来时，刀锋离顶不到三尺，已没法招架，这一刹那真是呼吸生死。郑衡大急，万分危迫中，忽急中生智，也来不及细想，就那么仰身向后猛倒，甩起个筋斗，向马后一蹿，离鞍落地。这里刘良佐力猛刀沉，没可收刹，刀光直下，咔嚓一声，正劈在马背紫金鞍上，连鞍带马立时斩为两段。

那边同时王杰见刘良佐刀下处血溅满地，疑心郑衡被斩，心中大惊，忙振起胆子，大叫："勿伤我……"一个"主"字没得出口，早被程龙捉空儿当心一锐，将王杰排了一排大小窟窿，顿时落马身死。程龙头也不回，冲马过去，仍裹战李德，不容他脱身。

江云龙见刘良佐、程龙同时立功，心中一急，唰地抢开一对卧爪锤，直上直下，左磕右砸，杀得分外起劲。严明、朱绍先心中慌乱异常，急想脱身，却被缠定，只得提心吊胆，死命撑持。江云龙更加一锤紧似一锤，绝不放松半点儿。恰巧这时官军后队马军总兵官乙邦才、刘应国、马应魁、张衡接得刘肇基通知，知前面战事紧急，挥兵急奔过来救应。张衡跃马直冲左阵，杀进贼兵丛中，正是江云龙力战两将之处。严明、朱绍先两人正在全神贯注前面时，张衡已走马来到严明身后，大喝一声："去吧!"大戚横飞处,严明肠胃乱迸满地。江云龙见了,喜得精神陡涨,锤起处,朱绍先正想逃走,锤已先到,打得脑浆迸裂,倒撞马下。

右边阵里,马应魁、刘应国先后冲入,未克俊见官军援兵又到,心慌如焚。一个失神,被何刚一刺扎中左腿,痛得坐不住雕鞍,侧身倒下。官军兵卒齐拥上前,按住绑了。刘应国见未克俊就擒,便转马来助程龙。喊声如雷,飞驰过去。李德急上加急,手法全散。刘应国马到刀到,大喝一声,一刀将李德劈为两半。

这时,刘良佐已回马混杀,正遇乙邦才。乙邦才便问:"可还有枭贼?"刘良佐勒马四顾,指着西角道:"那边角上似还有大堆正在狠斗。"乙邦才急一拍卷毛马,挺槊飞驰,往西角去。见层层贼兵,团团围裹,乙邦才奋勇大喝一声,紧一紧手中槊,槊尖甩动处,一连挑翻七八个贼兵,杀透重围,却见潘可大正舞开青龙刀,和郑霸力点。郑衡就步下向夹攻。潘可大一口刀盘旋上下,敌斗马步,十分吃力。加以两郑都是贼中著名的骁将,潘可大虽勇,究竟双拳难敌四手。乙邦才见潘可大刀法略滞,不敢怠慢,急挺槊大喝:"幺末小贼,休得逞狂,乙奇山爷爷来了!"声未毕,一槊向郑霸搠去。郑霸本平天寨逃贼,领略过乙邦才的厉害。见是他来到,心中先存着个不可轻觑之心。乙邦才因破平天寨时不曾斩得李郑等人,为今日之患。如今既又相逢,绝不肯大意,再纵他脱身。这一来,两人都提起精神,十二分卖力,直斗得黄沙飞舞,旋风乱起。潘可大瞥见这边战得这般厉害,也不肯示弱,并且想着:咱战不过两个骁贼,难道连这个败军失马的败贼也拾掇不了吗? 发愤提神,挥刀大战了四五十个回合。郑衡究竟失马,步下异常吃力,看看不济起来。恰值这时汪应龙、江云龙、程龙、何刚随着刘良佐、刘应国、马应魁四方追杀,会集到西角来。一阵混杀猛砍,围住的贼兵没命地奔散,鲜血冲天,惨呼震野,顿时弄得死的死,逃的逃,静荡荡只剩得一大片荒地。郑衡知道事不可为,拔步就跑。逃出圈子,展陆地飞步法,急急钻入林莽中去了。郑霸被乙邦才一槊扎入左膀,硬咬牙挨痛,缩身退出。伏鞍打马，向后奔逃。乙邦才挺槊跟追，刘良佐、马应魁同声大叫："穷寇勿追！"张衡也叫："奇山哥！快回来整队扑关，不要为一个小贼耽搁了！"乙邦才才勒马回来，和众人厮聚。

刘良佐已将一切情形告诉了众将。乙邦才等到，闻说残贼已清，生擒已解，隘口战场诸般防守都已派定，便和刘应国、马应魁、张衡四人各率所部，各归本营，就地驻扎。等候督师到来，进兵攻关。一面分别派出探马，四处探听贼兵消息。当夜贼兵死守正阳关，关外贼队来来去去，四路逡巡。官兵也没进兵，只将路线暗中探察明白。

夜间酉末时分，史可法督兵来到。马步各军连营扎定，众将分班进见。前部诸将及马军四总兵一同上帐报功，并解到擒获贼将未克俊。史可法当即讯问过未克俊关内情形，便将未克俊枭首。就在中军设宴，摆酒庆功，所有立功各将另候升奖。席间将攻城之事商量停妥，命中军官施凤仪将各地解到备攻城用的云梯火炮等物，都分发各军。参谋官任民育即将攻城图分给众将，一一解说明白，并细细指明各方连接救应的处所，派队往来的路径以及攻破时如何防守分追，攻打不破时如何退筹接济种种，都详细分明列载清楚，使各军将官都能明白，方才各散。各归营帐，点查部属，准备明日攻关。

次日清晨，史可法全身披挂，督同中军各将，紧束严装。各将卒饱餐战饭，裹带糇粮，并将攻关用物一一带足在身旁。拂晓时，全军准备都毕，史可法出营时，队伍已经全都列成行伍。史可法向众将传谕毕，就亲自督促军兵，迅速前进攻关。

大兵来到离正阳关前四里，方向关门扑去。前部先行刘肇基已经督队前行，忽然后面炮声猝起，人喊马嘶。刘肇基大惊，连忙勒马回望。但见后面草丛中贼兵乱钻乱跳，火炮如烟球云团，直向军中滚滚打来。火箭飞石似骤雨急霤，破空降落，层层砸下。顿时闹得前部全军进退失据，惊慌纷乱，队伍动散，将卒失照。刘肇基、刘良佐和江云龙等六将竭力弹压，却无奈军心已乱，没法整饬，一刹那间竟大败下来。

关外暗伏的贼兵见官兵被击散纷逃，就随着埋伏的沈息艾、吕佐、张立、李本深分四路杀出。官兵正在仓皇之际，无心抵敌，潮一般朝后尽退。贼兵十分得意，叫嚣欢跳，并力追逐。刘良佐大愤，振臂怒喝，挥刀连斩数卒。怎奈刘肇基统率在前的兵卒闻警倒退返奔，收刹不住。前队冲后队，纠作一团。

　　正在难解难分之际，陡然冲出一彪人马。当先四员大将，各舞一口三尖两刃四窍八环刀，齐排儿横堵住，大声高喝："奉督师钧令：前部将卒分左右向后绕退！倘有冲扰后阵者，无论将兵，一律处斩！"果然军令如山，也是四将威风，乱兵居然不敢直冲，各自分绕左右翼，向后面奔逃。刘良佐率程龙、何刚赶到，见截堵四将正是马军副总兵孔登科、马元度、施诚庵、牟文绶，各将手中三尖两刃刀横挡当道。刘良佐就马上施礼道："良佐治军无方，惨遭大败，请众位将军拿解抚辕，听候严惩。"孔登科道："抚院有令：前部诸将着即戴罪图功，所有先行部下探报弁卒，着一律擒斩，以为荒唐失事者儆！刘都督请即转告贵部正先行和诸位将军，遵令照办吧。登科等奉令堵截溃军，防击贼众。甲胄在身，恕不为礼了。"刘良佐只得勒马回头，杀入贼阵，去寻觅本部诸将去了。

　　孔登科等正堵溃兵，忽见贼兵蜂拥而至，四将即反迎上去。贼魁吕佐先到，马元度挥三尖两刃刀抵住，张立随后冲近，施诚庵扬三尖两刃刀邀截在一旁厮杀。沈息艾赶来时，正撞着孔登科挺三尖两刃刀猛劈下，捉对儿拼斗起来。李本深连忙抢斧上前救应，牟文绶抢三尖两刃刀迎面挡住。贼将高兴鼓噪而来，到此陡遇劲敌，突然刹住，大杀起来。贼兵一时被马军射住阵脚，不得再朝前跑，威势顿时失却一半。

　　四贼之中李本深最凶悍，手中宣花斧如龙首穿云，捉摸不定。牟文绶虽锐法精深，一时也捉不着李本深的破绽。那边张立、吕佐、沈息艾都不是对手，看看要败。孔登科、施诚庵、马元度越杀越勇，越逼越紧，贼将益难支持。只有李本深仍旧毫无惧怯，甚至还要抽空冷挥一斧，暗助吕佐等三个。牟文绶大怒，将解数一变，横七竖八，大杀起来。李本深一连架开几刀，便觑空拔下一柄背上插带的板斧，待要乘牟文绶猛斗时，下手暗算他。

　　恰巧这时刘肇基率将赶到，见贼兵凶猛，急指令江云龙、潘可大、汪应龙、黄铉分头杀散贼兵，自己立马遥督，见贼将李本深最凶狠，急紧一紧手中蓼叶枪，斜突过去，照定李本深身后猛刺。李本深和牟文绶斗得正酣，觉得背后有风动蹄声，料知有人暗算。急忙拦开牟文绶的三尖两刃刀，两腿着力一夹，将坐马夹得霍地跳出圈子。恰值刘肇基枪尖刺到，李本深急就这一呼吸间，将左手握的板斧照定刘肇基头顶甩去，左手却单臂挥大宣花斧，同时向刘肇基拦腰砍来。刘肇基枪方使出，而头腰两处大小两斧齐到，没法招架。这万分危急中，猛然激发，便右手单臂擎枪，向上甩去，挡扫那板斧，同时腾挪出左手，反拔腰间佩剑，尽生平气力，反向大斧迎劈去，想把斧劈开。只这一霎时间，猛地唰啦一声，火星四迸，白光落地。原来是刘肇基为救性命，用力太猛，李本深狠下毒手，使劲极大，两下一碰，剑飞处斧杆两断，斧头坠地。板斧同时也被枪扫落，剑也就此缺口卷刃。这一下恶拼，两人都吃一惊。连牟文绶也为之一滞，李本深乘此逃走。吕佐、张立、沈息艾更惊得魂飞魄散，各自虚抛兵器，落荒而走。孔登科等四将会同刘肇基的前部先行兵将，如山倒崖崩一般向贼兵直压过来。贼兵没命地反奔，官兵反而转败为胜，尽力猛追，直薄正阳关下。李本深等四贼奔到，关上连忙开门放进，四贼马入关门，后面刘良佐大叫一声，大砍刀一摆，跃马抢关，直向关门，连人带马滚将进去。

第四十章

擒渠魁众侠奏肤公
失首都孤忠惊噩耗

刘良佐冲近关门时，关上陡然放下千斤闸，欻地将关门闸断。关墙上便将檑木滚石、金汁灰汤乱砸下来。刘良佐忙将大砍刀盘旋飞舞，左右上下，连人带马护了个周到，才得退出关洞，没受损伤。恰值史可法亲督后队，赶到关前，见将士虽精神焕发，余勇可贾，卒马却已疲敝不整，知是鏖战竟日，辛苦已甚。便传令："各军沿关驻扎歇息，各将督部分班逡巡，以防贼袭。且待令到，再行扑攻关垣。"众将才遵令，沿着正阳关离开约五百步，扎下营头，造饭歇息。

从这夜起，各军分班攻打，这一军疲倦了，那一军继上。似这般昼夜不息，连攻五昼夜。也曾轰缺关墙，也曾毁却垛口，无奈贼兵驱民守城，抢救迅速，终没能破关而入。这关是一座低头关，关头比关脚朝外多伸出二尺有余，原是当初筑关时，预筑成低头般，使攻关的不易爬上，更难搭云梯。所以官兵直攻到第六日未牌时分，仍没攻动分毫。史可法也曾亲冒矢石，督攻多次。

这日，正值中军将卒轮值攻关，史可法全身披挂乘马仗钺，亲临阵前，督同众将攻打。未牌过后，关头上木石渐稀，史可法猛然想得一法，即叫史书："快去调取乙邦才、马应魁、庄固、胡临、张涵、孟容、张衡、詹立八将，各带弓矢，即刻前来。"史书忙领命到各军去传唤。不一时，八将俱到，下马向史可法打参毕，排立听令。

史可法低声向八将道："我素知乙总兵猿臂善射，一矢能贯双松；马总兵单矢殪双贼，是本院亲眼见的；张孟二位射艺绝伦，全军传誉；胡庄张詹四位都能矢穿七甲。今日之事，只有仰仗诸位神力，千勿推却。"孟容不待史可法说毕，便接言道："标下们原可以将矢尾贯索，射钉关头，由绳爬上。只是这抓索爬城的事，标下们虽然都可以干得来，却是不能只发一箭就丢弓爬上。因为仅仅上去八个人是不中甚用的，必须多调矫健敏捷的猛将，齐集等候。待标下们每人连发三四箭，乘关上贼人来不及察觉，还没有拔箭或断索的工夫时，我军爬城的乘此迅疾爬升到垣头，那才来得及。要是人少或是时久，关头贼人能够缒人断索，掷石砸箭，那险且不必论，只恐终于大事无补。还望钧台鸿裁。"

史可法忙问："我军众将中飞走功夫是哪几位最高妙？我还不大清楚，还要请各位据实保举。"张涵脱口便说："古总兵、戴总兵、江副总兵、汪副总兵、汪护粮使都是学成剑术，履险如夷的。"孟容接着说道："还有张总兵岐宁、刘总兵公勇和倪护粮使，也都是剑客出身，擅长登高越峻。"张衡接言道："楼总兵永固、汪总兵凤翔、徐总兵辅臣也都是家传剑术，善能高飞远走。"乙邦才说道："罗副总兵、牟副总兵和旗鼓陶氏弟兄，也都是剑客中人，足当此任。"史可法道："孔马两总兵听说也善于此道，只不知其余各位总兵如何，却是有各位保举的许多位已足够了。待我派人分头去请来吧。"

便命史书、陆垣、李铎等快去，将方才所说没在跟前的各位总兵都请来。三都尉领命，去不多时，古达可、戴国柱、江云龙、汪应龙、汪飞龙、倪云、张宗尧、罗腾蛟、刘应国、楼挺、汪一诚、徐佐明、牟文绶、陶匡明、陶国祚、孔登科、马元度十七人，先后来到。史可法将爬城的话细说了，十七人都异常高兴，准备各显神通。当即邀同孟容等八将一同到行营后面，将衣甲卸去，各换紧身衣，内衬软甲，身旁带齐应用各物，各提利剑一口，顿时卸去将官严装，恢复剑客本色。

一霎时，乙邦才、马应魁、张涵、孟容、庄固、胡临、张衡、詹立八人和十七位剑客都来到阵后。早有各人的随从奉密谕将铁胎角弓、双翎钢箭备好许多——待万一有折断时好补用——每支箭尾牢系夹发丝索，垂涎数丈。孟容顺手取一支系绳箭，向手掂一掂道："这家伙不轻，得加劲射才行。"张宗尧接言道："俺知道这索子的分量，比一支箭要重两倍。若加三倍劲儿，准走不了手。"孟容又道："岐宁哥，你和刘公勇的射劲都很好的，何妨你俩帮着，只须每人三箭就够了，岂不快得多？要只八个人，非得每人四箭不可，虽多剩几箭不关紧要，却是白耽搁时候。"张宗尧道："这得请令才行，不是乱干得的。"史可法听得，忙接言道："有利于事，必须从权。何况这原没有限制呢？快请一同发箭吧，迟了反要误事。"

张宗尧、刘应国便各取弓箭，站入八人队中。就门旗影里，觑定关头垛口之下，十弓齐拉，十箭同飞，嗡嗡嗡一阵鸣弦声乱响，城垛下墙头处早齐排钉着三十支钢箭。大营中一声呐喊，二十五只猛虎般，欻地奔出，直扑关下，抓着绳索尾端，但见人悬空际，两手交移。城头上察觉时，众全额已离城不到五尺。贼兵忙使大砍刀斩绳，刘应国大喝一声，踊身一跃，连人带绳飞上关头。就将手中绳一兜，贼首吕佐恰立在当面，一个失措，早被兜头拉倒。抬脚踏住，使绳绑了，扔下关外来。

这边汪飞龙、倪云首先爬上，连斩垛口守兵。乙邦才等都已上城，一人也没伤，众人齐拔剑动手。倪云、张宗尧二人抢先杀到石阶前，飞奔下关。斩断关键，大开关门，迎接大兵入城。刘应国、古达可等分途追杀贼兵，张涵、孟容等肃清城上余贼。顿时到处是血，遍地滚头。史可法即统兵直冲入关，径奔贼巢。众将会合着，同去进攻。

才到李万庆据着的旧镇署之前，忽见两个披甲将官正和李本深死命相拼。任民育、施凤仪、胡茂顺三人当先，都不认识这二位将官是谁。方待喝问，史可法马到，李本深拨马就逃。史可法且不跟追，闪眼瞧那二将时，认得正是泗州参将侯方岩、江都指挥使高一麟，便唤着二人表字道："侯正弘、高玉书，你们怎么今天才到？"侯高二人见了，连忙止住追赶，勒马上前参见道："前日奉到宪台檄调，因为催促粮饷不得，直挨到本月，才将江都兵马和泗州叉兵一千，统率前来。又因为由江北动身，闻得钓台已到正阳关，急间道绕到关内，想由内里破关，进见赎罪。不料宪台伟谋神勇，已先破这关。如今贼巢已由标下攻破，就请宪台驾临点核。"史可法道："你俩且归我中军队里，外面正在混战，你兵初到，恐有误认，且不必出战。"侯方岩、高一麟遵命收队，随着史可法进入镇署。

这时，外面李万庆率领李本深、高岐凤、沈息艾、汪浪冲、郑衡、郑霸、马元龙、张立、史定和罗汝才等一班大盗剧贼，且战且走。官兵哪里肯舍？各军并力紧追。约莫追赶二十来里，李万庆等人数众多，道路窄狭，退走不动。被官军追上，又是一阵大杀，只冲斩得人仰马翻、鬼哭神号，遍地是踏碎的人肉、白骨和血。

李万庆大怒道："俺起兵二十载，从来不曾挫过锐气。什么史可法！就有这般厉害！有不怕死的好汉，都随俺来！不收复正阳关就不要这个脑袋了！"说罢，勒马挥刀，亲自回身迎敌。沈息艾等正急得没法之时，听得李万庆这般说，顿时生起一片死里求生、侥幸万一之心，便一齐回马，争先返杀过来。

这边恰是史直、许谨领着步军当先。见贼兵反攻，连忙约住众军汉，一字儿排开，拼命堵住。史直、许谨虽是骁勇，怎奈贼寇人多势大，两人急舞抓、斧，只能堵住不退。汪浪冲等挥促众贼进杀，许谨大叫："贼子休得猖狂！老爷活着，总不许你得进半寸！"便和史直死命抵住。史直也沉住心神，预备一死报国。就这般两员步将拼战十个贼首，直斗得浑身汗淋，头筋暴露，却终不曾退让分毫。连众兵卒也激发忠忱，死命抵拒，不肯稍让。

斗到半个时辰，看看要抵不住了。突然后面脚步声响，贼兵顿时纷纷倒缩。许谨急抽空回顾时，却是乙邦才等马步二十五员大将，仍是剑客打扮，拔步奔来。顿时心中大喜，知道大事无碍，便大叫："诸位兄长，贼首都在这里，快来拿解呀！"马应魁等齐应："来了！不要放走！"

声喧中，五十条胳膊齐动，数十件兵器同挥，成团滚入贼兵丛中，

311

大叫大杀。李万庆等顿时惊慌失措，队伍大乱，也没分对敌战，竟是一场混杀。两边冲突多时，徐佐明挺双戟从人丛中钻出来，恰遇沈息艾，便双戟齐施，都插入沈息艾的后心，立通两个透明窟窿，满地鲜血碎点，沈息艾总算不活了。

那边汪浪冲见了，心中一惊，手内笔管枪一松，被张涵当头一剑，劈作两半。张立、史定等见了，连忙掣身就逃。李万庆大怒，和李本深、郑衡、郑霸死命抵住不退。乙邦才、孟容将众将分作两队，左右两翼堵住。李万庆向左翼冲进，乙邦才急忙抵住，一场狠杀，李万庆越拼越狠，乙邦才也越斗越勇，纠作一团，分拆不开。罗腾蛟见了，向刘应国、张宗尧二人悄声低说几句，二人点头答应，便三人一同上前，乘李万庆全神向前对付乙邦才时，三柄长剑风轮般着地扫去。李万庆一连跳过两柄剑，不料罗腾蛟第三柄剑恰恰卷到，腿脚略迟，一剑削个正着。腿肚划开，立脚不住，被孟容一拳打翻，乙邦才赶上踏住，顿时将李万庆绑好。

众将当时欢欣万状，即忙严解李万庆朝后走。李本深、郑霸见李万庆被擒，不顾性命，抢过来斗夺。孔登科、马元度、施诚庵、牟文绶四将连忙回头迎住。那边贼军中马元龙、高岐凤见了，也连忙赶来抢救。官军众将正待分人迎敌，忽见大纛高揭，兵马如潮，正是史可法亲率中军来到，众将益加奋勇。

史可法令中军总兵胡茂顺率汤开远、吴道正、李豫、解学曾四将接解李万庆往关上，严加看守，听候发落。一面便和任民育、施凤仪催军向前。命刘肇基、乙邦才等向后歇息。贼将郑霸一眼瞧见，紧咬牙根，尽生平气力，飞舞双锤，同时下死劲催动坐马，直向史可法扑来，连人带马如一团黑雾，滚到史可法马前，两柄四五十斤重的乌钢大锤夹头砸下，恨不得这一砸就把史可法砸得连渣滓都没有。史可法瞅见，并不慌急，直待郑霸人近锤下之时，才奋起神威，大喝一声，金钺挥起，早将郑霸斩成两片，分向马身左右两旁倒下。两柄钢锤也被这一钺磕扫得飞向草丛中去了。

312

马元龙、郑衡、李本深见势不佳，急混入罗汝才军中，拼命飞逃得脱，双珠豹史定走得稍后，被胡茂顺一戟刺伤左胸，伏鞍而逃，部下拼死救去。一条龙张立走在最后，罗腾蛟瞥见，触发心中旧事，恨声拍马赶上，手起一锐，结果了张立。喝令部下兵卒枭取首级，回营献馘。

余下疲敝贼众被众将一阵乱杀，号哭震天。史可法忙下令："先行招降，不从即戮!"众总兵才遵令照行，却是斩杀已在五万以上了。史可法连忙约束，不许多杀。当时虽贼首还多漏网，不能封刀，却是将卒都遵谕令，只招降，不斩杀。

前锋众将整顿队伍，追奔逐北。罗汝才茫无主张，只是傻逃。官军直追到三十里外，罗贼所部人马被追急了，四散奔开。刘肇基才扎住人马，正待分途穷追，却奉督师令旨："着即回军!"便带着人马回到离关十里处，扎营候令。

史可法就镇衙建纛开府，各军将均到府参谒，各报功劳。史可法一一按实察核。便道："今日这一战，虽然大获全胜，究竟带着几分侥幸，是不足为训的。盗贼自古称为'伏莽'，即此可知草丛必须留意搜抄，乃探报巡哨都昧然行过，以致前军中伏。虽然责有攸归，罪人已惩，然而锐气已挫，军威已损，终维挽补。以后各军主将务须格外留心!须知这种事情，绝不是督管探马的将官一人所能照应周到的。前部正副先行不无失察之过。但是念在破寿阳有功，姑免究罚。今日破关擒渠之功，仍一体论赏。"众将肃然敬听。

史可法又向众将宣谕道："本标全军诸将，忠勇绝伦，威猛大著。所向克捷，迅奏肤公。为国尽忠者，国家宜有懋赏，非以云酬，聊资奖励耳。兹论核本日战功，计有：前部正先行刘肇基，临乱不惊，力全部伍，副先行刘良佐忠勇奋发，转败为胜，着加二级；马步两军统兵总兵官乙邦才、张衡、刘应国、马应魁身先士卒，所向克捷，着加都督衔；马军都统制张涵、孟容、古达可、戴国柱，步军都统制胡临、许谨、庄固、史直，沉着应战，奋不顾身，着加左都督衔；步军统兵总后官楼挺、张宗尧、江云凤、徐佐明勇敢坚毅，治军有方，着加右都督衔；马

313

军副总兵孔登科、马元度、施诚庵、牟文绥督率有功，应予特赏，着升授马军正总兵，并加右都督衔；马军副总兵员缺，查有前部副总兵江云龙、汪应龙忠诚素著，有勇知方，泗州参将侯方岩闻檄驰援，会攻著绩，江都指挥使高一麟奋勇投效，闻警急援，均着授为马军副总兵，并加都督金事衔；步军副总兵罗腾蛟、汪一诚、詹立智能兼备，办事精干，着加都督金事衔；前部副总兵黄铉、何刚、潘可大、程龙遇变不惊，督率有方，着加都督金事衔，其悬缺二员，着调中军副参谋吴道正、副总兵汤开远调补，并一体给都督金事衔；中军统兵总兵官胡茂顺、副总兵官施凤仪承应无讹，调度中节，着加二级；中军参谋官任民育谋猷坚定，参赞多绩，着加三级；中军副总兵解学曾、姚怀龙、龙尧臣、李豫进退中矩，周旋合度，着加一级，其悬缺二员，即着旗鼓副将陶匡明、旗鼓参将陶国祚暂行兼署；都护粮使倪云、副护粮使汪飞龙粮运无缺，杀贼建勋，着给右都督衔，仍候奏请特旨奖叙，护粮都尉沈莺娘、陈翠翠护运有功，均给赏功参将衔，改护粮都管；各营参将、都尉均着加一级。"

众将齐向案前排立肃谢，史可法摇手道："这只是赏今日平贼战功，还有特勋殊绩，另有特赏，众且谛听。"众将忙又分班侍立。史可法接续宣谕道："正阳关之得迅破，李万庆之得就俘，皆出于将士忠勇，绝非偶然。如此殊勋，不加懋赏，将何以服人心而励来者？所有殊勋人员应受赏者，计有：擒渠首功罗腾蛟，应再晋一阶，加右都督衔，给锦袍一袭，铠甲全副，次张宗尧、孟容再加三级，各给锦袍一袭，铠甲全副，其余出阵将领，人给锦袍一袭；破关建功乙邦才、张涵、张衡、张宗尧、马应魁、马元度、江云凤、汪应龙、汪飞龙、陶匡明、陶国祚、胡临、庄固、刘应国、古达可、戴国柱、牟文绥、徐佐明、罗腾蛟、詹立、孔登科、倪云、楼挺、汪一诚、孟容二十五员，各再加二级，各给绣袍一袭，彩缎十端，金装嵌玉勒甲带一事，其中任射大将十员，另各给细雕金胎龙角虎筋嵌宝弓三事，精琢洒金雀翎凤嘴狼牙箭三百支，以为奖励，仍一体听候专案奏请圣旨特恩升奖。"

众将山呼下拜，披忱敬谢。史可法连忙起身，避位还礼道："朝廷名器，何敢滥为列保？这是各位将军分所应得，自无所用其谢。本院不过代天行酬庸之典，既非本院的私恩，诸位将军向本院道谢，反违矢公忠之赤心，而成拜私惠之谬举。彼此均将陷于不义，想非诸位将军所乐从。从此盼望切勿如此。"众将悚然听命。

史可法又命任民育、施凤仪查点关内所获贼赃，提取四成充奖，分给兵卒，另赏牛酒犒赏。并传谕道："咨尔多士，驰驱王事，克尽厥职，用襄乃勋！予唯代天行赏，亦唯尔所自致。尔其领承，毋许循例叩谢！用彰酬庸大典之公，且遏戴私树党之渐！"众将并将谕旨讲解晓示，众兵卒无不欢欣鼓舞，感激赞佩。从此部下无贤无愚，无不服督师恩明，死心塌地，唯命是从。上下一心，全军一体。

史可法宴将犒卒，休兵三日之后，所以有被流贼扰害地方的善后事项，都指示机宜，命新委地方官赶紧办理。百姓闻得兵不扰民，且有赈恤，都如水趋流，纷纷来归。甚至他处受苛政凌虐、盗贼残害的百姓，也闻风迁来。只十数天内，一方被流贼扫荡成墟的荒土，居然人烟稠密，行旅辐辏，比没被贼害以前的太平时候还要繁盛许多。史可法命地方官妥为安插，土著必使复业，客民务使安身，不令一人失所，民间欢声雷动，淮上顿成福地。但闻讴歌载途，绝无叹息之声。

史可法见人民都安居乐业，士气已振奋可用，便想出兵入郧，追逐罗汝才，再溯江而上，转河南至山东，尽歼群寇。当即先将擒获的贼首李万庆、吕佐等都枭首示众，献馘入都。这一来，声威大振，贼寇闻风怀畏。那时流贼营中有几句歌谣，道是：

莫向淮上踏，淮上有个史可法。
莫向淮上行，淮上有个史道邻。

就此可想见史巡抚的威风了。却不道一般盗魁贼首，剽悍成性，闻得李万庆被擒斩，李闯首先发怒道："咱家不想那姓史的竟有这般厉害！

315

咱家非得去淮上打粮不可，瞧他可挡得住咱家？"便唤集刘宗敏等一班贼首，商议要扰淮上。不料贼探来报说："高杰扰淮，史巡抚东拒高杰，曹操攻苏，史巡抚南扼曹操。听说高杰已被逼降，曹操全军覆没。"李闯大惊，才不敢南下，径转向北袭攻北京。

史可法驻淮囤粮休兵之后，正待北上勤王，忽遇高杰、罗汝才来扰，鏖战多时，才得肃清，即忙着整军北上。方誓师谕众，慷慨长征，忽然接得飞报说："京师失陷，先帝大行！胡骑入关，贼臣卖国。东南半壁，风鹤频惊。"史督师闻讯大痛，誓奋其赤胆忠心的耿耿孤忠，毅然决然成就一番惊天地泣鬼神的壮烈奇迹，扬千古之雄风，为历史之荣光。

读者要知史公如何降高杰，败曹操，如何支撑半壁河山，始终不退缩，如何孤忠抗战异族，百战不屈辱，如何矢忠为民族光荣的英雄，如何完节成千古奇烈的豪杰，众大将如何建勋，如何殉国以及"扬州十日"是如何惨毒，满虏破城是如何残屠，统在《赤胆忠心大侠传次集》中详细叙明。还请留意出版消息。

图书在版编目（CIP）数据

赤胆忠心／文公直著. — 北京：中国文史出版社，
2020.3

（民国武侠小说典藏文库·文公直卷）

ISBN 978 - 7 - 5205 - 1414 - 9

Ⅰ．①赤… Ⅱ．①文… Ⅲ．①侠义小说 - 中国 - 现代
Ⅳ．①I246.5

中国版本图书馆 CIP 数据核字（2019）第 245080 号

责任编辑：卢祥秋

出版发行：**中国文史出版社**

社　　址：北京市海淀区西八里庄 69 号院　　邮编：100142

电　　话：010 - 81136606　81136602　81136603（发行部）

传　　真：010 - 81136655

印　　装：北京东君印刷有限公司

经　　销：全国新华书店

开　　本：720 × 1020　1/16

印　　张：21　　　　字数：282 千字

版　　次：2020 年 3 月第 1 版

印　　次：2020 年 3 月第 1 次印刷

定　　价：66.00 元